DE ZUSJES

LORI LANSENS

De weg naar huis

DE BEZIGE BIJ

Lori Lansens

De Zusjes

Vertaling Miebeth van Horn

2006
DE BEZIGE BIJ
AMSTERDAM

Deze vertaling is mede tot stand gekomen met een subsidie van
Canada Council for the Arts

Cargo is een imprint van uitgeverij De Bezige Bij, Amsterdam

Copyright © 2006 Lori Lansens
Copyright Nederlandse vertaling © 2006 Miebeth van Horn
Oorspronkelijke titel *The Girls*
Oorspronkelijke uitgever Little, Brown and Company, New York
Omslagontwerp Studio Jan de Boer
Omslagillustratie Corbis
Foto auteur Susan King
Vormgeving binnenwerk Peter Verwey, Heemstede
Druk Wöhrmann, Zutphen
ISBN 90 234 1960 X
NUR 302

www.uitgeverijcargo.nl

Voor mijn vader en moeder

De Zusjes

RUBY EN IK

Nog nooit heb ik mijn zus in de ogen kunnen kijken. Ik ben nog nooit alleen in bad geweest. Nog nooit heb ik in het donker op het gazon gestaan met mijn armen reikend naar een betoverende maan. Ik ben nog nooit in een vliegtuig naar de wc geweest. Heb nog nooit een hoed gedragen. Echt gekust ben ik nog nooit. Ik heb nog nooit autogereden. Of een hele nacht doorgeslapen. Nog nooit een gesprek onder vier ogen gehad. Of in mijn eentje een wandeling gemaakt. Ik ben nog nooit in een boom geklommen. Ben nog nooit opgegaan in de massa. Er zijn zo veel dingen die ik nog nooit heb gedaan, maar o, ik heb zo veel liefde gekend. En als zulke dingen mogelijk zouden zijn geweest, dan had ik wel duizend levens willen leiden, om nog meer bemind te worden.

Door een ongeluk of een wonder zijn mijn zus Ruby en ik, terwijl het onze bedoeling was om ons te splitsen uit een enkele bevruchte eicel, verbonden gebleven, op een plek zo groot als een ontbijtbord aan de zijkant van onze tweelinghoofden. In de medische wereld staan we bekend als de oudste nog levende craniopagus-tweeling (we zijn negenentwintig) en bij miljoenen mensen over de hele wereld die een beetje in ons soort mensen geïnteresseerd zijn als de vergroeide craniopagus-tweeling Rose en Ruby Darlen uit Baldoon County. Ze hebben ons voor van alles uitgemaakt: gedrochten, griezels, monsters, duivels, heksen, gestoorden, mirakels, natuurwonderen. Voor de meeste mensen zijn we een rariteit. In het stadje Leaford, waar we wonen en werken, zijn we gewoon 'de Zusjes'.

Til je rechterhand op. Leg de muis van je hand tegen je rechteroorlel. Bedek je oor en spreid dan je vingers: daar zitten mijn zus en ik aan elkaar vast, met onze gezichten niet helemaal naast elkaar, onze schedels versmolten in een rondgaand patroon langs de slaap omhoog en dan om de frontaalkwab heen. Als je vluchtig naar ons kijkt, zouden we twee vrouwen kunnen zijn die elkaar omhelzen, met de hoofden tegen elkaar, zoals zussen dat doen.

Ruby en ik zijn een eeneiige tweeling en we zouden er precies hetzelfde uitzien, met het hoge voorhoofd van mijn moeder en een brede, volle mond, ware het niet dat Ruby's gezicht de juiste verhoudingen heeft (zeg maar gerust dat Ruby heel mooi is), terwijl mijn gelaatstrekken misvormd en ronduit grotesk zijn. Mijn rechteroog staat bijna op de plaats waar mijn rechteroor zou hebben gezeten als het hoofd van mijn zus daar niet was ontsproten. Mijn neus is langer dan die van Ruby, en het ene neusgat is groter dan het andere, en lijkt naar de rechterkant van mijn bruine scheefstaande oog te zijn getrokken. Mijn onderkaak is naar links verschoven, waardoor ik onduidelijk spreek en mijn stem wat hees is. Eczeemplekken kleuren mijn wangen rood, terwijl Ruby's huid licht en gaaf is. Onze hoofdhuid is midden op onze vergroeide hoofden versmolten, maar mijn kroezige haar heeft een vleug kastanje, terwijl mijn zus golvend bruin haar heeft. Ruby heeft een diep gleufje in haar kin, wat schattig gevonden wordt.

Ik ben één meter vijfenzeventig lang. Bij onze geboorte waren mijn ledematen symmetrisch en had mijn lichaam de juiste proporties. Op dit moment is mijn rechterbeen maar liefst zeven centimeter korter dan mijn linker, mijn ruggengraat is samengedrukt, mijn rechterheup steekt uit, en dat allemaal omdat ik, terwijl ik zelf nog een zuigeling was, mijn zus als baby heb rondgedragen: Ruby's minieme dijen rond mijn heup, mijn arm die haar achterwerk ondersteunde, haar arm altijd om mijn hals. Ruby is mijn zus. En, vreemd genoeg, onmiskenbaar mijn kind.

Er schuilt enig ongemak in onze verbintenis. Ruby en ik hebben last van onze hals, kaak en schouders, waarvoor we driemaal in de week fysiotherapie krijgen. Mijn lichaam wordt constant belast, aangezien ik Ruby's gewicht draag, Ruby op mijn heup meesjouw, 's nachts worstel om Ruby in ons bed op de andere zij te leggen en naar wat mij uren toeschijnen op mijn kruk naast de wc moet zitten. (Ruby heeft een heel scala aan problemen met haar ingewanden en urinewegen.) We worden op de proef gesteld, dat is zonder meer waar, en soms is het niet gemakkelijk, maar Ruby en ik zouden onze verbondenheid niet als pijnlijk omschrijven.

Het is lastig om onze manier van voortbewegen als vergroeide tweeling te beschrijven, zoals die vanaf onze geboorte is ontwikkeld met gegrom en gebaren en iets wat naar ik aanneem telepathie moet zijn. Er zijn dagen dat we net als normale mensen onhandig en ongecoördineerd zijn. We hebben een minder natuurlijke symbiose als een van ons (meestal Ruby) ziek is, maar meestal verloopt onze dans soepel. We vinden het vreselijk om dingen tegelijk te doen, zoals in koor ja of nee zeggen. We maken nooit elkaars zinnen af. We kunnen niet tegelijk ons hoofd schudden of knikken (en als we het al konden, zouden we het niet willen – zie boven). We hebben een onuitgesproken, zelfs onbewust systeem van controle en evenwicht ontwikkeld om uit te maken wie op een bepaald moment het voortouw zal nemen. We hebben conflicten. We sluiten compromissen.

Ruby en ik hebben een gemeenschappelijke bloedtoevoer. In mijn linkerhersenhelft stroomt mijn bloed normaal, maar in mijn rechterhersenhelft (waarmee ik aan mijn zus vastzit) stroomt het naar haar linkerhersenhelft en andersom net zo. Ze schatten dat we naast de botten van onze schedel een web van honderd bloedvaten gemeenschappelijk hebben. Ons hersenweefsel is volledig vergroeid, ons bloedvatenstelsel is zo verstrengeld als struikgewas, maar onze hersenen functioneren volledig gescheiden van elkaar. Onze gedachten zijn helemaal van onszelf. We hebben hevig geworsteld om een unieke persoonlijkheid te ontwikkelen en eigenlijk verschillen we meer van elkaar dan de meeste andere eeneiige tweelingen. Ik houd van sport maar ik ben ook een boekenwurm, terwijl Ruby een echt meisje is en liever televisie kijkt. Wanneer Ruby moe is, ben ik er meestal nog niet aan toe om te gaan slapen. We krijgen zelden tegelijkertijd honger en we houden van heel andere dingen: ik houd van pittige gerechten, maar mijn zus heeft een verontrustende voorkeur voor eieren.

Ruby gelooft in God en geesten en reïncarnatie. (Al denkt ze er niet graag over na als wat ze in een volgend leven zal terugkomen, alsof het een vorm van verraad aan mij zou zijn om zich iets anders voor te stellen dan wat ze nu is.) Ik geloof dat de doden hooguit kunnen hopen dat ze van tijd tot tijd worden opgeroepen dankzij een flard meeslepende muziek of een passage in een boek.

Ik heb mijn zus nog nooit gezien, behalve in de spiegel of op foto's, maar ik ken Ruby's gebaren even goed als de mijne dankzij de bewegingen van haar spieren en botten. Ik houd van haar zoals ik van mezelf houd. En ik heb op dezelfde manier een hekel aan haar.

Dit is míjn levensverhaal. Ik noem het 'Autobiografie van een Siamese tweelingzus'. Maar aangezien mijn zus beweert dat het in feite ('in feite' is haar lievelingswoord op dit moment) geen áutobiografie kan zijn en ze erop tegen is dat ik het verhaal vertel, waarvan ze vindt dat het van ons allebei is, heb ik ermee ingestemd dat zij een paar hoofdstukken vanuit haar standpunt schrijft. Ik zal ernaar streven om mijn verhaal zo eerlijk mogelijk te vertellen, in het besef dat mijn waarheid een nuance zal verschillen van die van mijn zus en dat de schrijver soms de leemten zal moeten opvullen.

Wat ik over schrijven weet, heb ik vooral uit boeken en van tante Lovey, die Ruby en mij vanaf onze geboorte heeft opgevoed, samen met oom Stash (die in 1924 als Stanislaus Darlensky in Grozovo in Slowakije ter wereld kwam). Ik werd toegelaten tot de studie Engels aan een universiteit in de omgeving, maar Ruby weigerde erheen te gaan. Dat wist ik van tevoren, maar ik had me toch opgegeven, zodat ik me ongegeneerd gegriefd kon voelen. Met een mokkende Ruby aan mijn zijde overhandigde ik de brief aan tante Lovey: 'Hoe moet ik nu ooit schrijver worden als ik niet leer schrijven? Hoe kan ik schrijver worden als ik niet afgestudeerd ben?' jammerde ik.

Tante Lovey had een gruwelijke hekel aan zelfmedelijden. 'Als je geen schrijver wordt, moet je dat je zus niet in de schoenen schuiven. Ik weet ook niet waaraan een zuiger zuigt, maar daarom kan ik nog wel autorijden.' Ze wierp me een kwade blik toe en beende weg.

De volgende dag gaf tante Lovey me een boek dat *Aspects of the Novel* heette, van E.M. Forster. Ze had er een overgeschoten stuk kerstcadeaupapier omheen gedaan en er een madeliefje uit de tuin opgeplakt, terwijl het gewoon maar een bibliotheekboek was dat over twee weken weer terug moest. Daarna reden we naar de K-Mart om een pak van tien potloden en een stapel blocnotes te kopen. Toen we het parkeerterrein op reden, moest Ruby door het portierraampje overgeven, wat het uitstapje een beetje verpestte. Tante Lovey veegde de zijkant van de Impala schoon en ik sloeg intussen *Aspects of the Novel* op een willekeurige plek open en las voor: 'De dood. De manier waarop de dood wordt behandeld, wordt eerder door observatie gevoed en is zo gevarieerd dat men de indruk krijgt dat het onderwerp de romanschrijver na aan het hart ligt.' Tante Lovey glunderde naar me alsof ik de zin zelf had geschreven. Ruby kreunde, maar ik heb geen idee of dat van ellende of van afgunst was.

Ruby had er al meteen een bloedhekel aan dat ik schreef. De zin van mijn karakterschetsen ontging haar en ze beschuldigde me ervan de boel te beduvelen als mijn gedichten niet rijmden. Na het lezen van een van mijn korte verhalen vroeg ze me eens: 'Voor wie schrijf je dit eigenlijk, Rose?' Ik voelde me gekwetst. Omdat ik het niet wist. En omdat ik vond dat ik het wel zou moeten weten. Mijn leeshonger heeft een wig tussen mijn zus en mij gedreven. Ruby heeft nooit plezier beleefd aan boeken, als je de kinderboeken en de filmtijdschriften die ze in de wachtkamer bij de dokter verslindt even niet meetelt.

Ik heb mijn liefde voor boeken van tante Lovey geërfd, al denk ik het liefst dat mijn echte moeder ook een boekenwurm was. Tante Lovey zag je zelden zonder een boek in haar handen of eentje opengeslagen op de armleuning van haar gemakkelijke stoel van bruin kunstleer in de hobbykamer. Ze had de serre naast de provisiekamer aan de achterkant van onze oude boerderij in een opslagkamer vol boeken veranderd. We noemden het 'de Bibliotheek' al was er geen boekenkast te bekennen, alleen stápels pockets, zevenhonderdvierentachtig in totaal, die de kou in het pleisterwerk van de muren vasthielden. Na de dood van tante Lovey schonken we de boeken aan de bibliotheek van Leaford, waar wij tegenwoordig werken. Ik sorteer boeken en zet ze op de planken, en Ruby leest voor aan groepen schoolkinderen, al doen we dat uiteraard niet tegelijkertijd. (En mocht je het je afvragen: we krijgen allebei ons eigen salaris voor de uren die we maken.) Tante Lovey zei altijd dat ik een eigen stem moest hebben als ik schrijver wilde worden. 'Je moet lezen,' zei ze vaak, 'en als je een eigen stem hebt, zal die stem op een dag schreeuwen: "Dat kan ik ook."'

En mijn stem schreeuwde inderdaad, al weet ik niet of hij zei dat ik dat ook kon. Ik kan me niet herinneren dat ik ooit zo veel zelfvertrouwen heb gehad. Ik denk dat mijn stem zei: Dat móet ik ook doen. Toen ik in de tweede klas van de middelbare school zat, werd een van mijn gedichten, 'Lawrence', uitgekozen voor de poëzierubriek in het jaarboek. Omdat ik zeker wilde weten dat de jaarboekcommissie mijn gedicht niet uit medelijden voor een van de Zusjes zou uitkiezen, had ik het gedicht anoniem ingeleverd. Toen 'Lawrence' was gepubliceerd (ook al was ik nog maar een kind en ook al was het maar het jaarboek) kondigde ik op veertienjarige leeftijd aan dat mijn volgende project een autobiografie zou worden. Tante Lovey knipte met haar vingers en zei: 'Dan moet je het *Eén voor twee* noemen. Zou dat niet leuk zijn? Of *Dubbele dienst*.'

Ik heb inmiddels zevenenzestig korte verhalen ingestuurd (waarvan er één in *Prairie Fire* is gepubliceerd) en een paar honderd gedichten (waarvan er elf in de *Leaford Mirror* hebben gestaan, één in *The Wascana Review*, en een vijfde deel van een gedicht – idioot, ik weet het – in *Fiddlehead*). In mijn hoofd ben ik al vijftien jaar met de opzet van deze autobiografie bezig, maar dit zijn de eerste woorden die ik neerschrijf. Als iemand me straks vraagt hoe lang ik erover gedaan heb, weet ik niet wat ik moet antwoorden.

Mijn zus en ik hebben altijd geweten dat we een zeldzaam en ongewoon stel waren, al kan ik me niet herinneren dat ik ooit zoiets heb gedacht als: aha, dus niet iedereen zit aan zijn zus of broer vast. Wat ik me wel kan herinneren is een worsteling. Ik denk dat we een jaar of drie waren – ik heb het talloze malen in mijn hoofd afgespeeld.

Het gaat zo: ik zie de bruinoranje vezels van het tapijt op de grond in de hobbykamer in de oude boerderij. Mijn handje verdwijnt volledig in de dikke, lange draden van het ruwe tapijt. De kamer ruikt naar lysol en de lavendelpoeder van tante Lovey. Tante Lovey heeft Ruby en mij midden in de kamer neergezet. Ik zit op mijn achterste en Ruby klemt zich aan me vast, terwijl ze af en toe op haar merkwaardige korte beentjes gaat staan en ze dan weer om mijn middel slaat, waarbij ik wat moet gaan verzitten om haar gewicht op te vangen. Ruby is altijd naast me. Ik weet dat ik ík ben, maar ook wíj.

Tante Lovey waadt op haar versleten roze sloffen door het tapijt en zet een Baby Tenderlove-pop aan de andere kant van de hobbykamer voor de zilverkleurige radiator. Die pop is van mij. Tante Lovey heeft me hem die ochtend gegeven toen ze Ruby haar Kitty Talks a Little-pop gaf. We mochten er een paar minuten mee spelen maar toen haalde ze ze weg. Tante Lovey trok zich niets van ons gesnik aan. En daar is de pop weer. Maar alleen erg ver weg. Ik steek mijn armen omhoog. En ik strek ze uit. Ik weet wel dat ik de pop zo niet te pakken krijg, maar zo druk ik me nu eenmaal uit. Het betekent: 'Ik wil hem hebben.' Ik begin met mijn voeten te trappen en te huilen. Ik zie dat tante Lovey en oom Stash vanuit de deuropening staan toe te kijken. Tante Lovey zegt: 'Toe maar, Rosie, ga je babypop dan maar halen.' Ik kijk oom Stash aan. Alstublieft, oom Stash. Alstublieft. Hij is als was in onze handen. Hij stapt naar voren om mijn babypop te halen, maar tante Lovey houdt hem tegen. Ik zet het weer op een schreeuwen. En ik trap op de grond. Ruby zit van pure frustratie en ergernis te snikken en vraagt zich af waar haar pop is. Van woede schop ik tegen de grond en zit ik op en neer te wippen, en plotseling kom ik onbedoeld naar voren. Ik houd even op. Ik begin weer op en neer te wippen. Er gebeurt niets. Ik schop en wip tegelijkertijd en ik kom naar voren. Ik houd op met huilen en schop en wip. Ik pak mijn zus rond haar middel en schop en wip, en wip en schop, en ik sleur haar mee. We komen vooruit. Ik gebruik mijn vrije hand om me af te zetten en zie kans om beter koers te houden en met mijn schop en wip in een ritme te komen. Steeds sneller beweeg ik over het pluizige bruinoranje tapijt. Ruby slaakt een kreet van verzet, met haar benen om mijn middel geklemd en haar arm die aan mijn hals sjort om me tegen te houden, omdat ze hier gewoon nog niet aan toe is. Maar ik wel. En ik kom bij de pop.

De volgende dag zette tante Lovey ons weer in het midden van de kamer. Dit keer zette ze niet mijn Baby Tenderlove-pop voor de zilveren radiator neer, maar Ruby's Kitty Talks a Little. Toen was de beurt aan Ruby om te leren hoe ze kon krijgen wat ze hebben wilde. Haar opgave was alleen wel moeilijker. Volgens tante Lovey kostte het Ruby een halfjaar voordat ze me zover had dat ik door de kamer schoof. Een tijdje later zette tante Lovey mijn pop en die van Ruby op verschillende plekken in de kamer. Een oppervlakkige beschouwer zou misschien denken dat ze wreed was, maar ze wilde ons meer laten bereiken dan gewoon maar in leven blijven.

Toen Ruby en ik negen waren, ging tante Lovey met ons naar de bibliotheek van Leaford om boeken op te zoeken die over onze aandoening gingen. (Wat voor boeken verwachtte ze daar eigenlijk? Welkom in de schitterende wereld van de craniopagie?) Ruby had, en heeft nog steeds, veel last van wagenziekte. Ze kan niet altijd tegen de middelen die misselijkheid bestrijden en altijd als we ergens heen gaan, al is het maar een kort tochtje, wordt ze ziek. En soms zelfs erg ziek. Ons toch al ernstig beperkte leven is nog eens extra ingeperkt door Ruby's wagenziekte. Al gaan we maar een dag op stap, dan nog pak ik voor ons allebei diverse setjes schone kleren in. Mijn meeste reisherinneringen gaan gepaard met de kaaslucht van Ruby's adem.

Op weg naar de bibliotheek van Leaford moest Ruby twee keer overgeven en toen we aankwamen, droeg ik inmiddels mijn laatste stel schone kleren. Het was heel normaal dat mijn zus wagenziek werd, maar toch wist ik dat het niet alleen met tante Loveys rijstijl te maken had. (De volgende dag zat Ruby onder de waterpokken, die ik overigens niet kreeg.)

Het was een teleurstelling voor tante Lovey dat er op de afdeling kinderboeken niets over craniale verbinding te vinden was, of over wat voor soort verbinding dan ook. Op weg naar de lift sprak ze de oude dame achter de balie aan om te zeggen dat de bibliotheek zijn kinderboekencollectie eens nader moest bekijken en dat er weleens een paar boeken over aangeboren afwijkingen en zo mochten worden aangeschaft. 'Al helemaal,' voegde ze eraan toe, 'omdat er een craniopagustweeling in jullie eigen gemeenschap woont.'

De oude vrouw, die volgens haar naamplaatje Roz heette en een veel te jeugdige paarse angora trui droeg, staarde mij en mijn zus aan. Ze had net als de meeste mensen in Baldoon County alleen maar van die zeldzame Siamese tweeling gehoord. Toch leek ze minder verbijsterd dan andere mensen toen ze Ruby en mij voor het eerst ontmoette. Misschien wel omdat ze zelf iemand kende die even uitzonderlijk was, al was het niet op dezelfde manier. Ze vond ook dat de kinderen van Leaford het een en ander moest worden bijgebracht, en vervolgens liep ze met ons naar de lift. Op de snelle rit omlaag voelde ik Ruby slap worden en ik wist dat ze in slaap was gevallen. Ik voelde de hitte van haar koorts en overwoog tegen tante Lovey te zeggen dat we naar huis moesten, maar de oude vrouw met de paarse angora trui had ons op een boek met foto's gewezen (uit het Mütter Museum in Philadelphia) dat boven in een kast op de afdeling voor volwassenen stond, en ik kon gewoon niet weggaan zonder daar een blik in te werpen.

Op de omslag van het enorme boek stond een daguerreotype van Chang en Eng Bunker, de tweeling uit het oude Siam en de oorspronkelijke Siamese tweeling die beroemd werd vanwege de acrobatische toeren die ze uithaalden terwijl ze met hun borst aan elkaar vastzaten. Ze traden op aan de Europese hoven en vestigden zich daarna in North-Carolina, waar ze met zussen trouwden die geen tweeling waren, en (ongelogen) in totaal éénentwintig kinderen kregen. De tweeling ziet er op de foto heel gedistingeerd uit, in precies dezelfde pakken die zo zijn gesneden dat de reep vlees waarmee ze ter hoogte van hun borstkas verbonden waren bedekt is. Ze stierven op hun drieënzestigste. Chang stierf 's nachts aan een gescheurde milt. De laatste woorden van zijn broer waren, naar verluidt: 'Dan ga ik ook maar.'

Tante Lovey nam het grote fotoboek en een paar kleinere boeken mee naar een grote, stille tafel achter in de leeszaal. Ruby's slapende lichaam was zwaar. En warm. Ik ging voorzichtig op een smalle bank zitten en hield mijn adem in toen tante Lovey met een sproetige hand (als je naar haar keek zou je nooit vermoeden dat ze indiaans bloed had) het boek opende. De eerste zwartwitfoto was een niets aan de fantasie overlatende afbeelding van een ernstig misvormd menselijk skelet. Tante Lovey las de kleine lettertjes van het onderschrift voor: 'Skelet van een zeven maanden oude foetus met spina bifida en anencefalie', schraapte haar keel en sloeg de bladzijde om. Op de volgende bladzijde stond een foto van een naakte vrouw die niet opviel door haar witte naaktheid maar vanwege een kromming van haar ruggengraat die maakte dat ze ter hoogte van haar middel scherp naar voren boog, alsof ze een wandelende letter r was. Ik vroeg tante Lovey of ze het onderschrift wilde voorlezen, maar ze sloeg de bladzijde om. Op de volgende foto stond een man van middelbare leeftijd met een gesteven wit overhemd aan en een stropdas om. Het was net of de reusachtige, paarsrode tumor op zijn gezicht zijn rechteroog naar zijn voorhoofd en zijn neus uit het midden van zijn gezicht had verjaagd. Ik had best nog wat langer naar de foto willen kijken, maar tante Lovey sloeg de bladzijde om. De volgende bladzijde liet op ongelooflijke, spectaculaire wijze, tegen een fluwelen achtergrond de ingemaakte resten van een craniopagus-tweeling zien die niet, zoals Ruby en ik, met de zijkant van hun hoofd maar met hun achterhoofd aan elkaar vastzat, zodat de een naar voren en de ander naar achteren keek. De kleintjes dreven in een reusachtige glazen pot, met opengesperde ogen en geopende mond, en bij de grootste van de twee zag je het stompje van een tand in zijn onderkaak. Rug aan rug, kont aan kont. Wrakhout in water. Hier en daar waren kleine stukjes metaal te zien. De baby's waren al in een pose gezet voordat ze in de pot waren afgezonken. Ze hielden elkaars handje vast. Er welde een snik uit Ruby's keel op, en ik schrok omdat ik niet had gemerkt dat ze wakker was geworden. Tante Lovey sloeg het boek dicht. Haar wangen waren vuurrood. Ze stond op om het boek weer op de plank te zetten.

Ruby snotterde in de geruite zakdoek die ze net als een oude dame altijd in haar mouw had zitten. Ik sloeg een klein rood boekje open en las een verhaal zonder plaatjes dat me nooit meer heeft losgelaten, als een stuk muziek. Het verhaal van Minnie en Marie. Minnie en Marie zaten bij hun geboorte, in Wales in 1959, met hun borst aan elkaar vast (dus waren ze een thorapagus-tweeling). Tezamen wogen de meisjes maar iets meer dan zes pond. Toen ze achttien maanden waren, hadden ze meer tijd in dan buiten het ziekenhuis doorgebracht. Minnie en Marie waren mooie baby's met een porseleinen huid en dikke, donkere krullen, en ze lachten vaker dan ze huilden. Ze omarmden en kusten elkaar vaak, maar ze konden ook gemeen vechten en soms moesten ze door de verpleegsters in bedwang worden gehouden. Hun spraakvermogen kwam maar moeizaam tot ontwikkeling, maar ze konden uitstekend met elkaar communiceren. Om de een of andere reden noemden ze elkaar Marie, dat ze allebei als 'Mie' uitspraken. De verpleegsters en artsen, die allemaal weg van hen waren, noemden de baby's ook allebei 'Mie'. Minnie en Marie waren in alle opzichten normaal, behalve dat ze samen maar één hart hadden, dat tegen hun tweede verjaardag begon te haperen.

Er werden specialisten bij gehaald, thoracale, en vaat- en hartchirurgen, die stuk voor stuk met de suggestie kwamen om de zwakkere baby, Marie, op te offeren en dat ene hart aan de sterkere van de twee, Minnie, te geven. Hun moeder, die totaal in paniek raakte bij het besef dat de tijd verstreek en omdat de dokter erop hamerde dat de meisjes allebei zouden sterven als er niets werd ondernomen, gaf toestemming voor de operatie. Met een kus nam ze voor altijd afscheid van baby Marie en ze bad dat het gezamenlijke hart in Minnie zou blijven doorkloppen. Het hart werkte beter dan de artsen hadden durven hopen. Toen de kleine Minnie een paar dagen na de operatie haar ogen weer opende, barstte er in de kamer vol artsen en verpleegsters een applaus los. De peuter klapte ook in haar handjes, strekte toen haar armpjes uit om haar zusje te omhelzen, en ontdekte angstig en verward dat haar tweelingzus verdwenen was. Minnie keek de kamer rond op zoek naar Maries gezicht. 'Mie?' fluisterde ze. De artsen en verpleegsters zwegen. De peuter keek nogmaals rond. 'Mie?' vroeg ze, 'Mie?' Toen keek ze omlaag en plotseling leek ze te begrijpen dat haar zus van haar was losgesneden. 'Pijn,' kreunde ze, terwijl ze het witte verband aanraakte. Ze zocht de ogen van haar moeder, die inmiddels in tranen was. 'Mie,' zei Minnie nogmaals, ze sloot haar ogen en stierf ook.

Tante Lovey heeft lang geleden eens tegen me gezegd dat ik mijn verhaal onbevangen moest schrijven, een beetje zoals het echt is, en een beetje zoals ik zou willen dat het was, niet alleen als een deel van een Siamese tweeling maar ook als mens en als vrouw. En na al die jaren is dat precies wat ik ga doen. 'Je moet schrijven,' zei ze, 'alsof je nooit zult worden gelezen. Dan weet je zeker dat je de waarheid schrijft.' Maar ik wil dat ik wél word gelezen. Ik wil jullie dit ware verhaal over mijn leven vertellen.

MOEDERS NATUUR

Op de dag dat Ruby en ik werden geboren, werd Baldoon County door een tornado getroffen. Volgens ooggetuigenverslagen was de furie eerst een tijdje boven acht hectare zaaimais in de buurt van Jeanette's Creek blijven hangen voordat ze naar de aarde omlaag vloog, de vierjarige Larry Merkel en zijn blauwe fietsje van de oprit plukte, een baan door de zaaimais en de suikerbieten trok en vervolgens met haar trofee zuidwaarts in de richting van het meer afsloeg. De tornado kwam niet tot het meer, maar boog bij Cadot's Corner scherp af, alsof hij zich ineens de juiste route herinnerde. De jongen was nog in drie verschillende dorpen waargenomen, maar daarna nooit meer. De kleine Merkel was verdwenen, maar zijn blauwe fiets werd later min of meer onbeschadigd op het dak van een huis drie velden verderop aangetroffen.

Het fietsje met zijn licht verbogen voorvork had nog een tijd achter een touw in het museum van Leaford gestaan, met links een opstelling met antiek boerderijgereedschap en rechts een verzameling op kurk geprikte monarchvlinders. Het museum stond tegenover onze boerderij aan Rural Route 1, dus Ruby en ik kwamen er vaak. We kenden de tentoongestelde spullen heel goed, en Ruby zou later zelfs diverse waardevolle bijdragen leveren. Afgezien van de vlinders waren er vitrines met hagel uit de oorlog van 1812 en een tabakszak die van het grote opperhoofd Tecumseh zou zijn geweest. Het begon allemaal als een kleine tentoonstelling van artefacten van de Neutral-indianen, maar die groeide langzaam aan omdat mijn zus jaar na jaar in de velden rond ons huis nog weer tientallen voorwerpen vond. Tegenover de opstelling van indiaanse voorwerpen in het museum van Leaford stonden twee meer dan manshoge foto's van mijn zus en mij van toen we drieënhalf waren.

Ik vond het heerlijk om tante Lovey of soms ook oom Stash de handgeschreven teksten te horen voorlezen waarin de rijkdommen en rariteiten van Leaford werden beschreven. Op het bordje onder onze foto stond: 'Rose en Ruby Darlen. Met hun hoofd aan elkaar vast geboren op de dag van de tornado – 30 juli 1974 – in het St. Jude-ziekenhuis in Leaford. Rose en Ruby vertegenwoordigen een van de zeldzaamste vormen van Siamees-tweelingschap: craniopagus. Ze delen een onmisbaar bloedvat en kunnen niet worden gescheiden. Ondanks hun situatie leiden de zusjes een normaal en productief leven hier in Leaford. De foto is gemaakt door Stash Darlen, oom van de zusjes.' (Tante Lovey vertelde me dat ze in eerste instantie het woord 'aandoening' hadden gebruikt om onze vergroeiing te beschrijven. Op haar aandringen hadden ze het in 'situatie' veranderd.) Onder Larry Merkels verbogen blauwe fietsje stond: 'Kinderfiets. Na de tornado van 30 juli 1974 aangetroffen op Don Charboneaus dak. De tornado richtte grote schade aan in Baldoon en de omliggende county's, tientallen mensen raakten gewond en twee mensen kwamen om het leven. De geschatte schade aan bezittingen beliep ruim $ 300 000. Dit kinderfietsje werd bijna zes kilometer meegevoerd door een wind met een snelheid van ruim honderdtwintig kilometer per uur.' De omgekomen jongen (wiens lichaam nooit werd teruggevonden) werd niet genoemd, en zijn arme, diepbedroefde moeder al evenmin.

Het ziekenhuis waar we werden geboren, St. Jude, was niet op rampen ingesteld en het personeel had geen idee waar ze moesten beginnen nadat de tornado was gekomen en gegaan en Larry Merkel had meegenomen. De meeste gewonden waren seizoenarbeiders uit het Caribisch gebied die op het land zaten en toen de wind begon te gieren zo onverstandig waren geweest om hun toevlucht in een vervallen schuur te zoeken. In het lage, bruine medisch centrum waren achttien kamers die tegen halfvijf die middag, een halfuur nadat de wind had toegeslagen, allemaal bezet waren. Tientallen mannen met blauwe plekken en bloedende wonden werden in de bedompte wachtkamer gepropt, en een paar hadden zelfs hun toevlucht op de glibberige vloer van de gang moeten zoeken. De minder ernstige gevallen stonden buiten te roken en grappen te maken in het dialect van hun eiland, maar al te blij dat ze een excuus hadden om even van de boerderij weg te zijn. De bleke, witharige moeder van de kleine verdwenen Larry, Cathy Merkel, liep rond tussen de gewonden, op zoek naar haar meegesleurde zoon, en af en toe bleef ze geschokt stilstaan als een van de hoge berken die in de gemeente verspreid stonden.

Ik moet hier eerst even uitleggen dat ik alles wat ik aan details over de tornado en onze geboorte weet van tante Lovey heb, 'zuster Darlen' voor haar collega's in het St. Jude-ziekenhuis en 'alles' voor Ruby en mij. Tante Lovey had dienst toen wij werden geboren. Haar vormen waren toen nog weldadig dik, haar bos krullen was eerder blond dan grijs, en haar sproetengezicht was nog nauwelijks gerimpeld. Je had haar op een jaar of veertig geschat, maar ze was tweeënvijftig.

Natuurlijk zal ik me tante Loveys herinneringen aan onze geboorte weer anders herinneren, omdat het verhaal nu eenmaal door mijn geheugen en mijn verbeelding vorm krijgt. En mijn zus zal zich de herinneringen van tante Lovey aan onze geboorte nog weer anders herinneren, en haar eigen herinneringen aan alle gebeurtenissen in ons leven zijn ook weer heel anders dan de mijne.

Maar terug naar ons verhaal… tante Lovey vertelde dat toen

dr. Richard Ruttle jr. op de dag van de tornado zag dat zijn ziekenhuis vol gewonde seizoenarbeiders zat, hij zijn bejaarde en gepensioneerde vader, dr. Richard Ruttle sr., had gebeld om hem bij te laten springen. Uit diverse dorpen in de omgeving kwamen verpleegsters met dozen vol spullen aanzetten, en een paar dames van het katholieke vrouwengilde brachten eten: champignonsoep-casserole, plakken fabriekskaas op wittebrood, kipsalade met stukken selderiestengel, en ijskoude chocoladecrispy's.

Tante Lovey werd via de intercom opgeroepen. Oom Stash was aan de lijn, maar ze kon het telefoontje niet aannemen. De boodschap werd door een overbelaste verpleegster met een vlekkerige blauwe pen op de achterkant van een servetje van Kentucky Fried Chicken neergepend. Hij luidde doodeenvoudig: 'Je.' Oom Stash was in Ohio op bezoek bij zijn bejaarde moeder en had helemaal niets van het slechte weer gemerkt. Toen hij het hoorde van de storm, had hij meteen het St. Jude gebeld, waar hij tot zijn opluchting hoorde dat zijn vrouw ongedeerd was. 'Alstublieft alleen zeggen '*Je*' tegen mijn vrouw,' had hij in zijn zware Slowaakse accent gezegd, om dat 'je' vervolgens nog eens te spellen, omdat de verpleegster dacht dat ze het niet goed had verstaan. 'Je.' Dat was wat oom Stash en tante Lovey hun hele gehuwde leven in al zijn volmaakte uitzonderlijkheid tegen elkaar hadden gezegd. Het betekende *Ik hou van je*, en nog wat van zulke krachtige clichés. *Je* betekent alles voor me. Ik heb me ongerust over *je* gemaakt. Ik zou doodgaan als *je* iets overkwam. Het spijt me als ik *je* heb gekwetst. *Je* bent mijn leven. Oom Stash noemde tante Lovey ook '*moja mila*', wat in het Slowaaks 'mijn liefste' betekende. Tante Lovey moest daar altijd om lachen en zei dan: 'Met zo'n achternaam ben ik ieders liefste, Darlen.' Ze vond dat je de humor van namen moest inzien als je met de naam Lovonia Tremblay ter wereld was gekomen en vervolgens na je huwelijk

Lovey Darlen werd. En als helft van een craniopagus-tweeling begreep ik heel goed wat ze bedoelde als ze zei dat je de humor van dingen moest inzien.

Nadat ze het servetje met de lieve blauwe code in haar vochtige beha had gestopt, nam tante Lovey even de tijd om verbijsterd de chaos om zich heen in ogenschouw te nemen. Ze krabde zich op haar blonde hoofd en voelde zich meteen lachwekkend vanwege dat gebaar. Ze bedacht dat er al ruim veertig jaar geen tornado meer in Leaford was geweest en dat ze er nog nooit een had meegemaakt die zo had huisgehouden als deze. Toen de sirene achter de watertoren in het park aan de Thames was afgegaan, had ze maar aangenomen dat Leaford werd gebombardeerd (al wist ze natuurlijk best dat ons land niet in oorlog was). Ze was hevig geschrokken van het nieuws over de tornado en vreemd genoeg behoorlijk teleurgesteld dat ze de moorddadige storm niet rechtstreeks had voelen striemen.

Tante Lovey voelde het servet in haar beha verschuiven. Toen kwam er een zwangere patiënte door de deur van de eerste hulp gestoven. En de stroom viel uit.

De zon was nog niet onder, dus de paniek nam niet zienderogen toe. Iedereen veronderstelde dat het licht snel genoeg weer aan zou gaan, en voorlopig zagen ze nog genoeg. Tante Lovey gaf een andere verpleegster opdracht om een man met een oppervlakkige hoofdwond water te brengen en schoot de angstige zwangere vrouw te hulp die op de gang haar weeën onderging.

De vrouw, onze moeder, was achttien jaar, fijngebouwd en knap, met lang, golvend bruin haar en een brede mond met volle lippen. Van onderen droeg ze een soort mannenboxershort die onder de zwelling van haar buik zat weggeschoven, en van boven een roze gesmokte positiejurk die niet helemaal lang genoeg was, en geen beha. De voorkant van haar roze jurk zat onder de resten van een gesmolten paarse ijslolly, waar ook haar lippen en tong van waren verkleurd. Ze had een verwaaide haardos. Haar met vlekkerige mascara omrande ogen stonden doodsbang. Zelfs voor een zwangere vrouw had ze een reusachtige buik, een van de grootste die tante Lovey ooit had gezien.

'Een tweeling zeker?' vroeg tante Lovey, die sigarettenlucht in de zwoegende adem van de jonge vrouw rook.

Plotseling merkte onze jonge moeder de gewonde zwarte mannen op die uit de wachtkamer puilden. Een hologige, bezeten, witharige vrouw (mevrouw Merkel) stond aan het eind van de gang naar haar te kijken. Onze moeder beet op haar wang omdat ze niet wilde huilen, maar ze was bang, en ze had pijn, en ze was eigenlijk zelf nog een kind. Tante Lovey trok het zwangere meisje uit het schemerlicht op de gang de grote kast in die ze als kantoor gebruikte. Ze friemelde wat met het lichtknopje, in de hoop op een wonder, en vroeg: 'Waar kom je vandaan, meisje?'

Onze moeder kon geen antwoord geven. Ze probeerde op adem te komen terwijl de pijn van een wee over haar ruggengraat kwam getuft.

Tante Lovey wist al dat onze moeder niet uit Leaford of ergens daar in de buurt kwam. 'Ik zou denken dat je uit Windsor komt,' zei tante Lovey schattend.

Onze moeder had even een adempauze in de weeën verdiend en trok het folie van een nieuw pakje sigaretten dat ze in haar smerige macramé-tas had gevonden. 'Ik snak naar een sigaret,' verklaarde ze, en sloeg toen een blik op de donker wordende lucht. 'Horen ziekenhuizen geen noodaggregaten te hebben?'

Tante Lovey wees naar een bordje verboden te roken en kaatste kribbig terug: 'Natuurlijk hebben we een noodaggregaat.'

Dat leek onze moeder gerust te stellen, al was ze geïrriteerd dat ze niet mocht roken. Ze kauwde op een pluk vochtig haar. 'Die ene dokter zei in het begin dat het een tweeling zou worden, maar ik ben eigenlijk al een tijd niet meer bij hem geweest, dus…' Ze liet zich in een gele draaistoel zakken. 'Ik heb mijn auto op een privéparkeerplaats neergezet. Gaan ze hem nou wegslepen?'

Het raam stond wijd open en het waaide nog steeds hard, waardoor de papiertjes op tante Loveys prikbord in een stevig ritme flapperden. Onze moeder zat in de maat mee te zwaaien met haar benen terwijl tante Lovey haar in de ogen keek en dacht dat ze te groot leken, alsof het geleende laarzen of een trui van een oudere zus waren. 'Hoe heet je?' vroeg tante Lovey, en ze pakte de pols van onze moeder om haar hartslag te meten.

'Liiiizzzz,' antwoordde ze, zo traag dat het wel gelogen moest zijn.

'Zo, Liiiizzzz,' zei tante Lovey, terwijl ze haar hand naar de manchet van de bloeddrukmeter uitstak, 'ik heb zo'n flauw vermoeden dat dit je eerste baby wordt. Of baby's, liever gezegd. Klopt dat?'

Onze moeder knikte terneergeslagen.

Tante Lovey probeerde het licht op de gang. Nog steeds niets. Ze keek naar de lucht. Er zou nog hooguit een uur genoeg licht zijn. Er is kennelijk een probleem met het noodaggregaat, dacht ze. Want dat hebben we wel degelijk.

'Weet je wanneer je bent uitgerekend, lieverd?' vroeg tante Lovey.

Onze moeder haalde haar schouders op.

Tante Lovey gaf haar een klembord en een pen en zei dat ze zelf maar haar inschrijfformulier moest invullen, en vervolgens reed ze een slapende patiënt met een wond aan zijn been naar de triage-afdeling zodat het zwangere meisje in alle rust in kamer één zou kunnen bevallen. Toen tante Lovey later het klembord terugvond en het formulier in het licht van een

kaars doorlas, zag ze dat onze moeder achter 'naam' Elizabeth
Taylor had ingevuld. En achter 'adres' had ze Hollywood, Californië geschreven. De rest van het formulier was met spiralen
en vierkantjes volgeklad.

Onze moeder zat hevig zwetend schrijlings op een stoel uit
een raam te roken toen tante Lovey en dr. Ruttle jr. haar kamer binnenkwamen. Tante Lovey marcheerde over de geblok-
te vloer, rukte de sigaret uit haar handen en gooide hem het
raam uit. (De kamer was op de begane grond, wat het gebaar
wat minder indrukwekkend maakte.) Onze moeder protesteerde niet. Ze liet zich door dr. Ruttle jr. en tante Lovey van de
stoel op het ziekenhuisbed tillen, waar ze angstig en snakkend
naar een sigaret bleef liggen.

Tante Lovey trok de gordijnen zo ver mogelijk open. Er was
net genoeg licht om te kunnen zien. Over twintig minuten
zouden ze kaarsen en zaklantaarns nodig hebben. 'Ik kon je
inschrijfformulier niet vinden,' zei tante Lovey, en ze klakte
met haar tong. 'Dus je zult een nieuw moeten invullen.'

Onze moeder knikte met haar blik op de golfbewegingen
van haar baby's onder haar blauwe ziekenhuisjurk. Dr. Ruttle
boog zich over haar heen om de jurk omhoog te trekken, maar
die zat onder haar zweterige achterste vast, en er volgde wat
gênant gemanoeuvreer voordat de ruw uitgerekte huid van Liz
Taylor bloot kwam.

'Hoe heet je?' vroeg dr. Ruttle jr. 'Waar ligt haar status?

'In de gang,' antwoordde tante Lovey. 'Ze heet...' Ze wachtte
om te zien of onze moeder zichzelf zou voorstellen, maar die
zat over de linea negra op haar opgezwollen buik aaiend in de
verte te staren. 'Ze heet Elizabeth. Elizabeth Taylor, net als die
filmster. Is dat niet enig, dr. Ruttle?'

'En of dat enig is, zuster Darlen.' Toen keek de dokter zijn
patiënt voor het eerst recht aan. Hij glimlachte vriendelijk.
'Wie heeft u hierheen gebracht, juffrouw Taylor?'

Onze moeder begon te huilen.

'De vader kon niet komen vanwege de tornado,' loog tante Lovey.

'Het is gewoon hartstikke stom dat jullie me hier niet laten roken,' snikte onze moeder.

Dr. Ruttle jr. legde zijn kleine handpalmen op de reusachtige zwelling en onderwierp ons aan een paar stevige palpitaties. 'Een tweeling. Allebei ingedaald.'

'Ingedaald?' Onze moeder haalde haar neus op en knipperde met haar ogen.

'De baby's zitten met hun hoofd omlaag,' legde tante Lovey uit. 'Dat is goed.'

De dokter trok een latex handschoen aan, duwde de knieën van onze moeder uiteen en stak zijn hand tussen haar benen, die onder het kippenvel zaten. Even later trok hij zijn hand weer los, liet de spanningen van de dag over zijn gezicht glijden en kneep met zijn besmeurde vingers in zijn neusbrug. Ineens besefte hij zijn vergissing en hij pakte een papieren zakdoekje. 'Vier,' zei hij.

'Vier?' Onze moeder keek ontzet. 'Ik dacht maar twee.'

'Centimeter. Je hebt een ontsluiting van vier centimeter, lieverd.' Tante Lovey klopte onze moeder op de schouder. 'Eerste bevalling. Tweeling. Dat zal nog wel even duren.'

Ik denk het liefst dat onze moeder wist wat 'ontsluiting' betekende. Ik denk het liefst dat ze niet doodsbang was toen de vingers van dr. Ruttle bij haar binnendrongen. Ik denk het liefst dat hij haar, voordat hij de kamer uit stoof, verzekerde dat hij honderden baby's en tientallen tweelingen ter wereld had gebracht en dat het allemaal goed zou gaan. Maar het is waarschijnlijker dat onze geheimzinnige moeder in het duister naar een sigaret snakkend weeën lag te hebben.

De elektriciteitsstoring werd niet verholpen. Als er al een noodaggregaat was, sloeg dat niet aan. De straatlantaarns gingen niet aan, en geen enkel ander licht in heel Leaford. Onze jonge, angstige moeder lag in haar eentje zwetend onder haar blauwe ziekenhuisjurk weeën te hebben. Ze vroeg om een paar filmtijdschriften, maar ze kon ze niet lezen bij de twee kaarsen die de kamer verlichtten. Tante Lovey of een van de andere verpleegsters kwam elk kwartier langs om haar een slokje moerasachtig smakend water te geven, excuses aan te bieden dat er geen ijsschilfers waren om op te zuigen en haar te verzekeren dat ze petroleumlampen zou brengen als het tijd werd om te baren.

Tegen tien uur waren de meeste seizoenarbeiders behandeld en teruggestuurd naar de boerderij om daar in hun geïmproviseerde barakken verder te slapen. Een paar mannen waren per ambulance naar Chatham afgevoerd. Drie bijna verdronken tienerjongens die met hun gestolen vissersbootje op het klotsende meer waren gekapseisd, waren door hun vaders opgehaald om thuis een aframmeling te krijgen. En het hele ziekenhuis gonsde (in elk geval tot wij onze opwachting maakten) van het wonder, zoals sommigen het noemden, dat dr. Ruttle sr. had verricht door een afgebroken spijl van een houten hek te verwijderen die een jonge monteur, vader van vier kinderen, had doorboord. Dr. Ruttle jr., die assistentie verleende terwijl zijn vader de reusachtige splinter uit de borst van de arme man verwijderde, herinnerde zich hoe hij eens als zesjarige bij zijn vader achter op de fiets over Rondeau Road reed en echt dacht dat de man een reus was.

De witharige mevrouw Merkel zat in haar eentje op een oranje plastic stoel vanwaar ze zowel de voordeur als de toegang tot de eerste hulp in de gaten kon houden. Ze hield een foto van Larry vastgeklemd (wit stekeltjeshaar, smalle grijze ogen, bezorgd voorhoofd) en droomde over zijn blauwe fietsje dat zonder berijder in het oog van de storm rondtolde. In het duister klonken zachte voetstappen en gefluister. Aan het eind van de gang dansten de lichtkringen van een zaklantaarn rond.

Om 23.44 uur kwamen de Stones, een mennonietenfamilie van een aantal boerderijen verderop, door de deuren van de eerste hulp het donkere ziekenhuis in gestrompeld. Van licht tot zwaar gewond waren ze met hun vijftienen uren bezig geweest om zich uit de puinhopen van hun ingestorte kelder te graven. Hun paarden waren omgekomen, dus ze hadden de zeven modderige kilometers van hun boerderij naar het ziekenhuis te voet afgelegd. Twee van de mannen droegen, hoewel ze zelf bloedden en zich met de grootste moeite voortbewogen, een derde man, die wel dood leek. Zes kleine kinderen met houtsplinters in hun warme wollen mutsen kwamen achter de anderen aan gesjokt. Tot haar opluchting had tante Lovey de indruk dat de kinderen vrijwel ongedeerd waren, totdat het kleine meisje in het midden op de grond viel en ophield met ademhalen. Dr. Ruttle sr. viel op zijn knieën en begon haar te reanimeren.

De meeste vrijwilligers waren al naar huis gestuurd en daarmee waren de extra lampen en zaklantaarns verdwenen. In het donker klonken kreten om licht, water, licht, verband, licht, zoutoplossing, en licht en licht en licht. De man die voor dood was binnengedragen was door de commotie weer tot leven gewekt en begon bij de aanblik van het gevallen kind te jammeren. Door alle pogingen om het kleine meisje weer tot leven te wekken en de verzorging van de rest van de familie was er zo veel lawaai op de eerste hulp dat niemand onze moeder hoorde kreunen, of misschien janken, een diep, schor, dierlijk geluid. Niemand behalve mevrouw Merkel, die in al haar zorgelijkheid en bereidheid om te treuren de vloed van kreten uit kamer één volgde en op de tast net zo lang door de duisternis zocht tot ze onze moeder had gevonden, die op haar knieën over een stoel gebogen zat met haar voorhoofd plat tegen de vensterbank. (Tante Lovey denkt dat ze het raam uit probeerde te klimmen om haar sigaret terug te halen.) De kaarsen die in de kamer hadden gestaan lagen buiten gedoofd op de grond. (Misschien had ze geprobeerd licht op het gras te laten schijnen om te kijken of ze haar sigaret zag liggen.) Om welke reden onze moeder ook naar het raam was gekropen, ze werd daar overvallen door de snerpende pijn van haar langste, krachtigste wee tot dan toe, en voor ze weer overeind kon komen, laat staan naar het bed terug kon strompelen, volgde er nog een golf pijn, en nog een en nog een.

Zelfs in het diepe duister begreep mevrouw Merkel, die per ongeluk haar handen op de bonzende buik van de vrouw had gelegd, dat dit de zwangere vrouw was die ze eerder had gezien. 'Help me, alstublieft,' smeekte onze moeder, 'alstublieft, God, help me.'

Mevrouw Merkel schreeuwde door de gang: 'Zuster! Dokter! Er ligt hier een vrouw een kind te krijgen. Het komt eruit. Het kind komt eruit. Kom nou toch. Alstublieft.'

Maar er kwam niemand. Mevrouw Merkel (die maar één kind had) wist helemaal niets van verloskunde af, maar ze was wel zo bij de tijd om wat sussende woorden te zeggen, in het donker de wasbak op te sporen en haar handen snel in te zepen. Onze moeder gaf een geluid, een door merg en been gaande schreeuw, alsof haar armen in een afschuwelijke, stiekeme aanval geamputeerd waren. Toen volgde er nog een schreeuw, nu waren haar benen ook weg. Mevrouw Merkel wilde net de kamer verlaten, maar ze draaide om haar as en kwam terug.

Ze trok haar mouwen tot haar ellebogen omhoog en reikte omlaag waar ze het glibberige maantje haar voelde dat mijn (ons) hoofd was tussen de benen van mijn moeder. 'Lieve hemel,' fluisterde mevrouw Merkel, 'God sta me bij.' Aangezien onze hoofden verbonden waren, waren ze samen bijna tweemaal zo groot als het hoofd van een normale baby. Onze moeder gromde en perste.

Van anus tot clitoris scheurde haar weefsel.

Je zou denken dat de barende moeder zou schreeuwen, maar dat deed ze niet. 'O, mijn god,' fluisterde mevrouw Merkel, 'het hoofd is eruit.' Ze hoorde de kraan in de hoek druppelen. Met haar hand op onze bloederige schedels, en zonder dat ze in staat was om de tweeling met de twee gezichten die we waren te onderscheiden, slaakte mevrouw Merkel een diepe, bevende zucht.

Ineens stond tante Lovey met een petroleumlamp in de deuropening. In het flakkerende licht van de lamp kon de verpleegster het tafereel bij het raam net duidelijk genoeg zien om het enorme hoofd te ontwaren dat uit de jonge Elizabeth Taylor te voorschijn was gekomen en om te zien dat het twee aparte gezichten had. Twee platgedrukte gezichten die niet helemaal naast elkaar zaten, met een gemeenschappelijke dos dik, donker haar. Tante Lovey hield haar hoofd scheef en kwam naderbij. Ze was niet geschokt of van afschuw vervuld, maar volkomen gebiologeerd.

Cathy Merkel begon te krijsen.

Binnen een paar seconden verschenen de dokters sr. en jr., met in hun kielzog een horde verpleegsters met allemaal een noodlichtvoorziening in hun handen – een kaars, een petroleumlamp, een zaklantaarn – en ze richtten het licht op het ding, dat ding dat wij waren.

Het duurde nog een volle minuut voordat iemand op het idee kwam de krijsende mevrouw Merkel uit de kamer te verwijderen.

De dokters waren het er al snel over eens dat ze niet zouden proberen de patiënt van positie te laten veranderen, omdat ze vonden dat de houding waarin ze nu zat, op handen en knieën, weleens heel geschikt kon zijn om iets te baren dat, naar het zich liet aanzien, het eerste geval was van een Siamese tweeling in Leaford, zo niet in het hele land. Met dr. Ruttle sr. aan haar linker- en dr. Ruttle jr. aan haar rechterzijde met ieder hun eigen tang, werden we uit het lichaam van onze moeder losgewrikt, waarmee onze opsluiting in haar ten einde kwam maar onze veroordeling tot elkaar een aanvang nam.

Onze geboorte werd niet met kreten van verbazing maar met de stille eerbied van beroepskrachten begroet. Iemand nam ons op en droeg ons onbedekt naar de onderzoekstafel. We waren glibberig van de zalfachtige huidsmeer, vlekkerig en paars, en we beefden. Dokters en verpleegsters verplaatsten zich als één man om ons op het crêpepapieren lakentje te zien kronkelen. Hoe lang zullen ze hebben staan staren voordat iemand iets zei?

Samen wogen we negen pond en 229 gram. Ik was de langste, mijn benen waren volmaakt gevormd, alleen was mijn romp wat korter dan normaal, waardoor mijn armen een beetje te lang leken. De benen van mijn zus hingen slap vanaf haar heupen, twee verkorte dijbotten met daaraan klompvoetjes. Ruby's bovenlichaam was normaal, maar heel tenger. Ik kan me voorstellen wat de zwijgzame staf van het St. Jude zag toen ze op ons neer stonden te kijken: onze aaneengesmede hoofden met mijn misvormde gezicht dat de ene en Ruby's mooie gezichtje dat de andere kant op keek.

Ik heb een paar versies gehoord van wat er daarna gebeurde, maar ik houd me aan die van tante Lovey. Er werd hier en daar wat 'goeie god', 'hemeltjelief' en 'allejezus nog aan toe' gemompeld. Toen fluisterde tante Lovey: 'De kleine is net de pop van de grote.' Dr. Ruttle jr. wendde zijn ogen geen moment van ons af, riep om een fototoestel en gaf tante Lovey opdracht het kinderziekenhuis in Toronto te bellen. Voordat tante Lovey de kans kreeg zich om te draaien, viel een instrumentenkarretje dat vlak bij de deur stond met veel geraas om. Niemand keek ogenblikkelijk om, zoals je onder normale omstandigheden zou doen. En toen ze zich één voor één met hun lampen en kaarsen en zaklantaarns omdraaiden, waren ze geen van allen geschokt (omdat niets ooit meer een schok zou lijken na wat ze net hadden gezien) toen ze dr. Ruttle sr. uitgestrekt op het linoleum zagen liggen, met heel komisch een scalpel op zijn voorhoofd, op zijn achtenzeventigste overleden aan een hartaanval.

Ik hield abrupt op met huilen en ging de kamer voor in een ogenblik stilte. Van verwondering om de uitzonderlijke geboorte en uit erkenning voor het gepaste tijdstip van dit sterfgeval vlogen de hoofden heen en weer. Dr. Ruttle jr. knielde naast zijn vader. Hij probeerde hem niet te reanimeren. Zijn vader was al overleden. Hij duwde een afgedwaalde witte lok op zijn eerbiedwaardige plaats op het hoofd van de oude arts, en zette het instrumentenkarretje overeind. Zwijgend en kalm pakte hij de zak zoutoplossing, de tang, de klemmen en de andere spullen die over de grond verspreid lagen en rangschikte en verlegde de scalpels twee keer, terwijl hij bedacht dat zijn beminde vader waarschijnlijk op de mooiste dag van zijn leven was gestorven. En ik hervatte mijn pasgeboren kreten.

Uiteindelijk richtte dr. Ruttle jr. zijn aandacht weer op de craniopagus-tweeling, terwijl tante Lovey en de twee andere mannen in de kamer (de conciërge en een van de mennonieten die op alle opwinding waren afgekomen) de bejaarde dokter op een brancard hesen en hem wegreden.

Uitgeput van de bevalling en waarschijnlijk bemoedigd door het geluid van mijn gejengel (Ruby deed er nog het zwijgen toe) informeerde onze moeder nergens naar. Ze vroeg niet of het inderdaad een tweeling was en wilde niet weten of het jongens of meisjes waren. Ze vroeg niet eens of ze mocht roken. Ze liet zich door de verpleegsters naar het bed rijden waar tante Lovey hielp bij het baren van de nageboorte. Maar bij deze tweede bevalling kreeg het meisje een hevige bloeding waarbij ze reusachtig veel bloed verloor, al was het niet helemaal genoeg om een bloedtransfusie noodzakelijk te maken.

Binnen twee uur na onze geboorte waren Ruby en ik in een ambulance op weg naar het kinderziekenhuis in Toronto, onder begeleiding van hoofdverpleegster Lovey Darlen. Onze moeder, Elizabeth Taylor, lag een week lang na onze geboorte zwijgend voor zich uit te staren, al was ze wel bij kennis. Ze wilde haar echte naam (Mary-Ann Taylor) niet zeggen, en evenmin eten, maar ze zag wel kans aan sigaretten te komen. Tante Lovey zat met ons in Toronto en de rest van de staf had medelijden met de arme jonge moeder en kon het niet over zijn hart verkrijgen om tante Loveys antirookvoorschrift te handhaven. De tiende dag veroorzaakte onze moeder per ongeluk of opzettelijk een brandje in kamer één. Voordat de rook was weggetrokken, verklaarde iemand dat hij haar in de richting van de fout geparkeerde geblutste gele Mustang had zien waggelen. Ze is daarna nooit meer gezien.

Naar mijn idee is onze moeder haar verstand kwijtgeraakt toen ze van ons was bevallen. Ik denk dat iedere normale vrouw de kluts zou kwijtraken als ze een Siamese tweeling kreeg, en onze moeder was een ongehuwd meisje in Zuid-Ontario, in 1974. Ruby denkt dat onze moeder niet de benen heeft genomen omdat ze van ons was bevallen, maar omdat haar tweeling zo zonder enige consideratie bij haar werd weggenomen. Ruby verafgoodt onze moeder een beetje. Dat soort illusies heb ik niet.

DE MOEDER VAN DE NATUUR

Larry Merkel was het eerste slachtoffer van de tornado. Vermist, en waarschijnlijk dood. De inwoners van Leaford schreven de dood van dr. Ruttle sr. ook aan de storm toe. De spanningen die de tornado had opgeroepen zouden zijn hartaanval hebben veroorzaakt, zeiden ze. En de derde dode, die in geen enkel officieel verslag wordt meegerekend, is misschien ook een beetje aan de tornado te wijten. Als onze moeder niet door de storm was overvallen, als ze ons in een ander stadje ter wereld had gebracht, terwijl haar getrouwde minnaar ongerust in de gang op haar zat te wachten, had het hele gebeuren misschien wel totaal anders voor haar uitgepakt. Misschien had ze ons dan gehouden. In elk geval is het een mogelijkheid.

Onze moeder is niet, zoals op sommige websites staat vermeld, uit het raam gesprongen toen ze zag dat Ruby en ik met ons hoofd aan elkaar vastzaten. (De kamer was tenslotte op de begane grond.) Ze stierf acht weken na de bevalling aan bloedvergiftiging, eenzaam in haar stoffige flat op de vierde verdieping zonder lift. Tante Lovey zei dat onze moeder geestelijk niet helemaal in orde moet zijn geweest dat ze die infectie heeft doorstaan zonder medische hulp te zoeken. Oom Stash zei dat je echt niet getikt hoefde te zijn om iets stoms te doen, dat jong zijn al volstaat.

Toen we klein waren, hadden we het vaak over onze overleden moeder, toen we ouder werden steeds minder. Tante Lovey verdroeg die adoratie voor een vrouw die ons in de steek gelaten had, maar alleen omdat ze dood was. Ze moedigde Ruby aan om haar te tekenen (Ruby is de tekenares van ons tweeën) met een met juwelen bezette tiara, engelenvleugels en een wit gewaad, gezeten op een wolk. Ik schreef gedichten en korte verhalen over onze moeder en hield de weinig flatterende portretten voor me. En als we genoeg kregen van het tekenen en schrijven, stelde een van ons (meestal Ruby) voor om 'dat spel' te doen, en dan wist de ander dat dat het spel was waarbij we onze moeder Liz noemden en net deden of we haar voor de echte Elizabeth Taylor aanzagen. Het spel waarbij Ruby net deed of we in Hollywood woonden en mensen ons eerder interessant dan eigenaardig vonden.

Toen we twaalf waren en tante Lovey aan haar kop zeurden met vragen over onze echte moeder, kwam oom Stash op het idee om een privédetective te huren. Het werd een ongelofelijk spannende week voor Ruby en mij, want elke dag kwam oom Stash met een nieuw brokje informatie thuis in de oranje bakstenen boerderij aan Rural Route 1. Zoals ik al zei, heette onze moeder Mary-Ann en niet Elizabeth. Ze woonde in Toronto maar had vrienden in Windsor. Ze had een deeltijdbaantje in een tweedehandsboekwinkel gehad, en de rest van het personeel mocht haar graag. Een collega vertelde de detective dat ze altijd met haar neus in de boeken zat en aan het sparen was om te kunnen studeren (dat vond ik fijn om te horen). Ze was erg geïnteresseerd geweest in alles wat met indianen te maken had (wat Ruby fijn vond om te horen), en ze was lid van een jongerengroep van een kerk (waar mijn zus en ik ons helemaal niets bij konden voorstellen).

Vlak voor onze veertiende verjaardag nam oom Stash een dag vrij van zijn werk als slager bij Vanderhagen Vleesverwerking (waar de andere mannen hem Stan noemden), zodat hij en tante Lovey met ons naar Toronto konden voor een doktersbezoek vanwege Ruby's problemen met haar ingewanden – en om wat meer over onze moeder te weten te komen. In Toronto zetten we de oude rode Duster voor een flatgebouw aan Sherbourne Street, waar onze moeder had gewoond, tegenover een park en vlak bij een ziekenhuis. We zaten al ruim een uur voor het onopvallende bakstenen gebouw (oom Stash had een dikke zaterdagkrant gekocht om te lezen) voordat Ruby zei dat we wel konden gaan. Ik had gemerkt dat mijn aandacht werd afgeleid door de mooie, gevaarlijke jonge mensen in het park, maar mijn zus had haar ogen niet van het roodstenen gebouw kunnen afhouden, en ze had zich van iedere onbekende die naar binnen ging of naar buiten kwam voorgesteld dat het een vertrouweling van onze moeder was geweest en ons dus iets boeiends kon vertellen. Ruby had zitten mokken toen oom Stash zei dat we die onbekenden niet konden benaderen om hen te ondervragen, en vervolgens weigerde ze van het lunchpakket van hamsandwiches met honing en dadelkoekjes te eten dat tante Lovey die ochtend had ingepakt. 'Stel je niet aan, Ruby. Je gaat eten,' had tante Lovey verzekerd.

Na een middagmaal in een warme auto (omdat tante Lovey mijn zus en mij niet aan de mooie maar gevaarlijke jonge mensen in het park wilde blootstellen) reden we naar de begraafplaats Mount Pleasant om roze anjers (Ruby's lievelingsbloemen) op het graf van onze moeder te zetten. Aan de hand van de plattegrond die oom Stash van de privédetective had gekregen spoorden we de grafsteen op. Hij was van roze graniet met rode en gele vlekjes. De tekst luidde: Mary-Ann Taylor. Beminde dochter. Geboren: 20 januari 1956. Gestorven: 21 september 1974. Het troostte mijn zus en mij om het graf te zien, precies zoals tante Lovey tegen oom Stash had gezegd toen ik ze er op een avond ruzie over hoorde maken.

Terwijl ik voor de roze granieten grafsteen stond, voelde ik dat Ruby geluidloos de naam van onze moeder zei: 'Mary-Ann, Mary-Ann'. Ik had medelijden met mijn zus, maar tegelijkertijd vroeg ik me af waarom ze 'Mary-Ann, Mary-Ann' fluisterde, en niet 'moeder, moeder'. Ruby smeekte me te knielen om dichter bij het graf te zijn. Ik stemde toe, al was het verschrikkelijk ongemakkelijk om op het gras gehurkt te zitten dat de aarde bedekte die de kist bedekte die het lichaam van Mary-Ann bevatte, en bovendien schaamde ik me dood. Er waren maar een paar mensen bij ons in de buurt op de begraafplaats (geen van allen zaten ze op het lapje grond van hun beminde overledene gehurkt) en stuk voor stuk stonden ze naar ons te staren omdat we er nogal opvallend uitzagen.

Toen Ruby zo'n vijf à tien minuten 'Mary-Ann, Mary-Ann' aan het kermen was, begon ik me pas goed te ergeren. Ik verlangde niet zo heftig naar onze moeder als mijn zus, en ik voelde me schuldig en verward vanwege mijn gebrek aan emoties. Ik vroeg Ruby of we weg konden en wachtte steeds geduldig als ze om nog een paar minuten vroeg. Algauw begon Ruby ongeremd 'Mary-Ann, Mary-Ann' te jammeren. Een gezin van een paar rijen verderop kwam dichterbij.

De keren dat ik fysiek de baas over mijn zus heb gespeeld – de keren dat ik haar tegen haar zin ergens vandaan heb weggedragen – zijn op de vingers van één hand te tellen, maar met dat gezin dat al starend steeds verder oprukte en mijn zus die 'Mary-Ann, Mary-Ann' brulde, was dat het enige wat ik nog kon bedenken. Ik stond op, nam mijn zus op mijn rechterarm terwijl ik Ruby van schrik en verzet voelde trillen, en stapte gedecideerd richting auto. Even later verscheen oom Stash met de sleutels. Zijn handen trilden en hij keek me niet aan. Ik weet niet precies wat hij voelde, maar voor tante Lovey moest het wel drie keer zo erg zijn.

Op weg naar het avondeten zei niemand iets, Ruby verklaarde alleen dat ze geen hap zou eten. Mijn zus had ondanks tante Loveys stellige woorden tussen de middag niets gegeten, en ze zou misselijk worden als ze het avondeten ook nog eens oversloeg. Dus ik werd ongerust, want als Ruby ziek wordt, raakt mijn bestaan ernstig beperkt, en ik zag dat tante Lovey zich ook druk maakte. Ze wisselde een blik met oom Stash die daarop de aantekeningen van de privédetective te voorschijn haalde en aankondigde dat we bij Lindy's Steakhouse aan Yonge Street gingen eten, 'waar jullie moeder als serveerster heeft gewerkt!' Ruby klapte in haar handen als een kind van drie. Goedgelovig. Kwetsbaar. Al hadden we het nog niet bijgelegd, ik hield op dat moment onuitsprekelijk veel van haar.

Tante Lovey en oom Stash namen een salade van de chef en een t-bonesteak, ik een smulburger en Ruby vis. (Ze had het paranormale idee dat vis het lievelingsgerecht van onze moeder was geweest. De mafkees.) Natuurlijk werden we aangegaapt. Als we ons in het openbaar vertonen, worden we altijd aangegaapt, zelfs in Leaford, waar we geboren en getogen zijn en op school hebben gezeten, waar we werken, en waar we in de plaatselijke krant beschreven hebben gestaan als de mascotte van de stad (wat Ruby en ik afgrijselijk vinden. Het is al erg genoeg om een mascotte genoemd te worden, maar samen één mascotte zijn is helemaal het toppunt.) We zijn in ons leven al zoveel aangestaard dat we het normaal vinden en het ons alleen maar opvalt als mensen ons niet opmerken. (Ik heb me weleens afgevraagd of mooie vrouwen dat gestaar op dezelfde manier verwerken als Ruby en ik: ach ja, natuurlijk kijken ze. Natuurlijk kijken ze. Waarom kijken ze níet?)

Mijn zus kan zich maar weinig herinneren van de bedevaart naar het graf van mijn moeder. Ze kan zich het eten bij Lindy's en de begraafplaats niet herinneren, en ook niet dat we in een benauwd hotelletje aan Lakeshore hebben overnacht en onze eerste en tevens laatste kakkerlak hebben gezien.

Nu terug naar de dag dat wij werden geboren. Onze moeder kon niet met ons mee naar het ziekenhuis in Toronto en dus bood tante Lovey zich aan, of eigenlijk smeekte ze eerder of ze mee mocht. Ze hadden op de eerste hulp nog hun handen vol aan de verzorging van de gewonde mennonieten, en dus kon het St. Jude niet meer dan twee verplegers missen, de bestuurder en tante Lovey. Toen de ambulance de oprit naar de 401 bereikte, begon mijn zus te huilen, en ik ook. Tante Lovey tilde ons uit de couveuse en vogelde net zo lang tot we gemakkelijk in haar armen lagen. Ze wiegde ons tot we ophielden met huilen en in slaap vielen. Het gewicht van het wonder, dacht ze, en toen: het gewicht van de zorg.

Tijdens die rit van vier uur achter in de ambulance kwam tante Lovey tot de conclusie dat we levendig en ontvankelijk waren, en dat we opmerkelijk genoeg eerder verschillend waren dan dat we op elkaar leken. ('Vanaf jullie geboorte hadden jullie zo'n tegengestelde présence,' heeft ze eens gezegd, en achteraf vroeg ik me af of ze die term in een gedicht was tegengekomen en dat later gewoon was vergeten en daarom dacht dat ze hem zelf had bedacht.)

En in die vier uur zag tante Lovey kans verliefd te worden, zoals dat bij baby's gebeurt, heftig en zonder enige inspanning. Ze gaf ons flesvoeding en zong een liedje dat ze zelf had verzonnen over twee kippenzusjes. (Toen ik zestien was, heb ik aan de vooravond van een hevige uitbarsting van acné tante Lovey diep ongelukkig gemaakt door haar te vragen of ze dat stomme liedje nooit ofte nimmer meer wilde zingen.) Ruby kan heel aardig stemmen nadoen. Ze zingt het liedje met een licht vibrato, precies zoals tante Lovey dat deed. Ik word er triest van, en toch vraag ik haar nooit op te houden. (Hoe komt het toch dat triestheid zo'n voldoening kan schenken?) 'Twee kuikenmeisjes sliepen in de zon. Het ene kuiken piepte en wekte de ander. Wie ben jij? vroeg de een de ander. Wie ik ben? Ik ben je zusje.'

Tante Lovey noemde mijn zus 'Ruby' omdat ze straalde als een edelsteen. En ze noemde mij 'Rose' omdat ze de traditie wilde voorzetten van haar excentrieke moeder Verbeena en van haar grootmoeder, die hun dochters naar plaatsen of planten hadden vernoemd. En terwijl de regen op het dak van de ambulance kletterde, moest tante Lovey aan Verbeena en haar eigen jeugd in de oude boerderij in de sinaasappelboomgaard denken. Ze dacht aan Stash en zijn jeugd in het verre Slowakije (dat vroeger Tsjecho-Slowakije heette, voordat de Slowaken en de Tsjechen in 1993 uit elkaar gingen). Ze dacht aan de Zuid-Aziatische Siamese tweeling over wie ze gelezen had, die in de kelder van een inrichting voor gestoorde misdadigers was opgegroeid maar een torenhoog IQ bleek te hebben. Wat voor leven zou Rose en Ruby te wachten staan als Elizabeth Taylor ons wilde houden. Al denk ik dat tante Lovey al voordat onze moeder ervandoor ging, wist dat onze moeder ons niet kon of wilde houden.

Het grootste deel van de tocht over de vlakke grijze 401 schonk de julihemel ons een zuiverende regen. Tante Lovey maakte zich zorgen dat de ambulance op de spekgladde zwarte wegen zou gaan slippen. Toen we eindelijk op de ingang van de eerste hulp van het ziekenhuis afreden, zag ze dat er tientallen artsen en verpleegsters op het bordes stonden te wachten en ze nam aan dat er een vreselijk ongeluk was gebeurd en er een lading verkeersslachtoffers onderweg was.

'Doorrijden,' riep ze naar de bestuurder van de ambulance. 'Zet hem in vredesnaam verderop aan de kant. Er komen verkeersslachtoffers aan.'

De bestuurder parkeerde het voertuig een eindje verderop en onder aanvoering van een kleine, aantrekkelijke Aziaat van middelbare leeftijd kwamen de artsen en verpleegsters erachteraan. Ze hadden niet op gewonden staan wachten maar op óns.

Tante Lovey werd volkomen overvallen door de hongerige manier waarop dr. Mau (de eminente craniofaciaalchirurg) en de anderen op haar baby's afvlogen, en ze was geschokt omdat het hun niet leek op te vallen of niet kon schelen dat we begonnen te jammeren toen ze ons uit haar handen rukten. Een van hen noemde ons 'het'. En een ander slaakte een soort yell alsof hij een stel bokkende stieren bijeen moest drijven (zoals tante Lovey het formuleerde). Tante Lovey zei dat dr. Mau haar aan een grote zwarte spin deed denken die zich op twee fruitvliegjes stortte.

De pers verscheen; televisieverslaggevers, journalisten en natuurlijk ook die gluiperds van de roddelpers. Tante Lovey wierp zich op als onze voogd en hield ze allemaal bij ons vandaan. Toen ze het nieuws aanzette, had ze tot haar afgrijzen de polaroid te zien gekregen die vlak na onze geboorte van Ruby en mij was gemaakt, en ze was woedend op dr. Ruttle jr. geweest omdat hij de pers die foto had toegespeeld. (Pasgeboren kinderen zien er toch al tamelijk buitenaards uit, kun je nagaan hoe wij er door de lens van die afgrijselijke polaroidcamera moeten hebben uitgezien. Onze Nonna noemt pasgeboren baby's *creatura*.) Tante Lovey was vastbesloten dat geen enkele ongeautoriseerde foto meer in handen van de pers zou komen.

Uit bezorgdheid om onze emotionele ontwikkeling zorgde tante Lovey ervoor dat alleen zij, en geen van de andere verpleegsters, ons de fles gaf, in bad deed en het kippenzusjeslied zong terwijl ze ons 's avonds in slaap wiegde. Ruby werd het liefst tegen de borst gedrukt terwijl ik liever wat hoger op de schouder werd vastgehouden. 'Jij moest geven, terwijl je eigenlijk nam,' zei ze tegen Ruby. 'En met jou was het visie versie, Rosie.'

Artsen van over de hele wereld kwamen naar Toronto om met dr. Mau te confereren en de zeldzame craniopagus-tweeling te onderzoeken. Wereldwijd stond het verhaal over onze wonderbaarlijke geboorte tijdens die uitzonderlijke tornado in Baldoon County in de krant (met ernaast die afschuwelijke polaroid). We zetten Leaford op de kaart, al was het maar voor heel even.

Kanaal Zeven bracht dagelijks in het nieuws van zes en elf uur verslag uit van de ontwikkelingen. Kijkers zaten aan de buis gekluisterd, vooral omdat aanvankelijk de vrees bestond dat Ruby te zwak was om te overleven. Er stond een team van twintig chirurgen klaar om dr. Mau terzijde te staan als hij zou besluiten mij van mijn zusje los te snijden, om mijn leven te redden, mocht zij overlijden. Mensen baden dat Ruby zou sterven, in de veronderstelling dat dat voor ons allebei beter zou zijn.

Al was ze niet officieel in functie, tante Lovey zat in gesteven wit verpleegstersuniform aan onze ziekenhuiswieg een boek te lezen of onverstoorbaar met het roze garen in het mandje naast zich te breien. Achteloze artsen met uitheemse bacillen verschenen en verdwenen. Tante Lovey las en breide en bad God dat Elizabeth Taylor niet zou terugkeren om ons op te eisen. Toen de mensen van de kinderbescherming haar als tijdelijk voogd van Ruby en mij hadden aangesteld, ergerde tante Lovey zich mateloos aan de manier waarop ze haar bedankten omdat ze zo'n 'tragisch geval' op zich had willen nemen. Ze omhelsde ons wanneer het maar even kon en beloofde ons gouden bergen. 'Ik ben jullie tante Lovey,' fluisterde ze, terwijl ze onze zachte wangetjes besnuffelde, 'en jullie zijn mijn familie.'

Tante Lovey en oom Stash waren nog nooit langer dan een paar dagen van elkaar gescheiden geweest, en die gelegenheden deden zich nog niet eenmaal per jaar voor, als oom Stash zijn bejaarde moeder in Ohio ging opzoeken (dat gebeurde alleen als moeder Darlensky opbelde om te vertellen dat ze op sterven lag en vervolgens niet doodging). En al miste oom Stash tante Lovey heel erg, hij genoot ook van zijn eenzaamheid. De World Series werden op Kanaal Twee uitgezonden. Zijn dierbare Tigers (als je in Leaford woonde, was je fan van de Detroit Tigers) hadden de play-offs niet gehaald, maar de Los Angeles Dodgers kwamen in Game Five in Oakland tegen de Oakland A's uit (die daarna het favoriete team van oom

Stash waren). (De Atletics waren in de jaren zeventig niet zozeer een team als wel een dynastie die drie keer achtereen de World Series won!) Oom Stash kon dus in alle rust van het honkbal genieten én binnenshuis zijn verboden pijpje roken én in zijn ondergoed voor de tv zijn avondeten opeten.

(Even terzijde: op een of andere vreemde manier kan ik via de honkbalsport het onwaarschijnlijke toeval van Ruby en mij eren. Dat is misschien de reden waarom ik er zo gek op ben. Die gecontroleerde chaos. De miljarden mogelijkheden. En miljoenen onwaarschijnlijkheden. De homerun. De popfly. Het dubbelspel. De verbijsterende uitslagen. En niet te vergeten de pure opwinding die je voelt als je een doodgewone sterveling dat witte balletje het publiek in ziet schieten. 'Gèf die bal zvieper, Kirk Gibson! Gèf 'm zvieper, Gibby!' zat oom Stash dan al applaudisserend te roepen.)

(En nog even terzijde: ik besefte pas dat oom Stash een zwaar Slowaaks accent had toen Ruby en ik in de vierde klas bij een ouder-leerkrachtgesprek over Ruby's gebrek aan concentratievermogen zaten. Mevrouw Hern, aan wie Ruby een hekel had maar die ik heel aardig vond, leek oom Stash absoluut niet te kunnen volgen. Tante Lovey zei dat oom Stash zijn eigen accent niet kon horen. Op zijn werk heerste stilte, afgezien van het geluid van de zagen. De andere slagers waren niet erg spraakzaam, en dat was maar goed ook met al dat chagrijn en die scherpe messen. We woonden op het platteland en onze buren woonden aan de overkant van het veld en de beek. Voordien hadden tante Lovey en oom Stash in een bungalowtje naast Nonna gewoond, een oude vrouw die net zo'n zwaar Italiaans accent had als het Slowaakse accent van oom Stash. Die kon zijn eigen accent niet horen, dus hij nam aan dat mensen die hem niet verstonden stom waren of hem met opzet probeerden te ergeren. 'Picovina,' fluisterde hij dan – het Slowaakse woord voor 'gezeik'.)

(Ruby had en heeft een hekel aan honkbal. Ze heeft een hekel aan elke sport en kijkt veel liever naar zo'n beetje alle rotzooi die je maar op de televisie kunt zien: herhalingen van series uit de jaren zestig als *Bewitched* en *I Dream of Jeannie*, of een van de vele films die ze op video opneemt en netjes van etiket voorziet in een kamer opslaat, net als tante Lovey met haar boeken deed. Tijdens de ijshockeyplay-offs, de basketbalplay-offs, de Olympische Spelen en helemaal tijdens de World Series levert onze uiteenlopende smaak op het gebied van vrijetijdsbesteding nogal eens conflicten op.)

Om een lang verhaal kort te maken: oom Stash vond het heerlijk om alleen te zijn, in de huiskamer zijn pijpje te roken en in zijn ondergoed naar Game Five te kunnen kijken, en hij had tijdens hun telefoongesprekken niet goed op de stem van tante Lovey gelet, of op haar gezicht als hij in het weekend in het ziekenhuis op bezoek ging. Hij had geen idee dat zijn vrouw verliefd aan het worden was op de Siamese tweelingmeisjes. En dus kwam haar telefoontje over hun voogdij als de spreekwoordelijke donderslag bij heldere hemel.

'Ik moet over nadenken, Lovey.'

'Waarom moet je dáárover nadenken?'

'Lovey…' Hij klonk dreigend. Ze had nog nauwelijks iets gezegd, maar ze was nu al onredelijk. Hij keek naar de tabak die in zijn pijp lag te smeulen.

'Heb je honkbal opstaan, Stash?'

'Game Five.'

'Zet hem in vredesnaam een beetje zachter, zeg.'

'Rollie Fingers is op het werpen.'

'Het is "staat op de heuvel", "is werper" of "is aan het werpen", Stash – dat weet je heus wel.' Tante Lovey probeerde al bijna dertig jaar het Engels van haar man te verbeteren, maar daar zat hij kennelijk niet mee. 'Zet hem alsjeblieft een beetje zachter, Stash. Het gaat om iets belangrijks.'

Oom Stash legde de telefoon neer en zette het geluid zachter. Steve Garvey maakte een éénhonkslag naar het eerste honk.

'En als ze de moeder niet vinden?' vroeg hij, toen hij de hoorn weer had opgepakt.

Tante Lovey (die erg goed is in voorgevoelens) had zo haar vermoedens dat onze moeder niet meer zou opduiken, maar dat zei ze niet tegen oom Stash. 'Die komt wel weer opdagen, en als dat niet zo is, kunnen we altijd nog proberen het in een echte voogdij om te zetten.'

'Maar we zijn oud, Lovonia,' zei oom Stash, en hij klonk echt oud. Hij was vijftig, precies twee jaar jonger dan zijn vrouw.

'Spreek voor jezelf.'

'Is een tweeling.' Hij hield even zijn mond. 'Een Siamese tweeling.' Weer een stilte. 'Ik weet niet, hoor,' had hij gemompeld, terwijl hij ernaar snakte om zijn pijp in zijn mond te steken maar bang was dat zijn vrouw het geklik van de steel tegen zijn tanden zou herkennen.

'Stash…'

'Ik haar eerst zien, goed?' Oom Stash reed elke zaterdag naar Toronto om een paar uur met tante Lovey door te brengen en hij reed altijd dezelfde avond weer terug. (Ze zouden er geen van beiden over hebben gepiekerd om geld aan een hotel te verspillen.) Maar ze hadden hem nog niet in onze kamer toegelaten en hij had ons dus nog niet gezien.

'Niet "haar" maar "hen", Stash. Waarom?'

'Is redelijk om haar willen zien, Lovey.'

'Té willen zien. En niet "haar" maar "hen".' Ze was doodmoe. 'Het is een tweeling, en niet één meisje met twee hoofden. Twee meisjes met ieder een hoofd en die hoofden zitten toevallig aan elkaar vast. Stash?'

'Ik weet niet of we moeten doen, Lovey,' ging hij verder. 'Neem me zaterdag mee naar haar. Dan ik haar zien. En dan ik beslis.'

'Nou ja, het is nogal afschuwelijk. Gruwelijk en mooi tegelijk. Je zult eraan moeten wennen,' zei tante Lovey.

Oom Stash hield zijn mond en keek naar de honkbalwedstrijd. Heel even vergat hij dat hij aan de telefoon was. 'Stash?'

'Ik kijk.'

'Luister. Je bedoelt dat je luistert. Het is gruwelijk, maar ze zijn ook mooi. En er is niemand anders, Stash.'

'De dokter zegt het is goed dat ze uit ziekenhuis gaan? Je zegt eerst die kleine is niet goed.'

'Ze is niet "die kleine", ze heet Ruby. En ik heb niet gezegd dat ze niet goed was. Niet goed is wel het laatste wat ik heb gezegd. Ik zei dat ze een paar problemen heeft. En die kan ik best aan. Weet je soms niet meer dat ik verpleegster ben? Stash?'

Hij hield zijn mond weer, met zijn aandacht bij de geluidloze honkbalwedstrijd.

'Ze hebben iemand nodig.'

'Maar ze zitten vast, Lovey.'

Ze kon bijna geen woord uitbrengen. 'Ze zitten aan míj vast.'

Stash zuchtte en legde zonder erbij na te denken zijn pijp op zijn onderlip.

'Je moet stofzuigen, Stash, want straks komen die mensen van de kinderbescherming ineens langs. En zorg er nou voor dat er geen stapels afwas in de gootsteen staan. En ga in vredesnaam met die pijp naar buiten!' Ze wist zeker dat haar man zijn Amphora Rood in de huiskamer had zitten roken, en ongetwijfeld ook op de wc.

'Stash?' Tante Lovey hield even haar mond zodat hij het goed zou kunnen horen. 'Ik heb het tegen jou.'

Oom Stash zweeg ook even, maar dat was omdat hij zich machteloos voelde en net een homerun van Joe Rudi had gemist. Hij hing op, zette het geluid harder en haalde de stofzuiger uit de gangkast.

'*Hovno*,' vloekte hij in het Slowaaks. Verdomme.

VELDMUIZEN

Tante Lovey wist net zo goed als ieder ander dat je kinderen beter op het platteland dan in de stad kunt laten opgroeien, zelfs al is het maar een stadje als Leaford, met een bevolking van 3502 mensen. Hoe klein een stadje ook is, het is corrupt en meedogenloos, en op het platteland schijnt de zon helderder waardoor mensen gezonder van inborst zijn. Toen Ruby en ik nog maar vijf maanden oud waren, namen tante Lovey en oom Stash in tranen afscheid van hun buurvrouw mevrouw Todino (Nonna), een Italiaanse weduwe, en hun nette bungalow aan Chippewa Drive, en ze verhuisden naar de oude sinaasappelboerderij die tante Lovey als oudste kind en de enige van vijf zusters die nog in Leaford woonde tien jaar daarvoor had geërfd.

De stevige boerderij met twee verdiepingen was in 1807 gebouwd door Rosaire, de bet-bet-bet-overgrootvader van tante Lovey, die timmerman van beroep was. Hij was weliswaar opgeleid om dat soort dingen naar waarde te schatten, maar er was eenvoudig geen tijd voor lijstwerk en ornamenten of om messingen in groeven te drukken. Rosaire moest zijn land op de gulzige rivier zien te heroveren om in het voorjaar te kunnen aanplanten. En om de winter daarop te kunnen overleven, moest Rosaire een vrouw zoeken.

Hij vond een vrouw en kreeg in acht jaar acht kinderen die in leven bleven. In de winter dat het negende kind van Rosaire ter wereld kwam, werd de reusachtige dennenboom die de ramen op het westen beschaduwde door een woeste storm ont-

51

worteld en als een losse haarstreng opzij geworpen. Rosaire besloot er een enorme tafel van te maken, die plaats bood aan zijn hele teerbeminde gezin. Zijn oudste zoons en hij sneden een tafel van tweeënhalve meter, met gedraaide poten en geschulpte randen, uit de torenhoge den. De tafel paste ternauwernood in de keuken.

Rosaire overleed aan de tering (zoals ze tuberculose noemden, vanwege de manier waarop je door die ziekte wegteert) voordat de tafel af was. In datzelfde jaar stierven zijn vrouw en drie van zijn kinderen ook aan tb. Ze liggen in een vlak stukje grond aan de oostelijke rand van ons maisveld, schuin tegenover het streekmuseum van Leaford, onder een rij witte grafstenen van aflopende grootte. Ze deden me altijd denken aan die matroesjkapoppen die we uit Slowakije hadden meegebracht. Of aan een trap naar de hemel.

Tante Lovey en oom Stash waren nooit van plan geweest om op het platteland te gaan wonen. (Ze hadden de boerderij en het omliggende land al bijna tien jaar aan Sherman en Cathy Merkel verpacht.) Ondanks de zonneschijn en het vooruitzicht op een deugdzaam leven stonden de verpleegster en de slager niet te trappelen om hun baan op te geven en boer te worden, voor wie rampen iets zijn wat je verwacht, als je er al niet op rekent: gulzige sprinkhanen die de blaadjes wegknagen, zwermen bijen om de planten te bestuiven, coloradokevers, Amerikaanse rupsen, graanroest, te veel regen, te weinig regen, te vroege vorst, te late sneeuw, droogtes waardoor de gewassen verschrompelden en de bronnen verdroogden. Het enige waarop je altijd kon rekenen was de overstroming in de lente. Dus sloten ze een compromis en gingen ze in de boerderij wonen, die toch leegstond omdat Sherman en Cathy na de verdwijning van Larry naar de zogenaamde 'cottage' waren verhuisd die aan de overkant van de beek stond. De Merkels bleven gewoon het land bewerken. Tante Lovey sloot haar ogen voor het feit dat de vierjarige zoon van de Merkels door de dodelijke tornado was weggesleurd van de oprit waar oom Stash de auto zou neerzetten. Ze had besloten dat de boerderij van de familie Tremblay de enige veilige plek voor de meisjes Darlen was.

Ik heb het oude huis jaren geleden voor het laatst gezien. Toen viel het me op dat het was scheefgezakt. Er torenden nog steeds acht dennenbomen boven de uitgestrekte voortuin uit. De appelboom naast de oprit bloeide niet meer, maar de treurwilgen treurden onverminderd voort. De ahorns die voor schaduwvlekken op ons pierebadje hadden gezorgd, namen nu de zon volledig weg. De lange tafel van vurenhout stond nog steeds in de keuken, met schroeiplekken en beschadigingen in het zachte hout en de afdrukken van cijfers en letters van duizenden bladzijden huiswerk zwierend over de nerven, en een rij van vier gaatjes vlak bij de geschulpte rand waar ik er eens mijn vork in had gestoken.

Toen ons gezinnetje in de oude boerderij trok, was die al aardig vervallen. Allerlei insecten en knaagdieren hadden zich er genesteld. De waterleiding functioneerde niet goed en de oprit moest opnieuw van grind worden voorzien. (De tornado had niet alleen Larry Merkels lichaam en Cathy Merkels ziel weggenomen, maar ook alle tegels.) Tante Lovey maakte de muren en vloeren schoon met lysol en bestelde het bruinoranje tapijt voor de hobbykamer. Oom Stash ving de eerste week al achtentwintig muizen. (Hij had tante Lovey een foto van hem laten maken met twee muizen in één val, waarop hij ze omhooghoudt zoals een visser dat met 'de joekel' doet.)

Van de drie vierkante slaapkamers op de eerste verdieping waren er in de winter twee afgesloten en onverwarmd om geld te besparen. Tante Lovey en oom Stash sliepen in de derde en kleinste kamer, waarvan het raam was dichtgemetseld omdat het er in de winter zo vreselijk tochtte, maar het was nu eenmaal de enige kamer vanwaar ze Ruby en mij konden horen als we 's nachts riepen. Tante Lovey probeerde de sombere kamer een beetje op te vrolijken met madeliefjesbehang en bijpassende gele gordijnen voor het dichtgemetselde raam. Oom Stash zocht uit hoeveel een dakraam zou kosten, maar kreeg het nooit voor elkaar om genoeg geld vrij te maken uit ons krappe gezinsbudget. De muren brokkelden af als je erlangs streek of er te strak naar keek. Er dwarrelden stukjes pleister en stof omlaag om zich bij de muizenkeutels en de oeroude zwarte elektriciteitssnoeren te voegen. Je kon 's nachts de balken haast gestaag en ritmisch als een ademhaling horen rijzen en dalen. In elke kamer waren wel een paar losse vloerplanken en scherpe spijkertjes waaraan we allemaal (behalve Ruby) onze voetzolen openhaalden, totdat tante Lovey elke vierkante centimeter (inclusief de badkamer) met bij elkaar vloekende tapijtcoupons bedekte. In de badkamer zat een gat in een raam, dat met een sloop was dichtgestopt maar waar desondanks vliegen doorheen kwamen. En toch had niemand het ooit over reparaties. Tante Lovey zeurde er niet over (wat nogal verbazingwekkend is, als je in aanmerking neemt dat ze verpléégster was, maar ze was nu eenmaal een vrouw met talloze kanten), en oom Stash ook niet. Ruby evenmin. En ik al helemaal niet. We moeten allemaal hetzelfde idee hebben gehad – dat het bouwsel overeind bleef dankzij het wankele evenwicht van zijn vervallen staat.

Achter het oranje bakstenen huis stond een grote rode schuur, die onderdak bood aan enige tientallen kippen, de tractoren en wat antiek gereedschap, dat nu vast heel wat zou opbrengen. Op de latten van de schuur stond in grote witte letters de naam Tremblay geschreven, waarvan oom Stash altijd kwaad ging kijken als zijn blik er per ongeluk op viel. Hij vertelde me eens dat die naam net een schreeuw was. 'Een Tremblay trouwt niet met een smerige Pool.' De naam op de schuur was nog zo'n smet die we niet durfden weg te werken.

De marktgewassen die de Merkels teelden waren zaaimais en sojabonen, en toen we klein waren wintertarwe. Soms zeiden Ruby en ik tegen tante Lovey dat we waterlelies gingen plukken in de beek, en dan haalden we de stok van de bezem uit de schuur en gingen we naar het korenveld. Daar pletten we de korenstengels en gingen in onze graancirkel op een ontmoeting met een buitenaards wezen zitten wachten. Op een keer kwam Cathy Merkel met haar grote hond – een bouvier die ze Cyrus noemde – voorbij. De hond zette het op een blaffen dus we wisten dat zij wist dat we daar zaten, maar ze zei niets.

De vader van tante Lovey, en zijn vader, en daar de vader weer van, hadden van alles verbouwd, van pinda's en pepermunt tot suikerbieten en tabak. Van alle gewassen die Sherman Merkel verbouwde, hield ik het meest van de mais. Meneer Merkel had een klein veldje met suikermais achter de schuur, net genoeg voor de twee gezinnen. De dikke kolven werden in de eerste weken van augustus geoogst, of iets eerder, of iets later (de landbouw is tenslotte geen exacte wetenschap), en dertien minuten gekookt, en dik met boter en nooit ofte nimmer met margarine besmeerd. Voor Ruby sneed Tante Lovey de korrels los, en tot op de dag van vandaag weigert ze het op een andere manier te eten.

Op het merendeel van onze akkers stond zaaimais. Ik vond het geweldig om te zien hoe de mais tegen de vierde juli (of een beetje eerder, of een beetje later) tot mijn knieën was gegroeid, en twee weken later langer dan ik was, en daarna langer dan meneer Merkel, die heel groot was. Tante Lovey zei altijd dat de mais er 'opgetut' uitzag, met zijn gouden pluimen en groene verentooi. Maisstroop, maisolie, maismeel, cosmetica, explosieven, schoonmaakmiddelen, *pivo* (het Slowaakse woord voor bier) – in al die dingen zit mais. Ik vond het heerlijk zoals de maisgeur na een stevige bui mijn neus in kroop, en zoals de pluim aanvoelde voordat hij opdroogde en bruin werd. We scheurden de bladeren soms in repen om er gevlochten tapijtjes voor in ons poppenhuis van te maken.

Ergens halverwege juli arriveerde er een buslading tienermeisjes met strapless topjes om bij meneer Merkel op de zaaimaisakker de mais van zijn pluimen te ontdoen. Als je een tiener in Baldoon County was, werkte je als ontpluimer en liep je in de blakerende zon langs de kilometerslange rijen om de wuivende pluimen uit de vrouwelijke planten te trekken, zodat de vrouwelijke bloemen bestoven konden worden door de rijen mannelijke planten ernaast. Onze akkers werden altijd door ploegen meisjes bewerkt. Het kan zijn dat Sherman Merkel dat zo regelde in de hoop dat tienermeisjes zijn vrouw niet aan Larry zouden doen denken. Of misschien zat het hem in die strapless topjes.

Elke zomer vonden Ruby en ik die ontpluimsters met hun vuurrode gezicht, opengehaalde bleke benen, korte broekjes en kwebbelmondjes weer reuze spannend en eng.

(Even terzijde: mijn zus en ik hadden niet veel vrienden toen we jong waren. Op school en in de bus praatten de kinderen wel met ons, maar er kwam nooit iemand bij ons thuis, ook al nodigde tante Lovey ze soms fluisterend uit als ze dacht dat wij het niet konden horen. Ik beschouw Roz en Rupert, en Whiffer en Lutie van de bibliotheek als vrienden, maar buiten ons werk gaan we niet met elkaar om. Rupert is er niet zo goed in om van zijn vaste patroon af te wijken, en na een paar rampzalige dinertjes samen met Roz en hem hebben Ruby en ik het opgegeven. Whiffer blijft volhouden dat hij me eens naar een wedstrijd van de Red Wings zal meenemen, maar dat moet ik nog zien. Natuurlijk schept het een zekere afstand als je zo anders bent, maar het bood ook een boeiende en unieke kans om onze generatie te kunnen bestuderen zonder er volledig aan deel te nemen.)

Het was het leukst als het lunchtijd was voor de ontpluimsters aan onze kant van de anderhalve kilometer lange rij. Dan konden we door het raam toekijken hoe de meisjes hun plaids op het grasveld uitspreidden. Ik vond het altijd best bemoedigend om te merken dat die tieners onderling net zo wreed waren als tegen Ruby en mij. Tegenover Ruby maakte ik de ontpluimsters belachelijk, en ik vond ze ook echt gemeen, maar ik was maar wat graag bij ze gaan zitten, al was het maar voor één keer.

(Ruby en ik mochten niet in de buurt van de ontpluimsters komen. Tante Lovey had eens na het vertrek van de bus een condoom en een joint gevonden. We mochten na half juli eigenlijk al helemaal niet in de buurt van de mais komen, omdat die dan inmiddels zo hoog en ondoordringbaar was dat een kind er makkelijk dagenlang in kon verdwalen en dan aan uitdroging en te veel zon zou doodgaan. Oftewel: dood door mais.)

Als we voorzichtig waren, mochten we wel de bosbessen plukken die in het wild langs de beek groeiden, en de appels en perziken aan de lage takken. Eén akker was bedoeld voor onze eigen behoeften (die noemden we 'de gezinsakker'). Daar stonden ook sperziebonen, kleine komkommers, tomaten en pastinaken. Wat we tijdens het seizoen niet opaten, werd voor de winter ingeblikt. Dat noemden we 'inmaken', dus je zei bijvoorbeeld: 'Tante Lovey heeft vandaag dertig potten bieten ingemaakt.' Tante Lovey en Cathy Merkel maakten nooit hetzelfde in. Als tante Lovey zoetzuur inlegde, maakte Cathy Merkel jam. Als tante Lovey de perziken inmaakte, deed Cathy Merkel de augurken. Ze wisselden de potten uit totdat hun provisiekamers allebei gelijk gevuld waren, en letten er altijd op dat ze de ander complimenten maakten met een bijzonder geslaagde partij, waarbij ze iets zeiden over het extra snuifje van dit of scheutje van dat. En toch waren ze geen vriendinnen.

De Merkels kwamen nooit een avondje bij ons thuis, en wij werden nooit bij hen uitgenodigd. Meneer Merkel leek op oom Stash – als het werk erop zat, zette hij het liefst de tv aan om naar sport te kijken. En mevrouw Merkel wandelde in haar vrije tijd met haar hond over de landwegen. (In de tijd dat wij haar kenden, heeft mevrouw Merkel drie honden gehad. Wat grappig is dat toch, dat je de tijd kunt afmeten aan huisdieren die niet eens van jezelf waren. Tot we naar de basisschool gingen, had ze een shitzu die ze Moppie noemde, of soms kortweg Mop. Mop had een probleempje met zijn anaalklieren en schuurde altijd met zijn jeukende gat over haar keukenvloer. Haar volgende hond was Cyrus. En de laatste was die blaffende vuilnisbakkenhond Scruffy. Sindsdien heeft mevrouw Merkel al een paar jaar geen honden meer.)

Toen we mevrouw Merkel op een avond weer eens met Cyrus de bouvier over de duistere landwegen hadden zien lopen, verzuchtte tante Lovey: 'Ze moet dat kind eens begraven. Die arme vrouw moet dat arme kind eindelijk eens begraven.'

In de boerderij, in onze slaapkamer op de eerste verdieping met het brede bed en de deken met de verstrengelde harten en de plank voor Ruby's pluchen dieren en het rek met mijn honkbalkaarten en bibliotheekboeken, konden mijn zus en ik ons koesteren in normaalheid. We waren niet verborgen maar onzichtbaar. Het oranje huis was ons kasteel, ons koninkrijk de akkers eromheen, en de ondiepe beek die ons land doorsneed was de zee die we overstaken om avonturen te beleven.

Tante Lovey had gelijk gehad wat het leven op het platteland aangaat. Ruby en ik hebben onder de veranda aan de achterkant katjes geboren zien worden en naar sterrenregens tegen een inktzwarte hemel gekeken. In de lente stapten we over de keiharde voren, op zoek naar indiaanse pijlpunten die door de tractor van Sherman Merkel omhoog waren gewoeld. We leerden de namen van bomen en planten. (Ruby kan je de namen van tientallen eetbare planten vertellen die in het wild langs de beek op ons land groeien, waar de Neutral-indianen vroeger kwamen foerageren. Tante Lovey liet ons zien waar je bittere veldkers, salomonszegel en zuring kon vinden, die allemaal rauw konden worden gegeten, maar sommige wildere kruiden werden gekookt om er thee of bouillon van te trekken.) We aten zongestoofde appels en wormstekige perziken, en we regen halskettingen van kleurige maiskorrels.

Elk jaar met onze verjaardag herdachten Ruby en ik Larry Merkel. Onder de appelboom naast de oprit, waarvandaan hij was verdwenen, zeiden we een gebed (al waren we niet officieel gedoopt en was het ons nooit echt duidelijk hoe onze verhouding tot God nu precies was) voor zijn verdoolde ziel. Ze hadden ons verteld dat Larry Merkel dood was, maar in onze verbeelding was hij springlevend. Toen Ruby en ik klein waren, was hij ons geheime vriendje, een wilde jongen die zich niet waste en niet kon praten, en die diep in het woud op de grens van ons land woonde, niet verborgen maar onzichtbaar, net als Ruby en ik.

Wanneer het koud werd, bouwden we een schuilhut van twijgen voor ons wilde vriendje, met een dak van maisvliezen en een bed van kriebelige paardendekens uit de stal. We namen bekers melk en rozijnenkoekjes mee, en we wisten dat hij die 's nachts soldaat maakte, want 's morgens vroeg was het allemaal weg, lag de beker om en was de melk van de grond gelikt. Onder een klam, oud kussen lieten we boeken met interessante plaatjes en gedichten (versierd met symbolen) achter. En heimelijk hoopte ik dat hij mij aardiger vond dan Ruby.

Later, toen mijn zus en ik pubers werden die weliswaar met ons hoofd aan elkaar vastzaten maar verder normaal waren, werd Larry Merkel onze vriend. Soms was hij mijn vriendje, en dan dat van Ruby. En als we er af en toe niet uitkwamen wie er aan de beurt was, speelden we dat hij onze oudere broer en beschermer was.

Eenmaal per week gingen mijn zus en ik, als het goed weer was, naar het huis van de Merkels aan de overkant van de beek om eieren af te leveren (de kippen voeren en de eieren in dozen doen was het enige wat tante Lovey en oom Stash bereid waren op de boerderij te doen). Mevrouw Merkel was niet bijzonder vriendelijk of lief, en toch hielden we van haar, omdat zij van Larry hield. De wandeling stelde niet veel voor (we bleven de hele weg heen en terug vanuit beide huizen zichtbaar), maar het bleef spannend om het gammele bruggetje over de beek over te steken en Sherman Merkel weer eens met zijn geweer op de kraaien te zien mikken. We hebben eens een heel uur op de brug naar een dikke groene tabaksrups zitten kijken die op zijn rug lag en er niet in slaagde om zich om te keren. Ruby wilde hem helpen. Ik vond dat je de natuur haar gang moest laten gaan. Of ik was wreed. Er is een zomer geweest dat we van de tocht met de eieren een race tegen de klok maakten, door net te doen of Cathy Merkel zou sterven als we niet op tijd kwamen.

Mevrouw Merkel bood ons nooit een koekje of een boterham met jam aan. Als we er in de zomer erg dorstig uitzagen, kregen we een glas troebel water uit de kraan. Met bemodderde poten en kwabbige kaken stond haar grote zwarte Cyrus op zijn plek aan haar zijde naar ons te kijken. Tante Lovey noemde hem 'dat helse mormel'. Maar ik mocht Cyrus wel. (Moppie de shitzu had me niet zo gelegen. Dat geschuur met zijn gat vond ik ontzettend smerig.) En ik wist zeker dat als hij Ruby en mij aardig vond, mevrouw Merkel dat ook zou vinden. Ik staarde Cyrus vaak aan om hem duidelijk te maken dat ik het oprecht meende.

Zaterdags ging oom Stash met ons mee naar de Merkels, met om zijn nek een heftig bungelend fototoestel dat tegen

Ruby en mij aan dreigde te bonken als we te dichtbij kwamen. Hij vond het leuk om foto's te maken van het landschap, de mensen, allerlei details, ons, en zelfs van mevrouw Merkel, al keek ze dan altijd achteraf heel kwaad naar hem en noemde ze hem bij zijn volledige naam, Stanislaus, wat zelfs tante Lovey nooit deed.

Door de manier waarop oom Stash foto's nam, verhief hij de fotografie tot een kunst. Tante Lovey heeft eens ter gelegenheid van onze verjaardag een fotoalbum samengesteld van zijn allerbeste kiekjes. Ze had de foto's per thema en seizoen gerangschikt. Er zaten prachtige landschappen van de boerderij bij, niet-geposeerde plaatjes van Ruby en mij, van ons leven tot dan toe. Bij het samenstellen van het album moet tante Lovey op een zeker moment hebben beseft dat er niet een foto van oom Stash bij zat: hij nam ze, dus daarom kwam hij er nooit op voor. De laatste foto in het album was van tante Lovey en oom Stash, hun zwart-witte trouwfoto. Ik vond het afschuwelijk dat hun foto helemaal achteraan stond, omdat het daarmee net was alsof ze afscheid namen.

Op een regenachtige dinsdag afgelopen week hebben Ruby en ik het album voor het eerst samen bekeken. (Als we iets voor onszelf kunnen doen, doen we dat meestal ook, en dat geldt ook voor het fotoalbum.) Ik vond dat uitstapje samen met mijn zus heerlijk, en opnieuw bewonderden we allebei de manier waarop oom Stash onze boerderij met zijn fototoestel had weten vast te leggen, het rijke groen in de zomer, de vette zwarte klei en de torenhoge mais achter ons huis – honkbalpetten van King Grain die over de stoffige, gouden pluimen scheren; gespierde boerenknechten die suikerbieten uitdunnen; strooien hoeden; zwarte armen; de ogen van een oude man die zo afwezig kijken dat hij wel dood kan zijn. Ruby en ik als we drie zijn, in het pierebadje in de schaduw, met allebei hetzelfde zwempakje aan met ruches op de kont. (Ruby's benen zien er onecht uit. Ik ben al aardig sterk.) De foto's uit de herfst: een muur van bladeren, met vuurrode stippen en saffraangele groeven; Ruby en ik 's avonds, geroosterde pompoenpitten etend aan de picknicktafel bij de beek – met op de achtergrond de cottage van de Merkels, waar licht brandt in de naaikamer van mevrouw Merkel. Een close-up van tante Lovey die haar wang op onze hoofden laat rusten; het is koud genoeg om onze adem te zien. En dan de winterkiekjes: een foto die zo wit is dat er geen grens tussen hemel en aarde lijkt te bestaan, alleen maar glinsterende sneeuw met in de hoek een witte plek van de zon. En een foto met in de verte de gerafelde vlag op de paal van ons hek en een bladloze boom die zo vol zwarte kraaien zit dat hij er griezelig levend uitziet.

Ruby en ik zeggen vaak tegen elkaar: stel je voor dat we niet in Leaford maar ergens anders waren opgegroeid. Of dat we bij iemand anders waren opgegroeid. Of in een andere tijd, toen mensen als wij tentoongesteld of gedood werden. Wat een geïsoleerd bestaan zou dat zijn geweest – en wat vreemd. Wat niet wil zeggen dat ons leven niet bij tijd en wijle vreemd en geïsoleerd is geweest.

Tante Lovey gaf Ruby en mij vaak een standje als we weer eens jammerden dat het oneerlijk verdeeld was. 'Jullie mogen van geluk spreken dat jullie zijn wie je bent,' zei ze dan van mij naar mijn zus kijkend. 'Jullie zijn opmerkelijk. En wie kan dat nu helemaal van zichzelf zeggen?'

SCHRIJVEN EN DEADLINES

Mijn laptop ligt links van me op een kussen. Ik zit snel te typen met mijn verkeerde hand. Ik voel dat ik van nature rechtshandig ben, maar mijn rechterarm behoort in alle opzichten (vroeger dacht ik dat het 'in alle opzichters' was) aan Ruby toe, dus ben ik tegen wil en dank linkshandig. Mijn onhandigheid ergert Ruby, die zowel verantwoordelijk als volkomen onschuldig is.

Ik ben nog maar net aan dit boek begonnen en nu al smeekt mijn pols om rust. Maar ik kan geen pauze nemen, want ik ben bang dat Leaford in rook opgaat als ik stop, en daarmee al mijn herinneringen. Ik had gedacht dat mijn verhaal een rechte lijn zou volgen. Een eenvoudig pad. Het is tenslotte het ware verhaal van mijn leven tot nu toe, een leven dat ik tot in de kleinste details ken. Maar het is geen rechtlijnig of eenvoudig verhaal. En nu ik over het volgende hoofdstuk begin na te denken, dringt het tot me door dat zelfs de waarheid uit de hand kan lopen. Mijn verhaal. Ruby's verhaal. Het verhaal van tante Lovey en oom Stash. Het verhaal van mij, wij, ons en zij. Het verhaal over toen. En nu. Hoe kan het verhaal van mij zonder dat alles bestaan?

Ruby voelt zich afgewezen en buitengesloten en heeft nu al een hekel aan dit boek, al heeft ze nog geen letter gelezen. Mijn zus kan niet met computers overweg (ze is zo bang voor technologie dat ik niet eens onze videorecorder met pensioen mag sturen om een dvd-speler te kopen), dus ik maak me geen zorgen dat ze stiekem iets met mijn laptop zal uithalen, maar ze wordt er stapelgek van dat ze niet weet wat ik schrijf. Ze doet 's avonds net of ze in slaap valt en probeert dan op mijn scherm te gluren dat zich links aan de rand van haar gezichtsveld bevindt. Haar adem is doelbewust en hijgerig, en volgt niet het echte patroon van fluiten, stilte, zuchten en dan weer van voren af aan waar ik al negenentwintig jaar naast lig te sluimeren.

We hebben elkaar beloofd dat we niet zullen lezen wat de ander heeft geschreven.

Even aangenomen dat mijn zus werkelijk een paar hoofdstukken gaat schrijven (dat moet ik nog zien), zal Ruby het met de hand schrijven en zullen we het Whiffer (onze vriend uit de bibliotheek van Leaford) of iemand anders vragen het te typen. (Ruby denkt dat ik verliefd ben op Whiffer, maar ze vergist zich.) Dus mocht Ruby haar hoofdstukken inderdaad schrijven, dan zullen we een buitenstaander die stukken ergens laten plakken waar ze het beste gelezen kunnen worden. Misschien kan dr. Ruttle ons helpen. Ik probeer Ruby aldoor al aan te moedigen te gaan schrijven. Ik heb haar blocnotes gegeven. Maar Ruby is een beetje een luiaard die liever protesteert dan iets doet wat een ander wil.

Ik schrijf 's avonds. Ruby slaapt en de nacht omringt ons stil, met de sterren aan de hemel, de wind die een vleug brandende bladeren aandraagt, de koelte uit het open raam, en dat is een goede tijd om dingen te bedenken. Als ik begin, ben ik vol vertrouwen, maar aan het eind van een avond schrijven vraag ik me af of andere schrijvers zich net zo voelen als ik – dat ik met elke letter, elk woord, elke zinsnede, zin, paragraaf die ik schrijf, een houvast voor mijn tenen graaf, me aan een rotspunt vastklem, een eenzame, slecht toegeruste idioot tegen een bergwand, die veel meer kans maakt op een rampzalige val dan op een triomfantelijke beklimming. Waarom ben ik begonnen te klimmen? Waar ben ik nu? Wie zal het een bal kunnen schelen of ik de top bereik?

Ik heb mezelf een tijdslimiet gesteld. Ik weet dat het heel ongewoon is om snel een boek te schrijven, maar ik heb uitgerekend dat ik met mijn huidige snelheid van vier pagina's per dag in ongeveer honderddertien dagen een boek kan schrijven dat naar mijn schatting zo'n vierhonderd bladzijden dik wordt. Tel daar nog eens wat tijd bij op voor herzieningen en hier en daar een vrije dag vanwege uitputting of ziekte (of writer's block – als je dat al kunt krijgen bij een autobiografie), dan moet ik tegen Kerstmis dit verhaal over mijn leven op papier kunnen hebben, dat is nog zeven maanden te gaan. Een troostrijke en inspirerende gedachte.

Ruby verroert zich. Ik weet dat ze het koud heeft, dus ik schop de deken over haar hopeloze beentjes. Ruby heeft het altijd koud. Toen we klein waren, vochten we al om de lappendeken. Maar naarmate ik ouder werd, merkte ik dat het me zo weinig inspanning kostte om mijn eigen comfort op te offeren dat het eigenlijk al geen opoffering meer was. De oude lappendeken met de verstrengelde blauwe en rode paisley-harten op een crèmekleurige ondergrond die tot een paar jaar geleden op ons bed lag, is inmiddels tot op de draad versleten van het wassen en ligt nu tot een rafelig vierkant opgevouwen in de kast op de waskamer gepropt. Ik kan het niet over mijn hart verkrijgen om hem weg te gooien, omdat ik weet hoe tante Lovey erop heeft gezwoegd; ze was nu eenmaal niet zo bedreven met naald en draad als haar moeder. Ze had hem voor haar huwelijksbed ontworpen, en de harten stonden voor haar en oom Stash die voor altijd in de echt verbonden zouden zijn. Maar aan de vooravond van de bruiloft gaf moeder Darlensky tante Lovey een ouderwetse witte kanten sprei, die haar moeder in Slowakije bij wijze van bruiloftsgeschenk voor haar had gemaakt en Lovey voelde zich verplicht om die dan maar te gebruiken. De dag nadat tante Lovey en oom Stash zich in hun bungalowtje aan Chippewa Drive hadden geïnstalleerd, kwamen de Slowaakse schoonouders (die achterneef en-nicht waren en nooit hadden moeten trouwen, heeft tante Lovey ons eens op een avond toevertrouwd) de boel inspecteren. Toen moeder Darlensky zag dat tante Lovey de kanten sprei op het bed had gelegd, barstte ze in woede uit en zei tegen haar zoon dat haar schoondochter toch zeker wel wist dat dat erfstuk te kostbaar was om daadwerkelijk te gebruiken. Uit haat jegens dat afgrijselijke mens maakte tante Lovey het bed vervolgens zeven jaar lang met die oerlelijke sprei op. Toen de vader van oom Stash was overleden, verhuisde moeder Darlensky naar Ohio om bij haar zus, die ook weduwe was, te gaan wonen, en tante Lovey reed naar de K-Mart om een gewatteerde deken met bijpassende gordijnen te kopen die ze voor de helft van de prijs zelf had kunnen naaien.

Toen Ruby en ik vier jaar waren en onze 'situatie' min of meer konden hanteren, verhuisde tante Lovey ons naar een grotemeisjesbed. Ze herinnerde zich de lappendeken met de verstrengelde harten en haalde hem uit haar cederhouten kist te voorschijn, in het besef dat die deken nooit voor Stash en haar maar voor Ruby en mij bedoeld was geweest. Had ze maar jaren eerder geweten dat we zouden komen, zei ze vaak, dan had ze er niet onder hoeven lijden dat ze misschien wel nooit moeder zou worden. Ik zweer je dat die oude lappendeken na wel duizend keer wassen nog steeds naar ceder ruikt.

Het heeft er nooit in gezeten dat Ruby en ik van elkaar gescheiden zouden worden. We hebben altijd geweten dat dat niet kon, en we verkondigden dat we het, zelfs al zou het kunnen, nooit zouden laten doen. Dat neemt niet weg dat ik een uitgebreid fantasieleven heb waarin ik een losstaande vrouw ben. En mijn rechterarm aan mij toebehoort. Waarin mijn rechterbeen precies even lang is als mijn linker en ik niets anders op mijn heup meezeul dan een hippe, leren tas. Mijn gezicht is chirurgisch gecorrigeerd en ik ben net zo knap als mijn zus. Ik ben mysterieus. Ik woon op mezelf in een kleine maar chique flat in Toronto, met uitzicht op het meer. Ik zit vaak een hele tijd in het bubbelbad met tientallen kaarsen om me heen. Ik ben een bekend schrijfster en mijn vriend is dichter (eigenlijk heb ik een heel stel vriendjes, die niet allemaal dichter zijn) voor wie ik me uitdagend kleed. (En o ja, ik heb in die fantasie ook grote, welgevormde borsten.)

Ik weet dat de werkelijkheid als individu een tikje minder oogverblindend zou zijn, als zo'n chirurgische ingreep al mogelijk was. Ik neem aan dat ik naar Toronto zou verhuizen, maar ik zou me waarschijnlijk nooit een flat aan het meer kunnen veroorloven. Ik zou een baan als schrijver proberen te krijgen, wat voor schrijver dan ook, al was het maar in de reclame. Ik zou mijn gezicht chirurgisch willen laten veranderen. Het is voorstelbaar dat ik een normaal leven zou leiden. Voor alle duidelijkheid: die fantasie vloeit niet zozeer voort uit een brandend verlangen, maar het is wel een manier om me van de werkelijkheid af te leiden.

Ik moest denken aan de tijd dat Ruby en ik nog kinderen waren en onder de lappendeken met de verstrengelde harten in het oude oranje boerenhuis aan Rural Route 1 sliepen. Ik moest aan het zachte bed onder het open raam denken. Het loeien van het vee. De stinkende, zoete lucht. De muizen onder onze stoel in de hoek. De kraaien op de akker. De natte, pasgeboren katjes. En de wereld voorbij de fluisterende mais.

Slapend vonden mijn zus en ik een gemeenschappelijke ademhaling. In dromen kenden we de maan.

Ik heb besloten dit autobiografische verhaal min of meer chronologisch te vertellen. (Dat is een lastigere beslissing en een ingewikkeldere opgave dan je misschien zou denken.)

HEILIGE GEESTEN

De Kerk van het Heilige Kruis aan de kruising van de Chippewa Drive en Tecumseh Road was de eerste katholieke kerk in Leaford. Hij was door de Franse kolonisten gebouwd. Van de deur naar het altaar is het middenschip zevenentwintig meter lang. De honingkleurige eiken vloeren en de banken van donkerder eikenhout waren uit de bomen gezaagd die hadden moeten wijken voor het kleine kerkhof aan de zonnige westkant. Er zijn zes torenspitsen, twee koepels, vergulde lijsten en genoeg kostbare iconen om het noodzakelijk te maken de deuren voor en na de mis af te sluiten. Honderdvijftig jaar geleden kwamen de voorouders van tante Lovey met een rijtuigje naar de Kerk van het Heilige Kruis om ter kerke te gaan. De mannen baden om niet in bekoring geleid te worden en de vrouwen baden om betere mannen.

Tante Lovey en oom Stash waren allebei katholiek opgevoed en maakten elke zondag plichtsgetrouw en gretig de pelgrimstocht naar het Heilige Kruis om pastoor Pardo met zijn onduidelijke oudemannenstem de Heilige Geest te horen aanroepen. Het was alom bekend dat Pardo miswijn bij het ontbijt dronk en als hij 's avonds de slaap niet kon vatten ook een slokje nam, maar hij was prettig in de omgang en niet vaak merkbaar dronken. Tante Lovey en oom Stash waren al jaren steunpilaren van het Heilige Kruis voordat pastoor Pardo naar Leaford werd overgeplaatst (of verbannen). Tante Lovey was voorzitster van het vrouwengilde en organiseerde uitstapjes naar verpleegtehuizen en handenarbeidbeurzen. Oom Stash liet de collecteschalen rondgaan en was er heel bedreven in om te blijven staan zonder de indruk te wekken dat hij bedelde. Ze wisselden vaak een blik uit als pastoor Pardo over de treden struikelde of op een ongepast moment grinnikte of snoof, maar tante Lovey en oom Stash zouden hun kerk nooit in de steek laten.

Op een dag vlak voor onze eerste verjaardag dreef tante Lovey pastoor Pardo in de hoek bij het roestige hek naast de seringenstruiken, en vroeg hem voor de zoveelste keer in een paar weken naar een datum voor onze doop. Dat detail had tante Lovey in de eerste, heftige maanden van haar ouderschap over het hoofd gezien, maar toen Ruby om onverklaarbare redenen op een avond was opgehouden met ademen en mijn angstkreten oom Stash hadden gewekt, kon ze plotseling nergens anders meer aan denken.

(Sommige mensen denken dat Ruby en ik vervloekt zijn omdat we aan elkaar vastzittend moeten leven. Maar eigenlijk zijn we gezegend omdat we zo verbonden zijn dat we kunnen roepen wanneer er iets aan de hand is, en dat we hulp nodig hebben. Stel je voor dat een man het meteen wist als zijn vrouw niet meer van hem hield en het huwelijk nieuw leven kon inblazen voordat het te laat was. Of dat een moeder het ogenblikkelijk zag als haar kind het verkeerde pad op ging en dat hij nog binnen gehoorsafstand zou zijn als ze riep dat hij moest terugkomen. Ruby en ik houden het juist uit omdát we verbonden zijn, en misschien geldt dat wel voor ons allemaal. Dus waarom zou dat een vloek zijn?)

De oude priester aarzelde. Hij voelde er weinig voor om iets te moeten zeggen dat zo voor de hand lag. 'Het is niet aan mij om een oordeel uit te spreken. Maar sommige oudere parochianen, een paar oudere parochianen vinden dat ze...' Hij wierp een woeste blik op ons tweeën, die even verderop in de extra ruime kinderwagen lagen te kronkelen, 'eigenlijk...' Hij trok tante Lovey bij de andere kerkgangers en ons vandaan, naar de stille ommuurde kerktuin. 'Misschien is het een beter idee om tot na haar operatie te wachten,' zei hij met een klopje op haar arm. 'Ik weet zeker dat het allemaal goed zal gaan.'

Tante Lovey liet pastoor Pardo weten dat er niet geopereerd zou en kon worden, wat hij ook dacht en wat voor geruchten hij ook had gehoord. Ze was er erg trots op geweest hoe beheerst ze was gebleven. 'We hebben het er nog wel over als u weer nuchter bent, eerwaarde,' had ze gezegd. 'Dan zult u ook wel inzien dat mijn meisjes volmaakt zijn. God heeft ze tenslotte zelf geschapen.'

Onder invloed van diverse bellen wijn had pastoor Pardo helaas vervolgens teruggekaatst: 'God heeft onze ontlasting geschapen, maar die zou ik ook niet zo een-twee-drie dopen.'

Tante Lovey en oom Stash overwogen nog even om de kardinaal en de paus met brieven te bestoken, maar hun vertrouwen in de Kerk was te ernstig beschadigd. Doch niet hun vertrouwen in God. In onze jeugd werden Ruby en ik aan de hand van de fundamentele concepten van het christendom – hebt elkander lief, begeer de vrouw van uw naaste niet – over God onderwezen, maar we zetten nooit meer een voet in een kerk. Als oom Stash ons in het geloof onderwees, voegde hij daar altijd aan toe dat je vraagtekens moet plaatsen bij autoriteit en je eigen instinct moet volgen, en dat zelfs de Bijbel grotendeels fictie is. Tante Lovey zei vaak met haar vinger zwaaiend: 'En denk nou maar niet dat God een oude man met een baard is. Hij kan net zo goed een vrouw zijn, of een Chinees.' Kortom, het was allemaal even verwarrend, en dat is het nog steeds.

Ruby en ik knielden altijd aan de zijkant van het bed, waar onze lappendeken met de verstrengelde harten keurig opgevouwen lag, om ons avondgebedje te zeggen. (Tante Lovey bracht ons naar bed. Oom Stash was in dat opzicht een ouderwetse man. Ruby en ik gaven hem een kus op zijn stoppelige kin terwijl hij onderuitgezakt in zijn gemakkelijke stoel zat, poetsten onze tanden en voegden ons bij tante Lovey in onze kamer.) Ik weet niet hoeveel gebeden God heeft gehoord, maar tante Lovey hoorde ze allemaal – op één na – tot de dag dat ze stierf. En in al die tijd, en bij al die gebeden stelde ze nooit een bewerking of een correctie voor die verder ging dan: 'Meer dankbaarheid en minder verzoeken.'

(Even terzijde: tante Lovey had een bloedhekel aan zelfmedelijden, maar ondankbaarheid verafschuwde ze helemaal. Op een zomerdag toen we nog klein waren, klaagde Ruby dat ze zich verveelde: 'Ik verveel me. Het is hier zo saai. Er is hier niks te doen.' Tante Lovey wees Ruby op al haar zegeningen, maar Ruby liet zich er niet van afbrengen. 'Het is zo verschrikkelijk saai op de boerderij.' Tante Lovey reageerde niet meteen maar verdween de trap vol spinnenwebben af en haalde de koeltas uit de kelder. Ze vulde hem met ijslolly's en chocoladekoekjes en zei tegen ons dat we in de auto moesten stappen. Ruby dacht dat we aan het meer gingen picknicken en vond het prachtig dat ze haar twee lievelingseten als lunch zou krijgen. Toen we bij het meer vandaan afsloegen in plaats van ernaartoe, bleef Ruby toch hoop koesteren, in de veronderstelling dat tante Lovey in het natuurgebied in plaats van aan het meer wilde gaan picknicken. Maar we reden pijlsnel langs de hekken van het natuurgebied en nog een stuk verder, en uiteindelijk stopten we bij een stinkende beek naast een akker met hoog opgegroeide mais. Tante Lovey stapte uit, liep om de auto heen en haalde de koeltas uit de achterbak. Zonder ons eruit te laten liep ze ons portier voorbij. Ruby en ik keken toe hoe ze over het maisveld tuurde. Ze zette haar hand aan haar mond en gaf met twee vingers een schril fluitje weg. Wat kon dat mens fluiten. Ruby wilde de auto uit. Ze klopte op het raampje naast de passagiersplaats en riep: 'Laat ons er nou uit, tante Lovey. Toe nou.' Maar tante Lovey schudde haar hoofd. Mijn zus en ik keken toe hoe eerst een, toen twee, toen vier, toen tien, en toen meer mennonietenkinderen dan ik kon tellen, met zonverbrande gezichten en glanzende ogen uit de schemerige maisrijen opdoken. Ze lachten verlegen naar tante Lovey en liepen naar de koeltas, niet zoals dieren dat doen, en niet zoals de kinderen van school zich zouden hebben gedragen in het bijzijn van een koeltas vol lekkers, maar heel langzaam, en alle kinderen namen één ijsje en één koekje voordat ze weer tussen de mais verdwenen. Toen alle kinderen waren vertrokken, had tante Lovey nog één ijslolly over, die brak ze doormidden, een helft voor Ruby en een helft voor mij. Het was er een met bananensmaak, niet Ruby's lievelingssmaak, maar ze waagde het niet te klagen.)

Om de avond was ik als eerste aan de beurt om te bidden. 'God zegene Ruby. En tante Lovey en oom Stash. En Nonna. En meneer Merkel. En mevrouw Merkel. En Larry. En onze echte moeder. En alstublieft God, maak dat Ruby geen stomazakje hoeft te hebben. Helemaal nooit. Breng vrede op aarde. En help me alstublieft mijn groen met gele spellingboek terug te vinden.' (Ruby had God eens gevraagd om de klaprozen in de achtertuin wat meer zonlicht te geven, en de aardbeien sneller rijp te laten worden, en toen was ze losgebarsten in een hele litanie van verzoeken met betrekking tot het welzijn van verder alles op de boerderij, de zaaimais, het weer, om ten slotte de hoop uit te spreken dat eindelijk eens iemand de vitrines in het museum van Leaford zou afstoffen. Sindsdien waren we op een rantsoen van drie verzoekjes per avond gezet.) Na de dood van tante Lovey hielden Ruby en ik op met hardop bidden, en ergens onderweg hield ik helemaal op met bidden. Ik vraag me af of ik toen ook ophield in God te geloven. Was ik maar net zo met God verbonden als ik dat met mijn zus ben, want dan had God me misschien toegeroepen dat ik te ver was afgedwaald.

Misschien heeft Hij dat ook wel gedaan en heb ik Hem gewoon niet gehoord.

Ik moest aan die kindergebedjes denken, aan de zachte wangen van tante Lovey, en dat Ruby altijd zo snel in slaap viel. In die donkere, stille momenten als alleen ik wakker was en mijn gebeden echt en van mij alleen waren, als de krekels in het riet onder ons raam elkaar het hof maakten, en de geur van de vissen vanuit de rivier aanwaaide en niet stonk maar heerlijk was, vielen me dingen op: dat Ruby anders rook omdat ze bepaalde medicijnen slikte, of dat haar haren zo glad aanvoelden als ze tussen ons in vielen, of hoe heerlijk het gewicht van haar hand was die op mijn sleutelbeen rustte. Dan kwam in me op hoe oneindig veel ik van mijn zus hield, en hoe onmetelijk ik door haar werd bemind. Ik denk dat ik daarin iets van God terugvond. En in de manier waarop tante Lovey me kuste. En de klank van oom Stash' stem als hij 'mijn meisjes' zei.

En dan was er nog zondagsschool met Nonna.

's Zondagsochtends, wanneer tante Lovey en oom Stash de bungalow in de stad schoonmaakten, die ze verhuurden, voerde onze Nonna (mevrouw Todino) ons Lune Moons en leerde ons dingen over God. Nonna's God was geen vrouw of Chinees, en aan zijn autoriteit viel niet te tornen. Hij was oud, bebaard en wraakzuchtig en deelde straffen uit als de rechter bij *People's Court*. Masturbeerders zouden door artritis worden getroffen en de stadsgenoot die Nonna een stofzuiger had aangesmeerd waar ze absoluut niet op zat te wachten kon een termietenplaag onder zijn veranda verwachten. (Nonna weigerde zich verantwoordelijk te voelen voor het feit dat ze zich door de stofzuigerverkoper had laten opzuigen, om het zo maar eens te zeggen.)

'Vertel nog eens waarom Jezus op aarde kwam,' vroeg ik soms.

Nonna was een ongeduldig type. 'Om te lijden.'

'Dat weet ik, maar waarom ook weer?'

'Om ons de les te leren, Rose. Hij komen om de mensen te redden.'

'Maar wat voor les leer je dan van lijden?'

'Dat je een christen moet zijn, Rose. Je moet net zo leven als Jezus. Christen zijn betekent van iedereen houden.'

Behalve dan kennelijk van de stofzuigerman.

'Een christen zijn is naar de kerk gaan. Je neemt lichaam van Jezus. Je neemt bloed van Jezus. Dan Hij is in je. In je hart.'

Ruby vond de discrepanties tussen wat oom Stash en tante Lovey ons leerden en de lessen van Nonna aan Chippewa Drive heel verontrustend, en uiteindelijk besloot ze dat Nonna in goddelijke zaken wel een expert moest zijn, aangezien ze Italiaans was en de paus in Rome woonde.

'Als we niet naar de kerk gaan, kan God dan toch niet in ons hart zijn?' vroeg Ruby haar eens ongerust. 'Kan God niet toch bij ons zijn als de priester ons niet de doop geeft?' (Ruby zei het zoals Nonna dat deed.)

Nonna schudde verdrietig haar hoofd. We hadden het al heel vaak over de doop gehad, die Nonna op de volgende manier had uitgelegd: 'De priester doet de water op je hoofd. De water gaat je hele leven stralen als de Heilige Geest en ook als je bent dood. Als je niet gaat worden dopen, ga je niet gloeien. En dan God kan je niet vinden in de hemel.'

Soms moesten we op zondagochtend voor het stoplicht op Tecumseh Road wachten en dan vingen we een glimp op van pastoor Pardo in zijn purperen satijnen gewaden, met zijn ogen toegeknepen vanwege de weerschijn van zijn marmeren altaar, en zijn knolneus die de fijnere trekken van zijn gezicht wegdrukte. En als het licht op groen sprong, schraapte tante Lovey haar keel. 'Rijden, Stash. Het is groen, Stash. Vooruit, schat.'

* * *

Een paar dagen voor onze achtste verjaardag verloor ik mijn eerste tand. (De meeste dingen gebeurden bij Ruby en mij een beetje later dan normaal.) Ik had net zo lang met mijn tong geduwd tot het pijn begon te doen en de rafelrand die nog net aan mijn tandvlees vastzat afscheurde, en spuugde toen de tand op de grond. Ik stopte hem onder mijn kussen en kwam de volgende ochtend tot mijn grote blijdschap tot de ontdekking dat er vier kwartjes voor in de plaats waren gekomen. Ik was heel trots op mijn geslis en popelde om Nonna mijn kwartjes en het gat in mijn mond te laten zien wanneer ze die zaterdagmiddag op ons verjaarspartijtje zou komen. Ruby had nog geen enkele losse tand en ik wist dat ze groen zag van jaloezie.

Ik had een paarse blouse met een spijkerbroek voor het partijtje uitgekozen, en Ruby droeg een witte blouse op een hemelsblauwe rok, en een aangepaste zwarte maillot – een soort uniform dat ze nog steeds draagt, zelfs in de zomer, om haar misvormde benen en horrelvoeten te verhullen. Met knijpers zetten we een plastic tafelkleed op de tafel vast in de achtertuin, waarop we limonade klaarzetten, en een plastic schaal met barbecuechips (en maischips voor Ruby). Oom Stash was naar de stad gereden om Nonna op te halen, dus er was geen voordeurbel om haar komst aan te kondigen, geen waarschuwing dat ze eraan kwam, en al helemaal geen voorteken dat ze iemand bij zich had.

Mijn zus zag hem als eerste. Ruby's eerste impuls was om te vluchten en onmiddellijk voelde ik de adrenaline door mijn lichaam jagen. Mijn zus ging snel verzitten zodat ik hem ook kon zien, alleen en klein aan het eind van de gang, stralend in het goudgele licht dat door het gekleurde raam van de provisiekamer viel. Hij had iets vreemds over zich – niet op een lichamelijke manier, zoals Ruby en ik vreemd zijn, maar hij had een blik in die spleetoogjes van hem alsof hij boven de aarde zweefde, in een eigen heelal. Ik dacht eerst even dat hij een spook was, al had ik er nog nooit een gezien; en eigenlijk geloof ik helemaal niet in spoken. Toen dook Nonna achter hem op, ze duwde twee in felgekleurd papier verpakte cadeautjes in zijn handen, en met een licht tikje tegen de zijkant van zijn hoofd spoorde ze hem aan: 'Vooruit, feliciteer de meisjes eens met hun verjaardag.'

De jongen was de enige zoon van de enige zoon van mevrouw Todino. Hij had wel over ons gehoord maar leek niet helemaal opgewassen tegen zo'n confrontatie van aangezicht tot aangezicht en aangezicht. Hij zei niet hartelijk gefeliciteerd. Hij zei zelfs helemaal niets maar staarde ons met open mond aan, en het was net of hij kleiner in plaats van groter werd toen Nonna hem door de gang naar ons toe duwde. Tante Lovey leek wel net zo verbaasd als wij om de jongen te zien. Ze wisselde een blik met oom Stash.

Ryan Todino was klein voor zijn negen jaar, op zijn kortgeschoren blonde hoofd had hij spanrupsachtige kale plekken, zijn ogen waren nauwelijks meer dan spleetjes en veranderden steeds van kleur. Hij had een te grote, afgeknipte korte broek aan en een t-shirt met afdrukken van de strijkbout erop. Zijn lippen waren gebarsten en hij had een roze huid.

'Dit mijn kleinzoon Ryan,' zei Nonna stralend, terwijl ze de jongen op zijn hoofd klopte. 'Dit zoon van mijn Nick.'

De jongen was inmiddels zo dichtbij dat we konden ruiken dat hij bij Nonna ahornstroop had gegeten. Onbeweeglijk, vreemd en stil stond hij naar ons te staren.

Tante Lovey keek verbijsterd, want ze wist dat de zoon van mevrouw Todino, Nick, in Windsor woonde en bij zijn vrouw weg was (die naar Ipperwash was verhuisd), en ze wist ook dat Nonna sinds Ryans tweede haar kleinzoon nooit meer had gesproken of gezien. En bovendien leek deze jongen absoluut niet op het cherubijntje met zijn krullenbol op de foto's die bij mevrouw Todino op de tv stonden.

Maar mevrouw Todino zei nogmaals: 'Dit is Ryan. Hij uit Ipperwash komen. Dit zoon van Nick.'

(In alle jaren dat oom Stash en tante Lovey aan de Chippewa Drive woonden en eigenlijk ook toen ze daar niet woonden, hebben ze Nick Todino nooit gezien. Oom Stash bracht Nonna een paar keer per jaar met de auto naar het station om met de VIA naar Windsor te gaan, maar Nick kwam niet één keer naar Leaford, al werkte hij bij Chrysler en had hij ongetwijfeld een eigen auto.)

Oom Stash begon te zweten en stelde voor dat we naar buiten zouden gaan om van het briesje te genieten. Eerst was er even geen sprake van een briesje. Maar toen sidderde het koren een beetje en vervolgens werd de plastic schaal met chips die op tafel stond door een plotselinge windvlaag omgegooid. Ruby en ik wilden hem overeind zetten, maar wisten niet of we de chips in de schaal terug moesten doen of alles op het gras moesten vegen. Toen ik opkeek, zag ik Ryan Todino naar ons staren, of misschien niet zozeer staren als wel ons bestuderen. Hij keek niet stiekem naar het deel waar we aan elkaar vastzaten, zoals de meeste mensen doen, maar open en bloot en met iets wat op bewondering leek. Ik voelde Ruby rillen.

Ryan keek naar mij, en daarna verschoof zijn blik naar Ruby. 'Jullie hebben verschillend haar,' zei hij beschuldigend. Zijn stem was hoog maar ook schor. 'Jij hebt roodachtig haar. En jij donkerder en steiler.'

'Nou en?' viel Ruby uit, omdat ze dacht dat de jongen wreed wilde zijn.

'De ouwe dame zei dat jullie een eeneiige tweeling waren.'

Ruby was diep geschokt. 'Dat is geen oude dame, dat is je Nonna.'

Ryan haalde zijn schouders op. 'Hoe kun je nou eeneiig zijn als je haar niet hetzelfde is? Als je eeneiig bent, ben je identiek.'

Heimelijk was ik blij dat het hem was opgevallen. 'Wat maakt jou dat nou uit?'

'Het maakt me niet uit.'

De volwassenen waren zo onverstaanbaar zacht met elkaar over Ryans gescheiden ouders aan het fluisteren dat ik er gek van werd. (Ik ben gek op schandalen.) De conversatie was doorspekt met 'Nick, Nick, Nick' dat eerder als een weigering dan als een naam klonk. Er was geen sprake van het openen van onze verjaarscadeaus, die achteloos op een vieze plastic stoel waren gegooid, of zwijmelen over de verjaardagstaart, die uit een laag chocoladecake en een laag gewone cake bestond. Ik at de uit de schaal gevallen chips op. Ruby kookte van verontwaardiging omdat Ryan Todino maar naar onze vastzittende hoofden bleef staren en onze achtste verjaardag aan het verpesten was.

Ruby probeerde tante Lovey een paar keer te roepen, maar die wuifde ons weg. 'Ga nou toch spelen, meisjes. Laat Ryan de brug over de beek maar zien.'

Ruby en ik hebben een groot deel van onze jeugd bij die krakkemikkige brug over de ondiepe beek doorgebracht. We zaten vaak urenlang naar de moddersnoeken en kikkervisjes te kijken, terwijl Ruby honderduit over de meisjes op school praatte en ik mijlenver met mijn gedachten was en een gedicht in de lucht schreef om later nog eens goed over na te denken. We hadden helemaal geen zin om Ryan Todino naar onze brug mee te nemen.

Ruby en ik liepen langs de rand van de beek, waar tante Lovey een kleine weide met wilde bloemen had, met asters en vingerhoedskruid, paarse distels, zonneroosjes en guldenroede, waar libellen en waterjuffers fladderden, en waar we lek geprikt werden door de dazen, als we te lang bleven. We luisterden naar de kikkers die tussen de kattenstaarten zaten te kwaken. En we keken pas om om te zien of Ryan er nog was, toen we de brug hadden bereikt.

Ik zag mevrouw Merkel in haar tuin en zwaaide naar haar, maar ze deed of ze me niet zag. Mijn zus en ik gingen op de rand van de brug zitten, vanwaar we het oranje boerenhuis en de volwassenen in de verte in de gaten konden houden. Oom Stash had gezegd dat hij wel zou roepen als de hotdogs klaar waren, maar hij had de houtskool in de barbecue nog niet eens aangestoken. Even later voelden we de brug schudden. Ryan kwam achter ons zitten, met zijn benen de andere kant op bungelend, richting de cottage van de familie Merkel.

De wind was weer opgestoken. Vanuit de richting van de Merkels kwam een hard geluid, alsof er iets groots omviel. We konden niet zien of mevrouw Merkel nog in de tuin was. Aangezien we er altijd rekening mee hielden dat er weer een tornado zou opsteken, vroegen Ruby en ik ons af of we niet terug moesten, maar de volwassenen zwaaiden vanuit de tuin naar ons, Nonna duidelijk verheugd dat we vriendschap met haar kleinzoon hadden gesloten.

Ryan draaide zich niet om om naar ons te kijken. Een hele tijd werd er geen woord gesproken. We keken elk aan onze eigen kant van de brug naar de beek en kregen zo vrijwel hetzelfde te zien maar ook weer helemaal niet. Er schoten schrijvertjes over het bruine water en op de waterscheerling vlakbij rustten een paar vlinders, weeskinderen. Ineens fladderde er een gele zanger uit een hoog bosje vernonia op en hij landde aan onze kant op de rand van de brug. Als Ruby en ik alleen waren geweest, zouden we het direct op een gillen hebben gezet als we er een zagen. Gele zangers kwamen uit Mexico en Zuid-Amerika. Je zag ze maar heel zelden, en nog veel zeldzamer was het om er een van zo dichtbij te zien.

Niemand zei iets, totdat Ryan heel zacht vroeg, zo zacht dat we hem moesten vragen het te herhalen: 'Mag ik het aanraken?'

Ruby en ik wisten onmiddellijk wat Ryan bedoelde en waren sprakeloos van schrik.

'Mag het? Heel even maar.'

Het verzoek had iets obsceens.

'Nee,' zeiden Ruby en ik tegelijkertijd.

'Ik wil het alleen maar even aanraken.'

'Nee,' herhaalde ik.

'Ik doe jullie echt geen pijn.'

We voelden Ryans spleetogige blik in ons achterhoofd priemen. 'Heel even maar.'

'Waarom?'

'Gewoon, omdat ik dat wil.'

'Waarom?'

'Omdat ik later dokter word.'

Dat vond ik niet erg overtuigend.

'Ik houd van botten,' voegde hij er hoopvol aan toe.

We staarden met zijn drieën naar het kabbelende water. Ruby wees naar het huis en ik ging verzitten zodat ze beter kon kijken. 'Zijn ze al met de barbecue bezig?'

Oom Stash was in een schaal met vruchtenpunch aan het roeren. Er lag nog niets op de grill.

'We komen hier om van de honger!' schreeuwde Ryan ineens.

De volwassenen hadden het niet goed gehoord, en wuifden en knikten alleen, waar Ruby en ik van in de lach schoten.

'We gaan dooooooood,' riep Ryan, en Ruby en ik kregen de slappe lach.

'Ik overleef het niet.' Ryan deed net of hij dood achterover op de brug viel. Daar moesten Ruby en ik nog harder om lachen en we waren dan ook erg verbaasd toen de jongen overeind kwam en ineens heel nukkig deed. 'Ze hebben niet de hele dag de tijd. We moeten naar de kerk.'

'Kun je dat dan niet een avond overslaan?'

'Ik mag het nooit overslaan, want ik word priester.' Ryan snoof, alsof het iets was wat we hadden moeten weten.

'Ik dacht dat je later dokter werd.'

'Waarom gaat ze niet zoals ieder normaal mens zondagsochtends naar de kerk?' vroeg Ryan zich hardop af.

'Nonna gaat graag naar de beatmis,' antwoordde ik, al was dat niet helemaal waar.

'Nonna wil geen mis bijwonen die door pastoor Pardo wordt opgedragen omdat hij ons de doop niet geeft,' voegde Ruby eraan toe.

'En bovendien is ze verslaafd aan *Coronation Street*,' zei ik, en dat was wel waar.

'Zijn jullie niet gedoopt?' Ryans afgrijzen joeg me de stuipen op het lijf. 'En als je doodgaat dan?'

(Over dat ongedoopt doodgaan van ons had tante Lovey altijd gezegd: 'Als God twee brave meisjes als jullie niet in de hemel toelaat omdat een ouwe, dronken priester geen water over jullie hoofdjes wilde sprenkelen, dan is God niet wie ik dacht dat Ze was. En ik heb er absoluut geen behoefte aan om een eeuwigheid op een plek te zitten waar een heleboel ontzettend aardige mensen worden weggestuurd. En als ik jullie was, zou ik dat ook niet willen.')

'Als wij doodgaan,' zei ik tegen hem, 'is er volgens tante Lovey een andere hemel, net zo eentje als de katholieke, maar dan ruimdenkender.'

'Dat liegt ze. Er bestaat geen ruimdenkende hemel,' zei hij, terwijl hij zich over Ruby heen boog om mij aan te kijken. 'Je hebt wel een vagevuur, maar daar zou ik niet naartoe willen als ik jullie was.'

We keken toe hoe een paar eekhoorns door de wind in het onkruid achterna werden gezeten. Ik voelde hoe Ruby een huilbui binnenhield. Ik kreeg een ingeving. 'Jij hebt vast wel een miljoen doopplechtigheden meegemaakt.'

Ryan haalde zijn schouders op.

'Je kent vast de tekst. Kun je er iets van opzeggen?'

Hij haalde nog eens zijn schouders op.

'En jij wordt priester.'

'Of dokter,' kaatste Ryan terug.

'Maar waarschijnlijk priester,' hield ik aan. 'Weet je nog wat je bij een doop moet zeggen?'

'Nou, ik weet niet. Allemaal gedoe over de Heilige Geest.' Ryan keek even de andere kant op, om te zien hoe het er bij de volwassenen voor stond.

'Jij zou het kunnen doen. Jij kunt ons dopen.'

'Mooi niet.'

'We kunnen het beneden doen.' Ik wees naar een ondiepe plek onder de krakkemikkige brug. 'Toe nou, ze zien ons toch niet.'

Ryan hield voet bij stuk. 'Echt niet.'

Ruby ging verzitten. 'Doe het nou. Je kunt het best.'

Ryan schudde weer zijn hoofd.

'Dan mag je het aanraken.' Ik verschoof wat en greep de dij van mijn zus vast. 'Hè, Ruby? Als je ons doopt, mag je het aanraken.'

Ruby haalde diep adem. 'Heel even.'

Ryan verplaatste zich, zodat hij de volwassenen in de verte kon zien. Die gingen te veel in hun gesprek op om op ons te letten. Ruby en ik bleven heel stil zitten terwijl de handen van de jongen onze schedel opzochten. Met zijn vingertoppen verkende hij heel langzaam en met maar heel weinig druk onze versmolten schedels. Hij was net zo teder als tante Lovey, zoals geen arts ooit was geweest. Ik voelde Ryans warme adem toen hij ging verzitten om onze gezichten te verkennen, de scheiding tussen onze kaken, onze ontbrekende oren, mijn vertrokken oog en Ruby's mooie neus.

Ik werd door een golf van emotie overvallen en moest hard slikken. Ruby voelde mijn tranen dreigen.

'Zo is het wel genoeg,' zei Ruby, al had Ryan Todino wat mij betreft van harte eeuwig mogen doorgaan.

Ryan zei niets toen hij naast Ruby ging zitten en zijn benen over de rand van de brug liet bungelen. Er waren geen andere jongens van negen die ik goed kende, maar het leek me niet waarschijnlijk dat ze allemaal zo eigenaardig waren.

'Nou, kom op dan,' zei ik. Ik snakte er ineens naar om met Gods ziel te worden verenigd, met die Heilige Geest die me toegang tot de echte hemel kon verlenen. Ik wilde zo graag gloeien van de kracht van Gods liefde.

Ryan klauterde de oever bij de brug af en zocht een ondiepe plek op (het water was er maar vijfentwintig centimeter diep) waar we naast konden knielen. Ik volgde met Ruby op mijn heup.

Ryan schraapte zijn keel even en wierp een blik naar de hemel. 'Ik zeg alleen: "Ik doop jullie in de naam van de Vader, de Zoon en de Heilige Geest.'

'Best.'

'Meer zeg ik niet.'

'Best.'

Ik knielde in de modder en bedacht intussen een leugen voor tante Lovey om uit te leggen waarom ik vies was geworden. Ruby klemde zich aan mijn hals vast en begon te jammeren omdat haar maillot nat werd.

Ryan maakte een kruisteken en vormde een kommetje met zijn hand om wat van het brakke water op te scheppen dat in het poeltje onder de brug verzameld was, en hij waarschuwde ons dat het sacrament vast niet geldig was als wij doodgingen voordat hij priester werd of helemaal geen priester zou worden.

De wind begon als een rondtollende ventilator te blazen. Kleine rukjes op tweekwartsmaat. 'Ik doop jullie,' fluisterde Ryan ons toe, terwijl hij bukte om zijn hand in het water te steken. Hij sprenkelde het water eerst over het hoofd van mijn zus, toen over het mijne. 'In de naam van de Vader, de Zoon en de Heilige...'

Plotseling brulde er uit de verte een stem. 'Ryan…?'

Ryan zette het op een lopen als een voortvluchtige gevangene. We hoorden het riet zoeven toen hij de oever van de beek op klom. Ik kwam overeind zodat we konden zien waar Ryan heen was, maar ik gleed uit in de modder en verloor mijn evenwicht. Ik probeerde onze val te breken en kwam keihard op mijn arm terecht. Ik hoorde mijn bot een paar centimeter boven mijn pols knappen.

Er zat modder in mijn neus, tussen mijn tanden en in mijn ogen. Mijn arm gloeide. Ik durfde niet naar adem te happen voordat ik kans had gezien ons uit het water omhoog te duwen. Maar ik kon ons niet met mijn gebroken arm omhoogdrukken. Ik kon ons nog geen centimeter optillen. En aan mijn andere arm, die om mijn zus heen is gegroeid, had ik ook niets. Onze vergroeide hoofden en de rest van onze lichaamsbouw maken Ruby en mij topzwaar. Ik kon geen spieren of het draaipunt van ons lichaam gebruiken om ons uit de beek op te duwen. En gegeven de diepte van het water wist ik dat Ruby's gezicht ook onder water zat. We waren aan het verdrinken.

Druk in mijn longen, mijn keel, mijn neusholten en achter mijn ogen. Ze zeggen dat je leven aan je voorbijflitst als je op het punt staat dood te gaan, maar bij mij was dat niet zo. (Ruby beweert dat ze een tunnel en wat licht zag, maar ze kwam pas twee jaar later met die herinnering aanzetten, toen ze een programma over bijna-doodervaringen had gezien.) Ik zag geen ander leven dan het heden, en ik zag het vanuit ergens boven mij en mijn achtjarige zus die in vijfentwintig centimeter diep water lagen te verdrinken – misschien vanaf de krakkemikkige brug.

Ik voelde hoe mijn lichaam – al wist ik zeker dat ik er geen had – werd overspoeld door een vreemde, opwindende rust, en ik wist dat Ruby precies hetzelfde ervoer. We begrijpen geen van beiden echt wat er daarna gebeurde. Dat zal wel een van de mysteries van ons leven blijven. Ruby's rechterarm is weliswaar een normale arm, maar hij is eerder een balk in het bouwsel van onze verbonden lijven dan een arm waarmee ze iets kan doen. Haar arm is lenig maar niet sterk, en aangezien er verder niemand in de buurt was, moeten we aannemen dat Ruby ons met haar dunne, fragiele armen uit het water heeft geduwd, maar ze kan zich absoluut niet herinneren dat ze dat heeft gedaan. Ruby denkt dat het een geest is geweest en gegeven de datum (onze verjaardag en de dag waarop Larry stierf) en het feit dat we zo dicht bij de Merkels waren, weet ze bijna zeker dat Larry ons gered heeft.

Het ene moment waren we nog aan het verdrinken, het volgende moment kwamen we naar adem happend boven en wees Ruby naar een half onder water liggende speelgoed-brandweerauto in de modder bij mijn knieën, die wel van Larry moest zijn geweest en dus beslist een teken was.

De volwassenen troffen Ryan een paar meter van het huis van de Merkels snikkend achter een boom aan, met Cyrus die naar zijn hielen grauwde. Ryan wees waar Ruby en ik gevaarlijk dicht bij het water naast de beek met modder in onze ogen en neusgaten zaten te hijgen. We werden in vliegende vaart naar het ziekenhuis gebracht, waar mijn gebroken arm werd gezet en dr. Ruttle onze neusgaten schoonmaakte en onze schedel onderzocht. Tante Lovey en oom Stash zouden nooit iets te horen krijgen over de dooppoging of te weten komen hoe dicht mijn zus en ik bij de verdrinkingsdood waren geweest. Maar we kregen wel straf omdat we zo dicht bij de beek hadden gespeeld, we kregen geen hap van de verjaardagstaart en we moesten een week wachten voordat we de cadeautjes mochten uitpakken. Het kostte een eeuwigheid voordat mijn arm weer genezen was. En we lieten niemand het speelgoed-autootje zien.

We zouden Ryan Todino pas zo'n vijftien jaar later terugzien, toen hij op een zondagochtend onaangekondigd bij Nonna op de stoep stond om geld te lenen. Hij leek nog steeds behoorlijk op zijn negenjarige zelf, afgezien van wat dons op zijn kin en wat meer spieren rond de borstkas. Als hij zich al herinnerde dat hij ons die juli van onze achtste verjaardag bij de beek in de buurt van de Merkels had gedoopt, dan liet hij dat niet merken. In plaats daarvan gluurde Ryan stiekem naar ons, of helemaal niet, en hij weigerde de tonijn*sang*wiches die Nonna als lunch had klaargemaakt. 'Je eet je *sang*wich niet op,' had Nonna uitgeroepen.

Pastoor Pardo is jaren geleden van het Heilige Kruis overgeplaatst (of verbannen). Nonna lijdt aan dementie ten gevolge van de ziekte van Alzheimer. Ze heeft goede en slechte dagen, maar als Ruby en ik op bezoek komen, herkent ze ons vaker niet dan wel en je krijgt de indruk dat ze niet snapt dat we twee vrouwen zijn. Ryans vader Nick woont al vier jaar bij Nonna aan de Chippewa Drive, en zolang we hem kennen heeft hij nog nooit het gras gemaaid of een struik of boom gesnoeid, maar Nonna ziet er goed gevoed uit en zelfs als we op verrassingsinspectie komen is het huis altijd opgeruimd. Ruby heeft een ontzettende hekel aan Nick, maar ik vind het een beste kerel. Alleen een beetje triest. Hij heeft in zijn leven een hoop verloren. Dat zie je aan zijn ogen.

Ik denk vaak terug aan onze achtste verjaardag, toen we gedoopt werden en bijna verdronken, en dan vraag ik me af hoe dat toch zit met die Heilige Geest die Ryan aanriep. Soms voel ik me erdoor geobsedeerd, en op andere momenten hoop ik verdomme toch maar dat tante Lovey gelijk had over de hemel.

D it schrijft *Ruby Darlen*.
 Laat ik om te beginnen zeggen dat ik niet de beste schrijfster ter wereld ben. Ik heb niet zoveel met boeken. En ik heb sinds we eindexamen aan de scholengemeenschap van Leaford hebben gedaan ook niet meer echt iets geschreven, afgezien van een paar brieven. Ik heb de neiging om dingen waar ik niet goed in ben, zoals schrijven, uit de weg te gaan en dus heeft het even tijd gekost voordat ik hieraan toe was. Ik weet niet eens zeker wat dit eigenlijk precies is. Volgens mijn zus is het haar autobiografie. Ik vroeg hoe de helft van een Siamese tweeling haar levensverhaal kan schrijven, als ze dat leven niet in haar eentje heeft geleefd. Rose zei dat ik dan maar een paar hoofdstukken vanuit mijn gezichtspunt moest schrijven, als ik er zo over dacht.

En dus zit ik nu vanuit mijn gezichtspunt te schrijven. Het lastige is alleen dat Rose niet meer kwijt wil dan dat ze over haar leven schrijft. Dat is nogal een breed onderwerp. Dus ik weet niet waar ik het mee eens moet zijn of iets tegenin moet brengen.

Maar volgens Rose moest ik maar net doen alsof ik aan een vriendin schreef.

Dus: hallo, vriendin.

En ze zei dat ik bij een dialoog aanhalingstekens moest gebruiken. Dus ik denk: dialoog? In een autobiografie? Gaat ze zichzelf dan citeren? Ik ben niet van plan om dialoog te gebruiken, zo van: Zij zei dit en toen zei ik dat, dus dan weet je dat vast. Maar ik vind het wel belangrijk dat ik enige inbreng heb in het levensverhaal van mijn zus, want we mogen dan een Siamese tweeling zijn en in feite hetzelfde zien, we kijken niet altijd op dezelfde manier tegen dingen aan.

Ik mag de hoofdstukken van Rose niet lezen (ik kan trouwens niet eens met haar computer overweg), en dus heb ik gezegd dat ze die van mij ook niet mag lezen. We hebben afgesproken dat we, als het boek af is, een kopie uitdraaien en het dan samen lezen. Zij leest mijn hoofdstukken voor en ik de hare. (Dat zal me een feest worden.)

Rose heeft hooggespannen verwachtingen dat ze dit boek gepubliceerd zal krijgen. Ze zal het niet toegeven, maar het is wel zo. En als ze geen uitgever vindt, zet ze het op internet, zegt ze, en daar begrijp ik niets van, maar volgens haar kan dat.

Ik ben realistischer wat betreft Rose' kansen. Wie wil er nu iets lezen over een stel zussen die in de bibliotheek van een oersaai stadje werken, ook al zitten we dan met ons hoofd aan elkaar vast? Je hoeft maar een uur met ons op te trekken om gewend te raken aan het fysieke eigenaardigheidje dat we aan elkaar vastzitten en in te zien dat we een stel doodnormale vrouwen zijn. Ik ben nog nooit een boek tegengekomen dat door de helft van een Siamese tweeling is geschreven. En ik heb heel wat boeken gezien, aangezien ik in een bibliotheek werk. Het lezerspubliek wil mysterie en misdaad, hysterische romantiek en glamour en rotzooi (oftewel roddelpraatjes over beroemdheden). Rose en ik zijn niet mysterieus of misdadig. We zijn af en toe hysterisch, maar glamoureus, nou nee. We zijn wel een soort beroemdheden. Voor de mensen in Baldoon County. Ikzelf ben net zo bekend vanwege mijn ontdekkingen van indiaanse artefacten als om het feit dat ik de helft van een Siamese tweeling ben. Ze hebben me uitgenodigd om lid te worden van het geschiedkundig genootschap van Baldoon County. En ik heb heel wat hoogleraren en museumtypes aan de lijn gehad over waar ik die artefacten op ons land had gevonden en op wat voor manier ze in de grond hadden gelegen. Er kwamen een paar kerels naar de boerderij, zodat ik ze een rondleiding langs mijn vondsten kon geven. Er stond een foto van Rose en mij in de *Chatham Daily News*, naast Errol Osler, een echte kenner op het gebied van de Neutral-indianen. Errol Osler is vrijwilliger bij het Museum voor Indiaanse Archeologie in London. Dat museum is een nagebouwd indiaans dorp dat vier eeuwen geleden op die plek heeft gestaan. Rose en ik komen er al van jongs af aan. Tante Lovey en oom Stash namen ons er vaak mee naartoe toen die experts bij mij op bezoek waren geweest.

Rose is niet zo in de Neutrals geïnteresseerd als ik, maar ze klaagde er nooit over als we naar het museum gingen. Ze heeft zelfs wat onderzoek voor me gedaan op internet. We steunen elkaar volledig, al hebben we dan uiteenlopende interesses. Maar ik denk dat dat niet per se komt doordat we aan elkaar vastzitten. Ik denk dat het vooral is omdat we zussen zijn.

Ik schrijf mijn hoofdstuk met de hand in een blocnote, die aan mijn kant ligt en die Rose niet kan zien omdat ze een beetje bijziend is. Maakt eigenlijk niet uit. Rose kan mijn gedachten lezen. Dat doet ze al sinds we klein waren. En al kan ik haar gedachten niet lezen, ik weet dat ze vast gênante dingen over mij schrijft – en dat vind ik nou persoonlijk, als iemand een verhaal zonodig een autobiografie wil noemen, dan moet hij gênante dingen over zichzelf schrijven en het daarbij laten.

Rosie heeft de neiging om te overdrijven, dus dan weet je dat vast.

En ze heeft ook de neiging om dingen keurig af te ronden. Als je begrijpt wat ik bedoel.

Rose zei dat ik eerst moest vertellen hoe het is om aan iemand anders vast te zitten. Daar heb ik een hele tijd over nagedacht. Misschien heeft het me daarom zo'n tijd gekost om dit te schrijven, omdat ik me niet kan indenken hoe zelfs de meest briljante schrijver aan een onbekende kan uitleggen hoe het is om je leven te doorlopen met een zus die aan je hoofd vastzit.

Toen ik tegen Rose zei dat ik er niet uit kwam wat ik moest schrijven over het feit dat we aan elkaar vastzitten, zei ze dat ik dan maar over mijn interesses en hobby's moest vertellen. Nou, al vanaf mijn achtste is indiaanse artefacten zoeken mijn hobby. En dan vooral artefacten van een grote groep Neutrals die eeuwen geleden een viskamp op ons land had. Onze boerderij ligt niet aan de Thames, zoals je zou verwachten, maar een heel eind weg, op hogere grond die niet onderloopt.

Negentig procent van de artefacten van de Neutrals in het museum van Leaford, dat bijna recht tegenover ons oude boerenhuis aan Rural Route 1 ligt, is op ons land gevonden; door mij. Het benen handvat met de ingegraveerde versiering, de pijp in de vorm van een vogel, de halsketting van stukjes bot, de tientallen pijlpunten en de kookpot met de uitstekende rand. Ik moet ergens nog een lijst hebben van de andere dingen die ik heb gevonden. Ik ben echt geen indianenkenner of zo, en ik snap niet waarom je mij en mijn zus zou leren kennen, en beter zou begrijpen hoe het is om aan een ander vast te zitten, als ik over mijn belangstelling voor de Neutrals schrijf, maar Rose zegt dat je dat allemaal tussen de regels door zult kunnen lezen.

Toen we afgelopen maand bij dr. Singh waren geweest, maakten Rose en ik een kort ritje met de taxi naar het strand aan de westkant van de stad en we zochten een rustig plekje op waar we niet werden aangestaard of gestoord, en we bespraken wat we met de tijd die ons nog rest zouden willen doen.

Die avond begon Rose dit boek te schrijven, dat ze 'Autobiografie van een Siamese tweelingzus' noemt. Ik zei nog tegen haar dat dat de lelijkste titel was die ik van mijn leven had gehoord. Ze had al over een boekomslag nagedacht. Volgens haar is het ontwerp daarvan heel belangrijk.

Ze zei dat onze prognose haar in twee woorden inspiratie en

een deadline had bezorgd. Ze kan grapjes maken wat ze wil, maar ik weet dat ze bang is.

Ik denk dat ze daarom ook per se zo veel en zo snel wil schrijven. Als ik in slaap probeer te komen, word ik stapelgek van dat getik op de toetsen van haar computer. Ik snap niet hoe ze het volhoudt. Dat geram op de toetsen. Uren naar het computerscherm staren. Herinneringen ophalen. Nadenken. Rose is altijd nogal een nadenker geweest. Ze is het type dat het leuk vindt om te leren. Daarom zal ze ook wel schrijfster zijn. Ik houd er niet zo van om te leren. Ik wil gewoon weten.

Toen ik voor het eerst hoofdpijn kreeg, was het eens in de paar dagen, en het was niet zo erg. Maar de hoofdpijn is erger geworden en het komt vaker voor, en vorige week kon ik met mijn linkeroog niet meer scherp zien. Dat is natuurlijk niet best. In Leaford en Chatham is geen MRI, dus we moesten naar Toronto. De trein was uitverkocht. De bus is goedkoper, dus dat is mooi meegenomen, maar in de bus word ik eerder misselijk dan in de trein, vanwege de uitlaatgassen. En de hele tocht naar Toronto zit ik te denken: niet kotsen – hersentumor – niet kotsen – hersentumor – niet kotsen – hersentumor. Stapt er in Woodstock een man in die precies in onze buurt gaat zitten en die kerel zit zo onder de aftershave dat ik toch nog moet kotsen. Ik was vergeten een schone blouse mee te nemen en Rose weigerde me de hare te lenen. Daar zat wat in, want ze wist dat ik nog weleens een keer zou kunnen kotsen en dan op haar blouse. Maar op dat moment was ik goed kwaad. Dus de rest van de reis zeiden we geen woord meer tegen elkaar. De taxichauffeur reed via de lange route naar het ziekenhuis en de kantine was wegens verbouwing gesloten. En toen nog de prognose van dr. Singh. Een niet te opereren aneurysma. En dat allemaal op één dolgezellige dag.

Ik weet niet wat ik erover moet zeggen. Misschien heb ik daarom niet geschreven.

Rose heeft het vast al allemaal gezegd. Dan heeft ze je al over het bezoek aan dr. Singh verteld en dat ik er toen achter kwam dat mijn zus ook hoofdpijn heeft. Heel erge hoofdpijn. En toen die mededeling over het aneurysma, dat in haar hersenen zit en niet in de mijne.

Rose noemt het beestje nooit bij zijn naam: aneurysma. Als ze het er al over heeft, en dat is alleen als ik erover begin, noemt ze het haar 'ding'. Toen ik haar vroeg achter de computer te gaan zitten om zo veel mogelijk informatie over hersenaneurysma's te verzamelen, kwam ze met twee blaadjes terug en ze zei dat er niet veel informatie te vinden was. Dat geloofde ik gewoon niet, dus ik heb even gedacht om Whiffer een briefje toe te stoppen, maar we hebben afgesproken dat we niemand bij de bibliotheek laten weten dat we doodgaan.

Ik wil dr. Singh niet om meer informatie vragen dan hij al gegeven heeft, omdat hij nogal gepikeerd leek toen ik zei dat we volgens mij een second opinion moesten vragen. Maar misschien was hij helemaal niet gepikeerd. Misschien schatte ik hem verkeerd in. Rosie is veel beter in het inschatten van mensen en zij zegt dat ik veel te achterdochtig ben. Ik vraag me af of anderen dat ook denken.

Ik noem het ons aneurysma. Een halfjaar terug wist ik nog niet precies wat een aneurysma was. Het is een zwak geworden bloedvat in je hoofd, je hart of je maag, dat kan opzwellen als een ballon. Het kan zo opzwellen dat er een beetje bloed ontsnapt of het zwelt zo erg op dat het helemaal openbarst en dan kun je eraan doodgaan. Het kan ook op bepaalde vitale delen gaan drukken en andere problemen veroorzaken.

Meestal zijn die dingen te opereren, maar in ons geval is dat niet zo. Dat is ook de second opinion, die we gisteren hebben gekregen. Maar Rosie heeft daar natuurlijk ook al over geschreven.

Ik verwachtte al dat dr. Singhs diagnose zou worden bevestigd, maar ik heb zo'n idee dat Rosie op een wonder hoopte. Op de terugweg zei ze bijna geen woord. Ze hield me heel stevig vast, wat ze altijd doet als ze kwaad is (of ze dat nu wil toegeven of niet), en had geen zin om te praten.

Toen we thuiskwamen, wilde Rose naar bed. Ze neemt altijd haar laptop mee naar bed, dus dat was niet ongewoon. Ik viel in slaap en toen ik een paar uur later wakker werd, zat ze nog steeds achter haar computer. Wedden dat ze die nacht wel honderd bladzijden heeft geschreven? De volgende dag vertelde ze me dat ze aan haar autobiografie was begonnen. En toen zei ik dus dat dat in feite eigenlijk niet kon. Op een bepaalde manier lijkt dat wel een jaar geleden, maar het is maar een paar weken terug.

Als ik opkijk van de blocnote waarop ik aan het schrijven ben, kan ik Rose in de spiegel zien. Ze zit een boek te lezen. Ik kan van hieraf de titel niet lezen. Het is in leer gebonden. Shakespeare of een andere klassieker. Ze leest heel aandachtig, dus ze vindt het mooi.

We hebben veel spiegels in huis. Wel tien keer zoveel als een normaal mens. In elke kamer hangen minstens zes spiegels. Rose en ik kunnen elkaar niet zien, dus we gebruiken de spiegels als we naar elkaar willen kijken. Soms hebben we zelfs het gevoel dat het echt nodig is. Soms, maar niet vaak. Meestal hebben we de spiegels niet nodig om te weten wat de ander denkt. Ik weet het als Rose kwaad is, omdat ze haar wenkbrauwen dan samentrekt en ik de huid van mijn slaap voel trekken.

We maken meer ruzie als we niet naar elkaar kijken, ook al is dat maar via de spiegel. Soms betrap ik me erop dat ik naar Rose zit te staren. Dan ben ik even kwijt dat we aan elkaar vastzitten.

Staren hoort erbij als je een Siamese tweeling bent. Volgens mij helemaal als je met je hoofd aan elkaar vastzit, want dan doen mensen pas echt van: O, mijn god. Stel je dat toch eens voor! Het is voor Rose en mij niet zo vreemd als je zou denken. Tante Lovey zei altijd tegen ons dat we boften omdat we zeldzaam zijn, en dat we het niet erg moeten vinden dat mensen staren.

Degene die we om een second opinion vroegen, dr. Kitigan, zei hetzelfde als Singh. Het aneurysma kan elk moment barsten. Als Rose dadelijk inademt, of vannacht in onze slaap, of over een maand. Of twee, of drie, of zes. Maar waarschijnlijk geen zeven. En beslist geen acht. Dat was wat Singh zei. Beslist niet. Beslist geen acht. Ik vroeg hem op de man af of hij bedoelde dat we nog maar een halfjaar te leven hadden. Hij gaf niet meteen antwoord, want zelfs voor een arts is het moeilijk om zoiets te zeggen. Toen zei hij ja. Een halfjaar. Op zijn hoogst.

Rose wees me erop dat dat voor iedereen geldt. Niemand weet het precieze tijdstip van zijn dood. Daarom moeten we ook carpe diem (van vandaag genieten want je weet maar nooit hoe het morgen is). En met een aneurysma weet je niet wat je kunt verwachten. Rose zal de meeste symptomen krijgen. Maar we delen een belangrijk bloedvat, dus er spelen kwesties met vloeistoffen en druk. Ik zal vaker hoofdpijn hebben. En minder scherp blijven zien. Of mijn reukvermogen verliezen. Of ergere dingen, zoals blind worden of mijn spierbeheersing kwijtraken. Maar we kunnen ook alleen milde symptomen blijven vertonen en dan plotseling doodvallen.

Over drie maanden worden we dertig. Ik had nooit gedacht dat ik de dertig zou halen, dus ik ga niet zeggen dat het me allemaal ontzettend tegenvalt omdat mijn leven niet zo lang gaat duren als ik dacht. Maar ik zou het wel heel bijzonder vinden om dertig te worden. De op ons na langstlevende craniopagustweeling stierf op hun negenentwintigste. Alleen al het feit dat we nog leven voelt soms al als een hele prestatie. Ik wil de mijlpaal van dertig worden wel bereiken. Die onderscheiding zou ik graag binnenhalen.

Ik bid de laatste tijd weleens. In onze jeugd gingen we niet naar de kerk, maar oom Stash en tante Lovey hebben ons wel dingen over God geleerd. Rose zegt dat ze het gewoon niet weet, maar ik geloof, en ik ben tot God aan het bidden of Hij ons alstublieft dat derde kroonjaar wil laten vieren.

Rose zei dat ik er als ik schrijf aan moet denken om over mijn leven te schrijven, en niet alleen over óns leven, en dat ik mijn eigen gedachten en herinneringen aan het verleden moet noteren.

Dan weet ik wel iets. Zoals ik al zei, zijn Rose en ik op het platteland opgegroeid, in een oud boerenhuis op een stuk land aan de rivier, waar de Neutrals eeuwen geleden een viskamp hadden. In het voorjaar, als de grond was omgeploegd, liepen we over de akkers. (Ik zal meteen maar zeggen dat ik wel niet met mijn voeten kan lopen, maar dat ik mezelf toch als een lopend iemand beschouw. Natuurlijk zit ik niet in een rolstoel of zo. Ik kan het nog het beste uitleggen door te zeggen dat ik het gevoel heb dat ik de benen van Rose leen als ik aan de beurt ben om voorop te lopen. Het is weleens voorgekomen dat Rose haar teen stootte of op iets scherps trapte, en echt waar, ik voelde het ook.)

Maar goed, we liepen dus over de akkers, als meneer Merkel er met de ploeg doorheen was geweest en de aarde heel zwart en schoon was. Je kwam bijna nooit een steen tegen. Dus als je iets grijs of vuursteenachtigs of leemkleurigs zag, was het één op de tien keer een pracht van een pijlpunt of een potscherf. Aan onze kant van de beek heb ik zevenentwintig scherven en een complete lemen pot gevonden, honderden vuurstenen van allerlei afmetingen, zo'n tien gegroefde stenen en gecanneleerde pijlpunten en bijlbladen, een set spullen en drie pijpen in de vorm van dieren – twee schildpadkoppen en een vogel. En ik heb een grote benen zuigpijp gevonden, dat is helemaal te gek. Het zit allemaal achter slot en grendel in het museum van Leaford (dat een paar maanden geleden wegens geldgebrek zijn deuren heeft gesloten). Ik heb de dame van het geschiedkundig genootschap al drie keer gebeld om te zeggen dat ik heel graag de collectie zou willen bekijken, maar ze heeft me nog steeds niet teruggebeld. Ik had de zuigpijp graag gehouden. Hij lag zo lekker in mijn hand. Er zat een trilling in. Dat hebben alle dingen die ik heb gevonden. Je houdt zo'n oud ding vast, die steen, die pijlpunt, of die stamper en vijzel, iets wat eeuwen geleden een doodgewoon voorwerp voor iemand was, en er gaat iets warms, iets levends vanuit. Ik wilde de zuigpijp houden, maar tante Lovey stak een heel verhaal af over dat de geschiedenis niet alleen van mij was. Oom Stash toonde iets meer begrip, maar toch belde hij het geschiedkundig genootschap om te zeggen dat we hem naar het museum zouden brengen.

Rose en ik mochten niet bij de Merkels aan de overkant van de beek naar artefacten zoeken, want dan kon mevrouw Merkel uit het raam kijken en ons zien zoeken. Tante Lovey zei dat dat arme mens dan aan die keer zou moeten denken dat de hele stad op zoek was geweest naar Larry.

Rose heeft niet zulke scherpe ogen als ik. Ze vond haast nooit iets wat de moeite waard was. Soms liet ik haar vlak voor een stuk aardewerk of een pijlpunt stilstaan en dan deed ik net of ik het zelf niet zag, zodat zij ook eens de gelukkige was. Rose is zo blind. Of misschien gaf ze er niet echt om.

(Het schiet me ineens te binnen dat je misschien niet weet wat een benen zuigpijp is. Dat is een pijp die van een uitgehold bot is gemaakt, en de medicijnmannen van de stam gebruikten die om ziekte uit iemands lichaam te zuigen.)

Ik heb ook een keer de bovenkant van een schedel in het veld gevonden. Eerst wist ik niet dat het een schedel was. Ik was door het dolle heen omdat ik dacht dat het misschien wel een schaal was die bij een ritueel werd gebruikt. Maar toen zag ik de naden in het bot. Rose veegde met haar voet de aarde weg zodat we hem beter konden bekijken. De gedachte dat het een menselijke schedel was, was behoorlijk schokkend. En er zat een reusachtig gat in. Toen Rose en ik dat zagen, slaakten we allebei een kreet, en meteen kwamen tante Lovey en oom Stash aanrennen.

Tante Lovey was verpleegster en wist meteen dat het een schedel was. Ze ging op haar knieën in de aarde zitten om hem te onderzoeken en zag dat er een breuk in zat. Oom Stash bukte om hem ook te bekijken en wees naar iets in de schedel. Vingerbotjes. In het gat dat in de schedel zat. Tante Lovey keek verbijsterd. Oom Stash dacht even na en stak toen zijn hand omhoog om zichzelf tegen een denkbeeldige bijl of tomahawk te beschermen, waarmee hij liet zien hoe iemands vingerbotjes in zijn schedel terecht konden komen. Zo slim was hij nou.

We stopten de schedel diep onder de grond, zodat de ploeg hem het jaar daarna niet weer omhoog zou halen.

Ik was niet erg goed op school, behalve in kunstgeschiedenis, maar voor het werkstuk dat ik over de plaatselijke indianen had gemaakt kreeg ik een tien. Tante Lovey had indiaans bloed, al zou je dat van zijn leven niet denken. Ze was heel blond. Als iemand had gezegd dat ze Iers of Schots of Welsh of zoiets was, had je het zo aangenomen. Maar ze was Frans, met een indiaanse bet-bet-betovergrootmoeder. Dus mijn interesse komt van twee kanten. Van mijn tante Lovey en van de plek waar we zijn opgegroeid.

Rose en ik zaten op school met een jongen die Frankie Foyle heette. Hij woonde een paar boerderijen verderop. Midden in het maisveld van de Foyles was een reusachtige bult ter grootte van een zwembad. De bult was met gras begroeid, dat was al jaren zo. Het kostte te veel geld om hem te laten bulldozeren, dus ik denk dat Berb, Frankies vader, die bult gewoon uit zijn hoofd had gezet. Hij zette er een afrastering omheen en liet hem verder met rust. Maar op een dag groef een van zijn grote honden een bot op. De hond bracht het bot naar Berbs vrouw en die werd achterdochtig.

Op de een of andere manier kwam mevrouw Merkel iets over het bot ter ore, en zij dacht meteen dat het misschien Larry was. De politie ging naar de Foyles en ze vonden nog meer botten in de met gras begroeide bult midden op Berbs land, die allemaal van mensen waren. Dus de politie ging door met graven en vervolgens namen de korpsen van London en Windsor het over. De plaatselijke politie probeerde de anderen duidelijk te maken dat die bult op Berbs land er al sinds mensenheugenis was. Maar niemand die daar aandacht aan besteedde. Er kwamen meer mensen om te graven, en nog meer, en vrachtwagens en zo, en uiteindelijk telden ze ruim zeventig schedels.

Tijdens hun onderzoek ging Berb achter de tralies, tot ze ontdekten dat de botten erg leken op de skeletten die in een kamp van de Neutrals in de buurt van Rondeau waren gevonden. Toen het eindelijk tot ze doordrong dat de heuvel op Berbs boerderij een indiaanse begraafplaats was, groeven ze een diep gat, deden de skeletten er weer in en gooiden het gat dicht. De overheid en andere groepen raakten erbij betrokken. Ze zetten er zelfs een herdenkingsplaat neer. Maar niemand heeft ooit behoefte om een veldje onkruid midden in een maisakker te bezichtigen. En Berb staat bekend als een gek, dus je zit er ook niet per se op te wachten om met hem alleen op een akker te zijn.

Ik weet niet of Berb al voor dat gedoe met die mensenbotten verdacht werd gevonden, maar in elk geval ging zijn vrouw bij hem weg toen hij uit de gevangenis kwam, en de hele stad bleef hem daarna vreemd aankijken. Zelfs tante Lovey en oom Stash. En Frankie (zijn zoon, die van onze leeftijd is en over wie ook een heel verhaal te vertellen valt waar ik geen zin in heb maar Rose vast wel) verdeelde zijn tijd tussen de boerderij van zijn vader en het huurhuis van zijn moeder, dat toevallig de bungalow aan Chippewa Drive was die destijds van tante Lovey en oom Stash was. En waar wij nu wonen. Na een tijdje zat Frankie vaker bij zijn moeder dan bij zijn vader. Ook al had Berb eigenlijk niemand vermoord.

Ik moet van Rose over dingen schrijven die belangrijk voor ons zijn geweest. Tante Lovey en oom Stash. Het museum. De bibliotheek ook. En onze familiegeschiedenis is ook belangrijk. Maar zo saai!

Toen Rose en ik bespraken wat we wilden doen in de tijd die we nog hebben, zei ik dat ik naar het Museum voor Indiaanse Archeologie in London wilde. Daar zijn we sinds de dood van oom Stash en tante Lovey niet meer geweest.

Het museum heeft een enorme collectie artefacten, en een exacte replica van een langhuis waar je in kunt. Als Errol Osler er is, mogen Rose en ik van hem vast even een minuutje alleen naar binnen. Dat is zo'n beetje het dichtst bij een kerk als wij ooit zullen komen. Volgens mij vindt zelfs Rose het langhuis een religieuze plek. Ze zegt nooit nee als ik haar vraag of ze zin heeft om erheen te gaan.

In de loop van al die jaren dat we er komen, is Errol Osler een soort vriend geworden. Hij kan heel boeiend vertellen en heeft als vrijwilliger duizenden uren in het museum gestoken. Al heeft hij er nooit voor geleerd, hij is een kei in archiveren. Ik vind het heerlijk om het met Errol over mijn nieuwe vondsten te hebben. Hij kijkt anders tegen de dingen aan, zelfs tegen mij.

Errol Osler was de eerste die me over reïncarnatie vertelde. Hij legde uit dat de Neutrals hun overleden kinderen soms midden in het langhuis of langs de drukste paden van het dorp begroeven, omdat ze dachten dat de ziel van zo'n overleden kind dan in de buik van een zwangere vrouw kon opstijgen en herboren kon worden. Op de een of andere manier vond ik dat heel redelijk klinken. Ik vertelde het later aan tante Lovey en die zei dat ze ook in reïncarnatie geloofde. Tante Lovey en ik geloofden allebei dat je ziel opnieuw geboren kan worden. En we geloofden ook allebei dat dromen iets betekenen, alleen moet je er even achter komen wat dan.

Ik droom heel vaak dat ik mijn zus verlies. En als ik dan wakker word, ben ik opgelucht omdat ik haar adem tegen mijn wang voel (ook al stinkt die vaak naar knoflook). Net zo opgelucht als wanneer ik uit een van mijn verbrijzelde-tandendromen ontwaak en merk dat ze nog in mijn mond zitten.

Ik droom nooit dat Rose en ik van elkaar gescheiden zijn. Nooit ofte nimmer.

Toen ik klein was, kon ik alleen in slaap vallen als mijn zus mijn oorlelletje aanraakte. Ik barstte vaak in tranen uit om haar zover te krijgen. Om de een of andere reden noemde ik het lolo. Dus dan jammerde ik: Doe nou lolo, Rose, net zo lang tot Rose over mijn oorlelletje wreef. Maar soms was ze gewoon te kwaad op me. Of ze was te moe en had er gewoon geen zin in. Dan zette ik het op een huilen of tante Lovey haalde haar over, en dan deed Rose lolo en viel ik in slaap. Maar na een tijdje zei tante Lovey dat het maar eens afgelopen moest zijn met lolo. Omdat het gewoon niet eerlijk was om Rose ervoor te laten opdraaien of ik wel of niet kon slapen, en ik zette het op een huilen. Rose kon er niet tegen en gaf bijna meteen toe, maar tante Lovey dreigde haar hand met isolatietape aan haar been vast te plakken om te zorgen dat ze mijn oorlelletje niet kon aanraken. Toen ik dat hoorde, hield ik meteen op met huilen, omdat ik Rose niet in de problemen wilde brengen. En Rose deed het toch wel. Niet een halfuur lang, wat ik graag wilde, maar even een rukje aan mijn oorlelletje zodra tante Lovey de kamer uit was. Een rukje om te laten weten dat ze van me hield. En dan hadden we ook nog iets dat ik mijn ijskoude handen op haar warme huid legde, en dat zij dan zei: Niet mijn warm afpakken. En dan zei ik: Ik pak je warm af. Ik pak al je warm af. Het klinkt eigenaardiger dan het is.

Dr. Singh vertelde dat het ongeveer zo zal gaan: het aneurysma zal waarschijnlijk barsten en dan is Rose meteen dood. Bij mij zal het wat langzamer gaan. Mijn lichaam zal bloed in het lichaam van Rose blijven pompen, maar dat zal niet meer reageren en dan bloed ik in haar leeg. Ik zal nog een tijdje bij kennis blijven. Als ik dat wil. Ik heb twee injectiespuiten met tatranax, een voor in mijn handtas en een voor op mijn nachtkastje, voor als ik mijn dood wil verspoedigen als mijn zus is overleden. Ik geloof dat verspoedigen niet het juiste woord is, maar je begrijpt wel wat ik bedoel.

Ik zal slaperig worden van de tatranax, en bewusteloos raken, en daarna houdt mijn hart op met kloppen. Ik kan me niet voorstellen dat mijn hart zou blijven doorkloppen als dat van Rose gestopt is. (Ik mag van Rose nooit vertellen welke arts ons de tatranax heeft gegeven, omdat het in feite illegaal is.)

Ik wou schrijven over die keer dat oom Stash ons na ons eindexamen mee naar Slowakije nam, omdat Rose had gezegd dat ik wat moet schrijven over de dingen die we hebben gedaan en waar we allemaal geweest zijn. En dat was een grote reis. Reusachtig. Maar ik weet niet of ik wel aan Slowakije wil denken. Eigenlijk niet, dus. En plus dat het geen zin heeft om dat te doen zonder alles te vertellen over Grozovo, waar oom Stash is opgegroeid, en de Slowaakse heiligenfeesten, en hun cultuur, en al die miljoenen manieren waarop ze anders zijn dan Noord-Amerikanen.

Rose zei dat ik wel het verhaal over de bruidsjurk van tante Lovey kon schrijven, want dat is een eenvoudiger verhaal. Maar ik kan nu niks meer schrijven. Ik vind het heel vermoeiend. Dit was de eerste keer en het zal heus wel makkelijker worden, maar als dat niet zo is, dan werk ik dit stuk alleen bij of zoiets.

Als ik dan zogenaamd aan een vriendin schrijf, vind ik het heel vreemd als ik niet tot ziens zeg.

Dus tot ziens.

VOGELS EN VEREN

Ik kan me nog heel goed de keer herinneren dat we naar Philadelphia gingen om dr. Mau op te zoeken, toen Ruby en ik zo'n zes jaar oud waren. (Dr. Mau was de craniofaciaal specialist die ons kort na onze geboorte in Toronto had onderzocht. Later was hij naar het kinderziekenhuis in Philadelphia overgestapt.) Ruby zegt dat ze zich niet kan herinneren dat we in Philadelphia zijn geweest. Ze beweert dat ze niets meer weet van die afgrijselijke autorit, waarbij ze op mijn schoot heeft overgegeven. Ze weet niet meer dat ze bang was voor de vreemde albinovrouw die het in de parkeergarage op een schreeuwen zette toen ze ons zag, of dat we toen voor het eerst Grieks aten omdat er verder niets open was.

Ruby kan zich helemaal niets herinneren. En ik weet het nog allemaal – de zwart met zeegroene tegels in de receptie van het ziekenhuis, de vettige automaat waar bijna alleen maar Clarkrepen in zaten, waarvoor we oom Stash kwartjes aftroggelden om ze te kunnen kopen, de ammoniaklucht in de piepende lift. Het gestaar in de wachtkamer – en dat wij naar de mensen staarden die naar ons zaten te staren. Een klein meisje met een richel witte gezwellen boven haar ogen. Een baby met een ernstig gespleten verhemelte. Een peutertje zonder armen of benen dat op de gang een driftbui kreeg. Sint-Franciscus die vanaf de muur medelijden met ons had.

We zijn het gewend om onderzocht te worden. Mijn zus valt altijd in slaap. Misschien herinnert Ruby zich echt wel niets meer van Philadelphia. Wie weet heeft ze al die tijd liggen slapen. Vanwege alle problemen die Ruby met haar ingewanden en haar blaas had, moesten we toen we jong waren zo ongeveer wekelijks naar dr. Ruttle jr. in Leaford (en later, toen hij met pensioen ging, naar zijn zoon, die we Richie of Rich noemen), maar het onderzoek in Philadelphia was anders. Er werden allemaal röntgenfoto's van ons gemaakt, we kregen prikken, en elektrodes, en uitstrijkjes, en andere dingen die me onbekend voorkwamen, en uren later werden we naar een grote operatiezaal gebracht waar dr. Mau met tien andere artsen stond te wachten.

Die hele operatiezaal moet van chroom zijn geweest, want ik zag overal weerkaatsingen. Van de schelle witte lampen, van dr. Mau en van mij en mijn slapende Siamese tweelingzus. We lagen bloot op twee grote, tegen elkaar geschoven brancards. Tante Lovey was ongerust omdat ik zo zweette. Ik ergerde me aan de priemende vingers van dr. Mau. Ik was te netjes opgevoed om rechtstreeks te protesteren, maar ik wierp hem wel af en toe een woeste blik toe.

Ik had geen flauw idee wie dr. Mau was en waarom tante Lovey en oom Stash ons bij hem hadden gebracht of waarom ze zo ongerust keken toen ze van hem niet in de operatiezaal mochten. Tante Lovey bleef wel eerbiedig, maar ze weigerde glashard buiten te blijven. Na een uur lang gepluk en geprik en in een vreemde taal met de andere artsen praten, vingen de zwarte ogen van dr. Mau mijn blik. Als hij al in de gaten had dat ik kwaad naar hem keek, kon het hem kennelijk niet schelen. Hij bestudeerde me met een warme glimlach, terwijl hij met een grote witte eendenveer over de horrelvoeten van mijn slapende zus heen en weer streek. Hij had aftershave op. Ik had die scherpe, kruidige geur nog nooit geroken. (Oom Stash rook naar runderbloed en Amphora Rood-tabak, tante Lovey naar seringen en Palmolive-zeep.)

Dr. Mau keek me aan terwijl hij Ruby met die belachelijke

witte veer van hem bleef afstoffen en zei zachtjes, om haar niet wakker te maken: 'Rose? Voel je dit?'

Ik fluisterde naar mijn idee heel beleefd terug: 'Nee, dr. Mau. U wel?'

Het was helemaal niet mijn bedoeling geweest om grappig of slim te zijn, maar dr. Mau was in lachen uitgebarsten en had toen aan tante Lovey gevraagd: 'Is de parasitaire tweelingzus net zo slim?'

Ik meen me te herinneren dat tante Lovey de dokter als een soort lappenpop van zijn plaats rukte en hem meesleurde tot ze buiten gehoorsafstand waren. Maar het is veel waarschijnlijker dat ze hem aan zijn mouw trok en hem met enige stemverheffing, omdat ze van woede even haar plaats vergat, alleen maar vroeg mee naar de deur te komen. Ik kon mijn hoofd niet omdraaien om te kijken, maar ik hoorde tante Lovey sissen als een slang en hoe dat afschuwelijke woord 'parasitair' over en weer gefluisterd werd.

Toen dr. Mau met zijn vochtige, donkere ogen naar de tafel terugkeerde, leek hij veranderd. Misschien dat hij na de tirade van tante Lovey een beetje schuldbewust was. Toen hij Ruby per ongeluk met de scherpe punt van de veer prikte, werd ze wakker. Ze was helemaal van de kaart en had zo te zien geen idee waar ze was. Dr. Mau glimlachte haar toe en legde uit dat hij een oude bekende was, een arts die ons van vroeger kende en die alleen maar wilde kijken of ze gezond was. Ruby zal wel naar hem hebben teruggelachen, want hij keek langs mij naar tante Lovey en oom Stash en de andere artsen en zei: 'Deze is best mooi.'

Toen hij dat zei, rukte tante Lovey de dokter niet van zijn plaats en ze vroeg hem zelfs niet om buiten gehoorsafstand te komen staan. Oom Stash en zij kwamen juist dichterbij om zelf ook even te kijken, en zij moesten ook glimlachen, want het was waar.

LUIZEN

De dertienjarige Callula Crezda stonk naar motorolie en gesmoorde raapjes en sprak geen woord Engels, toen ze bij ons in de vierde klas van de openbare school van Leaford kwam. Het hoofd van de school bracht haar naar onze klas, en juffrouw May organiseerde met een frons een plaatsje vooraan voor haar. Ze was twee jaar ouder dan de oudste leerlingen in de vierde klas, Ruby en ik. Ze had schele zwarte ogen, steil zwart haar en een grote moedervlek op haar rechterwang. Ze droeg een bruine tuniek, een witte blouse met een koffievlek erop en zwarte, rubberen jongenslaarzen met bovenaan een rode streep. De vierdeklassers (die Ruby en mij maar net verdroegen, omdat we daar thuishoorden en omdat hun ouders hen met de dood hadden bedreigd) snakten naar een doelwit, en het schele immigrantenmeisje was er duidelijk een. Binnen een paar minuten na haar verschijnen had iedereen in de gaten dat Callula Crezda 'luizen had'.

Callula woonde met haar vader, die reusachtig, woest en mank was en geen werk had, en haar dikke, grijnzende moeder, die altijd een zwarte hoofddoek droeg, in een piepklein huurhuisje langs de spoorlijn. Haar moeder vond werk als vatenschoonmaakster bij de conservenfabriek en kort daarna verscheen Callula op school met een zwart zeeroverslapje om haar luie oog te oefenen. Ik smeekte tante Lovey om zo'n zeeroversooglapje maar Ruby zei dat ze niet naar school ging als ik er een zou dragen.

Mijn zus en ik hadden het voortdurend over Callula. Niet

onder elkaar (dat nooit), maar tijdens het avondeten met oom Stash en tante Lovey, als ze vroegen hoe we het die dag hadden gehad. Ruby vertelde het meest. En ik corrigeerde en bewerkte haar relaas ondertussen. Je had het verhaal over de jongen die zijn boek met spellingsoefeningen liet vallen en waardoor het tegen Callula's hoofd aan kwam. Callula dacht dat hij het met opzet had gedaan en sloeg hem met haar boek om zijn oren. En die keer dat er tijdens het speelkwartier een wegwerpscheermesje uit Callula's tas viel en ze er een ander meisje mee bedreigde. Ruby vertelde zelfs dat Callula helemaal tot boven aan de klimwand was geklommen zodat iedereen haar vieze onderbroek kon zien. Tante Lovey en oom Stash krompen ineen en schudden hun hoofd als ze onze Callula-verhalen hoorden. 'Het árme kind,' zei tante Lovey dan op een medelijdende toon waarop ik haar nooit over Ruby en mij had horen praten.

Op een dag in het herfstgriepseizoen kotste Callula haar pap eruit. En door de aanblik van die troep moest mijn gevoelige zus ook overgeven, zodat we met zijn drieën tegelijk bij de schoolzuster terechtkwamen. Callula zat helemaal achter in de kamer stilletjes heel glazig te kijken en merkte niet dat wij binnenglipten. Terwijl Ruby achter me aan het jammeren was, nam ik Callula op. Haar trui was heel erg aan het pillen. Er zat viezigheid onder haar gescheurde nagels. Rond haar neus had ze een gelige korst. Haar vieze kousen zaten onder de ladders en gaten.

'Hallo, Callula,' fluisterde ik, wetend dat ze me toch niet hoorde.

Ruby kneep me heel hard. Ze was doodsbang voor Callula, en voor allerlei andere dingen die ik niet begreep.

Die nacht na ons korte bezoekje aan de kamer van de school-zuster ramde een ontspoorde vrachttrein tegen de achterkant van het huurhuisje van de Crezda's aan de spoorlijn. Om vier uur 's ochtends denderde een vrachttrein vol graan met zijn wielen gierend over de natte rails door het onweer langs Leaford. De laatste wagon van de trein, die vol zaaimais zat, schoot los en vloog uit de rails, gleed over de spoordijk omlaag en maaide de achterste helft van het huis van de Crezda's eraf, voordat hij kantelde en omrolde en ten slotte tegen de heuvel aan het eind van de weg tot stilstand kwam.

Tegen zes uur die ochtend stond heel Leaford, waaronder tante Lovey en oom Stash en Ruby en ik, in de stromende regen naar de resten van het zielige huisje te staren. (In de krant van London stond een foto van het immigrantengezin dat op de voorbank van hun oude auto bijeengekropen zat: de stuurse vader Crezda, de grijnzende moeder Crezda en Callula met haar zeeroverslapje en haar armen gekruist over haar borstjes in een dunne katoenen pyjama.) Met een blik op het huis en de trein daarachter, schudde oom Stash zijn hoofd. 'Niets te doen.' Hij haalde treurig zijn schouders op. 'We gaan.'

Tante Lovey knikte.

'Niemand gaat weg,' klaagde Ruby.

'Dit is ramp,' zei oom Stash. 'Dit is geen vermaak.'

Tante Lovey knikte, maar kwam niet in beweging.

In de verte zag ik Callula rillend tussen haar vader en haar moeder in de auto zitten. Ze zag wasbleek en leek niet zozeer kwaad als wel verslagen. Ik snapte er niets van dat ik de neiging had om op de loop te gaan.

Tante Lovey stelde voor dat Ruby en ik even met ons klasgenootje zouden gaan praten. Toen ik vroeg wat we dan moesten zeggen, leek tante Lovey wel verbaasd. 'Zeg gewoon tegen dat arme kind dat je het naar vindt wat er met haar huis is gebeurd.'

Ik was bang dat Callula 'naar vinden' als een verontschuldiging zou opvatten, en vond dat tante Lovey me een slecht advies gaf. Waarom zou ik willen dat Callula het idee kreeg dat ik iets met dat treinongeluk te maken had? 'Dat wil ik niet,' zei ik.

De binnenmuren van het huis van de Crezda's, tussen de twee slaapkamers en de huiskamer aan de voorkant, en de keuken, wasruimte en badkamer aan de achterkant, waren ingestort toen de trein tegen de heuvel was geklapt, zodat de inhoud bloot was komen liggen. In de huiskamer stond een koffietafel vol krassen tussen twee gehavende rode stoelen, een ingezakte bank, en daarnaast stapels boeken – niet van die pockets als tante Lovey had, maar grote boeken in een harde kaft met donkerblauwe rug en een opdruk van bladgoud. In elke slaapkamer lag een matras op de grond en in de hoek stond een stel vuilniszakken met kleren. Aan de ontzette gele wanden hingen een paar scheve christelijke iconen.

De Crezda's – vader, moeder, en Callula in haar katoenen pyjama – zaten zwijgend bijeen. Het hield op met regenen. Er verschenen steeds meer mensen. Ramptoeristen uit Raleigh County en Harwich hadden tuinstoelen en verrekijkers bij zich. En achter het stuur van de bewegingloze auto stonden de ogen van meneer Crezda steeds kwader.

En toen verschenen de kraaien. Een zwarte wolk die over ons hoofd gleed en als een cape op de zaaimais neerdaalde die uit het wrak was gestroomd.

(Leaford is de kraaienhoofdstad van de wereld. Er woont een leger van enige duizenden zwarte kraaien in Baldoon County. Ze doen zich rijkelijk te goed op de akkers en vechten op vuilnisophaaldag om een plaatsje. Elk jaar is er wel iemand die met een briljant idee komt aanzetten om de kraaien te verjagen. In Leaford zijn burgemeesters gekozen op grond van hun kraaienbestrijdingsverkiezingsprogramma's. Toen Ruby en ik vijftien waren, werd er een valkenier ingehuurd om de vogels te verjagen. Dat jaar waren er zoveel kraaien dat Zimmers eenmotorige sproeivliegtuigen niet veilig op de landingsstrip van Leaford konden opstijgen of landen. Zelfs de meest door de wol geverfde boeren hadden nog nooit zoveel kraaien bij elkaar gezien. Het waren er misschien wel duizend, onrustig en vijandig, ze vlogen als één groot geheel op en doken te dicht op de menigte af, terwijl ze in de lucht met elkaar slaags raakten.

Een paar toeschouwers staken hun paraplu op omdat de kraaien bleven rondcirkelen en duiken. Anderen gingen naar hun auto terug. En toen de aandacht zich van de ontspoorde trein naar de zwarte gevederde ondieren verplaatste, klauterden degenen die vastbesloten waren op de rampplek te blijven naar binnen in de resten van het huis van de Crezda's, waar ze het zich gemakkelijk maakten met hun bemodderde laarzen op de matrassen en hun dikke reet op de gehavende rode bekleding van de stoelen.

Ik was vast niet de enige die Callula's vader zijn auto uit zag springen om naar het doormidden gekliefde huis te spurten. Natuurlijk begreep niemand daarbinnen wat hij aan het schreeuwen was, want het was allemaal in het Joegoslavisch, maar het was overduidelijk wat hij bedoelde. Hij hees zichzelf over de fundamenten heen zijn halve huis in, stoof op de mensen af en begon ze met vlakke hand te slaan en met zijn laarzen te schoppen.

De volgende ochtend liepen Ruby en ik naar de weg en de bescherming van ons wachthokje. Onderweg zogen mijn laarzen zich vast in de modder van het ongeplaveide pad, de warme lucht stonk naar Lapieres varkens verderop naar het zuiden, en achter de schuur zaten de kraaien luid te krassen. (Oom Stash had het hokje van platen golfaluminium gemaakt, met een zilverkleurig koepeltje en een soort patrijspoort erin. Het kostte hem acht hele dagen om het te bouwen. Alle kinderen op het platteland hadden zo'n hokje om in te schuilen terwijl ze op de schoolbus stonden te wachten, maar de meeste waren doosvormige schuurtjes die zonder enige inspiratie uit resten hout waren opgetrokken, en meestal niet eens geverfd waren. Niemand in de buurt had zo'n hokje als wij: een ruimteschip, een ruimteveer voor buitenaardse wezens, een gekantelde onderzeeër. Als ik er nu aan terugdenk, had het eigenlijk wel iets fallisch – wat wellicht een verklaring is voor op zijn minst een deel van het gegniffel achter in de bus. O, mijn hemel, wat moet Frankie Foyle wel niet hebben gedacht als hij Ruby en mij uit onze reusachtige zilveren penis te voorschijn zag komen?)

Terwijl we in onze zilveren schacht op de gele bus stonden te wachten waarmee we naar de basisschool van Leaford gingen, bedacht ik dat ik Callula zou vragen hoe het was geweest toen de trein door haar huis sneed, maar ik vroeg me wel af of mijn belangstelling misschien verkeerd zou worden opgevat. Het gonsde in de bus van de gesprekken over het treinongeluk en de tegenslag van de Crezda's. Ik maakte me een heel klein beetje ongerust dat Callula door het ongeluk in aanzien zou stijgen en dan voor types als Ruby en ik te hoog in rang zou zijn om voor vriendschap in aanmerking te komen. In de klas bleek Callula's plaats leeg te zijn. Ze was naar de vijfde klas overgeplaatst. Ik wist dat ze het daar met de oudere en brutalere kinderen een stuk moeilijker zou krijgen, maar net als Ruby was ik erg opgelucht. 'Luizen. Luizen. Luizen. Luizen.' Als de gangen maar even onderwijzervrij waren, werd dat gezongen. Tijdens het speelkwartier pestten de jongens Callula net zo lang tot ze hen het veld op joeg. Iemand had Callula een paar Engelse vieze woorden bijgebracht. 'Bef me dan,' schreeuwde ze vaak naar haar kwelgeesten, al had ze vast geen flauw idee wat dat betekende.

Voordat we naar de middelbare school gingen, verhuisde het gezin naar elders. Ik heb nog even gedacht dat ik Callula Crezda op de begrafenis van tante Lovey tussen de mensenmassa zag staan, maar dat was vast niet zo.

H ier is Ruby weer.
       Rose eet de laatste tijd heel slecht. Ik voel aan haar heupen dat ze dunner wordt. Ik moet tegenwoordig hemel en aarde bewegen voor we onder de douche gaan. Dat is niks voor Rose.

Ze wil alleen maar schrijven. Of over schrijven nadenken of over schrijven praten. Ze zegt dat ze een goede dag heeft als ze acht in plaats van vier bladzijden schrijft. Volgens haar is het net zoiets als vijf kilo kwijtraken, wat mij niet zo veel zegt omdat ik nooit met mijn gewicht heb geworsteld. Maar als ik Rose vraag waarover ze aan het schrijven is, wil ze dat niet vertellen. Ik heb geen flauw idee wat zij denkt dat er met dit boek gaat gebeuren, zelfs al zou het worden uitgegeven. En zoals ik al zei, dat kan ik me nauwelijks voorstellen, want wie zal het nou helemaal willen lezen, afgezien van andere Siamese tweelingen? Ik vind het een rotidee dat mijn zus haar tijd zit te verspillen. Helemaal nu.

Plus dat ik het niet snap. Ze zit urenlang achter haar computer en dan heeft ze nog maar vier bladzijden geschreven.

Ik heb hoofdpijn vanavond. We maken er weleens grapjes over dat we de hoofdpijn aan elkaar doorgeven, maar in werkelijkheid is het zo dat Rose hem meestal heeft en dat het vaak zware hoofdpijn is. Ze zei tegen dr. Singh dat haar hoofd 's avonds een holte vol pijn is. Een holte vol pijn. Zo praat ze echt. (Ze kan heel gênant zijn.) Ze heeft verlof opgenomen, wat in onze omstandigheden nogal raar kan klinken aangezien ik geen verlof heb opgenomen en Rose dus wel in de bibliotheek is als ik voorleesmiddag heb met de schoolgroepen. Maar haar werk – boeken op de plank zetten, dus omhoogreiken, en bukken en meer dan alleen mijn gewicht optillen – zou Rose te veel inspanning kunnen kosten, waardoor het aneurysma nog sneller knapt.

Godzijdank doet Rose nog wel mee bij de vragen en antwoorden met de kinderen.

Toen we pas bij de bibliotheek begonnen (komende herfst zeven jaar geleden), las ik schoolgroepen uit de omliggende county's boeken voor van de kinderboekenplanken. *Dag dag, dag nacht, Max en de Maximonsters, De kat met de hoed,* plus alles wat een Caldecott-medaille heeft gewonnen, met een zilveren zegel op het omslag. Maar de kinderen hebben die boeken al een miljoen keer met hun ouders of onderwijzers gelezen. Ze willen het liefst meer over Rose en mij horen en hoe het is om met je hoofd aan elkaar vast te zitten. Dus ik heb een paar fotokopieen van andere Siamese tweelingen laten vergroten. Beroemde Siamese tweelingen als Chang en Eng Bunker die een echte Siamese tweeling waren. (Zij werden een Siamese tweeling genoemd omdat ze uit Siam kwamen, het is maar dat je het weet. En Noord-Amerikaanse tweelingen als Rose en ik vinden het dus ontzettend raar om een Siamese tweeling genoemd te worden; we komen toch zeker uit Leaford, en we zijn ook duidelijk geen katten.) Ik heb foto's van Millie en Christine McCoy, die onder aan hun wervelkolom aan elkaar vastzaten en in South Carolina als slaven werden geboren. Ze werden naar Europa gehaald om voor koningen en koninginnen te zingen. Op de foto's hebben ze altijd een prachtige jurk aan. Daisy en Violet Hilton zaten ook onder aan hun wervelkolom aan elkaar vast, en zij werden nog beroemder. Ze waren heel mooi en ze speelden in Hollywood-films en zo. Mijn favorieten zijn de Italiaanse tweeling Giacomo en Giovanni Tocci, die eind negentiende eeuw in Turijn werden geboren (de stad van de lijkwade, weet je wel). Dat was een zogenaamde deicephaleuze tweeling (ik ben niet helemaal zeker van de spelling), wat betekent dat ze met een normaal bovenlichaam waren geboren maar ergens ter hoogte van hun maag aan elkaar vastzaten. Dus ze hadden één maag en één penis en twee benen, maar elk van de twee had één been en ze hebben nooit leren lopen. Ik weet niet van wie van de twee de penis was. Toen hun vader ze na hun geboorte zag, werd hij waanzinnig, maar later ging hij met hen rondreizen om grof geld te verdienen, precies wat Chang en Eng, Millie en Christine en de meeste andere Siamese tweelingen over wie je leest is overkomen. De jongens Tocci waren blond en ontzettend schattig. Ze werden de jongen met de twee hoofden genoemd, wat ze vast verschrikkelijk vonden.

Vroeger liet ik ook foto's van Laleh en Ladan Bijani zien, Iraanse vrouwen die net als Rose en ik met hun hoofd aan elkaar vastzaten. Die meisjes waren briljant en ontwikkeld – de een was journaliste en de ander advocaat – en telkens als Rose iets over hen hoorde, kreeg ze last van een minderwaardigheidscomplex, omdat zij niet heeft gestudeerd terwijl ze dat volgens mij verschrikkelijk graag had gewild. Een paar jaar geleden besloten de meisjes Bijani dat ze gescheiden wilden worden, en al zeiden een heleboel vooraanstaande artsen dat dat niet goed zou gaan, ze hielden voet bij stuk. Ze gingen allebei dood, dus ik laat de kinderen natuurlijk geen foto's meer van hen zien.

Gisteren vroeg een jongen van acht van de Nederlandse school in Chatham of we tegelijkertijd poepen. Die vraag hebben we vaker gehoord. We legden de jongen uit dat we wel met ons hoofd aan elkaar vastzitten maar niet met de rest van ons lichaam, dus we eten andere dingen op andere tijdstippen en we defeceren (Rose brengt de kinderen graag nieuwe woorden bij) ook niet op hetzelfde moment. Toen vroeg een klein meisje of we tegelijk plassen. Op hoeveel manieren we het ook uitleggen, kinderen hebben er de grootste moeite mee te begrijpen dat we geen gemeenschappelijke hersenen of gemeenschappelijk lichaam hebben. Sommige volwassenen schijnen er trouwens ook moeite mee te hebben. Onze baas, een bejaarde dame die Roz heet en al zo'n honderddertig jaar in de bibliotheek werkt, heeft eens een stel tweelingpoppen gemaakt die met klittenband op hun hoofd aan elkaar vastzitten, om de kinderen duidelijk te maken dat ons lichaam en onze lichaamsfuncties helemaal los van elkaar staan. Roz heeft een jongen met multiple sclerose. Nou ja, in feite is het geen jongen, want hij is bijna vijftig, maar ze noemt hem haar jongen. Hij kan niet praten en niet lopen. Hij kan niet zelf eten of zich aankleden, en hij gebruikt incontinentieluiers. Hij heet Rupert en hij werkt ook bij de bibliotheek. Nou ja, we zeggen dat hij er werkt, maar eigenlijk hangt hij maar een beetje in de personeelsruimte rond, omdat Roz geen thuiszorg kan betalen en hij van eenzaamheid dood zou gaan als hij niet bij zijn moeder in de buurt was, die zijn beste vriendin is en de enige die hem begrijpt. Ruperts hersenen gaan niet achteruit. Volgens Roz is hij zo slim als wat. Hij vindt mij aardiger dan Rose. Dat soort dingen merk je.

Ik ben blij dat Rose me niet gevraagd heeft om verlof te nemen. Ik zou Roz en Rupert en Whiffer en Lutie en iedereen veel te erg missen. En de kinderen ook. En ik denk dat wij ook gemist zouden worden. Zeker. Rose en ik hebben niemand over het aneurysma verteld, ook Roz niet. We hebben geen behoefte aan medelijden en bezorgdheid.

Sinds ze met het boek is begonnen vraagt Rose steeds: weet je dit nog, weet je dat nog? Ze vroeg of ik me nog dat voorval met de hagelslag kon herinneren toen we twaalf waren, en het voorval met het haar toen we op de middelbare school zaten. Ik vroeg of ze over de hagelslag en het haar ging schrijven, en ze antwoordde dat ze niet wilde bespreken wat ze aan het schrijven was en dat ik dat ook niet moest doen. Dus ik zeg: dan moet je me ook niet de hele tijd vragen of ik dit nog weet, en dat nog weet.

Goed – dus ik dacht dat ik hagelslag aan het opeten was, die achter de fruitschaal op de grote tafel in de keuken was gevallen. Maar het bleek geen hagelslag te zijn maar muizenkeutels. Ik was heel erg verkouden dus ik proefde het niet. Maar goed, ik begon niet te schreeuwen dat mijn maag moest worden leeggepompt en ik deed niet net of ik flauwviel om ervoor te zorgen dat tante Lovey me naar het ziekenhuis bracht. Ik viel echt flauw, en dat klinkt nu misschien grappig, maar dat was het toen niet. Helemaal niet.

En dan dat voorval met het haar. Mocht dat ter sprake komen. Rose was degene die steiler haar wilde zodat het meer op dat van mij zou lijken. Natuurlijk was het niet heel slim om spul te gebruiken dat voor het haar van zwarte mensen is bedoeld, dat we in een gescheurd pakje in de koopjesbak hadden gevonden. Maar ik houd vol dat ik de wekker goed heb gezet. En bovendien groeide het een klein beetje minder kroezig uit, en dat wilde ze toch.

Omdat we in de bibliotheek werken en zo veel boeken onder handbereik hebben (nou ja, eigenlijk heeft iedereen die boeken onder handbereik, waar of niet?), hebben we van alles over doodgaan gelezen en over de emotionele fases waar we doorheen moeten. (Ik ben niet zo'n lezer. Rose zegt dat ik een luie denker ben, en dat is vast ook zo, want hoe moet je dat anders noemen als je liever naar slechte televisieprogramma's kijkt dan dat je eens een goed boek leest?) Misschien maak ik de fases in omgekeerde richting door, maar in elk geval zit ik al zo'n beetje vanaf het moment dat we het nieuws te horen kregen in de fase van de acceptatie.

Toen we klein waren, nam tante Lovey ons mee naar de bibliotheek, waar ze ons een reusachtig fotoboek liet zien met allemaal mensen met misvormingen. De foto's kwamen uit het Mütter Museum in Philadelphia, waar allemaal menselijke specimens tentoongesteld zijn. Het wordt gebruikt om mensen die medicijnen studeren dingen bij te brengen, maar het is ook open voor publiek dat van griezelige dingen houdt. Op weg naar huis wilde Rose over de foto's en de misvormingen praten, maar ik had de bof onder de leden of zoiets en ik werd wagenziek van haar geklets. Rose wilde weten of iedereen die misvormd was voor dat boek op de foto was gezet en of wij ook zouden worden gefotografeerd als we dood waren. Tante Lovey zei dat iedereen zelf uitmaakte wat er met zijn resten gebeurde. (Dat boek staat nog steeds op de bovenste plank en Rose kijkt er nog steeds af en toe in. Ik snap niet waarom.)

Het speet tante Lovey dat ze ons het boek had laten zien, want die avond was Rose er nog steeds over aan het doorzagen. Ze vroeg allemaal dingen over doodgaan. Tante Lovey had al verteld dat als een van ons doodging, de ander ook zou sterven. We waren nog jong, maar dat begrepen we. Ze had ook al verteld dat we misschien niet oud werden. Ze zei dat we wel volwassen zouden worden maar dat we vast ooit problemen zouden krijgen met de kluwen bloedvaten in ons hoofd (en dat is dus ook gebeurd). Bovendien heb ik problemen met mijn maag en ingewanden die soms levensbedreigend zijn, en dus ook het leven van Rose bedreigen. (Ik had bijna een stomaoperatie moeten ondergaan, maar gelukkig sloegen de medicijnen uiteindelijk aan.) De artsen die we in de loop van de jaren hebben geconsulteerd, zijn niet altijd even eerlijk tegen ons geweest, maar we hebben ons altijd op tante Lovey kunnen verlaten. Zij vond dat een patiënt op grond van informatie keuzes moest maken. Ik neem aan dat sommige mensen dachten dat het heel wreed van haar was om zo eerlijk te zijn.

Rose en ik zijn de oudste nog levende craniopagus-tweeling ter wereld, en we zijn nog maar negenentwintig. Er zijn een hoop dingen die een doorsnee iemand tegen zijn negenentwintigste allemaal al heeft gedaan (studeren, trouwen, carrière, kinderen krijgen, reizen) die wij niet hebben gedaan, waardoor negenentwintig jonger lijkt dan het is. Aan de andere kant hebben wij dingen opgestoken die een gewoon iemand pas leert als hij een stuk ouder is. Rose zegt dat we onszelf niets moeten wijsmaken, en dat we eigenlijk heel naïef zijn. Maar volgens mij kun je naïef en wijs tegelijk zijn. Zo was tante Lovey.

(Tante Lovey geloofde dat je de mensheid in drie categorieën kunt opdelen: mensen die van kinderen houden, mensen die van hun eigen kinderen houden en mensen die helemaal niet van kinderen houden maar een huisdier hebben dat ze Kindje noemen. En nu ik daarover nadenk, geloof ik dat er nog een categorie bij moet voor mevrouw Merkel: mensen die hun huisdieren als kinderen behandelen omdat hun enige zoon door een tornado is meegenomen.)

Toen we klein waren, zette tante Lovey Rose en mij in het midden van het bad. Allebei hadden we een stel stapelbekers om mee te spelen. We vonden het leuk om water over elkaar en onszelf te gieten, en volgens tante Lovey was het heel boeiend om te zien hoe vaak we onze stapelbekers samen op elkaar zetten, en hoe zelden we dat maar ieder voor zich deden. Ze zei dat onze persoonlijkheid wel heel anders was, maar dat we meestal instinctief geneigd waren samen te werken. Door onze samenwerking waren we efficiënt en konden we overleven, zei ze.

Tante Lovey had een grote tuingieter van groen plastic waar ze warm water in deed, en als ze shampoo in ons haar had gedaan, zei ze: Oogjes dicht, meisjes, want het ziet ernaar uit dat het gaat regenen. En dan hield ze de gieter scheef en stroomden de warme druppels op ons hoofd en over ons gezicht en spoelden de shampoo weg. Het leek wel een uur te duren, en nog was het niet lang genoeg. Als ik aan tante Lovey denk, voel ik het warme water over mijn hoofd en rug stromen en ruik ik het kruidenspul tegen de roos van Rose.

Na het bad legde tante Lovey ons op bed en pelde ze ons uit de aan elkaar genaaide badhanddoek en dan begonnen we te roepen: eet ons op, tante Lovey. Eet ons op. En dan kuste ze onze buikjes tot we gilden dat ze ermee op moest houden. Vervolgens smeerde ze olijfolie op de schilferige huid van Rose en cortison- zalf op haar rode plekken, en ze droogde mijn haar en kamde het in een paardenstaart opzij (het enige wat me een beetje leuk staat), of ze stak het van achteren vast met mijn vlinder- speldjes. (Rose zei altijd dat haar haren zo pluizig werden van de haardroger, dus tante Lovey moest erg oppassen hoe ze de mond richtte.)

Afgelopen week hadden we het over onze aanstaande verjaar- dag. Geen van beiden zeiden we: als we de dertig halen, en dat vind ik heel goed, want ik geloof in de kracht van positief den- ken. Maar we denken zo anders over de manier waarop we onze verjaardag zouden kunnen vieren dat we er misschien wel om zullen moeten tossen. Dat doen we zelden, omdat we er meestal wel uit komen (wat betekent dat ik meestal toegeef). Maar soms heb ik zin om net zo koppig te zijn als Rose en dan moeten we tossen. Zoals die keer dat we naar het schoolbal gingen en Rose had bedacht dat het wel grappig zou zijn als ze een smoking zou dragen in plaats van een jurk. (Ik won – Rose trok een oerlelijke marineblauwe soepjurk aan om vervelend te zijn, en ik droeg een mooie tweedehands jurk van zeegroene tafzijde die tante Lovey voor me had ingenomen en in de taille met een stel plooi- tjes vernauwd.) En die keer dat Rose naar Stichting Kinderwens wilde schrijven, al had tante Lovey dat verboden omdat ze vond dat we dan een echt ziek kind een kans ontnamen terwijl wij niet echt ziek waren. (Die keer verloor ik – Rose schreef die brief toch en stuurde een foto van ons mee, maar we hebben er nooit iets op gehoord – wat maar weer bewijst dat tante Lovey gelijk had. Maar misschien kwam het wel doordat Rose had geschreven dat het onze wens was om de koningin van Engeland te zien, wat als je er goed over nadenkt ook niet zo'n geloofwaardige wens is.)

Moet je horen wat Rose wil doen om te vieren dat we dertig worden, om te vieren dat we alle negatieve verwachtingen, en dan vooral die van de laatste tijd, hebben getrotseerd. Ze wil pizza laten komen en in bed een fles dure champagne drinken. Ik kan niet tegen alcohol en dat weet ze best. Ons bloed loopt kriskras door het verbonden deel van onze hersenen, dus als zij alcohol in haar bloed heeft, heb ik dat ook. En we moeten gewoon niet drinken, want het is gevaarlijk. Als Rose haar evenwicht verliest en valt, kan dat voor ons allebei ernstige gevolgen hebben. Daarom wil ze die champagne ook in bed drinken. Maar daar heb ik tegen ingebracht dat ze toch een keer het bed uit zal moeten komen om te plassen.

Ik denk aan een verrassingsfeestje, maar tegen Rose zeg ik dat ik met de taxi naar een duur restaurant aan de weg langs de rivier wil. En dan zeg ik eerst dat ik mijn handtas in de bibliotheek heb laten liggen. Die moet ik in de personeelsruimte ophalen, en daar is het feestje dan. Op de gastenlijst staan Roz en Rupert en Whiffer en Lutie, dr. Ruttle en Richie, en mevrouw Todino (als ze het aankan), en omdat haar zoon Nick nu eenmaal bij haar woont, moeten we die ook maar uitnodigen. Ik nodig de Merkels ook uit, maar die komen niet.

Ik heb altijd al zo graag een verrassingsfeestje gewild. En het is helemaal leuk omdat het een verrassing is voor Rose. Ik moet niet vergeten Roz te vragen een paar spiegels mee te nemen en Whiffer zijn videocamera te laten meenemen, want ik moet en zal het gezicht van Rose zien.

Ik bedenk net iets. Als we deze verjaardag niet vieren (op haar manier of op de mijne), zal niemand dit lezen. Want onze verjaardag is al over acht weken, en Rose krijgt het van zijn leven niet voor elkaar om haar hele autobiografie in acht weken te schrijven. En wie zit er nu op te wachten om iemands levensverhaal te lezen als die is doodgegaan voordat het hele verhaal verteld is? Dat heb ik nog nooit gehoord.

We gaan ieder op een andere manier met de dood om. Ik denk dat Rose erover wil schrijven. Ik wil erover praten. Met haar. Omdat niemand anders het zou kunnen begrijpen. Omdat ik wil dat ze weet hoe erg bepaalde dingen me spijten. En ik ben bang dat ze me dat niet zal laten uitspreken.

HET GEHEIME LEVEN VAN DE KRAAI

De laatste week van juli, vlak voor onze zestiende verjaardag. Mijn haar was net weer in donkere, kroezige plukjes aan het uitgroeien na de verprutste poging van mijn zus om het met het verkeerde spul te ontkroezen. Ik was beklagenswaardig – en ik voelde me ellendig. We waren in Leaford aan de vijfde dag van een hevige hittegolf bezig en Ruby en ik kwamen uit de gymzaal waar ons tentamen wiskunde voor de derde klas middelbare school net was afgelast vanwege de kraaien. Op het rupsrijke footballveld was een heel bataljon kraaien neergedaald en ze weigerden zich te laten verjagen. Het koor van gekras was zo oorverdovend dat de directeur het tentamen naar de volgende dag had verplaatst.

Ruby en ik verwachtten die dag niet anders dan dat tante Lovey zoals gewoonlijk op de stoep voor de school op ons zou staan wachten, maar toen we uit de muffe gymzaal naar buiten kwamen, troffen we daar de knokige Nonna aan, gekleed in haar gebruikelijke kuitlange zwart, die met een hagelwitte zakdoek haar ogen stond te deppen en als een slecht acteur haar handen wrong. Nonna zag ons door de gang aan komen lopen. 'Jullie oom Stash,' riep ze naar adem snakkend uit, 'heeft een hartaanval.'

Onze Nonna had zelf geen auto, dus ze zat sidderend achter het stuur van de oude rode Duster van oom Stash (ik heb zo'n idee dat ze al evenmin een rijbewijs had) en reed met ons naar het St. Jude-ziekenhuis, waar we tante Lovey in gesprek aantroffen met dr. Ruttle jr. (die inmiddels sr. geworden was omdat zijn zoon Richie kort daarvoor als arts was afgestudeerd). Toen we net op de eerste hulp aankwamen, herkende ik tante Lovey niet eens. Ze had een geleende zwarte trui aan, en haar grijze krullen waren uitgekamd, omdat ze bij de kapper had gezeten voor een wasbeurt en nieuwe krullen toen het telefoontje van Vanderhagen haar bereikte. 'Meisjes,' had ze gehijgd, toen ze ons zag. 'Meisjes.'

'Het komt op de komende vierentwintig uur aan,' zei dr. Ruttle jr., en hij hief zijn handen op om zijn beste voormalige verpleegster eraan te helpen herinneren dat hij er niets over te zeggen had. We gingen die avond met Nonna naar de boerderij, de enige avond die we tot op de dag dat ze stierf zonder tante Lovey doorbrachten. Toen we thuiskwamen, zeiden we geen van drieën veel tegen elkaar. Ruby en ik hoefden geen karweitjes te doen en we gingen de rest van die snikhete middag in de schaduw van de wilg liggen puffen. Ik nam *De druiven der gramschap* nog eens door voor het literatuurexamen dat voor de volgende dag op het programma stond, al wist ik zeker dat ik het zou missen vanwege een sterfgeval in de familie. Ruby zat naar zachte muziek op de draagbare radio van oom Stash te luisteren, al moest ze hetzelfde tentamen doen en had ze *De druiven der gramschap* niet eens gelezen, laat staan nog eens doorgenomen.

Tegen etenstijd riep Nonna ons binnen. Ze wierp een blik in de koelkast, kwam tot de conclusie dat er niets eetbaars was, en zei: 'Ik komen terug.' Ze stapte in de oude Duster en tufte zwabberend weg over de landweg. Ze keerde naar ons gevoel pas uren later terug met een in aluminiumfolie verpakte piramide boterhammen met mortadella, een reuzenzak Humpty Dumpty-chips, en iets in cellofaan voor toe. Ruby en ik waren door het dolle heen, maar toen moesten we aan oom Stash denken en kregen we geen hap meer door onze keel.

Ik wilde alle details weten van wat er met oom Stash was

gebeurd. Wanneer? Waar? Had hij zelf het alarmnummer gebeld? Zo niet, wie had hem dan gevonden? Ik verbeeldde me dat het iets afgrijselijks moest zijn dat hem was overkomen, want ik kreeg het niet te horen en niemand anders vroeg ernaar. Uiteindelijk vroeg ik Nonna om het te vertellen, maar die aarzelde, totdat Ruby zei dat ze het ook wilde weten.

Toen oom Stash die ochtend op de radio had gehoord dat de extreme hitte Leaford nog een dag langer zou kwellen, had hij zich bijna ziek gemeld, iets wat hij in al die zevenentwintig jaar bij Vanderhagen nog nooit had gedaan. Hij moest die dag naar Harwich voor een confrontatie met een veehouder die Berb Foyle heette, een man uit de omgeving die algemeen als een mafkees en een heethoofd beschouwd werd. Berb was jaren daarvoor op verdenking van moord door de politie ingerekend, en sindsdien bleven de mensen bij hem uit de buurt, al was hij nooit formeel in staat van beschuldiging gesteld en was hij ook niet schuldig. Hoe meer de mensen bij Berb uit de buurt bleven, hoe gekker hij werd. De man van het gas had hij met een schoffel bedreigd. En de kwaliteitscontroleur van Vanderhagen, die een week daarvoor bij hem had aangeklopt, had hij weggejaagd. De directie had oom Stash gevraagd eens met Berb te gaan praten, omdat diens bejaarde moeder Slowaakse was en vaak naar de slagerij kwam, waar ze vooral oom Stash erg aardig vond. De baas van Vanderhagen dacht dat oom Stash de enige was die met Berb zou kunnen praten. Oom Stash kon geen nee zeggen. En nu draaide zijn maag om bij de gedachte aan de confrontatie met de abnormaal lange boer met zijn woeste blik.

Oom Stash voelde zich al een paar dagen niet lekker en had die ochtend toen hij de deur uitging nog tegen tante Lovey geklaagd. Ze had hem in zijn stevige, bolle buik gestompt en gezegd: 'Je moest maar eens van de worstjes afblijven, Dikkerd.' Oom Stash klauterde in de oude vrachtwagen (die hij elke avond achter de Duster parkeerde) en ging op weg naar Harwich County. Een paar kilometer voor Foyles land was de opgeknapte motor van de vrachtwagen gaan roken. Vloekend was oom Stash uit de oververhitte wagen gestapt. Mopperend in het Slowaaks was hij de stoffige weg op gelopen, en tegen de tijd dat hij de rand van Foyles land had bereikt, was hij doorbakken.

Oom Stash zag de oude boer tussen zijn tomatenaanplant staan, als een vogelverschrikker overeind gehouden door een schoffel. Hij stond niet zijn jonge plantjes te bewonderen maar tuurde met een duistere, bijna achterdochtige blik het dichte bladerdek van de ahorns in die aan weerszijden van de brede, diepe greppel oprezen, met takken die zo verstrengeld waren dat ze samen wel één boom leken. Oom Stash wist dat Berb Foyle geen moordenaar was (er was een vreselijk misverstand geweest vanwege een paar botten die op zijn land waren gevonden), maar hij zag er wel geschift uit en dat was angstaanjagend genoeg. Alleen een gek zou op die manier naar de bomen kijken. Alsof ze leefden. Alsof ze iets van hem moesten. In de verte, voorbij ouwe Berb, ontwaarde oom Stash tien ondervoede koeien. Misselijk van de hitte kwam hij naderbij.

Foyle wendde zijn blik geen moment van de hoge bomen af, maar hij schreeuwde toch van de overkant van de greppel: 'Heb je mijn herder gezien, Darlen?'

Oom Stash schudde zijn hoofd. Hij wist dat Foyle het over zijn boerderijhond had, een Duitse herder, en hij was onderweg geen honden tegengekomen.

'Ken je mijn jongen?' riep Foyle, met zijn blik nog steeds op de bomen gericht.

Oom Stash knikte. Frankie, Foyles tienerzoon, zat een klas hoger dan Ruby en ik op de middelbare school van Leaford. De helft van de tijd woonde hij bij zijn vader op de boerderij, en de andere helft in Leaford, aan Chippewa Drive, in het bungalowtje dat mevrouw Foyle van tante Lovey en oom Stash huurde (het huis waar wij nu wonen). Frankie Foyle was de enige bij ons op school die een gekke vader had en wiens ouders uit elkaar waren.

Ouwe Berb Foyle bleef naar de bomen staren. 'Ik heb de hond geraakt. Ik heb die goddommese hond geraakt.'

Oom Stash wachtte even en vroeg toen: 'Met de schoffel?'

Berb wendde zijn ogen van de bomen af om naar oom Stash te kijken, die asgrauw aan de weg stond. 'Met de tractor, Darlen.'

'O.'

'Ik rij die goddommese hond met me goddommese tractor aan, rent-ie zo de bosjes in.'

Oom Stash voelde een steek van medelijden met de hond, en met Berb.

De oude boer stak zijn linkerhand op en wees naar zijn tienerzoon in de verte. 'De jongen is achter op zoek.'

Oom Stash knikte. Die hond moest gevonden worden.

'Hij heeft een geweer bij zich.'

Oom Stash knikte nog eens.

Berb Foyle keek ineens om. 'Had je geen vrachtwagen, Darlen? Ben je uit de stad komen lopen? Kom binnen. Ik haal water voor je en dan hebben we het over mijn vee.'

Oom Stash voelde zich zwakjes van het hele eind lopen naar de boerderij en hij wist niet wat hij van de gastvrijheid van de gekke boer moest denken. In de snikhete keuken schonk hij zichzelf een glas troebel water in terwijl de boer naar hij aannam zijn handen ging wassen. Oom Stash dronk het eerste glas water in één teug leeg. Vervolgens dronk hij er snel nog een, en toen nog twee, en nog een en nog een, en daarna voelde hij zich een stuk beter. Toen de boer met een ijskoude Molson Golden binnenkwam, nam oom Stash het biertje aan (ook al was het nog voor twaalven en was hij aan het werk) en hij kwam tot de slotsom dat hij de oude man verkeerd had ingeschat.

De mannen zaten hun koude biertje te drinken en feitjes over de Tigers uit te wisselen, toen er op de akker naast hen een schot klonk. Even waren ze stil, totdat oom Stash voor zijn doen heel vriendelijk zei: 'We hebben probleem met de vlees.'

De oude boer zette zich tegen de tafel af, liep naar de keukendeur, opende die waardoor er een golf hitte binnenkwam, en hield hem open voor zijn gast. 'Flikker op, Darlen.' Zijn uitnodiging om het huis te verlaten was al even verrassend als zijn uitnodiging om binnen te komen. De boer stond te beven. 'Verdwijn van mijn terrein, zeg ik.'

Een onevenwichtige boer. Een uit zijn foedraal gehaald geweer. Voor oom Stash zat er niets anders op dan te vertrekken, en vlug ook. Toen hij over de oprijlaan weg wankelde, drong het wel ineens tot hem door dat hij liters water had gedronken en natuurlijk dat biertje, en dat hij heel erg nodig moest. Hij zag kans de weg langs de rand van het terrein te bereiken, en hurkte in de greppel. Zwetend en hijgend ritste hij zijn gulp open en liet zijn broek op zijn enkels zakken. Hij piste een ferme straal, zuchtte en stond op het punt om zijn broek op te halen toen hij plotseling scherpe klauwen voelde prikken die zich vervolgens om zijn hartspier sloten. Hij greep naar zijn borst, struikelde achterover en viel met zijn blote gat in de greppel vol wilde lelies onder het bladerdak van de vergroeide ahorns.

Een ogenblik verstreek. En nog een. En nog een. En elk verstrijkend ogenblik was een wonder, want oom Stash dacht dat hij dood was en dat de ogenblikken niet meer hoorden te verstrijken maar tot stilstand moesten komen. De druk op oom Stash' borst duurde voort en verstoorde zijn ademhaling. Hij deed zijn ogen open. Nog een ogenblik. En nog een. Er waren zwarte stippen in zijn blikveld en toen hij kans zag ze scherp in beeld te krijgen, bleek het een reusachtige verzameling zwarte kraaien in de ahorns te zijn. De kraaien, dacht Stash door zijn pijn heen. Ouwe Berb had naar de kraaien staan kijken.

Een nieuwsgierige kraai daalde af naar de greppel, fladderde even brutaal en landde een paar centimeter van de voeten van oom Stash. Hij probeerde de vogel weg te schoppen maar hij had nog niet de kracht om zijn kleine teen te bewegen. Er voegde zich een tweede kraai bij de eerste, en nog een, en nog een, en ze zwegen niet langer, maar riepen naar hun maatjes over de man in de greppel met zijn broek op zijn enkels. Plotseling was oom Stash zich er akelig bewust van hoe onbeschermd hij erbij lag, en uit vrees dat hij zo zou worden aangetroffen, of nog erger, dat hij helemaal niet zou worden gevonden, probeerde hij overeind te komen. Hij probeerde zijn broek op te hijsen. Hij probeerde te roepen. Hij vond het doodjammer dat hij zijn fototoestel niet bij zich had om een foto te nemen. Hij schold de kraaien in het Slowaaks de huid vol. '*Metrovy kokot do tvojeje riti*, stelletje rotkraaien. (Wat vrij vertaald luidt: 'Steek maar een stok van een paar meter in je reet, stelletje rotkraaien.')

Terwijl oom Stash alles op alles zette om bij bewustzijn te blijven, scheerden er tientallen vogels van de takken omlaag om zich bij hem in de greppel te voegen. Een van de kraaien landde op zijn borst en stapte daar als een kampioen rond, waar de andere vogels wel hartelijk om leken te moeten lachen. Een ander stel zat aan zijn veters te trekken, omdat ze kennelijk zijn oude schoenen wilden stelen. De vogels aan zijn linkerkant taxeerden zijn trouwring en overlegden met elkaar hoe ze die af konden krijgen. Er zaten geen zwarte stippen in de bomen. De kraaien hadden hem omsingeld.

Oom Stash glipte weg in de duisternis, maar hij besefte nog wel dat hij over de kraaien aan het hallucineren was. Ze waren er wel, maar zonder een bepaalde bedoeling, ze waren er gewoon, zoals die kraaien er altijd zijn als er iets ergs in Baldoon County gebeurt.

Maar vervolgens waren het niet meer de kraaien waardoor oom Stash van angst moest slikken, maar Berb Foyle, die plotseling boven de rand van de greppel was verschenen en zijn geweer op het hoofd van oom Stash richtte. De knal van het geweer ontplofte in zijn oor. Hij liet zijn bewustzijn los, en zijn angst.

Natuurlijk beschreef Nonna het verhaal niet precies op die manier, want op dat moment wist zij noch iemand anders van de gebeurtenissen die aan de hartaanval van oom Stash vooraf waren gegaan. Maar ze vertelde wel dat oom Stash bij Berb Foyle in de greppel was gevonden, omgeven door kraaien. De rest sprokkelde ik in de loop van de jaren bij elkaar naarmate de geheimen van die dag stukje bij beetje werden onthuld.

Een ding waar ik achter kwam en wat me behoorlijk schokte (omdat ik geen enkele moeite had om me Berb Foyle voor te stellen die op het punt stond oom Stash dood te schieten, met zijn gekke oog reusachtig vergroot in de zoeker van zijn geweer), was dat het niet Berb maar Frankie Foyle was die daar met het geweer had gestaan. Hij was aangetrokken door de kraaien en door een soort 'gejank' zoals hij het geluid beschreef. Hij had zijn geweer in de aanslag gehouden omdat hij dacht dat zijn gewonde hond in de greppel lag en hij zo snel mogelijk wilde doen wat hij nu eenmaal moest doen. Hij raakte een lisdodde op dertig centimeter van het hoofd van oom Stash.

Frankie moest lachen toen hij beschreef hoe de lisdodde was geëxplodeerd, toen hij Ruby en mij dat verhaal een paar maanden later vertelde, in de gammele gele schoolbus op weg door de besneeuwde akkers. Ruby en ik deden allebei instinctief alsof we al van Frankies betrokkenheid op de hoogte waren, al had niemand ons dat verteld en waren we er zelf nooit op gekomen. (Ik vond het heel prettig – prettiger dan ik het onder de gegeven omstandigheden had moeten vinden – dat Frankie Foyle mijn oom Stash had gevonden en bijna had doodgeschoten.)

Maar nu terug naar de avond na de hartaanval van oom Stash. Toen de telefoon ging, rende Nonna naar de keuken om de telefoon op te nemen. Ik kon haar in de spiegel zien. Met elke zin die tante Lovey aan de andere kant van de lijn uitsprak, stelde haar gezicht de vooruitzichten steeds verder bij richting somber. Er was een attaque geweest. Oom Stash' hart had stilgestaan. De artsen hadden zijn hart weer tot leven geschokt, maar de verwachting was dat hij de volgende ochtend niet zou halen. Ik hoorde hoe dat allemaal door Nonna met haar zware accent werd herhaald, en al wist ik dat het allemaal waar was, ik geloofde er geen woord van. En het was vooral onmogelijk dat tante Lovey mij niet aan de telefoon had gevraagd. Ik was haar adjudant. Ik was de sterkste.

Ruby kon die nacht wel slapen, maar ik was te kwaad. Of te bang om te dromen. Toen ik bij zonsopgang mijn ogen opendeed, zat er een zwarte kraai op de vensterbank. Zijn veren waren vlekkerig en zijn snavel zag er roestig uit. Hij nam eerst mijn slapende zus en mij met zijn rechteroog op, toen met zijn linker, daarna weer met zijn rechter. Hij zat een tijdje met zijn kop te knikken, kraste even en vloog weg. Ik voelde me merkwaardig genoeg beledigd.

Ik schrok toen de telefoon ging. Hulpeloos lag ik met mijn arm om mijn zus heen naar de stem van tante Lovey te snakken. Even later kwam Nonna de kamer binnen in de wollige zwarte badjas die ze van thuis had meegenomen. Ze lachte.

Tegen de tijd dat we bij het ziekenhuis aankwamen, had oom Stash zijn ogen open, hij was alleen nog niet sterk genoeg om overeind te zitten en te praten. Natuurlijk kon ik niet vooroverbuigen om hem te kussen, dus ik kneep zo hard mogelijk in zijn vingers. Toen sleepte ik Ruby mee naar het raam, omdat ik niet wilde dat hij me zag huilen.

'Leaford is de kraaienhoofdstad van de wereld,' zei Ruby, terwijl ze niet eens die ochtend de kraai op de vensterbank had zien zitten en niet kon weten dat ik net aan die vogel moest denken.

DE POORT VAN DE HEMEL

Tante Lovey kende zo veel verhalen. Toen we klein waren, vertelde ze verzonnen verhalen over Ruby en mij, maar naarmate we ouder werden, werden de verhalen herinneringen die ze oppoetste en uitbreidde, en ze reikten voorbij Ruby en mij naar tante Lovey en oom Stash, hun verkering en hun jeugd, en toen verder terug naar verhalen over haar moeder en de moeder van haar moeder. Na verloop van tijd voelde ik dat tante Lovey me die verhalen niet zozeer vertelde als wel toevertrouwde.

Tante Lovey geloofde dat ieder gewoon mens een uitzonderlijk leven leidde, maar dat eenvoudig niet besefte. Haar lievelingsboeken gingen over doorsnee mensen en hun alledaagse bestaan, en ze had het niet zo op misdaadverhalen en detectives, zei ze. Ze had eens een bumpersticker gelezen waarop stond: 'God zit in de kleine dingen.' Ze had ernstig geknikt, maar toen Ruby vroeg wat dat betekende, had ze het niet kunnen uitleggen. Na tante Loveys overlijden heb ik een jaar niet geschreven. Zelfs niet in mijn dagboek. Ruby had het er nog moeilijker mee. Dr. Ruttle overwoog even om haar antidepressiva voor te schrijven, maar hij wist niet zeker wat voor effect die op mij zouden hebben. (Ik ondervind soms afschuwelijke bijwerkingen van de medicijnen die Ruby slikt.) Ruby at niet veel en slapen deed ze al helemaal niet. En de tijd heelde haar verdriet niet. Ik voelde het als ze 's nachts wakker lag, biddend dat de hemel echt bestond en dat tante Lovey en oom Stash daar in witte gewaden op wolken zouden rondzeilen. Soms voelde ik dat Ruby zich voorstelde dat ze met hen meezeilde op die wolken. Maar vreemd genoeg had ik het idee dat ze daar zonder mij was.

We besloten hun graf te bezoeken. Daar kwam Ruby mee. Ik had mijn bedenkingen; met het oog op die ene ervaring die ik met Ruby bij een graf had gehad, was ik doodsbang dat ze weer een scène zou trappen. We namen de bus van Leaford naar de begraafplaats, waar we Joey, de chauffeur, tweemaal moesten beloven dat we bij de halte zouden staan als hij over een uur terugkwam. (Ruby en ik kunnen eenvoudig geen anoniem bestaan leiden. Vanwege onze situatie worden we als kinderen of bejaarden behandeld. Kun je je voorstellen dat een buschauffeur ooit een andere tweeëntwintigjarige passagier – zo oud waren we toen – de belofte zou ontfutselen om op tijd terug te zijn?)

Ik voelde me schuldig en verantwoordelijk omdat de boel er niet wat verzorgder bij stond, maar het gevoel van het lange, zachte gras tegen mijn kuiten en de geur van de zwarte aarde en de rommelige cederstruiken die het kale veld aan de oostkant verborgen, vond ik heerlijk. Het was midden op de dag en midden in de week, en tot mijn opluchting waren we de enige twee mensen op de begraafplaats.

We moesten de oude begraafplaats oversteken (waar sommige graven dateerden van begin negentiende eeuw) om bij de nieuwe te komen. Ik betrapte mezelf erop dat ik langzamer ging lopen in het doolhof van verweerde witte kruisen en grafstenen met inscripties in verzen, over sterfgevallen tijdens de bevalling, door de griep en van ouderdom. Achter elk doodgewoon graf voelde ik een uitzonderlijk verhaal, net wat tante Lovey had gezegd. Ik wilde alle inscripties lezen en me de verhalen van al die dode mensen voorstellen. Ruby was ongeduldig, de graven van de onbekenden lieten haar koud. 'Het is daar voorbij de trompetboom, Rose.'

De grafstenen werden groter naarmate we dichter bij het nieuwe deel kwamen, grijs, leemkleurig, roze en gepolijst, sommige met handgeschilderde afbeeldingen, andere met overdadig ingerichte lapjes grond, nette borders met eenjarigen en frivole overblijvers. Een paar stenen vielen geheel in het niet bij lang geleden geplante struiken die aan hun lot waren overgelaten. We hadden twee roze pioenrozen uit de doornige struik in Nonna's achtertuin meegenomen die inmiddels al aardig begonnen te verleppen.

Terwijl we op zoek waren naar de groene dubbele steen van graniet die oom Stash en tante Lovey lang geleden, toen ze hun testament opstelden, hadden uitgekozen, zoemde er een zweetvlieg rond mijn oor. We vlochten de twee geurende roze pioenrozen dooreen, zetten ze op de dubbele steen en spraken ieder voor zich een paar woorden tot hen beiden.

Ruby begon te huilen. Het was geen gesnik, maar erg genoeg een ingehouden gejammer dat haar wangen en de mijne strak trok en geen opluchting bracht.

'Tante Lovey zou dit tijdverspilling noemen,' zei ik.

'Dat weet ik,' snifte Ruby.

'Zij zou vast zeggen dat we beter de la met zilveren bestek zouden kunnen schoonmaken.'

'Dat weet ik,' snifte ze nogmaals.

'Ze zijn hier niet, Ruby.'

'Weet ik.'

'Kan ik wat doen, Ruby?'

'Nee.'

'Laten we maar op de bus gaan wachten.'

'Goed.'

Ik draaide me om om te vertrekken, toen plotseling haar hand, de hand die op mijn hals en schouder woont en zozeer deel van me uitmaakt dat ik het gevoel heb dat haar polsslag met mijn hart en niet met het hare verbonden is, zijn greep verloor en ik uit balans raakte, zoals heel zelden gebeurde als mijn zus erg ziek was, en we bijna met zijn tweeën met ons hoofd naar voren tegen de scherpe rand van de grafsteen aan kieperden.

Het dode gewicht van mijn flauwgevallen zus dwong me op de knieën. 'Ruby. Ruby. Ruby,' fluisterde ik en ik schudde haar heen en weer, maar ze werd niet wakker.

'Help,' fluisterde ik tante Lovey en oom Stash toe.

Ik voelde Ruby's oogleden bewegen. 'Was ik flauwgevallen?' vroeg ze.

Ik was bang om overeind te komen. Ik wist dat onze bloeddruk laag was en dat ik duizelig zou worden. Een mier of een ander klein insect (ik kon me niet omdraaien om te kijken) beet me in mijn knieholte. Ik vond het irritante gevoel bijna aangenaam. Ik denk dat het me hielp me te concentreren. 'Wat moeten we doen, Ruby? Ik wil je helpen.'

'Moeten we naar de bus?'

Ik liet Ruby al het water dat we in de rugzak hadden meegenomen opdrinken, en we aten een rozijnenkoekje (naar een recept van de moeder van tante Lovey, wat ik een leuke gedachte vond). Even later kwamen we overeind en liepen we naar de weg. Het lange gras sneed in mijn blote benen. De zweetvlieg die me al eerder achterna had gezeten, kwam terug met een stel vrienden. Van een afstand moet ik een vreemde aanblik hebben geboden, zoals ik naar de lucht rond ons hoofd mepte. Vlak voordat Ruby en ik, met nog tien minuten te gaan voordat Joey weer zou langskomen, de bushalte bereikten, realiseerde ik me dat we de rugzak bij de grafsteen hadden laten liggen. We liepen terug om hem van het gras op te rapen. Ik schoof mijn voet door de riem om hem naar mijn hand te tillen. We draaiden ons weer om, maar Ruby's adem stokte en ik bleef stilstaan. Ze kneep in mijn schouder en wees naar de dubbele grafsteen. De ineengevlochten pioenrozen waren verdwenen.

We zochten de grond eromheen af, en toen de grafstenen in de buurt, voor het geval een vandaal of een dier de bloemen had weggeslingerd. Er stond nauwelijks een zuchtje wind, dus ze konden niet zijn weggewaaid. En er was geen eekhoorn te zien. We waren verbijsterd. Uiteindelijk kwam Ruby tot de conclusie dat als het dan geen dier of vandaal of de wind was geweest die de pioenrozen had meegenomen, het eigenlijk wel een geest (of geesten) moest zijn geweest. Dus het was vast een teken van tante Lovey en oom Stash. Ze wilden ons laten weten dat het goed met hen ging. En dat ze samen waren.

Die nacht sliep Ruby voor het eerst sinds maanden. Ik bleef wakker en schreef een verhaal over iemand die met de beste bedoelingen haar zus misleidt, om mezelf ervan te overtuigen dat ik juist had gehandeld toen ik Ruby met die verdwenen bloemen om de tuin leidde.

Ruby's triestheid verdween en de mijne ook.

ONNAVOLGBARE WEGEN

Onze bungalow van betonblokken staat halverwege Chippewa Drive, een korte, rechte straat met aan weerszijden dezelfde bungalows, elk met een raampje aan beide kanten van een houten deur. Het soort huis dat een kind tekent dat nog in de 'ledematen als bezemstelen'-fase zit. Architectonisch zijn de huizen hetzelfde, maar de eigenaars hebben er allemaal iets aan veranderd, zodat ze evenveel van elkaar verschillen als twee mensen, afgezien van het feit dat het duidelijk allemaal bungalows zijn. Ondanks het feit dat mevrouw Foyle (Berbs ex-vrouw) het huis alleen maar huurde, had ze het indertijd bosgroen geschilderd, met citroengele lijsten. De tuindecoraties – een kabouter op een paddenstoel, een kikkerpaartje in bruidsgewaad, een grote elf met puntoren en vlindervleugels – waren ook van haar. Op een dag zag mevrouw Foyle Ruby en mij naar de beeldjes staren, en zei: 'Goed zijn ze, hè?' In een weekend toen Frankie eens ladderzat was van de lemon gin, haalde hij met een golfclub naar het kikkerpaartje uit en ook de kabouter kreeg er ongenadig van langs.

Frankie Foyle was grof. En brutaal. En gevaarlijk. En een soort held. Hij had oom Stash het leven gered (en hem na zijn hartaanval bijna overhoop geschoten), en hij was op dat moment voor Ruby en mij een voorwerp van grote obsessie. ('Begeerte' is een te slap woord om onze verliefdheid te beschrijven.) We kenden Frankie al sinds de eerste klas. Toen was hij een gezette, norse jongen met springerig blond haar, die samen met ons op de achterste bank van de bus zat en aan een stuk door over ijshockey, basketbal en honkbal praatte. Nu was hij lang en breedgeschouderd, met een smeulende blik en een pruilmond en glanzende gouden lokken. Hij had aanleg voor sport (hij was veel te stoer voor teamsporten, maar een ster met de frisbee) en het verhaal ging dat hij de politie van Leaford maar liefst driemaal te vlug af was geweest. Hij was populair en berucht, aan de drugs, en een schoft tegenover meisjes.

Ik kibbelde met Frankie over sport. (We waren allebei fan van de Tigers en de Pistons, maar om de een of andere onverklaarbare reden was hij ook een fan van de Maple Leafs. De Léáfs? Als je in Leaford woont, ben je voor de Red Wings!) Ruby en Frankie klaagden samen over hun cijfers. Ze zakten allebei voor wiskunde en moesten bijna elk jaar in de zomer naar een bijspijkercursus. (Ik had altijd tienen voor al mijn vakken, behalve voor wiskunde. Daar kreeg ik een tien plus voor. En toch moest ik mee naar de bijspijkercursus, omdat Ruby helemaal niets snapte van functies, vergelijkingen, algebra en meetkunde. Toen ik daarover bij tante Lovey had gemopperd, had ze gezegd: Ruby gaat erheen om wiskunde te leren, en jij gaat erheen om ook iets belangrijks op te steken, Rose.'

Als ik het in me had gehad om te stampen, had ik het op dat moment zeker gedaan. 'Het is gewoon niet eerlijk,' jammerde ik.

'Ja,' knikte ze. 'Dat is nou precies de les.'

Ik had dan wel geleerd dat het leven niet eerlijk is, en zeker niet voor een meisje dat aan haar zus vastzit, maar ik ontleende wel troost aan het vooruitzicht dat Frankie Foyle ook op de bijspijkercursus zou zijn en dat Ruby en ik hem vanaf onze tegen elkaar aan geschoven tafeltjes achter in de klas zouden kunnen aanbidden. Ruby hield vol dat Frankie walgelijk was, maar zoals ik alles van Ruby wist, wist ik ook dat zij evengoed verliefd op hem was.

We wilden elke zondagmiddag altijd heel graag met oom Stash en tante Lovey naar het huis aan Chippewa Drive, wanneer zij binnen en buiten onderhoudswerk verrichtten. Oom Stash harkte de bladeren bij elkaar, schoof de sneeuw weg, maaide het gras en gaf de planten water, terwijl tante Lovey met mevrouw Foyle in de keuken medeleven schonk en thee dronk. Af en toe was Frankie thuis, hij dribbelde lusteloos met zijn basketbal over de oprit of lag met zijn gezicht omlaag op de kapotte ligstoel in de achtertuin. (Over zijn hele rug had hij vuurrode pukkels.) We gluurden vanachter de gordijnen naar hem. Als Frankie binnenkwam, gingen wij naar buiten. We ademden in als hij in beweging kwam, onze adem stokte als hij ging verzitten, we hoopten dat hij ons zou zien, en gingen dood als hij ons zag.

Soms had hij een gymbroekje aan.

We moesten eens op een zaterdag met onze oom en tante mee naar de Chippewa Drive vanwege een lekkende pijp die geen dag langer kon wachten. Tante Lovey vond dat het iets was waar Frankie wel wat aan had kunnen doen. Hij was tenslotte al zeventien. Maar oom Stash wilde het lek zelf repareren. Na zijn hartaanval had hij verlof van zijn werk genomen. Maar hij vond het vreselijk om niets om handen te hebben. Hij ging zelfs golfen, met rampzalige gevolgen. 'Ik ben enige Slowaak op hele golfbaan,' zei hij met een knipoog tegen ons. '*Hovno*.'

Ze zouden met twee auto's gaan. Als de klus geklaard was, ging tante Lovey boodschappen doen. Oom Stash zou met de vrachtwagen naar huis rijden. Ik wilde met oom Stash mee, Ruby met tante Lovey. Zo ging het altijd, en we moesten erom lachen.

Toen we merkten dat Frankie en zijn moeder niet thuis waren, besloten we Nonna een bezoekje te brengen, maar tot onze teleurstelling was die ook al niet thuis. (Toen haar zoon

Nick belde dat hij geld nodig had, was ze op eigen gelegenheid naar het station gegaan en had de trein naar Windsor genomen.) Ruby en ik slenterden terug naar het huurhuis en gingen onopgemerkt door de zijdeur naar binnen. Ik zag dat de deur naar de kelder, die meestal op slot zat, op een kier stond. We waren nog nooit in de kelder geweest. We mochten ook onder geen beding naar de kelder. Voor mij was zoiets een buitenkansje.

Toen ik mijn hand naar de deur uitstak, fluisterde Ruby: 'Dat laat je uit je hoofd, Rose,' maar toen ik hem helemaal optrok, protesteerde ze niet meer. Haar hart bonsde en het mijne ook, want dit was niet zomaar een kelder – dit was de plek waar Frankie Foyle sliep. En daarom mochten we ook niet naar beneden.

Ruby en ik wisten van het bestaan van Frankies kamer. Dat wist iedereen op de middelbare school. Het was een met fabels en legendes omgeven plek waar Frankie met een getrouwde vrouw uit Chatham vree, en met Franse meisjes van over de rivier, en studentes die voor het weekend uit Windsor en London over waren. De plek waar de jongens uit de hoogste klassen stoned werden en de stoerste jongens de hele nacht doorhaalden. Frankie had een welvoorziene bar met buitenlands bier en sterkedrank, een bak vol lichtgevende condooms en een stereo van zesduizend dollar.

Ruby en ik hadden het er niet over toen we voetje voor voetje de trap af gingen, maar we vonden dat het alle consequenties van betrapt worden waard was, als we die kamer maar een keertje konden zien. Maar eerlijk gezegd verwachtten we helemaal niet dat we betrapt zouden worden.

Toen ik de onderste tree met mijn voet had gevonden, werden we door een dodelijke stank getroffen. Ruby begroef haar neus in mijn hals. 'Gatver.'

Als ik mijn ogen dichtdoe, ruik ik dat mengsel van muskus,

stinkdier en meeldauw nog steeds. Het was zo'n penetrante lucht dat ik hem mijn poriën voelde binnendringen. We waren vergeten boven aan de trap het licht aan te doen, en eenmaal halverwege was het te laat. Me vastklemmend aan de leuning zocht ik langzaam mijn weg omlaag, en ik was opgelucht toen ik de grond had bereikt. (Trappen zijn een zware opgave voor Ruby en mij, vooral smalle trappen. We moeten zijwaarts naar beneden, en bovendien verhindert onze situatie me om naar mijn voeten te kijken, dus in het donker de trap af lopen kan heel angstaanjagend zijn.)

Het duurde even voordat onze ogen gewend waren aan het schemerlicht dat door een raampje boven de ketel naar binnen viel. Op de grond bij een oude mangel stond een met verf bespatte wasmand vol vieze kleren. Naast de wringer stond een kapotte droger en op de droger een grote plastic kan met een gelige vloeistof die ik in eerste instantie voor benzine aanzag. Ik tilde de kan op en rook. Urine.

Achter de mangel en de droger was een kamer die zo te zien wel gemetseld was, maar niet behangen of geschilderd. De kamer had een deur, en in die deur zaten twee sloten. Om geheimen binnen en mensen buiten te houden. Op dat moment zat de deur niet op slot en hij stond op een kier. Ruby moest niezen van het stof. Ik bleef stilstaan en gaf haar een harde kneep. We hoorden de tochtdeur boven en het gepruttel van de auto die op de oprit aansloeg. Daarop hoorden we het geluid van de moersleutel tegen de pijpen onder de gootsteen, en we begrepen dat tante Lovey boodschappen was gaan doen en oom Stash doorging met zijn gesleutel.

We liepen naar Frankies kamer, duwden de deur wijd open, en bleven knipperend in het licht dat door twee hoge, smerige ramen viel staan. In de hoek van de vochtige cementvloer lag een blauwe sprei over een vlekkerige matras gekronkeld. Naast de matras lag een stapel pornotijdschriften in gezelschap van nog een plastic kan vol pies en een berg peuken op een ontbijtbord met eigeelvlekken. Aan de andere kant van de kamer stonden een dure, klassieke draaitafel, twee reusachtige speakers en tientallen langspeelplaten in melkkratten: Jimi Hendrix, Stevie Ray Vaughan, de Stones, David Bowie, The Clash. Ruby haalde haar neus op voor dat soort muziek, maar ik vond die platen prachtig. Ik keek ze door – *Ziggy Stardust*, *London Calling*, en een vroege Elvis Costello. Ik vroeg me af of het echt waar was dat het geluid van cd's het niet haalde bij dat van zo'n zilveren naald in de groef van het vinyl.

Op een van de speakers lag een half opgerookte joint naast een halfflege fles Southern Comfort. Die met fabels omgeven kamer van Frankie was eigenlijk een doodgewone smerige jongenskamer, en het was eigenlijk ook hoog tijd om te vertrekken.

Boven klonk nu een ander geluid – een deur die openging. Toen stemmen die door de planken vloer sijpelden.

Ik verstijfde. Ruby begon te schoppen alsof ik haar nukkige paard was. (Dat is nu een van haar dingen waaraan ik een bloedhekel heb.) Ik kneep haar terug.

'Jongen,' zei oom Stash, en we wisten dat hij het tegen Frankie had.

'Waar is mijn moeder?' vroeg Frankie Foyle op hoge toon.

Die toon stond oom Stash niet aan. 'Ik weet niet waar is je moeder, jongen.' Verder hoorden we geen woorden meer, alleen iets wat op gegrom leek. Frankie had het er levend van afgebracht, maar oom Stash verdroeg geen onbeleefdheid. Of misschien zat er wel een andere kant aan hun vijandigheid die ik me op dat moment nog niet kon voorstellen.

De hordeur sloeg open en piepte dicht. We wisten dat oom Stash vertrokken was. Ik hoefde Ruby's gezicht niet te zien, ik wist dat ze schijtensbang was. Ik schoof naar de deur. Ruby duwde er langzaam en zacht tegenaan. De kelderdeur ging

open. We kregen bijna geen lucht toen Frankies zware schoenen de trap af klosten. We wisten dat we de deur niet dicht
konden houden. Dus we gingen midden in de kamer staan en
wachtten af.

Een ogenblik later werd de deur opengegooid. En daar stond
hij in het vervagende zaterdagmiddaglicht, Frankie Foyle,
zonder hemd en in een groen gymbroekje. Het viel me op dat
zijn bovenlichaam zo smal toeliep dat het bijna meisjesachtig
was, en zijn heupen waren zo slank dat het bijna geen heupen
waren. Zijn bilspieren waren hard en rond, als een half gewicht, of de helft van een wiel. Rond zijn tepels zaten donkere
krulletjes, en onder zijn navel een hele bos. Frankie Foyle was
prachtig.

Wat een merkwaardig silhouet moeten we tegen het licht
door die hoge ramen hebben afgetekend. Hijgend van schrik
deinsde Frankie achteruit en hij mompelde iets wat op 'Wel
godverdomme?' leek. Met openhangende mond, waardoor
zijn kleine, witte tanden zichtbaar waren, keek hij van mijn
gezicht naar dat van mijn zus.

Ruby lachte naar hem en zei: 'Hai,' precies op het moment
dat ik mijn hand opstak. (We voelen ons dan net een circusact.
Ik vind het echt gruwelijk als we zoiets doen. Erger nog, ik geef
Ruby de schuld en zij mij, en dat slaat helemaal nergens op.) Ik
bedacht dat wij in overtreding waren. Stel je voor dat hij er de
politie bij haalde.

'We wilden niks stelen, hoor,' bracht ik naar voren.

Frankie Foyle deed zijn mond dicht. Zijn zwarte ogen waren
roodomrand en zwaar. Hij liep langs ons de kamer in. Ik rook
zijn oksels. Verbrande pizza. Ik vroeg me af of hij dronken,
stoned of allebei was.

'Onze oom was de waterleiding aan het maken,' piepte Ruby.
'We zijn voor de gezelligheid meegekomen.'

'In mijn slaapkamer?'

'Hè?'

'Moest hij in mijn slaapkamer de waterleiding maken?'

Ruby zag het ontbreken van bedreigingen ten onrechte voor vriendelijkheid aan. 'Nee,' lachte ze gemaakt. 'In de kéuken, domkop.'

'Als ik jou was zou ik het woord "kop" niet zo gauw gebruiken,' zei Frankie.

Ruby lachte hard, maar ik voelde de tranen in haar opwellen.

Ik kneep haar.

'Auw,' riep Ruby en ze trok aan een moedervlek in mijn hals.

'Laat dat,' waarschuwde ik zachtjes.

Frankie wees naar de platen waarvan hij kon zien dat ze waren verplaatst. 'Hebben jullie aan mijn muziek gezeten?'

'Nou, ík in elk geval niet,' jubelde mijn zus.

Frankie keek Ruby strak aan. 'Waarom zijn jullie eigenlijk in mijn kamer?'

Ruby's keel kneep dicht. Zo-even had ik nog gedacht dat mijn zus de grootste sukkel ter wereld was, maar nu was ik de moederbeer en zij mijn bedreigde jong.

'Oom Stash zei dat we naar beneden moesten om te kijken of het hier lekte. We wisten niet dat jouw slaapkamer hier beneden was,' zei ik haastig.

'Iédereen weet dat mijn slaapkamer hier beneden is.' Frankie wierp me tussen zijn pony door een woeste blik toe.

'Nou ja, wij zijn nou niet bepaald iedereen, voor het geval je dat nog niet was opgevallen, en we wisten ook niet wat iedereen wist.'

Hij had kennelijk moeite om te verwerken wat ik net had gezegd, en uiteindelijk gaf hij het maar op. Hij vroeg ons niet om te vertrekken.

'Oom Stash wil je vast helpen om het af te maken,' bood ik

met een gebaar naar de kale wanden aan. 'Met dichtsmeren en schilderen.'

Hij grijnsde. 'Hang je tegenwoordig de aannemer uit?'

'Ik heb staan kijken toen oom Stash een muurtje metselde, toen hij de keuken voor tante Lovey verbouwde.'

'Je moet niet tegen hem zeggen dat ik hier een kamer heb, oké?'

'Zal ik niet doen.'

'Dadelijk moet ik hem nog van hem afbreken.'

'Zal ik niet doen,' zei ik nog eens. 'En trouwens, hij is de huisbaas maar, niet de politie.'

Ruby lachte zenuwachtig. 'Hij is niet de politie, nee.'

Ik kneep haar nog eens keihard.

'Auw.' Ruby trok nog eens mijn moedervlek.

'Laat dat,' waarschuwde ik zachtjes.

'Ik krijg de zenuwen van jullie,' zei Frankie. Hij ging naast zijn stereo op de grond zitten en begon door zijn platen te zoeken. Geen van drieën zeiden we iets, wat ik best vond, maar Ruby kon de stilte niet verdragen.

'Komt je moeder weleens hier beneden?' vroeg Ruby, al wist ze het antwoord allang. Ik had tante Lovey en Nonna zich horen afvragen hoe het toch zat met dat nieuwe vriendje van mevrouw Foyle, die ze van de Tim Hortons-coffeeshop kende.

Frankie haalde zijn schouders op. 'Die heeft andere dingen aan d'r hoofd.'

Ik schuifelde wat en voelde zijn eenzaamheid. Hij wilde niet dat we weggingen.

'Mijn oom is misschien nog wel even weg,' zei ik.

'Je oom kan de klere krijgen,' zei hij.

Ruby werd stil, maar ik lachte zenuwachtig. En om mijn verraad jegens oom Stash nog groter te maken zei ik: 'Een grotere genenpool had oom Stash misschien geen kwaad gedaan.'

Ruby noch Frankie begrepen het grapje, maar toch voelde ik me rot.

'Jullie kunnen wel blijven of zo,' zei Frankie.

'Hier?' Ik wist niet zo zeker of ik wel in de kelder wilde blijven, met al die urine en sigaretten en een nog ergere stank die ik niet helemaal kon plaatsen. 'Ligt er hier soms een lijk?'

Frankie barstte in lachen uit.

Ik vatte moed. 'Nee, echt waar. Het stinkt hier verschrikkelijk.'

Hij hield op met lachen. 'Weet ik,' zei hij. 'Die wiet van me is zo goor.' Hij maakte een sporttas open die vlakbij op de grond stond en liet ons een paar flinke plastic zakken met gedroogde bosjes olijfgroene marihuana zien.

'Jemig. Ga je dat allemaal oproken?' hijgde Ruby.

'Een beetje. De rest verkoop ik.'

Ik voelde me opgewonden vanwege de illegale sporttas en omdat Frankie zo dichtbij was. 'Mogen we op het bed zitten?'

'Je doet maar.'

Ruby en ik installeerden ons op de matras, met onze rug tegen een paar kussens. Ik was blij dat ik mijn rug even wat rust kon geven. Frankie pakte de half opgerookte joint die we hadden zien liggen en stak hem met een lucifer aan. De kamer vulde zich met de gore stank van de wiet. Hij bood hem Ruby en mij aan. We bedankten tegelijkertijd en zwaaiden daarbij onze handen op exact dezelfde manier. En alweer voelden we ons een afgrijselijk slechte circusact. 'We moesten er maar eens vandoor,' zei ik, want ineens was ik bang voor de rook, dat die in mijn kleren of mijn haar zou gaan zitten en mijn geest zou binnendringen. Tante Lovey zei dat je wild werd van drugs.

Frankie Foyle glimlachte. 'Jullie hoeven helemaal niet weg. Shit, jullie doen natuurlijk niet aan shit. Jullie zijn toch geen kinderen meer?'

'Wel waar,' zei ik. 'Maar tante Lovey en oom Stash weten niet waar we zijn en ik ben bang dat zij zich zorgen maken.' Ik gedroeg me gewoon als iemand met verantwoordelijkheidsgevoel. Waar of niet?

Frankie Foyle glimlachte opnieuw. 'Kom nou, jullie kunnen toch zeker wel twintig minuutjes blijven?'

En meteen Ruby: 'Ja, Rose, we kunnen toch zeker wel twintig minuutjes blijven?'

Ruby had gelijk. We konden best even blijven. Ik ontspande me een beetje, en toen Frankie me de fles met Southern Comfort aangaf, nam ik een klein slokje. Ik keek ervan op hoe zoet die drank was. Ik had alleen weleens een slokje van een koud pilsje van oom Stash gehad. Ik vond dat sterke spul lekkerder. Frankie stak Ruby ook de fles toe, maar die wilde, kon geen slok nemen. Ze wilde niet gaan overgeven op de matras waar het voorwerp van onze obsessie zijn hoofd neervlijde.

'Het is zo, dus, raar, weet je...' Frankie praatte terwijl hij de rook in zijn longen vasthield. Het viel me op dat hij meer oogcontact met Ruby maakte, en ik werd jaloers.

'Het is zo, dus, raar, weet je...' herhaalde Frankie. 'Ik ken jullie al zo lang en ik vind jullie eigenlijk helemaal niet raar. En dat is raar.' Hij dacht even na en barstte toen in lachen uit. Uiteindelijk kwam hij weer op adem. 'Of ik ben gewoon hartstikke high.'

'We zijn niet raar,' fluisterde ik.

'Dat zeg ik dus.'

'Dat zegt hij dus, Rose.'

'We zijn niet raar. We hebben gewoon een rare aandoening.'

'Weet ik.'

'Dat wéét hij, Rose. Dat zegt hij dus net.'

Frankie nam een grote slok uit de fles en kwam toen als een grote hond die we ons leven lang al hadden van de vloer naar het bed gesprongen. Ruby en ik slaakten een gil toen de matras indeukte en we met zijn drieën naar het midden zakten. Uit de verwarde hoop blauwe sprei viste Frankie een afstandsbediening op en hij richtte hem op de stereo. De arm van de draaitafel kwam omhoog en vond met een klik de groef. 'Knockin' on Heaven's Door' van Bob Dylan. Ik kende ook de andere teksten op de plaat. Frankie begon zacht en gevoelig mee te zingen. Toen Frankie de fles doorgaf, nam ik weer een slokje. Zijn knie raakte de mijne aan.

Ruby vond het afschuwelijk dat Frankie naar mij lachte. En dat we de Southern Comfort deelden. En de muziek. 'Hoe kom je daaraan?' vroeg Ruby, met een gebaar naar de leren armband die Frankie om zijn pols had.

Frankie tilde zijn arm op om het ding zelf ook te bewonderen. 'Geitenleer.'

'Van een meisje gekregen?'

Frankie gromde.

'Een mooi meisje?'

Ik kneep mijn zus zo hard als ik maar kon. Ik vond dat ze klonk als een volslagen idioot en was bang dat Frankie ons dadelijk nog zou wegsturen, maar ze gaf geen krimp. In plaats daarvan gooide ze eruit: 'Vind je mij mooi, Frankie?'

'Jij bent een mormel,' zei hij lachend.

'Nou even serieus,' zei Ruby.

Ik zat naast haar te neuriën.

Frankie kwam een beetje overeind en nam haar eens goed op. 'Jij bent… Ik weet niet… Ik bedoel, als je niet… Als je niet zó was, kon je er best mee door, denk ik.'

Ik voelde Ruby's bloed naar haar wangen stijgen. 'Echt waar?'

'Ja hoor.'

'Als ik niet zo was.'

'Ja.'

'Kon ik er dan genoeg mee door om me te kussen?' vroeg Ruby, waar ze mij en zichzelf volkomen mee overviel, en Frankie Foyle kon het al helemaal niet hebben zien aankomen. In de gladde plastic deksel van de draaitafel zag ik een glimp van Frankies vertekende gezicht. Zijn mond hing weer open.

'Zeg eens?'

'Ik weet niet,' zei hij. 'Misschien wel.'

'Kus me,' zei Ruby.

Deze doortastende zus, deze dappere Ruby was ik nog nooit tegengekomen. Die zus die zo graag gekust wilde worden dat ze voor lief nam dat ze op een ellendige manier afgewezen kon worden.

'Krijg de klere,' lachte Frankie.

'Bang?' hoonde ze.

'Ja, ik ben bang.'

'Je verandert echt niet in een kikker, hoor.'

'Waar dan wel in?'

'Kus me nou maar, dan kom je er wel achter.'

Er viel een stilte waarin Ruby Frankie moet hebben overgehaald, met haar ogen of met haar lippen of op een andere geheimzinnige manier waarop vrouwen mannen overhalen om verbijsterende dingen te doen. In elk geval hoorde ik even later een nat geluid, waaruit ik afleidde dat Frankie mijn tweelingzus kuste. Ik was ziek van de drank, de rook en de afgunst.

Frankie maakte zich los van Ruby's lippen. 'Dit is wel zo godallejezus raar,' zei hij hoofdschuddend.

'Kus ik dan niet lekker?' vroeg Ruby ongegeneerd.

'Je kunt ermee door. Het is gewoon raar.'

'Nog een keer. Toe nou,' zei Ruby. 'Ik zal het heus niet doorvertellen.'

Zonder echt naar me te kijken maakte Frankie Foyle een gebaar in mijn richting. 'En zij dan?'

Ik deed mijn ogen dicht.

'Zij ook niet. Echt niet,' beloofde Ruby.

Bob Dylan zong. Frankie kuste Ruby. Ik zag niets, ik hoorde

alleen het geluid van hun kussen terwijl de naald van de draai-tafel opsprong en wegglipte van het stof. Ze kusten zolang het volgende nummer duurde. Ze kusten en kusten totdat dat nummer eindigde en het volgende begon. Ik voelde van bin-nenuit het geluid als Ruby slikte. Ik dacht dat ik Frankies tong voelde.

Ik vroeg me af of oom Stash en tante Lovey inmiddels hun vergissing in de gaten hadden. Ik hoopte van niet. Ik wilde dat Frankie Foyle mij ook kuste en ik wilde mijn beurt niet mislo-pen.

Maar Frankie kuste me niet. Ik kwam niet aan de beurt. Frankie bleef Ruby kussen. Ook toen zijn vingers als een spin naar mijn schouder kropen en mijn blouse in verdwenen, op zoek naar de tepel van mijn rechterborst. En zelfs niet toen zijn hand omlaag gleed, over mijn platte buik en dijen. En zelfs toen hij me een beetje verschoof omdat hij niet prettig lag, en toen hij mijn lange benen uit elkaar duwde, bleef Frankie mijn zus kussen.

En zelfs toen…

Zelfs toen.

Ik protesteerde niet. En mijn zus evenmin. Ik denk dat we allebei in de ban waren van de vreemde situatie. We hebben het er nooit rechtstreeks over gehad, maar Ruby doorstond mijn aandeel in de affaire, dus die kussen moeten overweldi-gend zijn geweest.

Daarna vroeg ik Frankie rillend en beschaamd om een pa-pieren zakdoekje.

'Gebruik de sprei maar,' zei hij.

* * *

Bij zijn terugkeer trof oom Stash trof Ruby en mij stilletjes bij het raam in de huiskamer aan. Niets gebeurd, dacht hij.

De maandag daarop, toen tante Lovey in het ziekenhuis was, zochten we onze plaatsen in de bus op. We hadden geoefend hoe we op verschillende manieren achteloos gedag konden zeggen. Frankie Foyle gromde even iets en weigerde ons aan te kijken. We hebben daarna nooit meer een woord met elkaar gewisseld. Ik vond het afgrijselijk dat hij zijn daad kennelijk betreurde.

En zo liep dat af.

En toch was het daarmee niet afgelopen.

H ier is Ruby weer.

Rose en ik zouden elkaar nu nader moeten staan dan ooit, maar in plaats daarvan staan we juist verder van elkaar af. Zij gaat helemaal op in het schrijven. En bovendien beweert ze dat ik jaloers ben op haar boek, en dat kan ik niet ontkennen.

Rose denkt dat ik jaloers ben omdat haar boek haar aandacht van mij afleidt, maar zo zit het niet. Ik ben jaloers omdat ik geen schrijver ben. Omdat ik helemaal niks ben. De dagen en weken vliegen voorbij en ik heb het neerslachtige gevoel dat je krijgt als je een grap niet begrijpt, of als je een avond lang naar een film hebt zitten kijken die je niet mooi vindt, of als je iets op een moeilijke manier doet wat je ook met veel minder inspanning had kunnen doen. Wat heeft het allemaal voor zin?

We draaien een beetje om het onderwerp van onze verjaardag heen en zijn het er in feite nog steeds niet over eens wat we doen, al is het me wel gelukt om haar uit het hoofd te praten dat ze dronken wil worden en vindt zij het goed dat we uitgaan. Ik kan haar makkelijk laten kiezen waar we heen gaan, want wat het ook wordt, ik kan altijd mijn handtas in de bibliotheek laten staan en haar dan meenemen naar de personeelsruimte, en voilà. Verrassing!

Roz maakt die spinaziedipsaus die je in uitgehold brood doet. Whiffer neemt de drank mee, wat vast neerkomt op een vat tapbier en merkloze cola, die ik niet te drinken vind, maar ik wil hem niet voor het hoofd stoten. Al die plannenmakerij en voorbereidingen voltrekken zich met een reeks briefjes tussen mij en de gasten en terug, en het is allemaal vreselijk frustrerend, want ik krijg niet altijd antwoord als ik dat nodig heb en ik moet voortdurend excuses bedenken waarom ik de een of de ander moet spreken. Ik heb nog geen woord over het partijtje gezegd en ik word er knettergek van. Ik hoop dat Rose al die moeite zal weten te waarderen.

Ik heb om nog zo'n ding met tatranax gevraagd omdat ik nogal eens van handtas wissel en nu al twee keer zonder mijn spuit de deur ben uit gegaan.

Ik vroeg Rosie of we niet naar de kerk terug moeten. Volgens mij is het belangrijk dat ze zich met iets spiritueels bezighoudt. Rose zegt dat haar leven betekenis krijgt doordat ze erover schrijft. Ik zou willen dat ze er hoop aan ontleende.

Ik vraag me af of die vermoeidheid van me door Rose' aneurysma komt.

Misschien ben ik gewoon moe van al die plannenmakerij voor het partijtje.

Morgen op mijn werk voel ik me vast beter. Ik voel me altijd beter op mijn werk. Er komt een eindexamenklas van de scholengemeenschap in het kader van een biologieles. Ze behandelen op dit moment de celdeling en wij zijn hun volgende onderzoeksproject. Aan de telefoon vertelde hun leraar dat de leerlingen het de week daarvoor geweldig hadden gevonden om een softenonman te ontmoeten. Een sóftenonman. Wat zal-ie dat leuk hebben gevonden.

Vannacht droomde ik dat ik bij een barbecue was, net zo eentje als tante Poppy had georganiseerd voordat we uit Michigan weggingen. Ik droomde dat oom Stash aan het spit draaide, waaraan een enorm varken geregen zat. Hij trok een paar stukken van het gloeiend hete varken en vroeg Rose en mij of we zin hadden in iets knapperigs. Rose wees naar het spit en toen zag ik dat er een volmaakte, witte baby met trieste ogen boven het vuurtje draaide, maar oom Stash zei dat we maar niet moesten kijken en of we alsjeblieft geen vegetariërs wilden worden. Wat zeg je me van zo'n staaltje droomsymboliek?

Ik weet wat mensen bedoelen als ze zeggen dat ze zich belast voelen door schuldgevoel. Zo voel ik me nu ook. Zwaar. Wanneer Rose me optilt, kreunt ze net zo als wanneer ze bij fysiotherapie gewichten heft. Ik denk dat het haar vroeger minder moeite kostte.

Lang geleden zijn we eens door een beroemde hersendokter onderzocht, ene dr. Mau, in het ziekenhuis van Philadelphia. Ik denk dat tante Lovey en oom Stash wilden laten onderzoeken of het mogelijk was om ons te scheiden, maar dat weet ik niet zeker. Een van de coassistenten vroeg iets over mij en noemde me de parasitaire tweelingzus. Dr. Mau was des duivels, want dat is niet de goede term en de coassistent was duidelijk een grote idioot. Er zijn wel voorbeelden van parasitaire tweelingen, zoals Laloo, die jongen bij wie twee benen uit zijn buik staken, maar bij Rose en mij is dat niet het geval, want ik ben een compleet mens met hersenen en al, en niet zomaar een aanhangsel dat dankzij mijn zus kan bestaan.

Ik vind dat we een afspraak met Randy Togood moeten maken. We hebben met hem op de basisschool en op de scholengemeenschap van Leaford gezeten en hij is nu advocaat en heeft vlak bij de bibliotheek een kantoor. We moeten een testament laten opmaken. Niet dat we de Rockefellers zijn, maar de verkoop van de boerderij en het huis aan Chippewa Drive zal wat geld opleveren. Nonna is in de tachtig en die zou het alleen maar aan haar zoon Nick nalaten, die vijfenvijftig is en een hufter, dus dat nooit, maar we moeten het toch aan iemand nalaten. En verder moeten we het er ook over hebben wat er met onze resten moet gebeuren.

Toen de dood niet nog maar een paar maanden ver weg was, hadden Rose en ik het er altijd openlijk over. Vroeger deed het er helemaal niet toe dat we het niet over onze resten eens waren.

Ik wil worden gecremeerd. Ik vind het een fijn idee om in rook op te gaan en in de lucht te zweven, en dan in een regendruppel weer naar de aarde terug te keren. Rose vindt dat we onze lichamen aan de wetenschap ter beschikking moeten stellen. Zij vindt het een fijn idee om achter glas in het Mütter Museum te hangen, maar persoonlijk word ik er misselijk van.

Dus wat de verjaardagsplannen betreft zijn we wel iets verder gekomen, maar als ik het over de regelingen voor onze begrafenis wil hebben, houdt ze me altijd aan het lijntje. Ze zegt de hele tijd: als ik klaar ben met het boek, als ik klaar ben met het boek. En toen ik zei dat we net zo goed morgen dood konden zijn, zei ze dat dat gewoon niet kon (en waarom wilde ik eigenlijk zo nodig het ongeluk over ons afroepen?) want ze moet nog honderden bladzijden schrijven en ze heeft nog niet eens verteld hoe oom Stash en tante Lovey elkaar hebben leren kennen.

Ik geef toe dat dat een van mijn lievelingsverhalen is, maar ik snap niet waarom het in Rose' autobiografie moet. Volgens haar was het verhaal over tante Lovey en oom Stash een soort parallel van dat van ons. En dat ons verhaal zonder dat van hen niet eens zou bestaan. En dat ik, als ik nu eens iets anders las dan altijd maar over de Neutrals aan de Thames, ook zou weten dat verhalen over verschillende mensen best naast elkaar kunnen bestaan.

Als ze zo onder dat boek gebukt gaat, moet ze ermee ophouden. Als het boek klaar is, is zij dat ook, zei ze. Ik vind dat soort dramatisch gedoe wel zo verschrikkelijk irritant. En wat moet ik daar wel niet van vinden? Als haar boek klaar is, moet ik dat zeker ook maar zijn? En hoe zit het dan met mijn bijdrage aan de hele boel?

Rose beweert dat het nalaten van iets kunstzinnigs als een verhaal of een schilderij of een beeld de enige manier is om min of meer onsterfelijk te worden. Ik houd van tekenen, maar het ontgaat me hoe een paar lijntjes op papier kunnen maken dat ik het minder erg vind om dood te gaan. Maar het is wel waar dat je nog weleens hoort dat mensen een schrijver smeken om hun levensverhaal op te schrijven (of op zijn minst of hij hen wil helpen hun boek gepubliceerd te krijgen), dus er moet wel iets in zitten. Tante Lovey zei altijd dat iedereen wel iets te vertellen heeft en dat zelfs de gewoonste mensen waanzinnige dingen meemaken. Misschien had ze gelijk.

Ik zou willen dat tante Lovey hier was. Ik mis oom Stash en haar verschrikkelijk.

Ik geniet niet meer van de dingen zoals vroeger. Roerei met cheddar, of mijn zalmroze kasjmier trui aantrekken die ik met kerst van Rose heb gekregen. Als ik mezelf de vraag stel waarvoor ik leef, dan is dat mijn zus. Maar Rose is nu zo ver weg.

Gisteren vroeg ik Rose of ze het weleens naar vindt van mevrouw Merkel. Ze deed alsof ze niet begreep waar ik het over had. Of ze wat naar vond? Ik wees haar op de fiets van Larry Merkel die vroeger in het museum van Leaford naast die reusachtige foto's van ons stond. Ik bracht haar het gedicht over Larry Merkel in herinnering dat ze als opstel had geschreven en dat mevrouw Merkel had gelezen toen het uit de boekentas van Rose was gevallen toen wij de eieren gingen afleveren.

Toen mevrouw Merkel het gedicht had gelezen, keek ze Rose aan alsof die iets van haar had gestolen. Ze vouwde het papier op en stak het in de zak van haar schort, en ze zei: Dat is van mij.

Rose kan uitstekend voor zichzelf opkomen, maar daar had ze niet van terug, dus zei ik maar: Nou ja, eigenlijk is het gedicht van Rose, want zij heeft het geschreven.

Mevrouw Merkel staarde Rose aan en zei heel langzaam, alsof Rose van de huishoudschool was: Dit is niet van jou. Het is niet van jou.

Rose moest slikken, en toen barstte mevrouw Merkel in tranen uit en begon Cyrus te blaffen, dus toen vertrokken we maar. Rose zei dat het heus wel goed ging, maar ik wist best dat het hard was aangekomen. Vervolgens moest ik het de hele weg naar huis samen met haar opzeggen, zodat ze het zich goed zou herinneren en het weer kon opschrijven. (Ik heb dat gedicht misschien wel honderdvijftig keer opgezegd, en daarna ook nog heel vaak, en zelfs nu nog krijg ik het niet uit mijn hoofd.)

Lawrence

Ik dacht dat jullie me wel zouden vinden
toen ik was meegevoerd door de winden
en op de aarde werd weggerukt uit mijn dromen
waar de rotsen het zilveren meer omzomen.

Moeder, hoor mij fluisteren
ik wil een wiegelied beluisteren
Zing me toe, zodat ik eindelijk droom
van draken, ridders en slagroom.

Begraaf me dan waar ik kan rusten
want ik ben geen gast meer op deze kusten
maar slechts een geest, vervloekt,
die vruchteloos zijn appelboom zoekt.

Toen Rose het instuurde voor het jaarboek, zette ze niet haar eigen naam eronder en ze veranderde de titel. Rose en ik waren het er niet over eens of ze dat gedicht wel moest insturen. Omdat mevrouw Merkel zo gereageerd had, vond ik dat ze het voor zich moest houden. Ze had nog wel twintig andere gedichten in haar kladschrift staan. Ze las ze me allemaal minstens één keer voor. Maar Rose vond 'Lawrence' haar beste gedicht. Ik weet nog dat ze zei dat mevrouw Merkel het nooit in het jaarboek te zien zou krijgen en dat ze bovendien Larry's naam uit de titel had weggehaald.

De dag na de publicatie van het jaarboek werd de fiets van Larry Merkel uit het museum gestolen. Iedereen verwachtte alleen maar dat mevrouw Merkel er kapot van zou zijn. Rose en ik waren de enigen die wisten dat zij de dief was. En wij waren de enigen die merkten dat de grote steen onder de appelboom was weggehaald en de aarde eromheen was weggegraven. We wisten op de een of andere manier dat zij die steen had weggehaald. In haar eentje, 's nachts. En we bewonderden haar. Ze had het fietsje onder de appelboom begraven. Ik heb me altijd afgevraagd of ze dacht dat Larry's geest via Rose' gedicht tot haar had gesproken. En dat bedoel ik niet sarcastisch. Ik geloof het vast.

Mevrouw Merkel vroeg oom Stash voortaan de eieren te bezorgen en daarna zagen we haar nog maar nauwelijks, behalve op een afstand, als ze met haar hond op stap was.

Ik dacht erover na wie er op onze begrafenis zouden komen. Dr. Ruttle en Richie met zijn gezin. Nonna en Nick. Roz en Rupert. Whiffer en Lutie. Het drong tot me door dat de lijst genodigden voor ons verjaarspartijtje vrijwel dezelfde was als die voor onze begrafenis. De Merkels zouden op de begrafenis maar niet op het partijtje komen. Die gekke Berb Foyle zou komen. Dat is echt iets voor Berb. Frankie Foyle? Zou Frankie komen? (Na zijn eindexamen is Frankie naar Toronto verhuisd waar hij bij de politie is gegaan, maar ik denk dat hij nog wel contact met zijn vader heeft.) Ik stel me voor dat Berb het bericht wel doorgeeft, maar ik betwijfel of Frankie zou komen. Vergeet niet dat hij niets van Rose' baby af weet, en het zou me niet verbazen als die hele toestand die ons is overkomen, en waarover Rose vast al alle smerige details heeft verteld, een herinnering is die hij liever vergeet.

Onze familie uit Michigan stuurt waarschijnlijk alleen een krans. En hen kennende zal het wel een opzichtig geval worden. We hebben geen echte familie, behalve de baby van Rose, natuurlijk. Taylor is nu een jaar of twaalf. Ze heet alleen Taylor voor

Rose en mij. Voor de mensen in haar echte bestaan heet ze zoals ze door haar adoptieouders is genoemd. Hopelijk is het een schattige naam, Courtney of Alisha of zoiets.

Ze is niet eens zo veel jonger dan Rose toen ze haar kreeg. (Tante Lovey zei dat ze haar maar gewoon een naam moest geven, ook al zouden de adoptiefouders die naam waarschijnlijk niet overnemen.) Rose noemde Taylor naar onze echte moeder, en ik denk dat tante Lovey wel een beetje gekwetst was, maar wie wil er vandaag de dag zijn dochtertje nog Lovey noemen? Tante Lovey kwam uit een familie waar meisjes naar bloemen of plaatsen werden vernoemd. Tante Loveys naam kwam van Livonia in Michigan. Haar zussen heetten Poppy, Salle, Iris en Daisy. Haar moeder heette Verbeena, omdat tante Loveys grootmoeder aan citroenverbenathee verslingerd was. (Rose zei dat ze die dan zeker rookte in plaats van dronk.)

Tante Lovey heeft ons een heleboel verhalen over haar moeder Verbeena verteld, en in al die verhalen klinkt ze niet zomaar een beetje excentriek. Ze klinkt alsof ze volslagen kierewiet was. Bijvoorbeeld, toen ze nog een jonge moeder was, probeerde Verbeena haar op een na oudste dochter (tante Loveys zus Poppy) van het nagelbijten af te helpen. Poppy was een jaar of acht. Verbeena probeerde het met bittere kruidenpasta op haar vingers en zelfs met isolatieband op haar nagels, maar niets hielp. Op een zondag was ze van plan om de pastoor om raad te vragen, maar toen stierf Verbeena's vader op weg naar de kerk. Hij werd in de salon opgebaard, want dat was in die tijd de gewoonte. Verbeena nam Poppy mee naar de salon om afscheid van haar grootvader te nemen, en terwijl Poppy bij de kist stond, greep Verbeena ineens de handen van haar dochtertje en propte die in de mond van haar dode vader.

Toen Rose en ik Poppy vroegen of dat verhaal waar was, haalde ze alleen maar haar schouders op, alsof ze het eigenlijk helemaal niet zo erg vond wat haar moeder had gedaan. Ze zei dat ze nooit meer nagels had gebeten. Tante Lovey zei altijd: Waar je niet dood aan gaat, daar word je alleen maar sterker van. Alsof wij dat niet allang wisten.

Ik vind Taylor een schattige naam voor een jongen of een meisje.

We weten niet door wie Taylor is geadopteerd, dus we weten ook niet waar ze woont. We gingen bij tante Poppy in Michigan wonen, zodat Rose haar baby daar kon krijgen. Niemand in Leaford wist van de zwangerschap, behalve dr. Ruttle. De man van Poppy, die Pools was en bij Ford werkte, regelde de adoptie. Voorzover we weten, is er niets vastgelegd. Maar dat heeft Rose waarschijnlijk al verteld. Rose heeft het er in de loop van de jaren al vaak over gehad om naar haar dochter op zoek te gaan, maar een deel van haar wil daar niet aan, en dat deel wint uiteindelijk steeds. Dat is het deel dat beseft dat een jong tienermeisje volslagen door het lint zou gaan als ze erachter kwam dat ze de dochter van een helft van de oudste nog levende craniopagus-tweeling is. Soms hebben we het over Taylor. Ik zei eens: Zou het niet geweldig zijn als Taylor later ook schrijfster werd, net als jij? En toen zei Rose tot mijn stomme verbazing: Misschien wordt ze wel zangeres, net als haar tante Ruby. Ik zing graag, maar ik ben geen zangeres. Maar daarom was het nog wel lief gezegd van mijn zus.

Ik ben het er nooit mee eens geweest dat Rose Frankie Foyle niets over de baby heeft verteld, maar ik had geen inspraak. En bovendien was tante Lovey er faliekant tegen dat Frankie het te weten zou komen, en die had de meeste invloed. Rose heeft soms spijt, maar ik denk dat ze er verstandig aan heeft gedaan. Wat voor leven had zo'n kind bij ons gehad, helemaal omdat Rose zelf nog een kind was? Tante Lovey zei dat God plannen met Taylor had, net zoals hij die met ons had gehad, namelijk om de juiste ouders voor ons te zoeken, en dat zijn niet altijd de echte ouders. Rose wist dat het het beste voor Taylor was als ze in een gezin met een vader en moeder, en broers en zussen die niet aan elkaar vastzaten zou opgroeien. Volgens mij blijkt er een hoop moed en liefde uit het offer dat ze heeft gebracht. Maar over zo'n soort verlies kom je niet heen. Misschien bestaat er geen verlies waar je echt overheen komt. Hoe alles uiteindelijk ook loopt.

JE

Toen zijn schip in de zomer van 1946 in de haven van Halifax afmeerde, was Stanislaus Darlensky tweeëntwintig, slank en zo knap als een filmster, met een hoofd vol zwarte krullen. Samen met zijn vader en moeder stapte hij op de trein naar het westen, naar Windsor in Ontario. Daar zouden de Darlensky's meer kansen en een beter leven krijgen, en misschien konden ze daar het afgrijselijke verlies van de twee oudere broers van Stash achter zich laten, die net een halfjaar daarvoor bij de mijnramp in Grosovo waren omgekomen. Het gezin Darlensky zou een eigen flat krijgen in een gebouw dat eigendom was van meneer Lipsky, een vriend van de familie uit het vaderland. De vader van Stash ging als vleeshouwer werken bij een Slowaakse slagerij in het centrum, waar Stash als leerling kon beginnen. De dochter van een van de kerkbestuurders (en winkeleigenaar, wat nog belangrijker was), een ravenzwarte schoonheid volgens iedereen, was al als mogelijke echtgenote aangewezen. Er woonden in Windsor veel Slowaken (daarom had zijn vader het ook uitgekozen), en ze wilden het gezin allemaal helpen.

De tocht vanuit Slowakije was lang geweest en vol beproevingen, waarvan de oversteek over de oceaan nog niet eens de zwaarste was. De reis van Halifax naar Windsor in een snikhete trein met een haperende locomotief was zijn ouders van middelbare leeftijd bijna fataal geworden. Grauw en ziek, aangezien ze twee dagen lang niet meer dan wat droog zwart brood hadden gegeten, kwamen ze op het station aan, waar ze diep teleurgesteld tot de ontdekking kwamen dat er niemand op hen stond te wachten. Omdat Stash de meeste Engelse woorden kende, werd hij naar het loket gestuurd, om te informeren hoe ze contact konden opnemen met de oom van zijn moeder die hen zou komen afhalen.

Stash liep op het loket af en zag tot zijn verbazing een knappe blondine met een neus vol sproetjes achter het raampje zitten zweten. Het meisje, dat ongeveer van zijn leeftijd was, had een bruine rok en een geel truitje aan, dat zo nauwsluitend was dat Stash het er warm van kreeg. Likkend aan een rietje dat ze af en toe in een glas limonade stak, zat ze een boek te lezen. Op een linnen servet voor haar lag een koekje. De jonge, hongerige Stash was eerlijk gezegd evenzeer in het koekje als in het meisje geïnteresseerd.

Stash zette een elleboog op de balie, trok zijn linkermondhoek omhoog en vernauwde zijn ogen tot spleetjes, een nogal dreigende blik die de meisjes in Grozovo onweerstaanbaar hadden gevonden. Hij wachtte tot het mooie meisje zou opkijken, maar de blondine ging zo op in haar boek dat ze niet in de gaten had dat Stash daar geleund stond, en ze schrok toen hij zijn keel schraapte. Met een brede glimlach sloot ze haar boek en keek naar hem op. 'Jij bent vast Stanislaus.' (Ze sprak het waarachtig goed uit.) 'Klopt dat? Spreek ik je naam goed uit? Maar hij zei dat ze je anders noemen.'

Stash verstond genoeg Engels om te weten dat het meisje zijn naam zei, en hij begreep genoeg van gezichtsuitdrukkingen om in de war te raken omdat ze hem leek te kennen, terwijl dat natuurlijk niet zo was. Hij knikte sullig. 'Stash. Mij. Ik.'

Ze merkte dat hij moeite had met de taal en begon langzamer te praten. 'Je oom – van wie ik de naam niet ga proberen uit te spreken – is hier geweest en weer weggegaan, en teruggekomen, en nu is hij even weg. Ik moest van hem zeggen dat hij terugkomt.'

Het zelfvertrouwen en de rondingen van het meisje stonden Stash wel aan.

Ze nam de jonge buitenlander grijnzend op. 'Je oom zei dat er een echtpaar en een jóngen zouden komen. Ik zou jou toch geen jongen noemen.'

Hij knikte, al begreep hij er niets van, en wierp een blik op het koekje.

'Er zitten noten in. Wil je het hebben?'

Stash nam het aangeboden koekje aan en propte het in zijn mond. Hij wilde niet dat zijn moeder zag dat hij eten van een onbekende aannam.

'Ik houd van pecankoekjes, die maakt mijn oma, maar mijn oma heeft galstenen, dus deze week heeft de buurvrouw gebakken en die heeft walnotenkoekjes gemaakt. En daar is niks mis mee, maar je moet wel van walnoten houden, en dat doe ik niet.'

Oom Stash kauwde en slikte en had geen flauw idee waar die mooie blonde meid het over had, maar hij genoot van haar glimlach en het timbre van haar stem. Hij wilde meer horen, maar de eiken zwaaideuren van het treinstation gingen open en zijn ouders stormden op een schriel, oud mannetje af dat binnen kwam hompelen. '*Dobre den*. Bedankt dat u hier bent. Wat aardig van u. U bent te goed. We zijn u zo veel dank verschuldigd,' overdreven zijn ouders in het Slowaaks. Ze waren zo belachelijk dankbaar dat Stash zich afvroeg of ze dadelijk op hun knieën zouden vallen om hem volstrekt onmogelijk te maken bij het blonde meisje.

De oude Slowaak glimlachte niet maar kuste Stash' moeder op haar wangen en klopte zijn vader op zijn rug. 'Dat is je oom,' zei het meisje met opgetrokken neus. 'Je moest maar gaan.' Ze richtte haar aandacht weer op haar boek.

Op het parkeerterrein ging de oude Slowaak het ineengekrompen gezin voor naar een glimmende zwarte Ford, die door zijn ouders onmiddellijk werd uitgeroepen tot de prachtigste auto die ze ooit hadden aanschouwd. Stash vond de auto ook indrukwekkend, maar hij had er geen zin in om nog iets aan dat koor van complimenten bij te dragen. Hij ging voorin zitten en sloeg nauwelijks acht op zijn moeder die hem een mep tegen zijn achterhoofd gaf en hem toefluisterde dat hij zijn oom moest bedanken. Stash zat klaar om de Nieuwe Wereld op te snuiven.

De oom informeerde niet naar hun afgrijselijke reis, en dat was maar goed ook, want Stash zat er absoluut niet op te wachten om die nog eens te beleven via de uitgekauwde beelden van zijn moeder. Hij kromp ineen toen zijn moeder naar de drukke straat wees en vinnig zei: 'De vrouwen verven hier allemaal hun gezicht.'

'Wat is dat?' vroeg zijn vader ongelovig, met zijn vinger naar de hoge gebouwen aan de overkant van de brede zwarte rivier.

'Dat is Detroit,' antwoordde de oom in het Engels. 'Tiger honkbal.' Hij haalde even zijn handen van het stuur en deed alsof hij met een honkbalknuppel zwaaide. Hij klakte met zijn tong en zei: 'Alweer een homerun voor Charlie Gehringer!' om met zijn Noord-Amerikaanse accent te pronken. Ineens barstte hij los in een tirade die tot Stash' verdriet niet over Detroit of honkbal ging, maar over zijn jongste zoon die zijn Slowaakse naam wilde inkorten tot iets wat Engelser klonk. (Oom Stash zou een paar jaar later precies hetzelfde doen door Darlensky in Darlen te veranderen, iets waarvoor zijn vader en moeder hem met liefde uit hun testament hadden geschrapt als hij niet hun enig overgebleven zoon was geweest.)

Ze kwamen steeds dichter bij hun doel, de Slowaakse buurt aan de westkant van de stad. Stash was diep onder de indruk van de bakstenen huizen met een of twee verdiepingen en een leien puntdak, die wel paleizen leken in vergelijking met de lage hutjes van natuursteen die ze in Grozovo hadden achtergelaten. En er waren ook honderden auto's, terwijl er bij hun thuis maar een stuk of tien waren geweest, en dat waren hoofdzakelijk vrachtwagens.

De Slowaakse oom kwam traag tot stilstand voor een stoplicht. In de gestroomlijnde auto naast hen zaten drie jongemannen van de leeftijd van Stash om een goeie grap te lachen. Ze spoten weg en zetten de Ford in een wolk uitlaatgas die de jonge Stanislaus bijkans dronken maakte. Een groep kleine kinderen was op straat in een spuitende fontein aan het rondplassen, uit een drukke cafetaria kwam een hele zwik mooie vrouwen zonder begeleider te voorschijn. Overal was actie. Overal werd gelachen. Er waren zo veel winkels met zo'n overdaad aan spullen dat ze tot op straat overliepen.

Algauw stopte de auto voor een doosvormig, witgekalkt gebouw met drie verdiepingen, en het gezin Darlensky werd afgeleverd in een schimmelig ruikend souterrain waar een somber groepje hen welkom heette. Stash kende er een paar van, verre verwanten uit Grozovo, die eerder dan zij waren geïmmigreerd, en diegenen die hij niet kende, konden wat hem betreft overtuigend voor familie doorgaan, en zo klonken ze ook. Stash keek de rokerige kamer rond, waar iedereen in het zwart was, omdat er ergens een dierbare was overleden. Hij had nog zo gehoopt dat hij meer Noord-Amerikanen zou zien, zoals die jongens in de auto en het blonde meisje op het station, en niet deze verzameling zwijgzame kraaien. Het eten was ook een tegenvaller, allemaal gerechten uit Grozovo: *haloesjki* en *palacsinta* en rijstworst en kool en nog eens kool, terwijl hij alleen maar snakte naar citroenlimonade en een walnotenkoekje.

Een stel jonge Slowaken zag kans Stash in de buurt van de keuken in de hoek te drijven. Ze deden minachtend, alsof ze het vervelend vonden om hem in te wijden. De arrogantste van het stel, degene die er al het langst was, de zoon van de Slowaakse oom, zei met zijn uitstekende Noord-Amerikaanse accent: 'Zin in een shot, Stash?'

Natuurlijk wist Stash niet wat een 'shot' was, en hij keek dan ook erg op toen een van de jongens hem een flink glas met heldere vloeistof (misschien wel een dubbele of driedubbele borrel) in handen drukte. Hij wist meteen wat het was. 'Slivovitsj?' Het rook naar dieselolie. De jongens knikten afwachtend. Stash stak het glas omhoog, hij besefte dat hij op de proef werd gesteld. '*Nasdrovje,*' zei hij, en hij gooide de vloeistof achter in zijn keel. Toen hij klaar was, weerhield hij zichzelf ervan om zijn beide oren vast te houden (iets wat hij later altijd deed als hij sterkedrank dronk, om Ruby en mij aan het lachen te maken. Net zoals hij altijd 'whisky' zei in plaats van 'hatsjie' als hij nieste.)

De arrogante neef stapte weer naar voren en zei overmatig articulerend: 'We zeggen hier geen "*Nasdrovje*". Hier zeggen we: "Sla 'm achterover."' De andere jongens moesten lachen, en aangezien Stash die woorden niet begreep, nam hij aan dat hij belachelijk werd gemaakt.

Een beetje duizelig van de drank liet de jonge Stash zich in een stoel zakken. Hij voelde een bult tegen zijn rug en toen hij zijn hand naar achteren stak, bleek er een honkbal tussen de kussens te zitten. Stash wist wel iets van die sport af, al had hij het nooit zien spelen (in Grozovo werd alleen maar gevoetbald). Hij had nog nooit zo'n bal vastgehouden. De arrogante neef zag toevallig dat Stash de honkbal vasthad. 'Dat is mijn bal, knaap,' zei hij.

Stash werd plotseling overvallen door de angst dat zijn neef zou voorstellen dat hij eens een worp zou proberen, of, erger nog, een catch. Hij vloog overeind, en werkte zich met de honkbal tegen zich aan geklemd van de ene overvolle kamer naar de andere, zonder te weten waarnaar hij op zoek was. Zijn moeder stond met een stel vrouwen te kibbelen over wie van hun echtgenoten naar de winkel moest om nog wat boter bij te kopen. (De vrouwen maakten nog wel hun eigen zure room en karnemelk, en sommige slachtten nog kippen in de achtertuin, maar in de jaren veertig karnde geen enkele zichzelf respecterende moderne Slowaakse in Windsor nog haar eigen boter.) Stash bood aan om het te doen, en toen zijn moeder van de andere vrouwen hoorde dat de winkel even verderop in de straat was (en dat het meisje dat ze voor Stash op het oog hadden die middag achter de toonbank stond) vond ze dat goed.

In zijn eentje op straat merkte Stash de gevolgen van de dubbele (zo niet driedubbele) shot slivovitsj helemaal. De zon brandde op zijn zwarte haar en het speet hem dat hij er niet aan had gedacht om een hoed mee te nemen. Hij vroeg zich af of hij ergens een plek moest zoeken om even te gaan zitten of dat hij maar terug moest gaan. Hij was nuchter genoeg om nog te weten dat hij de straat van hun flatgebouw in de richting van de rivier de Detroit uit moest lopen, twee straten moest oversteken en dan moest links ergens de winkel zijn. Maar hij was niet nuchter genoeg, en misschien zou hij dat wel nooit zijn, om zich erop te verheugen het meisje te leren kennen dat deze brave onbekende Slowaken voor hem hadden uitgezocht. Pas toen de honkbal op de stoffige stoep viel en heuvelafwaarts in de richting van een heel andere straat begon te rollen, schoot hem weer te binnen dat hij die nog steeds had vastgehouden.

Stash overwoog even de bal te laten wegrollen, maar toen bedacht hij dat zijn arrogante neef hem vast vanwege zijn slordigheid voor van alles en nog wat zou uitmaken (en dan ook nog in het Engels). Honkballen waren vast heel duur. Misschien zou de neef wel geld willen zien. En zijn moeder zou des duivels zijn. Dat was geen goede manier om aan zijn nieuwe, Noord-Amerikaanse leven te beginnen. Stash rende de honkbal achterna, die steeds sneller de heuvel af begon te rollen.

Hij werd er duizelig van om dat ding met zijn ogen te volgen en dreigde met elke stap voorover te storten. Eindelijk was hij vlak bij de bal en kon hij hem van de grond plukken. Hij boog voorover, struikelde, maar wist zijn evenwicht bedreven te herstellen. Trots op zijn atletische toer, en genietend van het gevoel dat hij zijn bal weer vasthad, lette de jonge Stash niet goed op toen hij tussen twee geparkeerde auto's vandaan stapte en werd hij door een racende fietser aangereden.

De fiets trof Stash in zijn linkerzij en slingerde hem tegen de paal van een verkeersbord, waar hij keihard met zijn voorhoofd tegenaan klapte, voordat hij op het wegdek terechtkwam. De fietser kneep in de handremmen en slipte veilig tot stilstand.

De fietser mankeerde niets, maar Stash lag bloedend uit zijn voorhoofd en mond languit op de grond. De fietser was een jonge vrouw. Ze kwam op hem af gerend en legde zijn hoofd op haar schoot, zonder erop te letten dat zijn bloed misschien vlekken op haar rok maakte. Oom Stash deed zijn ogen open. Zijn pupillen verwijdden zich.

Hij had een flinke snee in zijn voorhoofd en had op zijn tong gebeten, maar hij was eerder dronken dan gewond. Stash nam de jonge vrouw op wier schoot hij zo aangenaam lag, uitgebreid op – een mooie blondine met sproeten en een geel truitje dat zo strak zat dat hij het er warm van kreeg. 'Je,' zei hij.

'Ik?' Dit mooie jonge meisje was tante Lovey, op weg naar huis van haar baantje als serveerster bij de Bridge Diner.

'Je,' zei oom Stash nog eens. Hij zag tante Lovey aan voor het meisje in het station en hij vond het wel een heel gelukkig toeval dat hij haar nu weer, en dan op deze manier, ontmoette.

'Gaat het wel?' vroeg Lovey.

Stash moest even op adem komen, maar vervolgens keek hij haar diep in de ogen, in de veronderstelling dat ze iemand anders was, en zei haperend en in zijn beste Engels: 'Iek denk God villen vij samenbrengen.'

Lovey had deze knappe vreemdeling nog nooit gezien en was verbijsterd door de vertrouwelijke manier waarop hij naar haar keek. Ze had nog nooit van haar leven een versierpoging meegemaakt waar God aan te pas kwam. Met een zakdoek uit haar zak depte ze de mond van de vreemdeling. (Ze wilde verpleegster worden en ging graag met bloed om.) 'Je ruikt naar drank,' zei ze zakelijk.

Stash begreep het woord 'drank'. Hij knikte. 'Slivovitsj.'

Tante Lovey knikte terug. 'Jij ook gezondheid.'

Stash ging overeind zitten. Door de val was hij een beetje ontnuchterd en even later voelde hij zich wel in staat om te staan. Tante Lovey hielp hem overeind, en intussen nam ze hem monsterend op en ze vond hem donker en heel leuk. Ze besloot dat zij het feit dat hij een buitenlander was wel over het hoofd kon zien, maar haar vader zeker niet.

'Je komen uit Windsor?' informeerde Stash beleefd.

'Ik kom uit Leaford,' zei ze. 'Mijn vader is een Tremblay, mijn ma een St. John. Verbeena St. John. Zij is aan de andere kant van Chatham opgegroeid. Haar vader deed in suikerbieten.'

Stash knikte langzaam.

'Ik logeer deze zomer bij mijn tante Lily. Dat is daar.' Ze wees naar een eenvoudig wit houten huis op de hoek.

Het drong tot Stash door dat hij nog steeds de honkbal vasthield. 'Ik zijn Slowaak,' zei hij, en hij hoopte dat dat voldoende uitleg was voor zijn slechte Engels en voor het feit dat hij midden op straat met een honkbal in zijn hand stond.

'Aangenaam kennis te maken, Slowaak,' zei ze met een knicks om grappig te zijn. 'Ik ben Lovonia Tremblay. Ik ben in Livonia in Michigan geboren. Maar mijn vader wilde me geen Livonia noemen omdat het dan Livy zou worden, en hij had een tante Olivia die Livy genoemd werd aan wie hij een bloedhekel had, en dus noemden ze me Lovonia. Maar zeg maar Lovey. Zo noemen ze me allemaal.'

Stash glimlachte. Hij was diep onder de indruk van het zelftrouwen dat het blonde meisje uitstraalde, net als het meisje bij het station.

Tante Lovey lachte terug. 'Hou je van honkbal? Mijn oom Jerry gaat de hele tijd naar Detroit om de Tigers te zien spelen. Hij heeft handtekeningen van Stubby Overmire en Dizzy Trout en Pinky Higgins en Hoot Evers en Earl Webb en Cy Perkins en Goose Goslin en Charlie Gehringer en Steve Larkin.'

Stash begreep alleen het eerste deel. 'Oom Jerry gaan Detroit?'

'De hele tijd.' Onder het knikken dansten haar krullen op en neer.

'Oom Jerry de boot hebben?' Hij maakte een gebaar van roeien.

Ze giechelde. 'Hij rijdt met de Dodge, natuurlijk. Wat ben je toch grappig.'

'Hij rijden de Dodge?'

'Jazeker, de brug over.'

'Ik geen brug zien.'

Lovey giechelde opnieuw. 'Heb je dan nooit over de Ambassadorbrug gehoord? Jij bent echt heel grappig. Wanneer ben je in Windsor aangekomen?'

'Vandaag.'

'Vandaag?'

'Nu.' Stash voelde dat hij onnozel stond te grijnzen.

'Dus dit is je eerste dag in Windsor?' Ze trok een verbaasd gezicht. 'En je bent nu al dronken?'

Stash knikte heftig, met een al even verbijsterd gezicht als zij.

'Nou ja, het spijt me dat ik tegen je aan ben gereden. Maar je had ook beter moeten uitkijken waar je liep. En,' ze zwaaide even met haar heupen, 'als je nog eens de handtekeningen van de Tigers van oom Jerry wilt komen bekijken, dan is daar het huis.' Ze wees nogmaals naar het witte houten huis op de hoek.

'Dit?' Hij wees ook, voor alle zekerheid.

Ze stapte op haar fiets en reed op het huis af, maar ze keek nog een keer om om te zien of de knappe vreemdeling nog stond te kijken, en toen nog eens om te roepen: 'Als je komt, moet je niet meteen zeggen dat je een Polak bent.'

Stash wachtte tot hij Lovonia Tremblay het huis had zien binnengaan, daarna verstopte hij zich tussen de geparkeerde auto's om over te geven. Toen hij de slivovitsj had geloosd, voelde Stash zich een stuk beter, en hij ging op weg naar de Slowaakse winkel waar hij een rol boter zou kopen en het donkerharige meisje achter de toonbank zou vertellen dat hij zojuist zijn toekomstige vrouw had ontmoet en dat ze Lovonia Tremblay heette.

Stash stond de volgende dag vroeg op en ontbeet met koude palacsinta en bramenjam. Terwijl zijn ouders luid aan het kibbelen waren in de slaapkamer, deed hij de krakende deur open. Net toen hij de deur wilde dichttrekken, stootte er iets tegen zijn voet. De honkbal van gisteren, die hij volkomen was vergeten, rolde achter hem aan naar buiten. Hij pakte de bal op en getroost door het gevoel van het stiksel tegen zijn handpalm ging hij op zoek naar het witte huisje op de hoek en het knappe, blonde Noord-Amerikaanse meisje dat God hem naar zijn idee had gezonden.

Die week van de eerste zomer die Stash in Noord-Amerika doorbracht, vatte hij in twee opzichten een diepe en duurzame liefde op, namelijk voor Lovonia Tremblay en voor honkbal. Toen duidelijk werd dat zijn bedoelingen jegens Lovey heel serieus waren en hij een grote fan van de Tigers leek te zijn, zo aandachtig als hij naar de Tiger-verhalen van de oudere man zat te luisteren, nam oom Jerry hem mee naar het Tiger-stadion. Hij noemde Stash liefkozend de Polak, en hij lachte alleen maar als zijn nichtje hem probeerde uit te leggen, zoals Stash dat aan haar had gedaan, dat Polen en Tsjecho-Slowakije twee heel verschillende landen waren met een compleet andere taal en andere gebruiken. Het duurde nog maanden voordat oom Jerry erachter kwam hoe weinig Engels Stash maar begreep. Zo duurde het ook maanden voordat Stash genoeg Engelse woorden beheerste om Lovey te vertellen dat hij haar die eerste dag in de stad voor het meisje op het station had aangezien. Tegen die tijd waren ze al verliefd. Tegen die tijd was tante Lovey terug naar Leaford, en oom Stash reed er op zaterdagavond vanuit Windsor met de gezinsauto naartoe voor afspraakjes. Tegen die tijd had de vader van tante Lovey het lot van de jonge geliefden bezegeld door een harde klap op de lange vurenhouten tafel in het oranje bakstenen boerenhuis te geven en zijn dochter te verbieden met die 'smerige Polak' te trouwen.

Ik kan me nog herinneren dat ik tante Lovey toen ik jong was eens heb gevraagd hoe ze dat hele verhaal over hun ontmoeting kon kennen als ze negentig procent ervan niet zelf had meegemaakt. 'Nou ja, Stash heeft het meeste verteld,' zei ze. 'En ik heb het hier en daar aangevuld, omdat ik hem zo goed ken, en de rest, nou ja…' Het klonk alsof ze die waarheid ter plekke ontdekte. 'De rest heb ik gefantaseerd.'

H ier is Ruby weer.
Ik werd vannacht wakker en zag oom Stash aan mijn voeteneind staan. Hij zei dat alles goed zou komen en trok de deken over mijn benen. Ik wist dat het geen droom was, want hij was zo snel weer verdwenen dat mijn hart er bijna van stilstond. En ik had het koud gehad, maar ineens lag de deken weer op mijn benen, en dat had ik nooit zelf kunnen doen. Toen ik weer in slaap viel, voelde ik de warme regen uit tante Loveys gieter.

Tante Lovey en oom Stash achtervolgen me. Ik weet dat ze Rose ook niet loslaten. Zij gebruikt alleen andere woorden om te zeggen dat ze zich gekweld voelt. Ze zegt dat ze zich de hele dag triest voelt, en veel aan een van hen of aan allebei moet denken. Of ze speelt de hele tijd dat bandje van oom Stash van Ray Price af. Of ze stelt voor om er een Slowaakse avond van te maken en palacsinta te bakken. Ze schrijft een treurig gedicht over tante Lovey. Of een grappig gedicht over oom Stash.

Rose heeft een hoop gedichten over verdriet geschreven. En als ze op een regenachtige dag een gedicht over verdriet schrijft, berg je dan maar. Ik kan me een gedicht herinneren waarin ze de motregen moeizaam noemde, en ze werd kwaad toen ik om die moeizame motregen moest lachen. Rose kan niet zo goed met kritiek overweg.

De laatste tijd raakt Rose erg gefrustreerd door het schrijven. Ik snap niet helemaal waarom. Ze zegt dat ze het gevoel heeft dat ze verdwaald is, alsof ze in een stad is die ze heel goed kent en de straat probeert te vinden waar ze haar hele leven al woont.

Maar ze neemt voortdurend de verkeerde afslag en dan komt ze weer bij haar uitgangspunt terecht. Dat snap ik niet. Ze schrijft over haar eigen leven, hoe kan ze dan niet weten welke kant ze op moet?

Ik voel me niet gefrustreerd. Dat zal wel komen omdat ik het niet zo zwaar opvat. Maar ik zou eigenlijk wel vaker moeten schrijven. Het is een goede manier om je dag zin te geven.

Dit is zo'n beetje een standaarddag, en dan laat ik het privégedoe er even buiten; we gaan ongeveer om halfelf naar ons werk. Het kost tegenwoordig iets meer tijd om ons 's ochtends gereed te maken. We nemen de diverse medicijnen met een glas vruchtensap in. We eten iets met veel vezels en nemen dan een taxi naar ons werk. Of Nick van hiernaast brengt ons weg. Ik moet toegeven dat hij best weleens behulpzaam is.

Maar goed, we gaan dus naar ons werk, lezen de kinderen voor, halen achterhaalde briefjes van het prikbord, dat soort dingen. Dan nemen we een lange middagpauze, meestal rusten we wat uit op het tweepersoonsbankje in de personeelsruimte. En daarna doen we nog wat werk. Dat klinkt misschien saai, maar toch kan het heel leuk zijn om te doen. Dan gaan we naar huis. Ik kook graag, en Rose eet zo'n beetje alles, behalve eieren. Maar ik weiger twee verschillende maaltijden klaar te maken, dus als Rose geen zin heeft in wat ik klaarmaak, neemt ze maar een boterham met pindakaas. Vanavond hadden we geen van beiden erge honger, dus we maakten alleen toast. Nou ja, eigenlijk waren het bagels. En één bagel bleef in het broodrooster vastzitten en die begon als een gek te fikken. Het brandalarm ging af en Rose trok aan het koord waarmee de batterijen eruit komen, en eentje viel op haar hoofd, waar ik bijna door van mijn stokje ging en zij vast behoorlijk pijn van had. Rose trok het snoer van het broodrooster uit het stopcontact, greep een mes en begon in die vastzittende bagel te hakken. Het duurde niet lang of er kwamen stukjes snoer en metaal met haar mes mee naar boven, en toen wist ik dat we dat broodrooster nooit meer zouden gebruiken. Rose besefte dat ze het apparaat vernield had, dus ze gooide het zo door de hordeur naar buiten.

We waren kwaad op elkaar vanwege die stank en de troep, en dat enorme gat in de hordeur. We gingen naar de huiskamer, waar Rose ging zitten lezen en ik kwaad ging zitten zijn vanwege dat vernielde broodrooster. Ineens hoorden we gekrabbel en we kwamen overeind om te gaan kijken of er misschien een muis in de keuken was. We hoorden een pan vallen. Rose en ik gelijk van: jezusmina. We liepen naar de keuken, duwden de zwaai-deur open en daar ging alweer een pan op de grond. We keken naar het fornuis en wat zat daar op de voorste pit? Een eek-hoorn. Toen die arme eekhoorn ons zag, begon hij heen en weer te schieten op zoek naar een raam, maar hij raakte volkomen in de war van alle spiegels en werd knettergek. Uiteindelijk kwam hij in de kast met ontbijtgranen terecht en daar begint hij rond te rennen en de muesli vliegt alle kanten op. Ten slotte vindt hij toch nog het gat in de hordeur waar Rose het broodrooster door-heen heeft gegooid en waar hij door naar binnen is gekomen. Rose en ik zagen in de spiegels hoe we allebei stonden te kijken en we barstten in lachen uit. We lachten en lachten en we kon-den maar niet op adem komen. Na een tijdje hielden we op met lachen en we namen de troep op. Toen konden we haast wel jan-ken. Het kostte tweeënhalf uur om de keuken op te ruimen. En volgens mij is het de schuld van Rose en niet van de eekhoorn.

Dat was geen gemiddeld einde van onze dag, maar het einde van deze dag. Rose schrijft er vast ook over, en dan beter dan ik.

Het is iets meer dan twee maanden geleden dat we de diagno-se hebben gekregen. Rose' hoofdpijn is erger geworden, maar ik heb gelukkig geen last van de pijnstiller die dr. Singh haar geeft, en zij is in een wat beter humeur. Over het geheel genomen is onze gezondheid nog hetzelfde.

Gisteravond vroeg Rose wat ik ervan vond om contact op te

nemen met Diane en Gail, de dochters van tante Poppy, om hun te vragen ons te helpen bij het opsporen van Taylor, omdat zij allebei nog in Michigan wonen en we weten dat de adoptie daar is geregeld. We hebben geen contact gehouden met de familie van tante Lovey. Of eigenlijk hebben zij geen contact met ons gehouden. Na de begrafenis kwamen haar zussen met ons mee naar de boerderij om sandwiches met eiersalade te eten en ze vertrokken met wat aandenkens zonder rekening te houden met Rose en mij. Nadien schreven en belden we een paar keer, maar ze belden nooit terug. Ze hadden wel altijd medelijden met ons gehad, maar ze hielden niet van ons, met uitzondering van tante Poppy, misschien, maar die is jaren geleden aan eierstokkanker overleden. Dat is heel snel gegaan.

Ik denk niet dat een van onze familieleden in Michigan ons kan helpen Taylor te vinden, en eerlijk gezegd vind ik ook niet dat we dat op dit moment moeten proberen. Het is niet dat ik Rose' gevoelens niet begrijp. Natuurlijk wil ze haar dochter graag ontmoeten voordat ze sterft, maar ze moet beseffen dat het voor Taylor, of hoe ze dan ook echt mag heten, niet het beste is. Rose heeft zelfs overwogen of ze Frankie Foyle, die tegenwoordig met vrouw en kinderen in Toronto woont en bij de politie zit, zou vertellen dat hij een dochter van twaalf heeft die ergens in Michigan woont. Dus nu moet hij het ineens zo nodig weten? Nog zo'n geval van wat heeft dat nou voor zin? Zij denkt dat hij haar kan vinden, omdat hij bij de politie werkt. Maar ik heb zo'n idee dat hij daar niks voor voelt. Dat zou ik ook niet, als ik hem was. Eerlijk is eerlijk.

Ik zal natuurlijk mijn best doen om Rose op andere gedachten te brengen, maar als ze echt Taylor wil proberen te vinden, kan ik haar niet tegenhouden. Maar ik vind wel dat het wreed van haar zou zijn. Wat zou Rose dan moeten zeggen? Hallo, ik ben je moeder. Rose Darlen. Misschien ken je me wel van internet. Die vrouw die aan mijn hoofd vastzit, is je tante Ruby. We kunnen elk moment doodgaan, dus je hoeft geen kaartjes te regelen voor je diploma-uitreiking. We wilden je alleen maar even gedag zeggen.

En toch fantaseer ik in mijn achterhoofd dat we Taylor vinden en dat ze dan op ons verrassingsfeestje verschijnt. Zou dat niet geweldig zijn? Of misschien ook niet.

Rose zegt dat ze zich probeert voor te stellen dat ze iemand anders is als ze schrijft. Als ik me indenk dat ik Taylor ben, stel ik me voor dat ik verscheurd zou worden. Dat ik aan de ene kant zo blij zou zijn om mijn echte moeder te ontmoeten, maar aan de andere kant zou willen dat ik haar niet had ontmoet, niet omdat ze een Siamese tweeling is maar omdat ze doodgaat.

Hoe dan ook, Rose vindt het nogal ironisch dat ik het zo vaak heb over de kans dat dit of dat zal gebeuren. Zoals dat ik heb gezegd dat de kans klein is dat haar boek wordt gepubliceerd, en dat de kans dat we Taylor vinden nog kleiner is. Zij zei dat de kans dat een tweeling niet compleet gescheiden raakt helemaal piepklein is, en kijk ons nou.

LA TRANCHE

In de zomer dat we veertien werden, namen tante Lovey en oom Stash me mee naar de dierentuin. Gezien mijn situatie als craniopagus-tweeling klinkt het misschien vreemd als ik zeg dat ze míj meenamen, maar het was mijn uitstapje. Aan het eind van de tweede klas middelbare school had ik allemaal negens op mijn rapport. (Ruby had een slecht rapport en deed niet erg haar best.) Het uitstapje naar de dierentuin in Detroit was mijn beloning, en een week lang geen televisie was Ruby's straf.

We reisden (en reizen) niet vaak. Mijn zus heeft wagenziekte, dus dan denk je wel twee keer na. Bovendien werkte oom Stash vaak in het weekend, en wij hadden huiswerk en bijspijkercursussen in de zomer, en tante Lovey had haar vrijwilligerswerk. En dan had je nog het probleem of wij achterin wel makkelijk en veilig zaten, in die wirwar van stoelriemen en de berg kussens waar Ruby op zit om ons op gelijke hoogte te krijgen. Reizen brengt bij ons een hoop gedoe met zich mee, al maken we soms met redelijk succes van de bus en de zelfs nog ruimere trein gebruik. Dus onze uitstapjes zijn spaarzaam maar onvergetelijk.

Ik wilde altijd al zo graag naar de dierentuin in Detroit. Toen ik klein was, was *A-nimal-Z* een van mijn lievelingsboeken in de bibliotheek van Leaford. Ik helemaal weg van de foto's in dat boek – de leeuwenwelp die aan een madeliefje ruikt, de wijze, zilverharige wolf met zijn blik tot voorbij de horizon, de schattige beer die aan haar poot likt. Onder veel van de foto's zag ik dit zinnetje staan: 'Ter beschikking gesteld door de dierentuin van Detroit', en ik had oom Stash en tante Lovey de oren van het hoofd gezeurd of we er alsjeblieft een keer heen konden gaan. Detroit was helemaal niet ver. We waren al heel wat keren de grens over geweest om naar Hamtramck te gaan (een buitenwijk van Detroit), waar de lievelingszus van tante Lovey, Poppy, woonde. Maar het uitstapje naar de dierentuin werd steeds uitgesteld. En toen werd het mijn beloning voor mijn goede cijfers in de tweede klas, ook al had ik een eeuwigheid niet meer in *A-nimal-Z* gekeken en was ik mijn belangstelling voor de wolf en de beer al hoog en breed ontgroeid.

Ruby kon twee kinderpilletjes tegen wagenziekte verdragen en sliep de hele rit van twee uur. Niet dat het echt twee uur rijden is, maar oom Stash hield ervan om de omweg langs de meanderende rivier in de buurt van Chatham te nemen, waar reusachtige huizen met goed onderhouden gazons staan en zonder een auto op blokken op de oprit of een stapel hout in het volle zicht van de veranda. Daarna namen we de kleine brug over de rivier en draaiden snelweg nummer twee op naar de grensplaats. Onderweg wees tante Lovey historische plekken aan, omdat je in haar wereld geen halve minuut mocht ademhalen zonder iets nieuws te leren of aan iets te worden herinnerd wat we al wisten, zoals Ruby dat zei.

Dit zijn het soort dingen dat tante Lovey ons bijbracht, als we als kind in de auto zaten: de Neutral-indianen die eeuwen geleden in deze streek woonden, noemden de rivier de Thames *Eskinippsi*, wat 'gewei' betekent, vanwege de manier waarop de rivier bochten en lussen maakt en dan weer terugkomt. Later noemden de Franse ontdekkingsreizigers de brede, slingerende rivier *La Tranche*, 'de loopgraaf', omdat de oevers zo steil waren en de schitterende bomen – wilgen, kastanjes, walnotenbomen en berken – zo hoog en dicht waren dat de Fransen het gevoel kregen dat ze door een diepe loopgraaf voeren. *La*

Tranche. (Dat zou nog eens een mooie achternaam voor een romanfiguur zijn – Monsieur La Tranche.) Het land was moerassig, met hier en daar een weide met bergamotstruiken en kreupelhout, een schuilplaats voor herten en wasberen en een aanlokkelijke plek voor de zeldzame trekvogels. Het grootste deel van de streek waar Ruby en ik opgroeiden, werd door de eerste Franse kolonisten uit Quebec en Detroit ontgonnen.

Aan de weg voorbij de winkel waar we altijd ijsjes haalden, is een lapje grond. Terwijl wij zaten te likken (ik aan mijn raket – Ruby nam altijd een hoorntje) vertelde tante Lovey over Sally Ainse, een Oneida-vrouw die haar recht bevocht om een lap grond van zestig hectare aan de rivier te mogen bezitten en een van de eerste kolonisten van de streek werd. Ze had handel gedreven op de meren. 'Een vróuw,' zei tante Lovey dan, hoofdschuddend van gespeeld ongeloof. 'En ook nog eens een indiaanse!'

'En deze gemeenschap,' zei tante Lovey over een dorpje aan de rivier waar we eens naartoe waren gereden om een stockcarrace te zien, 'is door gevluchte slaven uit het zuiden van de Verenigde Staten gesticht.' En elke keer schudde tante Lovey haar hoofd van verbazing omdat sommige van de nazaten van die eerste kolonisten nog steeds het land bewerkten waar hun voorouders hun vrijheid hadden gevonden. 'Zo zie je maar,' zei ze vaak. En al had ze het me al talloze keren verteld, ze kon het niet laten om me er elke keer weer aan te helpen herinneren: 'Ik weet niet of je het weet, Rose, maar de familie van de moeder van Fergie Jenkins is via de Ondergrondse Spoorweg in Chatham terechtgekomen.'

En elke keer weer zei ik uit de grond van mijn hart: 'Te gek.'

(Ferguson 'Fergie' Jenkins was een fantastische honkballer, een rechtshandige pitcher die snoeihard gooide en ruim drieduizend strikeouts op zijn naam heeft staan. Ruim drieduizend strikeouts! Iedereen die ook maar iets van honkbal weet, kent dat gegeven, maar je blijft de neiging houden om het op een fluiten te zetten. Fergie heeft voor de Phillies, de Rangers, de Bosox, en waarachtig ook voor de Chicago Cubs gepitcht. Hij is de enige Canadees in de Hall of Fame van het honkbal. Daar heb je toch even niet van terug, hè? Fergie Jenkins is verbijsterend, en hij is er een van ons. Hij heeft deze zelfde plattelandslucht ingeademd en op deze velden en in deze straten rondgelopen. En hij is vlak bij onze oude oranje boerderij geboren. Dat vind ik wel zo'n inspirerende gedachte.)

We reden tussen welige groene akkers met mais en bonen, langs grindgroeves en sloperijen. We passeerden rode vosjes die muizen over een wei achternazaten. Groepen gaggelende ganzen die over het gras scheerden. Op een avond toen we op een landweg een hert in onze koplampen vingen, vertelde oom Stash een verhaal over een Duitse vleesverwerker bij Vanderhagen, een veertigjarige echtgenoot en vader, die Whitey werd genoemd vanwege zijn sneeuwwitte haar. (Twee jaar daarvoor had Whitey bij een ongeluk dat niets met zijn werk te maken had zijn linkerwijsvinger vanaf de knokkel afgehakt. Maar dat heeft verder niets met dit verhaal uitstaande.) Whitey reed eens in de stromende regen over een landweg toen een groot mannetjeshert uit de greppel omhoogsprong en over het natte grind uitgleed. Whitey kwam met de bumper van zijn oude Fordvrachtwagen tegen de stakerige poten van het hert, waardoor het dier werd opgetild en over zijn motorkap rolde. Het dier vloog door de voorruit, en Whitey zag nog even een flits van bont en bloed en gewei en glas. En daarna niets meer. Toen Whitey vijf of tien minuten na de botsing bijkwam, was de regen vrijwel opgehouden. Hij voelde een kleine, diepe snee in zijn voorhoofd, maar merkte tot zijn verbazing dat hem verder niets mankeerde. Hij draaide zich om om naast zich te kijken, waar het hert terecht was gekomen, met zijn kont achteruit op de passagiersplaats, zijn voorpoten op het dashboard alsof hij zat te wachten tot hij kon doorrijden, en zijn hoofd achterover omdat het allemaal zo lang duurde. Whitey stond op het punt om in lachen uit te barsten, omdat dat hert er zo menselijk en geïrriteerd uitzag, maar ineens schoot hem te binnen dat hij niet alleen onderweg was geweest. Toen hij beter keek, zag hij dat zijn passagier, een fijngebouwde jonge vrouw, met stoelriem en al nog steeds onder het reusachtige hert zat en overduidelijk dood was. Hij probeerde het dode dier van de dode vrouw af te duwen, maar het hert gaf geen krimp. De moraal van het verhaal was volgens oom Stash: 'Nooit met maîtresse in regen gaan rijden.'

'Wat is "maîtresse"?' vroeg Ruby.

Tante Lovey had zich helemaal omgekeerd om Ruby en mij op de achterbank recht aan te kijken. 'Een maîtresse is een vrouw die met een getrouwde man naar bed gaat. Een vrouw die seksuele betrekkingen met een getrouwde man heeft.' Haar opvatting was: als je oud genoeg bent om de vraag te stellen, ben je oud genoeg om de waarheid te horen.

Ik weet nog dat ik vroeg: 'En een mán die seksuele betrekkingen met een getrouwde vrouw heeft? Hoe wordt die genoemd?'

Tante Lovey kuchte. 'Hangt ervan af. Als hij ook getrouwd is, is dat iemand die overspel pleegt.'

Oom Stash wees naar links, naar het gerestaureerde victoriaanse huis waar de dokters Ruttle al generaties lang woonden. 'Richie is een nieuwe garage aan het bouwen.'

We reden langs boomgaarden en veeboerderijen, en boerenhuizen als dat van ons, met hoeken van oranje baksteen die door de wind waren afgesleten. Vanuit de auto zagen die huizen er exotischer uit, de lucht leek blauwer, de zon groter, en het was net of de regen niet zozeer uit de hemel viel als wel door de aarde werd aangetrokken.

Oom Stash was het tegenovergestelde van een plankgasrijder, dus wat is dat dan? Een onplankgasrijder? Hij reed langzaam en stopte graag bij bordjes die historische plekken aangaven. Dan moesten Ruby en ik ze voorlezen, en als we te veel hakkelden of als het om iets ging dat hem erg interesseerde, wel tweemaal. Ruby leerde de tekst op het bordje over het beroemde indiaanse opperhoofd Tecumseh letterlijk uit haar hoofd. (Ze fantaseerde dat wij misschien wel familie van Tecumseh waren, maar dat was alleen maar omdat hij beroemd was, en zij heel graag beroemd wilde zijn, en dan niet vanwege het feit dat we aan elkaar vastzaten. Tecumseh was een indiaanse profeet die in de oorlog tegen de Amerikanen in 1812 de kant van de Engelsen koos. Hij hielp bij het veroveren van Detroit maar sneuvelde in de buurt van Chatham bij de Slag aan de Thames. In het park staat een plaquette waar Ruby vroeger graag een potje bij ging staan treuren, omdat ze zich voorstelde dat hij onze bet-bet-overgrootvader was. Ruby kan je veel meer over Tecumseh vertellen.)

Ik vond het heel fijn dat Ruby meestal na zo'n twintig minuten van oom Stash' slakkengangetje in de auto in slaap viel en ik in alle rust mijn gedachten kon laten gaan en net kon doen alsof ik alleen was.

Vóór dat uitstapje naar de dierentuin waren we precies vijf keer eerder de grens overgestoken (een keer voor een bezoek aan het Henry Fordmuseum en vier keer om tante Poppy in Hamtramck op te zoeken). Ik was al tot de conclusie gekomen dat ik die anderhalve kilometer door de tunnel veel leuker vond dan de drukke meerbaans Ambassadorbrug, dus oom Stash nam altijd de tunnel, ook al was het een omweg.

Oom Stash mikte een paar kwartjes in het draadgazen mandje en zodra de slagboom omhoog was, verdwenen we uit het schelwitte daglicht de duistere tunnel in die Canada en Amerika met elkaar verbindt onder de brede rivier de Detroit. Met Ruby slapend naast me luisterde ik naar het snorren van onze banden over de gladde, windstille weg en ik keek naar de voorbijflitsende bleekgele tegels. Af en toe zag ik dat er een tegel ontbrak of dat er een barst was ontstaan en dan verbeeldde ik me dat ik de rivier op de passerende auto's kon horen druppelen. Ik maakte me zorgen dat de buis onder het gewicht van het water zou instorten, zodat we allemaal zouden verdrinken.

(Even terzijde: toen ik klein was, dacht ik dat de tunnel als een reusachtig, horizontaal rietje in het water hing. Ik hoorde pas later dat de tunnel drieëntwintig meter onder de anderhalve kilometer brede rivier in de aarde is uitgegraven. Toen we op de middelbare school zaten, vond ik op een excursie naar de bibliotheek een boek over de tunnel, en dat kwartaal hield ik mijn mondelinge boekverslag daarover. Ruby deed haar verslag over *Dertig jaar Barbie*, en ze zette zichzelf behoorlijk voor gek door haar koffer vol Barbies van huis mee te nemen als illustratiemateriaal. We waren toen zestien. Je onthoudt ook de raarste dingen. De tunnel was in 1930 voltooid. President Herbert Hoover draaide in Washington een sleutel om en aan beide kanten van de grens luidden de klokken om de opening luister bij te zetten. De tunnel kostte drieëntwintig miljoen dollar en werd een jaar eerder voltooid dan was gepland. Ik kijk nog steeds af en toe dat bibliotheekboek over de tunnel in. En het boek uit het Mütter Museum trouwens ook. Ik herlees nog steeds de scène uit *Onder moeders vleugels* waarin Beth sterft, en ik sla nog steeds de laatste bladzijde van *De druiven der gramschap* op om te rillen bij die laatste zin over de geheimzinnige glimlach van Roseasharn. Als ik die boeken vasthoud, hun gewicht opvang en hun stof opsnuif, voel ik een eeuwigdurende liefde. Ik vertrouw ze, zoals ik mijn computer niet vertrouw, al zou ik hem niet kunnen missen. Boeken zijn tastbaar. Mijn boeken zijn onaantastbaar. Wat was ik al die jaren begonnen zonder de bibliotheek van Leaford, en zonder al die heerlijke boeken?)

Terug naar ons verhaal. Toen we de tunnel uit kwamen, werd Ruby wakker van het schelle licht, en ik hield de tupperware-bak op zodat ze kon kotsen. Tante Lovey dekte de smeerboel af met een goed sluitende deksel om de bak later op de parkeer-plaats schoon te maken met een spuitfles met bleekwater die ze bij zich had. Zo deden we dat op reis.

De enorme douanier die uit zijn wachthokje te voorschijn kwam, nam onze vier paspoorten in zijn grote handen. (Bij de overheid had men nog even geaarzeld of Ruby en ik één dan wel twee paspoorten moesten krijgen. Tante Lovey had ze ervan overtuigd dat we er twee nodig hadden door ze een stel foto's toe te sturen die oom Stash van ons had gemaakt, waar-van een paar vanaf Ruby's kant, en een paar vanaf de mijne. Ze had er een briefje bij gedaan met: 'Twee meisjes. Twee namen. Twee paspoorten, alstublieft.')

Oom Stash hield zich onledig met een pluisje op zijn dash-board. Hij wilde de douanier niet aankijken. Volgens tante Lovey kwam dat doordat hij nare herinneringen aan Slowakije had. (Die heb ik trouwens ook.)

Oom Stash was niet als Canadees staatsburger ter wereld ge-komen. Hij sprak met een accent, had fonkelende ogen en een kaal hoofd, en zeker toen hij ouder werd, zag hij eruit als een eersteklas Russische boef, dus de douaniers waren altijd een beetje achterdochtig. Daar kwam nog bij dat hij 's winters een zwarte muts op had en dat hij altijd, maar dan ook altijd een tandenstoker in zijn mond had, dus dan snap je het wel.

Oom Stash had zijn zwarte muts van zijn hoofd getrokken toen de douanier met een spottende grijns vroeg waar de reis naartoe ging.

'De dierentuin.'

'Dadierentuin?'

Met zijn lippen strak over zijn tanden getrokken herhaalde oom Stash overdreven articulerend: 'De dierentuin.'

Al schietgebedjes biddend zat tante Lovey haar lippen koraalrood te stiften.

De douanier ging door: 'Heb je wapens bij je?'

'Nee.'

'Je moet meneer zeggen,' fluisterde tante Lovey.

'Nee!' antwoordde oom Stash.

'Wat zeg je, kerel?'

'Ik had het tegen mijn vrouw.'

'Hij had het tegen mij, meneer,' zei tante Lovey met een glimlach.

'Neem je drugs mee naar de Verenigde Staten?'

'Nee.' Oom Stash hield even zijn mond. 'Meneer.'

'Planten of dieren?'

'Nee, meneer.'

'Neem je...'

'Ik neem mijn dochters mee naar de dierentuin, meer niet.'

Daarop sloot de douanier het paspoort van oom Stash. Hij opende de volgende, die van Ruby, en toen weer de volgende, die van mij. De pasfoto's waren bijgeknipt zodat alleen het juiste gezicht in elk hokje te zien was. De klerenkast leunde voorover en staarde naar de achterbank. Ik zag zijn verwarring. Ik voelde zijn afkeer. En ik merkte dat Ruby hem leuk vond.

De douanier ging rechtop staan en keek nog eens naar de pasfoto's van mij en mijn zus. Hij zei niet: 'Doorrijden, maar,' zoals ze dat meestal deden, maar riep er een van zijn collega's bij om de paspoorten nog eens te bekijken. De collega, een kleine, magere zwarte man, boog voorover om naar de achterbank te kijken. Ruby en ik hadden inmiddels al uitgemaakt dat zij beleefd zou glimlachen en ik niet. De zwarte man keek verbijsterd maar deed zijn best om terug te lachen.

Oom Stash grijnsde naar de zwarte man, van wie hij niet anders verwachtte dan dat hij het grapje wel zou begrijpen.

'Betrapt. Eén meisje is echt, andere is bom.' De kleine zwarte man moest niet lachen. En tante Lovey evenmin, toen we twee uur lang werden vastgehouden voor ondervraging voordat we naar de dierentuin mochten vertrekken, na een waarschuwing over de ernst van de misdaad om aan de grens grapjes te maken.

De zon brandde die dag, en ik voelde me niet lekker. Terwijl we zaten te wachten tot oom Stash klaar was met zijn ondervraging in het arrestantenlokaal, zat ik kreunend over mijn buik te wrijven en me af te vragen of ik misschien de wagenziekte van mijn zus had overgenomen of, erger nog, haar colitis. Tante Lovey had me een maagtablet gegeven, maar dat had absoluut niet geholpen. Ik wilde chocola uit de automaat, maar tante Lovey beweerde dat ze geen kleingeld bij zich had en mijn zus en ik hadden in die tijd zelf nog geen geld bij ons.

We liepen rechtstreeks naar de apenkooi. We hadden de orang-oetans zo vaak in de televisiereclame voor de dierentuin gezien dat we het gevoel hadden dat het troeteldieren waren en dat ze ons ook zouden herkennen. Het oudere vrouwtje, dat in het televisiespotje naar de camera leek te zwaaien, hing met haar rug naar de ruit onderuitgezakt op een boomstronk. Ze keurde Ruby en mij nog geen blik waardig. Algauw wenste ik dat de rest van de dierentuinbezoekers al even weinig belangstelling zou tonen.

Naast de kooi van de orang-oetans kwamen ineens twee gibbons uit een hok gesprongen. Eentje sprong van het hek weg en deed toen een uitval naar het glas, waar Ruby en ik erg van schrokken. We keken toe terwijl de jonge apen een stronk opzochten waar de kleinste de grotere rustig ging zitten vlooien en de vlooien vervolgens oppeuzelde. Teleurgesteld stonden we op het punt te vertrekken, toen de grootste ineens opstond, zich uitrekte, hurkte, en vlak naast zijn broer ging zitten poepen. Het kleintje voelde zich kennelijk absoluut niet beledigd, want hij ging meteen in de poep zitten graaien, haalde er hele zaden uit, en stak die in zijn mond. Tante Lovey vond de manier waarop die twee samenwerkten geweldig. Oom Stash vergeleek het met de politiek.

Het was bomvol in de dierentuin en de meeste dieren zaten verborgen in hun kleine huisjes of ze lagen onder een koele rotsrichel in de hoek van hun hok te slapen, waar we ze nauwelijks konden onderscheiden. Ik moest verschillende keren op een vrije plaats op een bank wachten om even te kunnen uitrusten. Voortdurend was ik Ruby op mijn heup aan het verschuiven. Ik hield haar te stevig vast, waardoor ik het steeds warmer kreeg en steeds geïrriteerder raakte. Tante Lovey dacht dat ik misschien een zonnesteek had en ze mopperde op mijn zus en mij omdat we de aan elkaar genaaide zonnehoed niet hadden meegenomen die ze had gemaakt voor bij onze outfit (onze beide outfits – we hebben namelijk nooit ofte nimmer hetzelfde aan). Iedereen die maar even te lang naar ons staarde, kon een woeste blik van mij verwachten. Na het eten van een bevroren banaan met een laag chocola voelde ik me een beetje beter.

Ruby kon niet weten dat het mijn bloed was, maar ik kan haar toch niet helemaal vergeven dat ze het op een krijsen zette toen we van de vurenhouten bank bij de gorillakooi opstonden en ze de plakkerige rode vlek op de latten zag. 'Je bent in de ketchup gaan zitten. Je bent in de ketchup gaan zitten.'

'O jeetje,' fluisterde tante Lovey, en ze keerde me om. 'Opoe is op bezoek, schatje. Je eerste bezoekje van opoe.' (De meisjes op school noemden het 'hun emmetje', maar tante Lovey vond 'opoe op bezoek' netter klinken.)

Toen het tot Rose doordrong dat het bloed was, mijn bloed, van mijn eerste menstruatie, werd ze stil. Tante Lovey ging met ons naar de toiletruimte, trok een Kotex uit de automaat, nam ons mee de gehandicapten-wc in en hielp me het verband in mijn onderbroek te plakken. Toen ik begon te huilen, streelde ze me over mijn kroeshaar en zei: 'Dat zijn gewoon de hormonen, schatje. Menstrueren doet geen pijn.'

Tante Lovey bond een trui om mijn middel om de bloedvlek in mijn bruine korte broek te bedekken en zei: 'Welkom bij de volwassen vrouwen, Rose Darlen.' Oom Stash durfde me niet aan te kijken. Hij klopte op mijn schouder en mompelde: 'Het spijt me,' alsof hij er iets aan kon doen.

Ik voelde me te ellendig om de transformatie in zijn volle omvang naar waarde te schatten, en ik was me te zeer bewust van wat ik was om me voor te stellen dat mij als volwassen vrouw veel meer te wachten stond dan alleen maar meer ongemak. We keken naar een zieke tijger die met zijn staart vliegen wegsloeg, maar toen vroeg ik of we naar huis konden.

Die nacht huilde Ruby in haar slaap. Ik wilde haar wakker schudden en zeggen dat ik er alles voor overhad om op haar te lijken en dwarsliggende eierstokken te hebben en nooit ongesteld te worden, maar dat was niet helemaal waar, en ik loog alleen tegen Ruby als ik zeker wist dat ze me zou geloven.

Binnen achtenveertig uur nadat ik geslachtsgemeenschap met Frankie Foyle had gehad, wist ik dat ik in verwachting was. Ik werd wakker met een metalige smaak in mijn mond en een tintelend gevoel in mijn borsten dat heel anders was dan de premenstruele gevoeligheid die ik gewend was. Ik voelde een zwelling onder mijn buik en een lichte pijn in mijn urinebuis. Maar wat me nog het levendigst bijstaat is dat mijn huid anders rook. Een vermoeden van schimmel, een weeë stank, iets wat niet goed doorbakken is. Het viel Ruby ook op en ze vroeg: 'Wat heb jij gegeten? Je ruikt vies.' Ik had weleens gelezen dat sommige vrouwen meteen weten dat ze zwanger zijn. En hoe ongelofelijk het is dat je op een geheimzinnige manier eenvoudig weet dat je in beslag bent genomen. In mijn volmaakte, jonge baarmoeder was een volmaakt eitje met een volmaakt zaadje versmolten, het had een klompje prachtige cellen gevormd en was nu volledig aan het delen om een wezen te scheppen dat voor de helft mij en voor de helft Frankie Foyle zou zijn, en toch volledig zichzelf. Een kind dat dankzij een sponzige navelstreng en de wetten van de natuur met niemand anders verbonden zou zijn dan met mij.

In de tienerfantasieën die ik voor mezelf hield, had ik me al heel vaak voorgesteld dat ik moeder was (maar niet in de fantasieën die ik met Ruby deelde, want dat zou haar gekwetst hebben). Maar ik had mezelf nooit als een echte moeder voorgesteld, niet als van die moeders die Ruby en ik in de bibliotheek of bij de kruidenier zagen, uitgeput, gekweld, met pindakaas en snot op hun wijde boodschappenplunje. Bij mijn versie van het moederschap hoorden opgestoken haar en een witte lange broek en de eeuwige jeugd. Ik had nooit gedacht dat ik echt moeder zou worden. Dat wil zeggen, ik had nooit verwacht dat ik gemeenschap zou hebben, en dat ik in verwachting zou raken. Laat staan dat ik verwacht had dat die twee dingen al op mijn zeventiende zouden gebeuren.

De misselijkheid waarvan ik de eerste dagen last had, verdween, en de eerste paar maanden was het makkelijk genoeg om net te doen of ik niet ingrijpend was veranderd. Ik begon elke avond een brief te schrijven aan die volmaakte baby die in mijn onvolmaakte lichaam groeide en van wie ik zo onmetelijk hield. Ruby strafte me voor dat geschrijf en voor het feit dat ik iets geheimhield, door 's nachts naar herhalingen te kijken en eieren te eten. Ik kon namelijk absoluut niet tegen de lucht van eieren.

Aanvankelijk kwam ik nauwelijks aan, en zeker in de eerste maanden was het zo weinig dat het nauwelijks te zien was. Maar algauw begon mijn zus te klagen dat ze niet goed meer schrijlings op mijn uitdijende middel kon zitten, en ergens in mijn zesde maand ving Ruby in een van de spiegels in de badkamer een glimp van mijn lichaam op, en lachend riep ze uit: 'Ik zei toch al dat je dikker werd, Rose. Jemig, het lijkt wel of je in verwachting bent.'

Ruby kon mijn gezicht niet zien in de spiegel. Er viel een lange stilte.

Ik verborg mijn gezicht voor de spiegel, omdat ik op het moment dat mijn zus het uitsprak, besefte dat ik mijn baby niet kon houden.

Ik hield Ruby stevig vast zodat zij mijn hals kon loslaten. Met een been steunend op de kaptafel reikte ze langzaam omlaag en raakte de zwelling van mijn buik aan. We zochten elkaars vertekende spiegelbeeld in de beslagen spiegel op.

Waar we ooit met zijn tweeën waren.

Waren er nu drie.

CONCENTRISCHE CIRKELS

Een keer in de maand, en meestal op zondag, kondigde tante Lovey aan dat het Slowaakse avond was. Dan hielden Ruby en ik onmiddellijk op met wat we ook aan het doen waren, en liepen we achter haar aan naar de grote, dampige keuken achter in de boerderij. Oom Stash was dan al aan het werk gezet en zat aan de lange vurenhouten tafel aardappelen te schillen, of anders was hij plakken ham in bruine boter aan het dichtschroeien voor kerstsoep (een vette hap van worst en gerst die we het hele jaar door aten, behalve Ruby). De haloesjki moest gemaakt worden (dat is een gerecht van knoedels met kool en spek en geitenkaas). De koolrolletjes. De rijstworst. Horki. Apfelstrudel. En de palacsinta. Ons kleine gezinnetje was uren bezig om de traditionele Slowaakse gerechten te maken die we in de vrieskist bewaarden voor avonden dat tante Lovey late dienst in het ziekenhuis had. We noemden ze onze 'rantsoenen', en als ze opraakten, was dat een ernstige zaak.

Ruby en ik gingen over de palacsinta, de Slowaakse versie van flensjes. We bakten het dunne eierbeslag in een hete koekenpan, besmeerden het pannenkoekje vervolgens met een dun laagje bramenjam en rolden het op de traditionele manier op. De palacsinta gingen niet de vrieskist in. Die waren bedoeld om ons onder het bereiden van de Slowaakse diepvriesmaaltijden op de been te houden, terwijl we voor de afwisseling eens een verhaal van oom Stash in plaats van tante Lovey kregen opgedist. Oom Stash werd weemoedig van de zuurkool en vertelde dan over het dorp uit zijn jeugd, Grozovo. Hij beschreef het uitzicht vanaf de kerk op de heuvel op zo'n manier dat het elke keer nog wonderbaarlijker en vreemder leek, net een plek uit de sprookjes van Grimm. Oom Stash had het heel vaak over zijn neven en nichten. Zuza was de mooiste geweest, en Velika degene die het mooist kon dansen. Hij had het over zijn neef Marek, die zo'n beetje een jonger broertje was. En Grigor en Milan, zijn jeugdvrienden. Hij vertelde ons over de heiligenfeesten op de traditionele Slowaakse kalender, over Sint-Katarina, Sint-Ondrej, Sint-Lucia, en verhalen over de bijbehorende bijgelovigheden die we samen met de pannen-koekjes verslonden. Ik kon nooit onthouden of de Heksenda-gen nu op het feest van Sint-Katarina of op dat van Sint-Lucia begonnen, en door welke tradities het feest van Sint-Ondrej zich ook alweer onderscheidde van de andere.

De versmelting van kool en spek, van onze wereld en de zij-ne. Nog steeds hoef ik maar een zweempje paprika te ruiken om weer op een Slowaakse avond de jam van mijn vingers te likken en naar het verhaal te luisteren over neefje Marek, die bijna in de eendenvijver verdronk omdat hij zijn zakken vol kooltjes had. Oom Stash had de jongen het leven gered door hem uit het water te sleuren en op zijn borst te duwen. Hij had genoten van alle lof die hem voor die heroïsche daad was toegezwaaid. Pas toen het dorp besloot om ter ere van hem een feest te geven, begon zijn geweten op te spelen. Het was tenslotte zijn idee geweest om de kooltjes te stelen en ze niet in zijn eigen maar in Mareks zakken te stoppen, en hij was ook degene geweest die had voorgesteld om de eendenvijver over te zwemmen. Hij kon het schuldgevoel niet langer verdragen en ging in de kerk op de heuvel te biecht. Oom Stash was al-leen even vergeten dat zijn grootmoeder die dag aan de beurt was om de kansel op te poetsen, en toen hij de waarheid had verteld over wat er bij de vijver was gebeurd, trok hij het gor-dijn opzij en stond oog in oog met de oude vrouw, met een poetsdoek in de hand en woede in haar ogen. Ze tilde haar arm op en gaf oom Stash een keiharde klap in zijn gezicht. Haar handen waren zo droog en ruw dat hij het gevoel had dat hij een pets met vijf kromme espentakjes kreeg. De priester zei niets. En zijn grootmoeder had weliswaar de biecht afgeluisterd, ze respecteerde wél de heiligheid van het sacrament en vertelde niemand de waarheid, en het feest ging gewoon door. Oom Stash at allerlei worstjes en veel te veel gebak, zodat hij nog dagenlang ziek was. Als hij heel goed keek, zei hij altijd, kon hij nog steeds de afdruk zien van de hand van zijn grootmoeder.

Een van mijn lievelingsverhalen (omdat er geheimzinnigheid en verwikkelingen in zaten, maar geen lessen in bedrog) ging over de keer dat er een man in een militair uniform en met een pistool bij oom Stash aan huis kwam. Zijn moeder liet de man binnen, had een opgewekt gesprek met hem, en liet oom Stash toen onder de hoede van de vreemdeling achter om haar man te gaan halen. De vreemdeling vertelde oom Stash dat hij zijn oudste broer was en hij moest erg lachen toen oom Stash volhield dat dat niet waar kon zijn. De man haalde zijn pistool uit zijn holster. 'Wil je hem even vasthouden?' vroeg hij terloops. Oom Stash knikte langzaam. Hij nam het wapen van de man aan, en streelde het zwarte metaal van de slanke loop. Zijn hele, jonge leven had hij er al van gedroomd om eens zo'n wapen vast te houden. Oom Stash tilde het pistool op en hield het voor één oog, terwijl hij het op zijn onderarm liet rusten zoals hij dat in de film had gezien. Maar de vreemdeling woelde door zijn haar en daar schrok zo oom Stash van dat hij de trekker overhaalde en door het raam heen vuurde, dat gelukkig wel openstond. Oom Stash was verlamd van schrik. De vreemdeling spitste zijn oren en luisterde, maar als het schot al door iemand in de buurt was gehoord, werd het genegeerd of schreven ze het aan een jager toe. Oom Stash sidderde van schrik, toen van opwinding. De man lachte samenzweerderig. De vreemdeling nam het pistool weer van oom Stash over en stak het in zijn holster. De man keek om zich heen en zijn oog viel op de familiebijbel, het enige boek in het hele huis, die op een plank boven het fornuis lag. Hij pakte de bijbel van de plank en bladerde hem door. Met een brede grijns keek hij naar oom Stash op. Blijkbaar kwam hij ineens op een idee en uit zijn zak haalde hij een dikke rol papiergeld (Slowaakse koruna's), en hij stopte de biljetten tussen de bladzijden van het Oude Testament, eerst een paar, maar daarna zoveel dat het boek bijna uit zijn voegen barstte. Net toen hij de bijbel weer op de plank legde, ging de deur open en verscheen de vader van oom Stash. Hij glimlachte niet en omhelsde de vreemdeling al evenmin, en hij gebruikte ook niet het Slowaakse woord voor zoon. In plaats daarvan begon hij te schreeuwen en met zijn vuisten te zwaaien. De vreemdeling sloeg zijn ogen neer, niet alsof hij kwaad of bang was, maar iets anders. Oom Stash kon het niet verdragen dat zijn vader zo tekeer ging tegen de man die hem zijn wapen had laten vasthouden, en hij zou ook hebben geprotesteerd, ware het niet dat de man zich omdraaide en vertrok. Niemand had daarna ooit uitgelegd wie die man was geweest. Misschien was het wel zijn broer. En misschien ook niet. Toen oom Stash genoeg moed bijeen had geraapt en een dag later de kans kreeg om in de bijbel te kijken, was het geld verdwenen. Ze waren straatarm, maar oom Stash wist dat de koruna's in het vuur waren gegooid.

Op een dag namen zijn vader en moeder oom Stash mee naar de graven van zijn broers. Vervolgens klom het gezin Darlensky achter op een boerenwagen en ging op weg naar het vliegveld van Košice, een plan waarvan maar een paar familieleden in het dorp op de hoogte waren. De jonge Marek zou eigenlijk met hen mee naar Canada gaan, maar op het laatste moment werd hij door zijn dronken vader uit de wagen geplukt, omdat hij zijn moederland niet mocht verraden, zoals oom Stash in zijn ogen deed. Oom Stash was doodongelukkig en de hele weg de berg af had hij het idee dat hij de kreten van zijn neefje nog steeds kon horen.

De Slowaakse avond leek me even geschikt om mijn ouders over mijn zwangerschap te vertellen als welke avond dan ook. Oom Stash stond aan het fornuis in een pan knoedels te roeren. Tante Lovey zat aan de lange vurenhouten tafel paprika's te vullen. Ze keken op en zagen onmiddellijk hoe ernstig Ruby en ik keken.

Tante Lovey zat achter haar berg gehakte uien en gaf stilletjes zichzelf de schuld, terwijl oom Stash maar met de potten en pannen sloeg en over die idioot, die smeerlap, *hajzel*, *prdel*, *srakka* tierde, die zijn meisjes zoiets had durven aandoen. Oom Stash had het erover om die *kokot* rotzak te vermoorden, terwijl tante Lovey erover nadacht of het zin had om naar mevrouw Foyle toe te gaan en Frankie en haar thuis uit te nodigen om de situatie te bespreken. (Niemand had het over Berb.)

Ik had helemaal niet meer aan Frankie gedacht. 'Hij ontkent het vast,' zei ik.

Tante Lovey ging daar niet tegenin. Wie zou er nou geloven dat zo'n knappe jongen als Frankie Foyle met een van de Zusjes (of was het alle twee) zou vrijen? Tante Lovey knikte alleen een paar keer en zei: 'We vertellen het hem niet.'

In navolging van zijn vrouw knikte oom Stash zo mogelijk nog nadrukkelijker. 'Hij zal er nooit achter komen,' zei oom Stash. 'Die kleine *srakka* schoft.'

Toen de zaak Frankie Foyle was afgehandeld, zuchtte tante Lovey diep en vroeg: 'Maar wat wil je dan doen, Rose? Je zit bijna in je zevende maand. Je hebt er vast al over nagedacht wat je met de baby wilt doen.'

'Ik wil hem laten adopteren,' fluisterde ik.

Tante Lovey negeerde de trilling in mijn stem en knikte. 'Je hebt de juiste beslissing genomen.'

'Oké.'

'Dat is het beste wat je voor de baby kunt doen, Rose.'

'Oké.'

'Je bent veel te jong om een kind te hebben.'

'Dat weet ik.'

'Je hebt een te zwakke gezondheid.'

'Dat weet ik.'

'Je bent heel dapper.'

'Oké.'

Ik voelde Ruby naast me beven.

Ruby was opmerkelijk zwijgzaam over de hele toestand, en al geloof ik (tegenwoordig) niet officieel in God, ik dank hem toch voor de kleine gunst dat mijn zus haar mond hield over mijn baby en mijn keuze.

Geen van ons, tante Lovey evenmin, wist of ik de juiste beslissing had genomen. Ze knielde naast me en fluisterde in mijn oor zodat Ruby het niet kon horen: 'Maar als je de baby wilt houden, Rose, zal ik er alles aan doen om dat mogelijk te maken, hoor.'

Het drong tot me door dat tante Lovey het over een juridisch gevecht met de kinderbescherming had, die de helft van een Siamese tweeling met bejaarde ouders wellicht geen geschikte moeder zou vinden. Ik begon te neuriën en meteen wist tante Lovey dat ik was vertrokken. Natuurlijk niet fysiek, maar ik was een deur uit gewandeld die ik achter me had dichtgetrokken en ik was niet meer voor commentaar bereikbaar. (Ruby kan op dezelfde manier plotseling mentaal het pand verlaten, en ik heb gelezen dat dat vaker bij Siamese tweelingen voorkomt. Sommige mensen noemen dat 'afdwalen'. Het is een bewustzijnstoestand waarin je niet helemaal hier en evenmin helemaal weg bent, maar het is dieper dan een dagdroom en je waakt noch slaapt. Het is een techniek die Ruby en ik niet zozeer onder de knie hebben gekregen als wel bij toeval hebben ontdekt, en ik vraag me af of niet iedereen tot op zekere hoogte over dat vermogen beschikt. Ik heb mannen bij hun vrouw zien afdwalen terwijl ze dij aan dij in de afgeladen bus zaten. Ik heb eens een jongetje zien afdwalen terwijl hij de hand van zijn moeder stevig vasthield en met een stok in een dode vogel stond porren, ook al riep zijn moeder wel acht keer dat hij dat moest laten.) Nadat ik mijn ouders over mijn zwangerschap had verteld, begon ik regelmatig af te dwalen, omdat ik niet kon verdragen hoe tante Lovey naar me keek. En dat oom Stash niet naar me keek.

Oom Stash mocht die avond van tante Lovey buiten een pijpje roken. Ruby en ik deden geruisloos het raam open om de rook van zijn Amphora Rood onze slaapkamer binnen te laten sluipen. Ik hoorde mijn oom snuiven, en uitademen, en ik wist dat hij aan het huilen was, zoals mannen dat doen, stilletjes en deemoedig. Ik stak mijn hand door de rook die boven mijn hoofd bleef hangen. Dichter dan dat zijn oom Stash en ik nooit bij een gesprek over mijn kind gekomen.

Er werd besloten dat ik mijn zwangerschap nog makkelijk een paar weken verborgen kon houden, tot na Kerstmis, en daarna zouden we voor de laatste twee maanden naar tante Poppy in Michigan gaan. Tante Lovey zou de baby ter wereld brengen, en de man van tante Poppy kende bij Ford iemand die een kind wilde adopteren. (De kans dat mijn baby een of andere aangeboren afwijking zou hebben, was net zo groot als voor ieder ander, maar toch had ik in mijn achterhoofd – nog steeds trouwens – dat ik geen huis-tuin-en-keuken-baby zou krijgen. Ik weet eigenlijk bijna zeker dat mijn dochter heel uitzonderlijk is.)

Ruby en ik zijn met ons hoofd aan elkaar vergroeid ter wereld gekomen, zoals het ook bedoeld was, en in onze eigen ogen zijn we normaal. Het is voor Ruby en mij normaal om te zijn wie we zijn en het leven te leiden zoals we dat doen. Maar zwanger zijn voelde niet normaal. Voor het eerst van mijn leven voelde ik me echt een lelijk, misvormd monster.

Mijn zwangerschap staat me in losse plaatjes voor de geest. Je hebt het plaatje van Ruby in haar extra grote marineblauwe blouse (die ze uit solidariteit aantrok) en ik in mijn strak zittende setje van een zwarte broek en een limoengroene trui (van de afdeling grote maten, en geen positiekleding). We omhelzen Nonna bij haar thuis op nieuwjaarsdag. Ik herinner me nog goed dat Nonna mijn buik maar bleef betasten en zei dat ik zo dik geworden was, zonder dat ze ook maar even in de gaten had dat ik zwanger was. En ik was zo bang dat de baby tegen haar hand zou schoppen en haar een hartaanval zou bezorgen. Nick zat dat jaar in de gevangenis. Ik weet nog dat Nonna moest huilen omdat Nick ten onrechte van iets onbenoemds (of onbenoembaars?) was beschuldigd. En ook dat tante Lovey moest huilen en dat Nonna dacht dat dat uit medeleven was.

En dan heb je de foto die oom Stash heeft gemaakt op de ochtend dat we naar tante Poppy in Hamtramck vertrokken. Toen we naar buiten kwamen, waren de akkers overdekt met een dikke deken oogverblindend witte sneeuw. In de verte stapte een stel kraaien op de verijsde korst rond. We stonden op de oprit te wachten tot de auto was warmgedraaid. Op dat moment had ik al weeën. Van die hele kleine weeën waarvan ik de naam kwijt ben, die mijn baarmoeder voorbereidden op het uitdrijven van dat wonderbaarlijke schepsel.

Ik ben niet zo ijdel als mijn zus, en normaal gesproken laat het me koud hoe ik er op foto's uitzie, maar ik vond het afschuwelijk om zwanger op de foto te worden gezet. Het ergerde me dat oom Stash per se voor ons vertrek nog weer even zijn camera moest gaan halen. Ruby en ik verstijfden toen oom Stash op de picknicktafel klom om een foto van ons tweeën te maken met op de achtergrond de kraaien, omdat die kraaien in de sneeuw de foto volgens hem de moeite waard maakten. Ik kon het niet laten om zuur te vragen waarom Ruby en ik dan zo nodig in de kou moesten staan wachten, als hij toch alleen maar een foto van die kraaien in de sneeuw wilde maken. Daarop reageerde hij door een beetje in het Slowaaks voor zich uit te mompelen. Toen ik de foto later zag, moest ik toegeven dat hij erg geslaagd was, met Ruby en ik helemaal op de voorgrond en de kraaien als peper op een wit bord op de achtergrond. Ik verwachtte niet anders dan dat ik met een kwaad gezicht of geïrriteerd op de foto zou staan, maar ik kijk alleen angstig.

Er zijn een heleboel foto's van mij met mijn nieuwe laptop op de heuvel van mijn zwangere buik. (Tante Lovey en oom Stash hadden uitgebreid besproken of het verstandig was om zo'n kostbare en uitzonderlijke computer voor me te kopen. Oom Stash had het gevoel dat het een soort beloning leek. Maar tante Lovey wist dat schrijven mijn redding zou zijn.) Ik heb tijdens mijn zwangerschap duizend gedichten geschreven. Ze gingen over verbonden zijn, en ik had nooit het gevoel dat ik mijn vreugde en mijn afschuw en mijn verdriet en mijn geluk over de bezetting van mijn lichaam op de goede manier had beschreven.

Ik deelde de zwangerschap op allerlei opmerkelijke manieren met Ruby. Natuurlijk had ze last van mijn hormonen, en was ze makkelijk tot tranen te bewegen en doodmoe. Ze snakte naar chips met ketchupsmaak en drop, terwijl ik helemaal nergens naar snakte. Mijn bloedvolume nam toe, en het hare ook, waardoor ze maar hoefde te niezen om een bloedneus te krijgen. Haar lippen zwollen op, en andere erogene zones ook. Op een nacht werd ik wakker omdat het bed aan het schudden was. Ik was eraan gewend om 's nachts wakker te worden. Ruby gaat verliggen en ik word wakker. Ruby snurkt en ik word wakker. Ruby rilt en ik ben degene die de dekens over haar bevende benen trapt. Maar die nacht waren Ruby's benen niet aan het trillen en ze was ook niet in slaap. Ze probeerde de concentrische cirkels te maken die ik haar op een nacht had beschreven toen ze in tranen naar mijn weerzinwekkende nieuwe gewoonte had geïnformeerd en zich had afgevraagd waarom zij die aanvechting nooit had gevoeld. Geslachtsorganen, die door mijn zwangerschap waren opgezwollen van het bloed, hadden Ruby gewekt.

Ik moedigde mijn zus aan om haar hand op de zwelling van mijn buik te leggen, om te raden wat elke bobbel was: elleboog, knie, rond kontje. Wanneer de baby bewoog, legde ik haar hand op het getrappel. We praatten tegen de baby, vertelden haar verhalen en zongen liedjes voor haar. Maar ik wist dat Ruby nooit zo veel verdriet als ik zou hebben om het verlies van dit schepsel waarvan ik de moeder was.

Ik vond het best leuk om naar tante Poppy te gaan en daar de baby te krijgen. We waren al vaker in Hamtramck geweest voor familiereünies van de Tremblays, en ik had het prettig gevonden dat tante Poppy tegen ieder van ons apart praatte, en dat ze zachtjes mijn schouder had vastgepakt toen ze naar me vooroverboog en vroeg: 'En, hebben we het naar ons zin?' We stelden ons dan op bij een picknicktafel (ik staand en Ruby wiebelend op haar klompvoeten om zich niet als een peutertje aan mij te hoeven vastklemmen) en glimlachten naar de kinderen die door medelijdende ouders met een gezicht van: een-twee-drie-in-godsnaam naar ons toe geschoven werden.

Tante Poppy was tante Loveys lievelingszus omdat ze allebei tegen de zin van hun Franse vader met een Oost-Europeaan waren getrouwd, en omdat ze allebei de verpleging in waren gegaan. Tante Poppy woonde in een bescheiden maar spiksplinternieuw ranchachtig huis met een bovengronds zwembad, in een buurt waar de stoepranden stralend wit waren en de gazons zo strak als een golfbaan. Zij vertelde ook graag verhalen, en dan vooral over hun moeder, die ze 'moeder' noemden, of zelfs 'Verbeena', maar nooit 'ma' of 'mama'. Tante Poppy was niet iemand die snel met een oordeel klaarstond, maar ze vond duidelijk dat ik er goed aan deed om afstand te doen van de baby.

Tante Poppy had twee volwassen dochters die zelf inmiddels kinderen hadden. Ze woonden elk aan een kant op een paar kilometer bij tante Poppy vandaan, in een buurt die sprekend leek op de buurt waar ze waren opgegroeid, met echtgenoten die net als hun al wat oudere vaders bij de Fordfabriek werkten. In de tijd dat wij daar zaten, kwamen de meisje verschillende keren op bezoek, maar ze namen nooit hun man of kinderen mee. Ik begreep dat ze hun kroost niet wilden hoeven uitleggen hoe hun Siamese-tweelingnichtje, dat godzijdank geen echte familie was, kans had gezien in verwachting te raken.

Tante Poppy's jongste dochter, Diane, was heel knap, maar de oudste, Gail, was lelijk, met een haakneus, een uitstekende kin en kroezig haar, net als ik. Ik vond dat we bevriend hadden moeten zijn vanwege alles wat we gemeen hadden. Maar haar zus en zij bleven op een afstand en keken ofwel te strak naar ons of juist helemaal niet.

De man van tante Poppy, oom Yanno, was een man met een permanente frons, een pluizige witte haardos en rood verbrande wangen van zijn soldeerbrander. Hij droeg dure fleece trainingspakken en trainde zijn lichaam op het roeiapparaat dat hij aan een kant van de grote garage had staan. Zijn biceps waren zo hard als gegoten beton. En hij had absoluut geen accent.

Wanneer oom Yanno dacht dat niemand keek, en zelfs wanneer hij wist dat we dat wel deden, kietelde hij tante Poppy's bilnaad met zijn middelvinger. Ze gaf hem altijd een harde klap maar ze maakte toch de indruk dat ze het leuk vond, dus ik begreep er niets van toen ik tante Poppy tegen tante Lovey over de piepjonge maîtresse van oom Yanno hoorde snikken.

Ruby en ik sliepen in de slaapkamer achter in het huis. Of liever gezegd, Ruby slíep en rillend onder twee gewatteerde dekens lag ik me naast haar af te vragen waarom het zelfs door het dubbele rooster heen bleef waaien, al had oom Yanno de boel wel twee keer nagekeken. (Het was de eerste en enige keer van ons leven dat ik de koukleum was.)

Ik miste oom Stash verschrikkelijk. Hij stak wel drie keer per week zonder problemen (zegt hij) de grens over om ons bij tante Poppy op te zoeken, waar ik behoorlijk zeurderig over deed omdat ik het niet genoeg vond. Ik voelde me gekwetst en was duidelijk hormonaal gehandicapt, dus ik had hem voor de voeten geworpen dat hij als Ruby zwanger was geweest wél elke dag was langsgekomen. Daar had tante Lovey me voor naar mijn kamer gestuurd. (Gebrek aan dankbaarheid is in onze wereld een doodzonde.) Het was ondraaglijk vernederend om als zwangere vrouw naar mijn kamer te worden gestuurd. Ruby had mijn opmerking wreed en ongevoelig gevonden omdat zij helemaal geen kinderen kon krijgen, en dus had ze van mijn straf genoten, ook al had het betekend dat ze zelf ook kamerarrest had.

Onze kamer was op de begane grond en keek uit op het raam van de garage ernaast. Ruby en ik gluurden naar oom Yanno op zijn roeiapparaat, en giechelden als hij zich omdraaide en ons betrapte terwijl we naar hem stonden te gapen. We praatten niet vaak met oom Yanno, maar we zaten met zijn drieën in een samenzweerderig spelletje van gluren en verstoppen. Witheet omdat tante Lovey me naar mijn kamer had gestuurd en geïrriteerd omdat Ruby vond dat zij erger gekwetst was dan ik, ging ik uit het raam de garage in staan kijken.

Zoals ik had gehoopt, was oom Yanno er. Hij was gekleed in zijn sportbroek en een T-shirt en zat niet op zijn roeiapparaat maar stond met zijn armen over elkaar tegen de metalen deur van de garage geleund. Ruby nam kennelijk in haar ooghoek een beweging waar. Ze ging verzitten zodat ze oom Yanno ook kon zien en net toen ze dat deed, kwam oom Stash in beeld. Misschien was hij er al die tijd al geweest. Ineens stormde oom Stash zonder enige aanleiding (want oom Yanno maakte geen beweging en zei niets) op de jongere en fittere man af en gaf hem een onbehouwen zet. Oom Yanno liet zich tegen zijn eigen garagedeur aan smijten en deed niets terug, wat hoogst eigenaardig was. Ruby en ik wisten allebei dat oom Yanno oom Stash met gemak had kunnen vermoorden als hij dat had gewild.

Toen ik die avond naar de reden van die ruzie tussen oom Stash en oom Yanno informeerde, kreeg ik van tante Lovey te horen dat ik genoeg aan mijn hoofd had. Terwijl ze ons die avond hielp bij het baden (met mijn omvang was wassen erg moeilijk geworden), bracht ze me in herinnering dat ik maar bofte met de gastvrijheid die oom Yanno me in deze moeilijke tijd bood. 'Het is niet altijd een kwestie van goed en kwaad, meisjes. Waar twee vechten, hebben twee schuld,' zei ze. 'Dat snappen jullie beter dan wie ook.'

Ik snapte het niet. Niet echt. Toen niet.

'Nu ja, ik vind oom Yanno een klootzak,' zei ik.

'Echt waar?'

'Echt waar. En ik kan heel goed iemands karakter beoordelen.'

'Goed beoordelen?'

'Jazeker.'

'Dan heb ik hier een raadseltje voor je,' begon tante Lovey. 'God zegt: "Oordeelt niet." Dus hoe kun je iets goed beoordelen? Of het nu om iemands karakter gaat of wat dan ook?'

Dat pareerde ik met: 'En oom Stash heeft een hekel aan hem,' omdat ik het verafschuwde, zo makkelijk als zij de handigste passages uit de Bijbel wist aan te halen.

'Dat heeft met hun moederland te maken,' zei ze wegwuivend.

'Kennen oom Yanno en oom Stash elkaar dan uit Grozovo?' vroeg ik, diep geschokt omdat niemand me dat ooit had verteld.

'Nee,' antwoordde tante Lovey. En daarmee was de kous af.

Daarna kwam oom Stash minder vaak en hij bleef nooit slapen. Elke keer als hij Hamtramck weer had bereikt, zuchtte ik van opluchting, maar hoezeer we ook naar zijn bezoeken uitkeken, ze stemden ons altijd een beetje angstig. Aanvankelijk juichten we zijn gewichtsverlies toe (dr. Ruttle had er al lang voor zijn hartaanval op gehamerd dat hij nu toch eindelijk eens moest afvallen). Maar slank werd mager, en mager werd vel over been, en vel over been werd uitgemergeld. We zagen wel dat oom Stash zonder tante Lovey niet veel at. Zijn tanden werden oranje en zijn adem begon te stinken. En natuurlijk rookte hij binnen zijn pijpje. Ik denk dat het geen maand langer had moeten duren, of hij was dood geweest.

(Even een terzijde: ik heb me vaak afgevraagd wat voor effect de baan van oom Stash op zijn geest had. Hij heeft langer als slachter bij Vanderhagen gewerkt dan hij had moeten doen. Hij maakte zich zorgen over onze medische kosten, over onze toekomst. En dus zat oom Stash bijna veertig jaar lang acht uur per dag, vijf dagen per week in een koude (of, nog erger, bloedhete) zaal opgesloten, waar karkassen met haken aan een lijn hingen. Kwaad kijkende kerels. Gestold bloed. Sigarettenrook. Fonkelende messen. Goudkleurige druppels vet waarvan de vloer glibberig werd. Mijn zus en ik mochten de slachtruimte niet in, maar we hadden oom Stash er weleens door de smerige ruiten in de zilverkleurige deuren zien staan.

Hij zag er daar groter uit, langer dan hij in werkelijkheid is, met opgeheven hakmes achter dat reusachtige houten blok. In een snelle beweging scheidde hij een bloederige poot van de rest van zo'n arm dier. Daarna draaide hij zich om, om op een ander gewricht los te hakken, en dan nog een, net zo lang tot het dier was gereduceerd tot lichaamsdelen die klaar waren om in piepschuim en plasticfolie verpakt te worden. Wat moet het verschrikkelijk voor hem zijn geweest om het al die tijd dat wij in Hamtramck zaten zonder zijn gezin te moeten stellen, met alleen de kwaaie mannen, de dode beesten en zijn pijpje om hem gezelschap te houden.)

Ook al maakte tante Lovey zich zorgen, ze leek de enige te zijn die blijkbaar zeker wist dat oom Stash niet van honger zou omkomen. 'Het duurt niet lang meer,' zei ze dan met een klopje op mijn zwelling. 'Het kan elk moment zover zijn.'

Sinds mijn zwangerschap heb ik niet meer echt aan slape-loosheid geleden, dus die enkele keer dat ik, zoals nu, de hele nacht wakker lig omdat ik me te veel zorgen maak om de slaap te vatten, schieten die nachten in Hamtramck me weer te bin-nen. Dat ik om kwart over vijf in de nacht naar de krakende voetstappen van de buurman door de sneeuw lag te luisteren. Die oude vrachtwagen van hem die gapend tot leven kwam en vervolgens vijf of tien minuten stond warm te draaien ter-wijl hij zijn beker koffie voor onderweg klaarmaakte. Dan het busje van oom Yanno, die niet vroeg vertrok maar laat terug-kwam. De deur die in het donker kraakte. Beschuldigingen en ontkenningen beneden in de keuken. Tante Lovey die door de gang slofte om de tranen van haar zus te stelpen. Ruby die vredig naast me lag te slapen terwijl ik onder het nichterige valletje door naar buiten staarde, waar niets anders te zien was dan een koude zwarte lucht en een enkele kale tak, die op een nacht afbrak onder het gewicht van de winter.

Ik kon me geen bestaan met mijn baby voorstellen. Ik

troostte me met de gedachte dat mijn kind en ik iets gemeen zouden hebben, dat we geen van beiden ooit onze echte moeder zouden kennen. Ik noemde mijn kind Taylor (waarvan ik vond dat het zowel voor een jongen als een meisje geschikt was).

Dus die hele, lange wintermaand die we opgesloten bij tante Poppy doorbrachten, dacht ik over dit boek na, over het verhaal van mijn leven dat op dat moment nog maar de helft was van wat het nu is. Ik schreef weliswaar niets op, maar ik dacht erover dingen te noteren die me zouden kunnen helpen mijn besluit beter te begrijpen. Gedichten. Ik wist niet wat ik anders moest doen.

Tegen het eind van mijn zwangerschap was ik aan bed gekluisterd, en Ruby onvermijdelijk ook. Ik was mijn evenwichtsgevoel helemaal kwijt en Ruby's benen pasten niet meer om mijn tot een ballon opgeblazen middel. Die laatste maand lagen we alleen nog maar naar soaps te kijken en koude pastataart en perogies met geraspte kaas te eten.

In televisieprogramma's en op de films die ze bij seksuele voorlichting op school lieten zien had ik vrouwen zien bevallen, maar ik had nog nooit een wee gevoeld en toen ik er een kreeg, had ik geen idee dat ik mijn baby twee weken te vroeg kreeg. Tante Lovey hoorde me een kreet slaken en rende naar de logeerkamer. Tante Poppy en zij trokken de chique sprei van het bed en legden een onderlegger (van vier aan elkaar geplakte geruite plastic tafelkleden) over de matras. Op het plastic spreidden ze een bloemetjeslaken uit. Ik wist bijna zeker dat ik die opgevouwen in de hondenmand had zien liggen, al ontkende tante Poppy dat. Maar omdat ik een tikje hysterisch werd, haalden ze het ding weer weg en legden ze drie strandlakens die tante Poppy voor haar kleinkinderen in voorraad had over het tweepersoonsbed dat te smal voor ons was.

Tante Lovey had het er met Ruby en mij over gehad hoe

zwaar de bevalling zou worden, in de eerste plaats omdat ik mijn lichaam moest uitleveren aan de instincten van mijn ongeboren kind en aan de pijn van de weeën en de bevalling zelf. Ik zou liggen kronkelen, schokken, grommen en persen. En Ruby ook. We liepen het risico om onze hals en wervelkolom ernstig te beschadigen, en dus hadden we een paar extra mensen (verpleegsters met wie tante Poppy bevriend was en die wij nooit hadden ontmoet) nodig om bij de bevalling te helpen. De verpleegsters zouden ons op de kussens ondersteunen en ons ter hoogte van onze hals en schouders op dezelfde hoogte houden om het risico zo klein mogelijk te maken. Tante Lovey en tante Poppy zouden zich met de bevalling zelf bezighouden. (Tante Lovey had ontdekt dat je de kans op uitscheuren en de noodzaak om iemand in te knippen aanzienlijk kon verkleinen door met je wijsvinger zachtjes de bilnaad op te rekken zodra het hoofdje van de baby te voorschijn kwam.) Tante Lovey had een van de manshoge spiegels zo neergezet dat Ruby en ik de bevalling konden volgen.

De weeën volgden elkaar snel op, een felle pijn die onder in mijn rug begon en naar mijn kruis en dijen uitwaaierde en langs mijn wervelkolom omhoog naar mijn nek. 'Rugweeën,' zei tante Lovey. 'Dat zijn de ergste.'

De bevriende verpleegsters konden niet meer helemaal uit Oakland County overkomen, dus haalde tante Poppy haar dochters erbij, die met tegenzin hun plaats innamen en zich angstig aan weerszijden van het bed opstelden. Zij moesten mijn benen uit elkaar houden en ervoor zorgen dat Ruby's benen niet in de weg zaten. Daar lag ik met opgetrokken, gespreide knieën, met vijf vrouwen om me heen, waarvan er eentje aan mijn hoofd vastzat, en ik had me van mijn leven nog nooit zo bang gevoeld, en zo volslagen alleen.

'Ze wil water, Diane,' zei Ruby. 'En ze heeft graag zo'n buigzaam rietje.'

Maar ik wilde geen water en ik kon niet drinken toen Diane het rietje tussen mijn lippen stopte.

Tante Lovey had me de hele zwangerschap door aangemoedigd om de boeken over zwangerschap en bevalling te lezen die zij uit de bibliotheek meenam (tegen het personeel zei ze dat ze een stel leerlingverpleegsters een cursus verloskunde gaf). Ik had lukraak wat boeken van de stapel gepakt en proberen te lezen, maar ze waren niet voor vrouwen geschreven die een baby kregen. Die boeken waren voor moeders geschreven. Van die paar details die ik heb gelezen, staat me alleen nog een getal bij – zesendertig – uit een verhaal over een vrouw die zesendertig uur lang had liggen bevallen. De pijn was intens geweest. Te heftig voor tranen. Zesendertig uur zulke verschrikkelijke pijn zou ik niet overleven. En ik wist dat Ruby ook verging van mijn pijn, ook al voelde ze die niet rechtstreeks. Ze was in de war en hulpeloos.

'Waarom komt het nou niet,' schreeuwde Ruby tegen tante Lovey. 'Het duurt nu al negen uur.'

Tante Lovey kuchte maar gaf geen antwoord. Ze wisselde een blik met tante Poppy.

'Het doet pijn,' riep ik.

Ruby streelde mijn oorlel en zong ssjjj, ssjjj, alsof ik een peutertje was dat in slaap moest worden gesust.

Tante Lovey duwde Ruby's troostende hand bij mijn oorlel vandaan, boog zich naar me toe en fluisterde in mijn oor: 'Je moet dit voor elkaar krijgen, Rose Darlen. Je moet je concentreren en verder alles buitensluiten. Gaat dat lukken, denk je?'

'Ik weet het niet,' riep ik.

'Maar het moet.'

'Waarom?' Ik was doodsbang om dit in mijn eentje te moeten doen.

'Omdat het moet, Rose. Je moet mij en Poppy en de nichtjes en Ruby, zelfs Ruby, uit je hoofd zetten.'

'Goed.'

'En we staan klaar voor als het erop aankomt, Rose. Maar nu moet je ons even buitensluiten. Je hebt geen ontsluiting, schat. En dat is niet goed.'

'Daar heb ik toch zeker geen vat op,' jammerde ik.

'Dat heb je wel. Dat moet,' zei ze, en ze zette alles op alles om mijn blik vast te houden.

'Ik zal mijn best doen,' fluisterde ik.

'Niet je best doen, Rose, gewoon doen,' zei tante Lovey.

'Maar…'

'Doen!'

Ik pufte me door de volgende wee.

'Stel je je lichaam voor, en de baby daarbinnen. Je weet hoe je er daar uitziet, je weet hoe het anatomisch in zijn werk gaat. Je baarmoederhals ontsluit niet, en dat moet. Begrijp je, Rose?'

'Ja.'

'Je moet je je baarmoederhals maar als een bloemknop voorstellen.'

'Een bloemknop.'

'Stel je voor hoe die knop opengaat, hoe de blaadjes zich ontvouwen. Steeds verder open. Stel je voor hoe je prachtige baby uit het midden van die volmaakte geopende bloem te voorschijn komt. Denk je dat dat lukt?'

'Dat lukt.'

En dat was ook zo. Ik liet mezelf versteld staan over wat een mens zichzelf kan laten doen. Mijn bloem was een roos.

Ruby keek in de lange spiegel toe hoe het hoofdje van de baby te voorschijn kwam. 'O, Rose,' hijgde ze, 'Rose.'

Ik luisterde naar het commentaar, maar kon zelf niet zien hoe het hoofdje van mijn kleine baby zichtbaar werd, met haar kwaaie gezichtje en haar lange, schoppende beentjes en gebalde vuisten. (Zo beschreef Ruby haar achteraf voor me.)

'Een meisje,' snikte Ruby. 'O, lieve hemel.' Tante Lovey, die altijd weer stil werd van ontzag voor de geboorte, fluisterde: 'Ze lijkt sprekend op je.' Ik wilde net gaan schreeuwen en huilen, tot tante Poppy enthousiast losbarstte: 'Het is een volmaakt prinsesje,' waardoor het ineens tot me doordrong dat tante Lovey had bedoeld dat mijn dochter precies op Ruby leek.

Ik hoorde een klok tikken en een katje jammeren, alleen was het geen katje maar mijn pasgeboren baby. Tante Poppy kirde: 'Stil maar, kleintje. Stil maar, kleintje.'

Ik had niet naar de adoptiefouders geïnformeerd. Ik wilde me niets bij hen kunnen voorstellen. En ik keek zelfs niet toen tante Lovey zei: 'Rose, lieve schat, dit is je laatste kans om te kijken.' Zelfs toen keek ik niet.

'Tante Poppy neemt de baby nu mee. Dit is je laatste kans, Rosie. Je allerlaatste kans.'

'Taylor.' Ik deed mijn ogen niet open.

'Wat zei je?'

'Ik noem haar Taylor.'

'Wil je haar niet even vasthouden?'

'Nee.'

'Rose?'

'Nee.'

'Misschien krijg je…'

'Néé.'

'Je krijgt nog spijt…'

'Nee.'

Ik begon te neuriën.

Ruby gaf geen kik. Ik denk dat ze net deed of ze sliep.

'Goed dan.' Tante Lovey moest huilen. 'Goed dan.'

Tante Poppy en tante Lovey gingen de kamer uit. Ik weet niet wat er met de nichtjes was gebeurd. Die waren in elk geval niet blijven hangen. Ruby was uitgeput en dommelde weg. Ik wachtte tot ik de voordeur dicht hoorde gaan en de auto hoorde starten en achteruit de oprit af hoorde rijden, voordat ik mijn ogen opendeed.

Ik keek de kamer rond alsof ik hem nog nooit had gezien. De bloemenplaten in hun witte lijsten tegen de bleekgele muren. De plank met de matroesjka's die van groot naar klein stonden opgesteld. (Ik zou die kamer daarna nooit meer zien. Oom Yanno ging bij tante Poppy weg en zij verhuisde naar een flat in de buurt van haar oudste dochter. Het jaar daarop stierf ze aan eierstokkanker.)

Tante Lovey had me een pil gegeven om te voorkomen dat mijn borsten melk zouden produceren, maar ze waren nog steeds gespannen en pijnlijk. Ik liet mijn hand over mijn buik ronddwalen zoals ik dat talloze malen had gedaan, om Taylor door mijn huid heen te strelen, haar mijn liefde te verklaren en van mijn zonde te genieten. Tot mijn schrik merkte ik dat de hobbel er nog steeds was, weliswaar niet zo groot maar nog altijd een hobbel, en plotseling bedacht ik dat er nog een baby moest zijn, nog een helft van een tweeling, die we over het hoofd hadden gezien. Ik schreeuwde om tante Lovey. Ruby werd wakker. Ik vertelde haar over de hobbel en ze begon te huilen. Ik wist dat mijn zus niet nog een bevalling zou overleven.

Tante Lovey kwam de kamer binnengevlogen waar ze Ruby huilend aantrof en ik zo waanzinnig snel praatte dat ze me absoluut niet kon volgen. Uiteindelijk begreep ze dat ik bang was dat er in mijn baarmoeder nog een baby zat, omdat hij nog steeds groot en hard en rond was en mijn maag naar buiten drukte.

'Er is heus niet nog een baby, Rose,' zei tante Lovey scherp. Ruby hield op met snikken. Ik haalde diep adem, want in alles wat met geneeskunde te maken had, vertrouwde ik tante Lovey volkomen. 'Het duurt gewoon even voor de baarmoeder weer is samengetrokken van dat naar dit,' demonstreerde ze door haar vuist samen te knijpen.

Ik was opgelucht, maar die nacht droomde ik dat er wel

een tweede baby was, en dat ik die mocht houden van mijn zus.

De weken daarna concentreerde ik me op mijn lichamelijke pijn, omdat die andere pijn zoveel erger was. Ik probeerde een gedicht te schrijven, of eigenlijk te herschrijven, dat 'Kus' heette. Na alles wat er gebeurd was, wilde ik toch dat Frankie Foyle me had gekust.

Toen ik goed genoeg kon lopen en in staat was om mijn zus te dragen zonder een bloeding te krijgen, kwam oom Stash naar Hamtramck om ons op te halen. Er was nog maar de helft van hem over sinds we weg waren en hij droeg bretels om zijn te groot geworden broek op te houden. De laatste paar weken was het vlees van zijn gezicht weggeteerd. Hij zag er oud en uitgedroogd uit. Ik bad om regen.

Omzichtig lieten we ons op de achterbank zakken. Ruby maakte zich druk om haar stapel kussens, ik was doodmoe omdat ik overal pijn had. Het was nog vroeg en ik had geen zin om rechtstreeks naar Leaford te gaan. Misschien was ik bang om Frankie Foyle op straat te zien en dacht ik dat hij mijn geheim van mijn gezicht af zou kunnen lezen, of misschien wilde ik niet naar een plek die hetzelfde was gebleven terwijl ik zo ingrijpend was veranderd.

'Laten we naar de dierentuin gaan,' gooide ik eruit.

Tante Lovey en oom Stash reageerden niet meteen. 'En als we nu eens in Windsor langs de Chinees gaan en dan naar huis?' vroeg tante Lovey hoopvol.

'Ik heb geen zin om naar de dierentuin te gaan,' verklaarde Ruby vastbesloten, waar ik des duivels van werd. Ik was hier de gekwetste partij. Ik.

'Maar ík wil naar de dierentuin.'

Oom Stash keek even naar tante Lovey. 'Het is goed. We gaan naar dierentuin.'

Ruby zat te pruilen tot de dramamine begon te werken.

Het was niet druk in de dierentuin en ook niet vreselijk warm. We namen het treintje, wat ik altijd heel spannend vond. Het kon me niet schelen welke dieren we bekeken, dus oom Stash ging voorop. Hij was vel over been en doodop, maar zo blij om weer met zijn gezin verenigd te zijn dat hij helemaal vergat dat we kinderen waren en dat ik net bevallen was.

Ik voelde me niet nostalgisch bij de orang-oetans, en de ijsberen lieten me koud. Toen ik naar de amfibieën in glazen hokjes in de muur stond te kijken, vroeg ik me af waarom ik er in hemelsnaam heen had gewild. Ik dacht dat de reden zich misschien aan me zou openbaren, zoals dat soms gaat. Ik at een bevroren banaan met een laag chocola en voelde me een klein beetje beter.

In de tunnel op weg naar huis viel ik in slaap. Ik droomde dat Ruby zich aan een paal vastklampte en dat ik haar wanhopig probeerde los te trekken. Ik begreep niet waarom ik haar moest lostrekken, tot ik gespat hoorde en zag dat mijn baby in de badkuip aan het verdrinken was, en dat ik niet bij haar kon komen omdat Ruby zich aan de paal vastklampte. Ik werd met een schok wakker en hoorde oom Stash tegen de douanier aan de Canadese kant van de tunnel zeggen: 'Jawel meneer, we zijn alleen voor een dagje naar de dierentuin de grens over geweest.'

Ik heb elke dag sinds haar geboorte aan mijn dochter gedacht. Ze is twaalf. Lang. Ze lijkt op Ruby. Mooi, chic, en origineel. Een beetje een eenling. Ze zit in die onhandige fase. Gek op lezen. Slim. Sportief. Taylor zal het nooit weten, en het is nog maar net tot mij doorgedrongen, maar ik schrijf dit boek voor haar.

H ier is Ruby weer.
Die Red Wings van mijn zus hebben het dit jaar verprutst. Whiffer en Rose hadden er echt op gerekend dat ze het de laatste paar wedstrijden nog even zouden goedmaken, maar nee. Het was een teleurstellend einde van een geweldig seizoen. (Ik geef niets om sport, dus ik doe nu even sarcastisch.)

De dag nadat de Wings waren uitgeschakeld, kwam Whiffer met een vaantje voor mijn zus op het werk. Een aandenken aan de wedstrijd waar hij en zijn vrienden de avond tevoren waren geweest. Rose begon als een volslagen idioot met het vlaggetje te zwaaien en toen barstte ze ineens in snikken uit. En ze huilt nooit. Zelfs Whiffer zei: Jemig Rose, het was maar een wedstrijd, hoor. En toen bleef hij maar doorzagen over hoe geweldig de Pistons het bij basketbal deden. Hij zei dat ze positief moest blijven denken.

Ik wist wel dat ze niet om het ijshockey moest huilen. Ze huilde omdat het ineens tot haar doordrong, zoals dat mij ook weleens overkomt, dat ze niet nog eens een seizoen zal meemaken en om een doelpunt zal juichen. Als je vaak aan zulke woorden als 'allerlaatste' en 'nooit meer' denkt, kom je erachter dat er welbeschouwd niet veel dingen zijn waarvan je het prettig vindt dat je ze nooit meer zult meemaken.

Een hele tijd geleden heeft Whiffer Rose beloofd dat hij haar (nou ja, ons, maar eigenlijk haar) nog eens mee zou nemen naar een wedstrijd van de Red Wings in de Joe Louis Arena (die je vanuit Windsor kunt zien als je op de oever van de Detroit staat), maar het is er nooit van gekomen. Ik moet er ook niet aan denken om mijn gat aan die ontzettend ongemakkelijke stoeltjes te laten vastvriezen. Plus, stel dat ze de camera op ons zouden richten en we op dat reuzenscherm zouden verschijnen alsof we een geweldige grap waren? Daar zou Rose van door de grond gaan. Maar ze zou het wel fantastisch hebben gevonden om haar dierbare Red Wings in het echt te zien. (En nu doe ik niet sarcastisch.)

Het op een na meest geliefde team van Rose, de Calgary Flames, haalden de finale, maar ze raakten de cup aan Tampa Bay kwijt, wat al of niet het gevolg was van een foute beslissing van de scheidsrechter om een goal niet mee te tellen, terwijl in de herhaling te zien was dat de puck over de lijn was. (Dat zag ik zelfs!) Ik weet dat ze het heel fijn had gevonden als een van haar lievelingsteams de cup had gewonnen. Al snap ik eigenlijk niet waarom Calgary haar op een na meest geliefde team is, want dat moeten eigenlijk de Maple Leafs zijn, omdat Toronto dichterbij is dan Calgary.

Volgens Rose kies je je lievelingsteam vanwege de nabijheid, maar je op een na meest geliefde team kan iedereen zijn, zolang ze maar in jouw divisie of in jouw land zitten. Ze kon helemaal emotioneel worden bij de gedachte dat de Flames de cup mee terug naar Canada zouden brengen. Dus ik vroeg haar hoe het dan met haar nationale trots moest als haar Detroit Red Wings tegen de Toronto Maple Leafs of de Edmonton Oilers zouden spelen. Ze zei dat de loyaliteit tegenover je lievelingsteam, die door nabijheid bepaald wordt, boven de loyaliteit tegenover je op een na meest geliefde team uitgaat, die door land en divisie wordt bepaald, en dat ze dan dus nog steeds voor haar Wings zou duimen. Zo legt Rose dat uit. Maar ik kan het nog steeds niet volgen.

Best begrijpelijk dat ze terneergeslagen is vanwege het ijshockey, maar haar Pistons zitten toch maar mooi in de play-offs, en volgens Whiffer gaan ze de Lakers geheid verslaan, want ze worden strak geleid en gecoacht, en ze spelen echt als een team.

Gisteren heeft Rose op internet een lijst beroemdheden opgezocht die allemaal een hersenaneurysma hebben gehad. Ze draaide de lijst uit en gaf hem aan mij. Ze vindt het vreselijk om over het aneurysma te praten, dus dat was al een heel gebaar. Ze doet net of het aneurysma van haar is, omdat het in haar hersenen zit, maar ik ga ook dood aan dat rotding, dus het is net zo goed van mij. Ze wil het nog steeds niet over plannen voor de toekomst hebben, en dan bedoel ik het hele juridische gedoe, oftewel: wat gebeurt er met ons geld? En ons lichaam. Maar ik moet zeggen dat ik bijna moest huilen toen ze me die lijst met beroemdheden gaf.

Afgelopen week zaten Rose en ik op onze grote schommelstoel op de veranda en ineens begon ze op haar benen te slaan, heel vreemd. En ze zei: God, ik word gek van die komkommers. Komkommers. Terwijl ze muggen bedoelde. En gisteren stond ze net thee in haar thermosfles voor op het werk te gieten, toen ik haar vroeg hoe laat het was en toen zei ze: Groen. En ze probeerde iets anders te zeggen, maar het kwam eruit als Bleemoes. Bleemoes. Dat is niet eens een woord. Ik kon Rose in de spiegel zien en ik schrok vreselijk van haar gezicht omdat het mijn zus helemaal niet was. Rose is iemand die nooit in de war is. Toen ik vroeg wat er aan de hand was, verplaatste ze zich zodat ik haar spiegelbeeld niet meer kon zien. Ik zei: Alsjeblieft, Rose, zorg nou dat ik je kan zien. Maar zonder rekening met mij te houden bracht ze ons de keuken uit naar de slaapkamer en haalde ze haar laptop te voorschijn. Alsof ik er gewoon niet was. Dus een dag lang hebben we geen woord gewisseld omdat ik zo kwaad was. En vernederd.

Ik ben tegenwoordig niet meer zo lang achter elkaar kwaad op Rose als vroeger, maar dat is begrijpelijk. Uiteindelijk begonnen we weer te praten en toen gaf ze toe dat ze af en toe een beetje slap in haar benen is. Misschien is dat een teken dat het aneurysma groter wordt en erger op haar hersenen drukt. Op onze hersenen. Dr. Singh zal hetzelfde zeggen wat hij elke keer zegt. Het wordt groter. We kunnen niets doen.

Het kan elk moment gebeuren, of misschien hebben jullie nog een paar dagen, weken of maanden.

We maken vaak grapjes over dr. Singh. Ik kan zijn accent heel goed nadoen, maar Rose zegt dat ik dat moet laten, omdat het racistisch is.

Rose is op het geweldige idee gekomen om voor de kinderen in de bibliotheek een video te maken. Het zou te triest zijn om afscheid te nemen, en wat zouden we trouwens moeten zeggen? We hebben besloten om in plaats daarvan een paar van de lievelingsboeken van de kinderen op band voor te lezen.

Voor de kleintjes heb ik *Op de boerderij* voorgelezen en Rose *Max en de Maximonsters*. En toen een gedicht van Rose (waar ik ontzettend leuke tekeningen bij heb gemaakt). Het is er eentje dat we aan de kinderen van de derde klas en hoger voorlezen, en ze lachen zich altijd een ongeluk. Ik zal het nooit tegen Rose zeggen, maar volgens mij is dit een van haar beste gedichten.

(Dat zou ze verschrikkelijk vinden, omdat ze er maar twintig minuten over heeft gedaan om het te schrijven, terwijl ze over kortere gedichten over belangrijkere onderwerpen uren en dagen doet, en over een gedicht van zes regels dat Kus heet heeft ze zelfs drie weken gedaan. Zo zie je maar weer.)

Het is geen snot!
Een jongetje genaamd Bobbie Wouds
werd eens naar bed gestuurd voor iets stouts
Zijn moeder zag hem tweemaal iets doen
wat blijk gaf van veel onfatsoen
Hij propte zijn vinger in zijn neus,
Om iets te zoeken, maar niet heus

En stopte hem daarna waarachtig in zijn mond
Iets wat zijn moeder onverdraaglijk vond
Je peuterde net in je neus, zei zij kwaad
Maar Bobby schudde zijn hoofd kordaat.
Ik zag je peuteren en kauwen, wat goor
En volgens mij slikte je het ook nog door
Bobby, jongen, straks zijn je darmen verrot.
Maak je geen zorgen, ma, het is geen snot.
Moeder wist dat haar zoon had gelogen.
En nu meteen naar je kamer gevlogen!
De moraal van dit verhaal is: eet geen snot.

Voor de video las Rose het gedicht voor terwijl ik mijn tekeningen omsloeg, met tekstballonnetjes voor de stukken waarin gesproken werd. We moesten het drie keer overdoen omdat Rose over sommige woorden struikelde, al kent ze het gedicht uit haar hoofd. Helemaal aan het eind van de video nemen we afscheid, meer als een soort 'tot morgen' dan als een 'tot nooit meer ziens'. Ik vroeg Rose of ze misschien nog voor iemand anders een band wilde opnemen, maar dat is niet zo.

Zij vindt het fijn dat Nick Todino ons morgen naar Toronto brengt, voor de afspraak met dr. Singh. Ik ga liever met de bus, maar Rose maakt zich zorgen over naar de wc gaan en zo. Vorige week raakte mijn zus haar evenwicht kwijt (wat steeds vaker gebeurt en ons natuurlijk erg veel zorgen baart), toen we bij Nonna op bezoek gingen, die ons meestal niet herkent en niet altijd begrijpt dat we twee meisjes zijn. Maar goed, Nick ving Rose en mij op en hielp ons naar de bank. Hij klaagde wel dat we zo zwaar waren, maar misschien was het toch echt wel aardig van hem dat hij ons niet gewoon liet vallen. Sommige mensen zouden in paniek zijn geraakt en het eng hebben gevonden om ons aan te raken. Zo ligt het nu eenmaal. Maar ik heb Nick niet zo hoog zitten. Ik denk dat dat voor een deel komt doordat zijn zoon Ryan heeft geprobeerd ons te laten verdrinken toen we klein waren. Zoiets vergeef je niet zo makkelijk.

We zijn over vijf weken jarig. Het is nu juni, en vandaag was het zo'n rare dag dat aan de ene kant van de straat de zon schijnt en het aan de overkant regent. Eerst was het windstil, en ineens begonnen de vitrages in de huiskamer te wapperen en vielen er miljoenen helikoptertjes uit de esdoorn achter het huis, en Rose en ik moesten naar buiten rennen om de deksel van de vuilnis-bak te grijpen voordat hij de tuin van de Todino's in geblazen werd, en we moesten hem stevig op de vuilnisbak zetten zodat de eekhoorns er straks niet in kunnen. Als de eekhoorns wel bij het vuilnis kunnen, moeten we Nick vragen om het voor ons op te komen ruimen, en dat is heel gênant, en bovendien heb ik er een bloedhekel aan om Nick om een gunst te vragen. Hij woont nu al zo'n vijf jaar bij Nonna. Oom Stash en tante Lovey heb-ben hem nooit ontmoet, wat ik nog steeds ontzettend vreemd vind, omdat Nick hier voor mijn gevoel al eeuwig is. Hij heeft een gezin in Windsor, waarvoor hij een straatverbod opgelegd heeft gekregen. Nonna was heel blij toen Nick een baan vond als chauffeur bij de Oakwood-bakkerij in Chatham, want dat bete-kende dat hij niet een ontzettende mislukkeling was, maar hij werd meteen de eerste dag ontslagen vanwege het bier dat hij in de cabine had – waaruit maar weer bleek dat hij dat wel was. Dat is al jaren geleden gebeurd, en volgens mij heeft hij daarna nooit meer naar werk gezocht. Hij zegt dat hij een invalidenuit-kering heeft.

Ik heb mijn uitnodigingen in mijn blocnote geschreven, zodat Rosie denkt dat ik aan mijn hoofdstukken voor het boek bezig ben. Ik denk dat ze een beetje de zenuwen van me krijgt omdat ik zo snel en zo veel schrijf. Ik heb de uitnodigingen in kleine en-velopjes gestopt en ze aan de genodigden gegeven als zij even niet oplette. Het is ontzettend leuk om iets stiekem te doen, maar ik zou willen dat ik dat verrassingsfeestje al jaren geleden had georganiseerd, toen er geen aneurysma was en ik me geen zorgen hoefde te maken of al dat geregel allemaal voor niets zal blijken te zijn. Ik heb de taart al betaald, en Nonna heeft zo'n tachtig gehaktballen in haar vrieskist. Whiffer neemt zijn stereo van thuis mee en een stapel van Rosies lievelingscd's.

Zelfs al halen wij onze verjaardag niet, de gasten zullen dansen.

Ik ben niet zo gek op reizen, want ik word bijna altijd heel erg wagenziek als ik in een voertuig stap. Zelfs van bepaalde opnamen van beweging op de televisie word ik al duizelig. Rose heeft waarschijnlijk al boekdelen vol geschreven over al die miljoenen kansen die ik voor haar heb verknoeid omdat ik niet goed ben in reizen. Ik heb geprobeerd op gemberwortel te zuigen, en acupressuurpolsbanden gedragen, maar niets helpt. Toen we klein waren, hebben we een paar gezinsuitstapjes gemaakt, naar de dierentuin en naar tante Poppy in Hamtramck en naar de Niagara-watervallen, en die grote reis naar Slowakije. En heel wat tochtjes naar de dokter. Maar het is elke keer weer een hele toer, vanwege die lastige maag van me. En het is nog steeds een hele toer. Maar we gaan naar het archeologiemuseum in London. Al kost het me mijn leven.

Oom Stash ging vroeger eens per jaar naar zijn moeder in Ohio. Die rit was te zwaar voor mij, dus Rose en ik konden niet mee, en tante Lovey wilde ons niet bij iemand anders achterlaten. Dus ging oom Stash alleen. We hadden moeder Darlensky nooit ontmoet, al was ze dan in feite onze enige nog levende grootmoeder.

Op een dag belde de moeder van oom Stash om te melden dat ze op sterven lag en dat ze oom Stash nog een laatste maal wilde zien. Tante Lovey merkte op dat ze al vijfentwintig jaar telefoontjes kregen over moeder Darlensly die aan de een of andere dodelijke ziekte leed, en dat het uiteindelijk altijd op niets was uitgedraaid. Maar oom Stash geloofde het. En zelfs al leed zijn moeder niet aan een dodelijke ziekte, zei oom Stash, dan nog ging ze waarschijnlijk dood van de ouderdom of de ellende.

Tante Lovey zei dat we niet dat hele eind naar Ohio konden rijden, omdat Rose en ik dan zeven uur in de auto moesten zitten, en dus stuurde oom Stash zijn moeder geld voor de bus naar Chatham. Zijn moeder zei dat ze niet kon komen omdat ze te ziek was, toen veranderde ze van gedachten, en ineens waren we op weg om haar bij het busstation op te halen – wat eigenlijk een benzinestation annex buurtwinkel was in de buurt van het winkelcentrum in Chatham.

Tante Lovey en oom Stash kregen schreeuwende ruzie omdat oom Stash vond dat we geen oma tegen zijn moeder moesten zeggen, maar *stara mama*, op zijn Slowaaks. En vervolgens zei hij dat zijn moeder voorin moest zitten omdat ze ziek en oud was, en daarvoor leek tante Lovey niet veel begrip te kunnen opbrengen. Terwijl ze het grootste deel van haar leven verpleegster was geweest.

Tante Lovey was geschokt toen mevrouw Darlensky uit de bus stapte, want ze zag er echt ziek uit. Ze had nog wat dun wit haar aan de zijkant van haar hoofd, maar bovenop zat niet veel meer. Ze was klein en knokig, en ze hijgde toen ze voetje voor voetje de treden af kwam. Ik verwachtte dat oom Stash haar zou omhelzen maar ze raakten elkaar niet aan. Ze gaven elkaar niet eens een hand. Hij zei iets over dat ze er niet goed uitzag, en zij zei iets in het Slowaaks terug waar hij zijn ogen van neersloeg. Tante Lovey zei: Hallo, moeder Darlensky, en leuk dat u nu eindelijk eens met onze dochters kunt kennismaken. En toen stapten Rose en ik naar voren. We glimlachten vast op dezelfde manier en tegelijkertijd, en we vinden het vreselijk als we dat doen omdat we ons dan zo stom voelen. De moeder van oom Stash keek angstig.

Oom Stash had zijn moeder elk jaar onze schoolfoto's gestuurd en hij stuurde ook de foto's die hij zelf maakte, met die enorme lenzen van hem. De foto's die oom Stash maakte, waren de beste en leken ook het meest op onszelf, maar ik denk dat het nogal heftig is om ons in levenden lijve te zien. Mevrouw Darlensky wuifde zich met haar handen koelte toe en zei een paar woorden in het Slowaaks die ik oom Stash nooit had horen gebruiken, dus ik wist dat het geen vloeken waren, en ze vroeg of ze in de auto kon gaan zitten.

Tante Lovey pakte mevrouw Darlensky bij de elleboog, hielp haar naar de auto en hield het voorportier open alsof ze het absoluut niet ter discussie had gesteld of de moeder van oom Stash wel voorin mocht zitten.

Mevrouw Darlensky keerde zich naar ons op de achterbank om en schudde haar hoofd. Daarna keek ze naar oom Stash en zei nog wat in het Slowaaks, maar hij deed net of hij niets had gehoord.

O shit. De telefoon ging net over. Het is na tienen.

Goeie god. Whiffer heeft net gebeld. Hij had bijna het hele verrassingsfeestje verraden. Rose nam op omdat de draadloze telefoon aan haar kant lag. Ze was geschokt dat het Whiffer was omdat hij nog nooit heeft gebeld. Laat staan om tien uur.

Godzijdank herkende hij haar stem meteen. Hij bedacht een of andere stomme smoes dat hij een cd van haar wilde lenen, maar nu zit ik me zorgen te maken dat ze zal denken dat hij in haar geïnteresseerd is, en het lijkt me geen goed idee als Rose ook nog eens met een gebroken hart komt te zitten met al dat gedonder dat we toch al hebben.

Ik ben te moe om door te schrijven. Ik weet niet hoe Rose het voor elkaar krijgt, maar ik begin wel te begrijpen waarom.

ZOMER

Nonna maakte vroeger weleens een taart die ze 'Quattro Stagioni' (vier seizoenen) noemde. Hij bestond uit vier kwarten gescheiden door muurtjes van taart, gevuld met dingen die voor de vier seizoenen stonden. Aardbeien voor de lente, perziken voor de zomer, appels voor de herfst, en bramenjam voor de winter. Ik koos altijd de lente. De aardbeien. En Ruby ging voor de jam.

De lente was altijd mijn lievelingsseizoen, maar we hebben tegenwoordig bijna geen lente meer. Vroeger was er een pauze tussen de rillende krokus en de forsythiabloesem en de schuwe purperen sering en het kastanjeboeket. Maar nu verdringen ze elkaar in een onbeschofte race naar de zomer.

We gaan dood.

Dat heeft Ruby je al verteld. Dat weet ik omdat ik Ruby ken. Ik heb zo'n idee dat het de eerste zin was die ze op de blocnote schreef die ze van mij heeft gekregen. Ruby kennende heeft ze er niet over nagedacht hoe ze dat cruciale brokje informatie over haar hoofdpersonen het best kan presenteren. Ruby is geen schrijver. Zij kan zich veroorloven om eerlijk te zijn, maar ik kan me niet voorstellen dat ik met zo'n bekentenis zou beginnen. Zou je dan niet bang zijn om door te lezen? Om berooid achtergelaten te worden door de mensen van wie je misschien wel was gaan houden, die je aardig had kunnen vinden of naar wie je gewoon nieuwsgierig had kunnen zijn? Maar misschien had ik juist wel op die manier moeten beginnen.

Hoofdstuk een
We gaan dood. En jullie ook. Sommigen van jullie weten het
misschien zelfs.

Ik heb een aneurysma. De wand van een bloedvat in mijn hersenen is uitgerekt en tot een soort ballon uitgegroeid die steeds groter wordt en uiteindelijk zal knappen. Mijn zus en ik zullen sterven vanwege dat aneurysma. Dat gebeurt vanavond terwijl ik mijn tanden aan het flossen ben. Of woensdagmiddag, als Ruby de kinderen uit een Caldecott-boek aan het voorlezen is. Of over tweeënhalve maand op een bloedhete middag, wanneer ik alleen maar in een John Irving wil wegduiken en mijn zus weer naar de televisie zit te kijken. Er zal zich geen wonder voordoen. Het aneurysma zal niet verdwijnen. Ik hoop alleen dat het zich een tijdje kan inhouden. Tot onze nalatenschap geregeld is. Tot dit boek af is. Tot we op ons rustige plekje in het laantje onder het raam nog een keer de kans krijgen om met Kerstmis naar het seniorenkoor van het Heilige Kruis en hun geweldige harmonieën te luisteren.

Mijn hoofdpijn wordt erger. Af en toe zie ik niet scherp, en ik ben soms een beetje slap in mijn benen. Ik heb even een idiote hallucinatieachtige aanval gehad waarover ik niemand iets heb verteld, maar verder voel ik me opmerkelijk goed voor iemand die stervende is.

Het aneurysma kan niet worden weggehaald. We hebben maar liefst twee second opinions gehad. Ik voel niet de behoefte alle details te bespreken; ik wil alleen kwijt dat ik dat medische jargon wel enigszins dichterlijk vind: fusiform, communicerend vat, subarachnoïde bloeding, pulsatiele tinnitus ipsilateraal, neoplastisch, granuloom, proteinaceus.

Ik ben bang om de controle over mijn lichaam te verliezen. Ik ben doodsbenauwd om de controle over mijn geest kwijt te raken. Door alles heen vind ik het afgrijselijk dat ik Ruby met me meesleur als ik ga. En ik ben geërgerd en perplex omdat ze zo rustig blijft.

Ik ben met de structuur van dit boek aan het worstelen geweest. Aanvankelijk wilde ik mijn levensverhaal (goed, óns levensverhaal – misschien heeft Ruby wel gelijk) gewoon vanaf de geboorte vertellen en pas op het eind met mijn dood komen, of helemaal niet, alsof ik hem net als de meeste mensen helemaal niet had verwacht, en niet had kunnen weten dat hij zo nabij was. Maar het lied van mijn verleden is ingrijpend veranderd – niet zozeer de melodie als wel de toonhoogte – en ik merk dat ik niet over mijn verleden kan schrijven zonder ook over mijn heden te vertellen. En over mijn angsten. En de dingen die me spijten. En mijn dankbaarheid dat je de moeite hebt genomen om door te lezen.

Ik zou niet precies kunnen uitleggen waarom ik juist over deze dingen schrijf. Ongetwijfeld zijn er betere verhalen over mijn leven die ik laat liggen, gebeurtenissen en escapades waarvan ik niet in de gaten heb dat ze belangrijk waren. Als de hemel ruimdenkend is en schrijvers worden toegelaten (terwijl het toch een stelletje leugenaars is), vraag ik me af of die weleens samenkomen om bij een kopje koffie over de dingen na te denken die ze wel hadden moeten schrijven.

Mijn bizarre hallucinatie voltrok zich vorige week, toen Ruby en ik bij Nonna van hiernaast op bezoek waren. (Ik had nog nooit een hallucinatie gehad, maar net als bij een eerste orgasme weet je meteen dat het het echte werk is.) Ik word de laatste tijd vlugger moe en ik ben een beetje afgevallen. Ik ben nogal eens duizelig en het is niet prettig om lang stil te staan. Ruby is ook afgevallen, maar ze voelt zwaarder dan ooit.

Ik stond tegen de bank geleund naar Nonna te kijken die naar *Coronation Street* zat te kijken, en vroeg me af hoe onze lieve

Italiaanse oma ooit zou kunnen begrijpen wat die personages met hun vette Londense accent zeiden, toen ik de warmte van Nick Todino's lichaam voelde. Ik bewoog mijn ogen te snel (je weet inmiddels wel dat ik mijn hoofd niet kan omdraaien), en de kamer begon rond te tollen. Ik voelde het bloed door mijn aderen stuwen en mijn hersenen tintelen. Plotseling werd ik overvallen door paniek omdat ik aannam dat het aneurysma was geknapt. Het warme gevoel verspreidde zich door mijn hoofd en mijn lippen werden vochtig en beverig. Mijn handen en voeten brandden zoals je tong brandt als je iets scherps eet.

Ik was zo bang dat ik geen woord kon uitbrengen, al wilde ik zo graag Ruby roepen. Niet om haar te waarschuwen. Ik moet bekennen dat die aanvechting volslagen egoïstisch was. Ik wilde tegen haar zeggen dat het zover was, om niet alleen te hoeven sterven.

Heel even deed ik mijn ogen dicht, om naar mijn hart te luisteren, en ik was lichtelijk geschokt dat dat gewoon bleef doortikken. Het schoot me te binnen dat dr. Singh had gezegd dat ik onmiddellijk het bewustzijn verlies als dat ding van me barst, en ik besefte dat ik dus toch niet aan het doodgaan was. Ik deed mijn ogen open en tot mijn verbazing zag ik in mijn ooghoek iets bewegen. En ik was nog verbaasder toen ik zag dat het Ruby was die door de gang kwam aanlopen. De hallucinatie was korter dan ik ooit zou kunnen beschrijven; een enkel beeldje uit een dagdroom. Ik herinner me geen details van wat ze aanhad of hoe ze keek, alleen dat ze daar zonder mij liep en dat het volkomen natuurlijk leek. Ik voelde mezelf weer wegglippen. Het ging snel. Alsof ik in een meer sprong. Of van slapen naar waken ging. Toen zag ik aan het eind van mijn neus de donkere krulletjes op Nicks sterke onderarm en ik besefte dat ik was flauwgevallen en dat hij ons had opgevangen. (Nick heeft weer aangeboden om ons naar Toronto te brengen voor onze afspraak met dr. Singh. Hij heeft ons al twee keer weggebracht en zegt dat het geen moeite is. Hij vindt Toronto afschuwelijk, dus het is wél een moeite. Hij klaagt over de mensen en het verkeer en over de acht dollar per uur voor de parkeerplaats van het ziekenhuis, ook al betalen Ruby en ik dat. De vorige keer is hij de hele dag nuchter gebleven en kwam hij bij ons in de wachtkamer zitten in plaats van in zijn auto. Omdat er niets anders was, zat hij modetijdschriften te lezen. Dat vond ik eigenlijk wel schattig. Op de terugweg hadden we het over de Pistons. Hij houdt meer van basketbal dan van ijshockey. Hij is tweeënvijftig.)

Toen we van de boerderij naar de bungalow verhuisden, maakte oom Stash een extra grote schommelstoel voor ons. Het zachte vurenhout is kromgetrokken door de genadeloze winters op de veranda, maar als je naar voren schommelt volgt er een troostende knik en een hobbeltje als je naar achteren schommelt. Het is net of de stoel onder het knikken en hobbelen 'zus-jes, zus-jes, zus-jes' fluistert. Op zomeravonden zitten we graag te schommelen tot de muggen de aanval inzetten. (Vreemd genoeg verslinden ze mij, maar laten ze Ruby met rust. Wat ook zo vreemd is, is dat Ruby asperges kan eten zonder dat haar pies ernaar gaat ruiken.) De buren op Chippewa Drive zwaaien naar ons als we op de veranda zitten te schommelen, maar ze laten ons met rust. We zeggen dat we dat prettig vinden, maar ik denk dat Ruby en ik allebei best wat minder met rust gelaten willen worden. Het zou leuk zijn om af en toe eens wat met de buren te kletsen, vooral nu Nonna zo van de wereld is. Nick is niet zo'n prater (vanwege of ondanks zijn verleden), of misschien vertrouwt hij ons gewoon niet. Ruby wordt altijd slaperig van de schommelstoel. Ik voel hoe haar ademhaling van ritme verandert en haar lichaam zwaarder wordt als haar greep op mijn schouder verslapt en ze wegvalt. Het gewicht van het wonder. Het gewicht van de zorg. Ik neurie een geheime plek tot leven en denk aan die andere ik, degene die alleen ik kan zien, een meisje dat Zij heet, dat niet Wij is, een meisje dat ik nooit zal zijn.

Op een avond afgelopen week schommelden en schommelden we, maar Ruby viel niet in slaap. De wind vanuit Mitchell's Bay werd kil. En van boven de daken steeg een duistere wolk op die het overgebleven daglicht versluierde. De bladeren trilden toen de hemel in het oosten werd verscheurd door een bliksemflits, en boven ons hoofd barstte een donderslag los. Ik voelde mijn lichaam door de heftige eruptie met Ruby meetrillen. We hadden het niet over naar binnen gaan. Geen van beiden bewogen we, of maakten we geluid. Ademden we eigenlijk wel? De regen kwam kletterend neer op het metalen dak van de veranda en rond de stenen in de tuin ontstonden al snel stroomversnellingen. We waren doodsbang. Heel even was er stilte en bewegingloosheid, toen een windstoot die zo krachtig was dat de deksel van de vuilnisbak tegen de stoeprand vloog en wij achterover in de schommelstoel werden gedrukt. Ik had het vreemde gevoel dat de tornado zou terugkomen, de tornado die ons hier had gebracht, alsof het ineens tot hem was doorgedrongen dat het een grote vergissing was. Maar we kwamen niet van de veranda en bleven bewegingloos zitten, als dieren die bang zijn om gezien te worden. De wind liet de gordijnen van regen wapperen alsof hij vermoedde dat we daarachter verstopt zaten. Woedend was hij, toen teleurgesteld, en daarna vertrok hij.

De regen hield op en de wolken werden uiteengedreven, en we zagen de zon achter de bungalows aan Indian Crescent wegzakken. We bleven zitten schommelen tot er sterren door de nacht kwamen pinkelen, en toen pas verlieten we voorzichtig de veranda, voetje voor voetje over het korte, vochtige gras om de deksel van onze vuilnisbak terug te halen. Toen ik vooroverboog om de deksel op te rapen (waar ik zoals gewoonlijk mijn been als een zwengel gebruikte), werd ik weer duizelig, maar niet erg genoeg om flauw te vallen (of weer een hallucinatie te krijgen), alleen duizelig genoeg om even mijn plek kwijt te zijn, zoals wanneer je per ongeluk je boek dichtslaat en moet bladeren om terug te vinden waar je gebleven was. En op dat duizelige moment moest ik aan tante Lovey en aan haar moeder Verbeena denken, en aan het verhaal over de trouwjurk. Ik heb geen idee waarom het toen in me opkwam. Maar ik bedacht dat ik het moest opschrijven omdat ik weet dat het iets betekent.

HET VERHAAL VAN DE TROUWJURK

Lang geleden, voordat tante Lovey oom Stash had leren kennen, kreeg haar moeder, Verbeena, het verzoek om een trouwjurk te naaien voor de dochter van de burgemeester van Leaford. Dat was een prachtkans voor de bekwame naaister want de belangrijkste mensen van Baldoon County waren op de bruiloft uitgenodigd, en iedereen zou weten wie de japon van de bruid had gemaakt. Verbeena besloot maar even te vergeten dat de dochter van de burgemeester bekendstond als een verwend kreng en nam de opdracht met beide handen aan.

Verbeena kwam er al snel achter dat de dochter nog erger was dan werd beweerd. Dom en ongemanierd en nooit tevreden. En om het allemaal nog erger te maken had Verbeena de tactische fout gemaakt om zich vooruit te laten betalen en de dure stof van dat totaalbedrag te betalen. De bruid had sneeuwwitte satijn uitgekozen, waarvan iedere vrouw weet dat dat alleen maar staat als je slank en strak bent en maar heel weinig rondingen hebt (die het meisje juist wel had), en bij elke pasbeurt leek het wel of de bruid er weer twee kilo op haar heupen bij had gekregen en moesten er weer duizend steekjes losgepeuterd en opnieuw genaaid worden. En dan waren er nog de ingewikkelde veranderingen waarbij stukken stof moesten worden ingevoegd. Toen de bruiloft eenmaal voor de deur stond, had Verbeena dubbel en dwars betaald voor het voorrecht om de japon voor het afgrijselijke meisje te mogen maken.

Tante Lovey, die indertijd nog maar een tiener was, had

het satijn zitten strelen terwijl haar moeder de glibberige stof vervloekte en haar hoofd schudde omdat de bruid maar liefst honderd parelknoopjes op haar rug wilde hebben. De dag voor de bruiloft bloosde Verbeena van trots. De japon was oogverblindend en ze wist dat de akelige bruid alleen maar dolenthousiast zou kunnen zijn als ze voor de laatste pasbeurt in de boerderij langskwam. Maar de dochter van de burgemeester was niet enthousiast. Ze was weer dikker geworden (Joost mag weten waardoor) en niet één knoopje van het nauwsluitende satijnen lijfje kon dicht. De bruid was des duivels. Ze dreigde de naaister voor het gerecht te dagen totdat Verbeena snikkend beloofde dat ze de jurk zou aanpassen.

Verbeena liet de dikke bruid bij de deur achter en reed met de vrachtwagen naar de textielwinkel in Leaford. Maar daar bleek geen snippertje witte satijn meer op de rol te zitten. Verbeena werd duizelig en viel bijna flauw, maar toen ze naar beneden keek, zag ze een klos met prachtig antiek kant, die ze van de meelevende winkelier op krediet mocht kopen. Ze ging terug naar de boerderij, zei tegen de kinderen dat ze maar een plak ham als avondeten moesten nemen en dat ze tegen hun vader moesten zeggen dat hij voor hij naar bed ging de pomp moest controleren, en sloot zichzelf in haar naaikamer op met een scherpe schaar, de klos met kant en een pot muntthee.

Toen de rest van het gezin naar bed ging, zat Verbeena nog steeds in haar kamer. Tante Lovey ging welterusten zeggen maar Verbeena reageerde niet. Zodra tante Lovey de volgende ochtend wakker werd, ging ze naar de deur van de naaikamer. Ze luisterde en klopte drie keer. En toen nog eens, harder. Er kwam geen reactie. Ze deed de deur open en zag haar arme moeder onderuitgezakt in haar naaistoel zitten, met drie meter verkreukeld satijn op haar schoot. Tante Lovey schudde haar moeder wakker, en zag tot haar afgrijzen drie enorme bloedvlekken en iets wat op een verschrompelde roze wurm leek op het vermaakte lijfje van de trouwjurk. Tante Lovey volgde het bloedspoor van de jurk over haar moeders schort en haar boezem naar haar kin met het spleetje. Zachtjes duwde ze Verbeena's lippen van elkaar en vond de tong waar een stuk uit gebeten was. Verbeena had wel vaker toevallen, en tante Lovey wist dat ze het zou overleven, ook al was er een stuk uit haar tong. Maar de jurk was verknoeid.

De bruid arriveerde de ochtend van haar bruiloft onverwacht vroeg (ze hadden indertijd nog geen telefoon op de boerderij) en tante Lovey kon haar niet bij de deur tegenhouden. Ze trof Verbeena met de japon in haar armen geklemd aan, zag het bebloede satijn en zette het zo erg op een krijsen dat Verbeena opnieuw een toeval kreeg. Vloekend als een bootwerker verliet de dochter van de burgemeester het huis. Het verhaal gaat dat ze in een bruidsjurk moest trouwen die ze van de dikke kerkorganiste geleend had. (En het moet wel een heel lelijke jurk zijn geweest, want op de societypagina's van de *Leaford Mirror* stond noch een foto van de bruid, noch een beschrijving van de jurk.)

Het spreekt voor zich dat Verbeena nooit meer opdracht kreeg om iets te naaien, maar toen ze de bebloede stukken uit het lijfje had weggehaald, kon ze hem voor tante Lovey vermaken, toen die een paar jaar later met oom Stash trouwde. Tante Lovey zou nooit zo'n prachtige, dure japon met honderd parelknoopjes op de rug hebben gehad als de dochter van de burgemeester niet zo dik was geworden.

Gisteravond vroeg Ruby wat er met deze hoofdstukken gebeurt, met al die pagina's die op mijn harde schijf rondzweven en al Ruby's krabbels op haar blocnote, als we doodgaan voordat het boek af is. Ik legde uit dat er dan niets met die hoofdstukken gebeurt, omdat ze dan eenvoudig niet gelezen worden. Ik laat dit aan niemand zien voordat het helemaal af is. (Whiffers neef gaat weleens uit met een jongen die weleens uitgaat met een jongen die in New York bij een uitgeverij werkt. Whiffer is zelf ook schrijver en hij was best lovend over een paar gedichten die ik hem heb laten zien. Hij vroeg of hij een van mijn gedichten, 'Patty's taart' als tekst voor een liedje mag gebruiken waaraan hij bezig is. Die vriend van die vriend van de neef van Whiffer heeft een paar van zijn korte verhalen gelezen en zei dat hij zijn eigen stem nog moest vinden. Op het ogenblik is Whiffer aan een scenario bezig. Volgens mij is 'Autobiografie van een Siamese tweelingzus' niet de juiste titel voor dit boek, maar ik weet niet hoe ik het anders moet noemen.

We zijn over drie weken jarig. Ik weet dat er een verrassings-feestje komt. Al die briefjes over en weer – wat dacht Ruby eigenlijk dat ik zou denken? Dacht ze nou heus dat het me niet zou opvallen? (Natuurlijk zal ik verbaasd doen, en ze zal er nooit achter komen dat ik het wist.) Maar ik kan een hoop dingen bedenken die ik liever op onze verjaardag zou doen. Ik heb helemaal geen zin in een verrassingsfeestje. Ik weet dat Ruby gewoon iets liefs wil doen. Zij had nooit gedacht dat ze de dertig zou halen, maar ik verwachtte niet anders dan dat ik het noodlot zou tarten. En ik wil niet alleen het verrassings-feest halen. Ik wil nog een keer Kerstmis en Pasen en de lente en de zomer meemaken.

Misschien ben ik bijgelovig. Ik merk dat ik niet graag praat over wat er met onze spullen moet gebeuren, en ik voel er al helemaal niets voor om onze nalatenschap en onze stoffelijke resten te bespreken. Ik ben bang dat mijn lichaam er gewoon mee ophoudt, zodra we die dingen allemaal besloten hebben. Ik heb het rare idee dat dat ding in mijn hersenen een eigen wil heeft en ook nog eens wraakgierig is. Ik wil hem niet kwaad maken. Ik wil niet dat het weet dat ik mijn zaakjes op orde heb. Ik wil niet dat het denkt dat ik eraan toe ben om te gaan.

Dat ben ik niet.

STOFFELIJKE RESTEN

Ik zie hoe Ruby haar spullen doorneemt, indeelt, opstapelt, weggooit, inpakt en van een etiket voorziet. Ze noemt die dingen haar nalatenschap, wat naar mijn idee onnodig dramatisch klinkt. (En ik snap haar keuzes ook niet – waarom zou ze in vredesnaam een stomme, ouwe roze shawl aan Roz nalaten? En zou Rupert nou echt op haar verzameling video's zitten wachten?) Het doet me denken aan toen we in de zomer na onze terugkeer uit Slowakije van de boerderij naar de bungalow aan Chippewa Drive verhuisden. Oom Stash had zijn knie ernstig geblesseerd en hij had de grootste moeite om zich te verplaatsen. Als je oom Stash zo met zijn stok rond zag hobbelen was het duidelijk dat we het niet nog een winter in de boerderij zouden uithouden. Frankie Foyle was met zijn moeder naar Toronto verhuisd, en er moesten nog geschikte huurders voor de bungalow worden gevonden. Dus het was het aangewezen moment om naar Chippewa Drive te verhuizen.

We zaten die augustusmaand midden in een hittegolf. De oude vensterbanken in het oranje boerenhuis waren niet sterk genoeg om het gewicht van een airco te dragen als we al de centen hadden gehad om er een te kopen. Met mijn al te actieve zweetklieren en Ruby's colitis voelden we ons behoorlijk ellendig. Tante Lovey was onze kamer binnengekomen (nadat ze eerst had geklopt, want ze respecteerde onze privacy), had ons een doos aangegeven en gezegd dat we niet alles konden meenemen naar de kleine bungalow en dus meedogenloos moesten zijn. Ze had onze kast opengetrokken. 'Leeghalen.'

Toen Ruby en ik zeiden dat we onmogelijk een hele doos dingen konden vinden om weg te gooien, zei tante Lovey lachend: 'Heel grappig, meisjes, maar deze doos is voor de spullen die jullie willen meenemen. Ik heb nog vijf dozen voor de dingen die jullie willen weggooien.'

Die moordend hete middag pijnigden Ruby en ik onze hersenen over wat we zouden houden en wat we moesten weggooien, en we lagen voortdurend overhoop over wat iets waard was of al of niet van belang was. Op den duur liep onze ruzie zo hoog op dat we begonnen te schreeuwen en elkaar zaten te knijpen, maar nog steeds kwam tante Lovey niet tussenbeide. Ze wist ook wel dat we uiteindelijk genoeg van het geruzie zouden krijgen en de opdracht ons de keel zou gaan uithangen. Al die schatten van ons werden zo'n last dat we de kist voor de dingen die we wilden meenemen niet eens vol kregen. Mijn schriften met opstellen. Ruby's kaarten en schetsen van haar vondsten. Ruby en ik merkten dat tante Lovey helemaal niet zo meedogenloos was met haar eigen spullen. Ze piekerde er bijvoorbeeld niet over om haar enorme verzameling boeken weg te doen. Ze stofte elk versleten omslag af en pakte ze een voor een liefdevol in met het vaste voornemen ze allemaal nog eens te lezen, al zou het nooit zover komen.

In de stad wonen had allerlei voordelen. Ruby en ik konden van Chippewa Drive makkelijk naar de bibliotheek en het centrum van Leaford lopen, en we konden met de stadsbus verder overal heen waar we maar naartoe wilden (al zou het enige tijd duren voordat Ruby en ik onze onafhankelijkheid in alle omvang zouden leren waarderen). De eerste dag dat we in de stad woonden, nam tante Lovey ons mee naar Brekkie Break, het officieuze hoofdkantoor van de busmaatschappij van Leaford. Ze had ons aan de chauffeurs voorgesteld die aan de toog koffie stonden te drinken. (He-le-maal niet gênant.)

236

Toen kocht ze een dagkaartje voor ons, gaf ons een routekaart van Leaford en zei: 'Om halfzes terug zijn, anders mogen jullie nooit meer ergens alleen heen.' Ruby was die dag te uitgelaten geweest om last te krijgen van wagenziekte, terwijl we zo ongeveer elke busroute op de kaart reden en maar net voor onze avondklok terug waren.

Aan Chippewa Drive zaten we op een paar stappen van mevrouw Todino, voor als er zich een ramp zou voordoen (bij haar of bij ons). Overstroming of brand, we konden op tijd worden bereikt.

Voordat we verhuisden, sloeg oom Stash zowel voor zijn eigen gemoedsrust als de mijne de onafgewerkte muren van Frankie Foyles kamer in de kelder met een moker aan puin. Als ik 's nachts niet kan slapen, lig ik in mijn bed met Ruby spinnend naast me te denken aan wat er die middag in de kelderkamer is gebeurd. De wietlucht begint door de vloerplanken te sijpelen en ik proef de zoete drank op mijn verhemelte. Ik doe mijn ogen dicht en zie Frankie Foyle rillen en schudden en als een kat zijn rug krommen – doen alle mannen dat? – en bedenk wat een heerlijk gevoel dat moet zijn. Ik denk terug aan het moment dat Frankie ineens ophield mijn zus te kussen en ik dacht dat hij mij zou gaan kussen. En toen hij dat niet deed, had Ruby zachtjes aan mijn oorlelletje getrokken, waarmee ze wilde zeggen dat ze van me hield en dat alles op zijn pootjes terecht zou komen.

In de jaren sinds het overlijden van tante Lovey en oom Stash heb ik zo vaak bedacht dat Ruby en ik eigenlijk de bungalow moeten verkopen en een flat zouden moeten nemen in het gebouw naast de bibliotheek. Ik heb te veel last van allerlei herinneringen en die fantoomlucht van wiet. (Ik denk aan Taylor, de vrucht van mijn korte vereniging met Frankie, en ik vraag me af waar ze nu is en hoe ze is. Ruby hamert er wel op dat het egoïstisch en wreed zou zijn, maar voordat ik sterf, wil ik mijn dochter zien. En terwijl ik dit opschrijf, weet ik niet eens of het wel goed is om zelfs maar naar haar op zoek te gaan. Verwarrend, hè? Ik kreeg vandaag een mailtje van mijn nicht Gail uit Hamtramck waarin ze schrijft dat ze niets weet en me niet kan helpen, maar ik heb zo mijn twijfels of ik haar wel moet geloven.) Het zou nergens op slaan om nu uit de bungalow weg te gaan, want we hebben nog maar zo weinig tijd. En stel je voor dat Taylor me hier zou zoeken? Stel je voor dat ze door weet ik wat voor wonder achter haar afkomst zou komen en me wilde komen opzoeken? Stel je voor dat ze me met een dag of een uur verschil zou mislopen? Je leest weleens over dat soort dingen. Je leest er voortdurend over. (Niet in romans, trouwens, waar zulke toevalligheden een staaltje van slecht schrijverschap zouden zijn.)

Toen we net naar de stad waren verhuisd, had ik een vreselijke hekel aan al die precies dezelfde huizen, die afgrijselijke vierkante lapjes tuin, de nieuwsgierige buren (behalve Nonna, natuurlijk). Er was op Chippewa Drive geen wilde bloem te bekennen. Geen orchideeën. Geen bergamot, geen wilde aardbeien of gele guichelheil. Maar inmiddels weet ik de subtiele nuances te waarderen, de manier waarop mensen hun eigenheid laten zien met kleuren, hekjes, tuinkabouters en brievenbussen van de kunstnijverheidsmarkt. Ik mis mijn wilde bloemen, maar het is me gelukt om schitterende spitsbladige klimop over de bakstenen rond het huiskamerraam te laten klimmen. En tegen de muur tegenover die van Nonna klimt een bleekgele roos langs een latwerk. (Tante Lovey heeft me laten zien hoe je de dode knoppen eruit knijpt, een karweitje waar ik veel genoegen in schep.)

Toen we na ons eindexamen uit de oranje boerderij vertrokken, was ik verdrietig. Ik zou de lange vurenhouten tafel missen en treuren om de afbrokkelende muren. Ik zou terugverlangen naar de mais en de beek, mijn jeugd en Larry Merkel. Mijn zus en ik hadden het toen al niet meer zo vaak over Larry. Het was een speelkameraadje dat we ontgroeid waren. Maar terwijl we op die bloedhete zomermiddag onze doos inpakten en ons opmaakten om afscheid te nemen, was hij een brok in onze keel. We stonden bij de appelboom naast de oprit te wachten tot oom Stash met de auto zou verschijnen. Toen Ruby me vroeg of ik dacht dat Larry daar was, liet ik haar weten dat ik niet meer in geesten geloofde (ik was toen twintig) en dat ik mezelf echt niet wijsmaakte dat Larry nog leefde. Maar eerlijk gezegd kon ik niet ontkennen dat ik het gevoel had dat hij vanachter de guldenroede en door de kraalogen van de kraaien naar ons keek. Ruby en ik namen hardop fluisterend afscheid. Ik stond erop dat we de rode brandweerauto (die we hadden gevonden op de dag dat Ryan Todino ons in de beek had gedoopt) zelf zouden houden in plaats van hem naar Cathy Merkel te brengen. Ruby dacht dat de auto haar misschien een beetje zou troosten. Ik wist zeker dat ze alleen maar opnieuw al haar verdriet zou voelen. En ik was zelfzuchtig genoeg om geen zin te hebben in dat tochtje over de akker, langs de beek en over het bruggetje naar de cottage van de Merkels. Ik wilde niet dat die tocht de laatste zou zijn die we op de boerderij zouden ondernemen. Er is een herinnering mee verbonden. Een herinnering die ik het grootste deel van mijn leven aardig uit mijn hoofd heb weten te zetten. Ik heb iets gezien. Iets wat ik aan niemand heb verteld – zelfs niet aan Ruby. Ik heb nooit helemaal kunnen verklaren wat ik toen zag. En ik denk er maar zelden aan, zoals ik aan de meeste raadselachtige dingen maar zelden denk.

Toen Ruby en ik in de brugklas zaten – dus we moeten twaalf, dertien jaar zijn geweest – vroeg Ruby, toen we weer eens eieren wegbrachten, aan mevrouw Merkel of ze dacht dat Larry zijn blauwe fietsje miste. (Laat ik er even bij zeggen dat mevrouw Merkel het tegen ons vaak over Larry had. Dan vertelde ze dat hij zo van bramenjam hield, en dat hij zo goed kon schaatsen en zijn voor- én zijn achternaam kon schrijven. Ze had ons zelfs een plaatje laten zien dat hij voor haar had ingekleurd en aan de achterkant met twee omgekeerde r'en had gesigneerd.)

Ik zag meteen dat Ruby er niet verstandig aan had gedaan om dat te vragen. Mevrouw Merkel bleef een hele tijd beweginloos staan en het verdriet verdiepte de rimpels in haar voorhoofd. Haar ogen weerspiegelden Ruby en mij en waren vervuld van een onmiskenbare afkeer. Ik ben nooit erg vlug ter been geweest en ik stond me af te vragen hoe ik snel om de tafel kon wegduiken als ze haar arm ophief om Ruby en mij te slaan, want ze keek absoluut alsof ze dat wilde. Maar Cathy Merkel hief haar arm niet op. Ze zeeg neer in een stoel en zei: 'Ik moet overgeven.' En dat deed ze. Zodat Ruby ook moest overgeven. Wat best grappig zou zijn geweest, als ik niet net Cathy Merkels gedachten had gelezen en ervan overtuigd was geweest dat dit was wat ze dacht: wat is dat voor God die mijn Larry wegneemt en zo'n monster laat leven?

De dag daarop kwam oom Stash met een smoes en ging hij zelf de eieren bezorgen, en we hebben het daarna ook nooit meer gedaan. In de loop van dat jaar kwamen we Cathy Merkel nog wel af en toe tegen, bij de kruidenier in de stad, of bij de bibliotheek, waar ze recepten uit kookboeken overschreef en actiefilms voor meneer Merkel huurde, of soms papiertjes met telefoonnummers van het prikbord scheurde. Dan wierp ze ons een strakke grijns toe, zoals ze altijd deed als ze ons tegenkwam. Tante Lovey en zij wisselden een paar vriendelijke opmerkingen, en als Cathy Merkel was vertrokken, zei tante Lovey zuchtend: 'Het heeft niets met jullie te maken, meisjes. Het heeft helemaal niets met jullie te maken.'

Sherman Merkel kwamen we dagelijks op de akkers tegen. Soms bleef hij even staan voor een praatje, maar meestal moesten we het met een zwaai uit de verte doen. Ik herinner me wel dat we eens op een lentedag naar pijlpunten aan het zoeken waren, en toen bleven staan kijken hoe meneer Merkel de bodem onderzocht om te zien of die al beplant kon worden. Meneer Merkel wist dat VanDyck zijn mais er de dag tevoren in had gezet, en dat de Zimmers dat de week ervoor hadden gedaan. Maar Sherman Merkel was van mening dat VanDyck en Zimmer er te vroeg bij waren geweest. Hij boog voorover, stak zijn grote handen uit en schepte een bergje aarde op om het op vochtigheid te onderzoeken. Hij gooide een beetje aarde de lucht in en keek hoe het met de bries werd meegevoerd. De rest van de aarde likte hij van zijn handpalm en duwde hij als pindakaas tegen zijn verhemelte. Hij tuurde even over de akkers, klopte toen op zijn maag en zei dat het tijd voor het middagmaal was. 'De vrouw maakt spaghetti met gehaktballetjes. Jullie zijn van harte welkom.'

Ruby en ik wisten zeker dat we niet welkom waren bij Cathy Merkel in de keuken. We zeiden geen van beiden iets, maar de boer wist vast wat er door ons heen ging. Na een lange, bedachtzame pauze zei hij: 'Voor Larry was ze anders.'

'Aardig?' vroeg Ruby.

Meneer Merkel knikte traag en wandelde naar huis, naar zijn kinderloze vrouw.

Ik zou toen nooit hebben kunnen dromen dat ik zelf ooit ook een kinderloze moeder zou zijn.

Een paar dagen later besloten mijn zus en ik om een bezoek aan de cottage aan de overkant van de beek te brengen, uit nieuwsgierigheid naar de verzameling pijlpunten van Sherman Merkel en, ondanks Cathy Merkels afkeer van ons, ook omdat we ons tot haar aangetrokken voelden. Maar we hadden een smoes nodig. En die was er, in de vorm van de rode brandweerauto. Tante Lovey had die dag dienst in het ziekenhuis en oom Stash was in de schuur een oude trog aan het schuren waarvan hij een kuip voor wilde planten wilde maken, als cadeau voor haar verjaardag. We gingen langs de schuur om tegen oom Stash te zeggen waar we heen gingen, maar hij was er niet. Ruby en ik waren niet bezorgd (dit gebeurde voor zijn hartaanval, toen we nog helemaal niet aan zijn onverwoestbaarheid twijfelden). We wisten dat hij waarschijnlijk in de wei foto's van de lentedooi aan het maken was. Of dat hij ineens had besloten een stel melkbussen te beschilderen in plaats van de trog te schuren. Ik voerde aan dat we evenveel tijd kwijt waren met weer naar binnen gaan en een briefje schrijven als om naar de Merkels en terug te lopen, wat niet waar was.

Ik ploegde door het veld naar de cottage over een pad dat helemaal met dicht en doornig struikgewas overgroeid was. We hadden het pad al talloze malen gelopen, maar het zou daarna nooit meer gebeuren. Ik hield het autootje stevig vast en zei een gebedje voor Larry (of bad ik tot Larry? Dat wist ik nooit) toen we het bruggetje over de beek op liepen. Ik stelde me voor dat mevrouw Merkel Ruby en mij voortaan een stuk vriendelijker gezind zou zijn omdat we iets van Larry hadden teruggebracht.

En daar zagen we de reigers.

Het heeft mijn zus en mij nooit kunnen schelen dat blauwe reigers helemaal niet zeldzaam zijn in Leaford. Ze hebben zo'n elegant profiel en vliegen zo gracieus dat Ruby en ik altijd blijven stilstaan om naar ze te kijken. En zo ging het die dag ook. Net toen we het poortje naar de cottage hadden bereikt, verschenen er maar liefst twee reigers. Die iriserende, prehistorische, langpotige, afstandelijke reigers bleven op de oever van de beek staan en wierpen een blik achterom naar Ruby en mij. Die vogels met hun hoge borst, hun spillepoten en chique wimpers vonden ons helemaal niet bedreigend.

'Reigers,' zei Ruby zacht. 'Blijf staan.'

Ik bleef staan maar draaide me niet helemaal om. 'Prachtig,' zei ik. Iets achter het raam van de cottage had mijn aandacht getrokken. Flits. Vlees. Flits. Rug. Flits. Billen. Flits. Dij. Ik had nooit gedacht dat meneer Merkel zo behaard zou zijn. En ik begreep niet waarom hij naakt was. Helemaal omdat het midden op de dag was. Ik wist wel iets van seks, maar ik had toch eigenlijk begrepen dat het iets was wat je 's nachts deed, en liggend, en niet staand en overdag. Ik had me moeten afwenden. Ik had moeten weglopen. Maar ik bleef naar de naakte lichamen kijken die achter de fladderende gordijnen aan het stoten waren. Ik kon het gezicht van Sherman Merkel niet zien omdat hij over het achterste van zijn vrouw gebogen stond, maar ik stelde me voor dat hij een sinistere blik in zijn ogen had. Er klonk een zacht gewiek toen de reigers zich in de lucht verhieven, een zucht van Ruby, en de vogels waren verdwenen. Ruby gaf me een por. 'Einde voorstelling. Kom mee.' Maar de voorstelling was nog niet afgelopen en ik kon me niet afwenden. Ik had gewild dat ik een telefoon had, dan had ik de politie kunnen bellen. Ze zat vast en zeker vastgebonden, dacht ik, en misschien was ze wel gekneveld.

Ruby merkte dat er iets aan de hand was. 'Wat is er?'

'Niets,' antwoordde ik. 'Wees nou maar stil, misschien komen ze terug.'

Ik wist dat de reigers niet terug zouden komen. Ik zag Sherman Merkel zijn armen uitsteken en om het middel van zijn vrouw slaan, om haar tegen zich aan te trekken, billen tegen kruis, rug tegen onderlijf. Onder het stoten beet hij in haar schouder. Ineens werd het paar helemaal zichtbaar en kon ik hun gezicht zien. Ik was geschokt toen ik zag dat ze genoot van het ruwe binnendringen, maar nog geschokter toen ik zag dat de man achter Cathy Merkel niet haar echtgenoot was. Er is sinds die dag zo veel tijd verstreken. Oom Stash en tante Lovey zijn overleden en de Merkels wonen nog steeds op de boerderij. Ruby en ik zijn stervende, en ik zal er echt niet aan onderdoor gaan als ik toegeef dat de man achter Cathy Merkel oom Stash was.

Ruby is heerlijk naïef en emotioneel gezien nogal kwetsbaar. Ik ben er bijna van overtuigd dat ze dit boek niet tot hiertoe zal lezen. (Ruby staat helemaal achter me, maar ze is geen groot liefhebber van mijn schrijfstijl, wat naar mijn idee eigenlijk wel grappig is. Ik voldoe zogezegd niet helemaal aan haar smaak. Ruby zou er wel aan onderdoor gaan als ze de waarheid over oom Stash wist, maar ik begrijp wel, en misschien heb ik dat mijn hele leven ook wel begrepen, dat wij mensen zwak en gecompliceerd zijn. En aan de vooravond van de Dag des Oordeels ben ik de laatste om kritisch te zijn. En wat doet het er trouwens toe? Tante Lovey deed maar wat. Oom Stash deed maar wat. En wij gaan dood.

Wat de kleine rode brandweerauto van Larry Merkel aangaat: toen ik dat tafereel bij Cathy Merkel achter het raam had gezien, en mezelf had voorgehouden dat ik het niet had gezien, wist ik Ruby ervan te overtuigen dat het bij nader inzien toch niet zo'n goed idee was om naar de Merkels te gaan en dat we het speeltje van Larry moesten houden, want dat had hij duidelijk gewild. Ze was het ermee eens en dat deden we. En weet je wat nog het vreemdst was? Die reigers kwamen wel terug.

Ik erger me aan dat gedoe van Ruby over haar nalatenschap, maar nu bedenk ik dat dit boek, deze autobiografie net zo goed zoiets is. Mijn verhalen vormen mijn nalatenschap, maar ik heb precies dezelfde obsessie om alles te groeperen, op te stapelen, weg te gooien, te verpakken en van een etiket te voorzien, dingen te tellen en te beoordelen en zelfs om ze aan iemand na te laten. Ik sta er zelf van te kijken hoe weinig ik geneigd ben om onze erfenis te bespreken. Ruby denkt dat het me niet kan schelen wat we nalaten, maar het tegendeel is waar. Het kan me juist zoveel schelen dat ik mezélf wil nalaten, zodat wanneer Rose en Ruby Darlen er niet meer zijn, er een doos is met een stomme roze shawl en een rood brandweerautootje, en dit – dit ware verhaal over ons.

Ruby
Het verrassingsfeest was geweldig! Hartelijk gefeliciteerd met onze verjaardag.

ROSE EN RUBY DARLEN BEREIKEN MIJLPAAL OP DERTIGSTE VERJAARDAG!

(Gejuich.)

Er stonden niet echt koppen in de kranten. We wilden onze verjaardag dit jaar rustig en onder elkaar houden. Rose heeft zelfs de *Leaford Mirror* gebeld om te vragen of ze alsjeblieft dit jaar niet hun jaarlijkse felicitaties voor de Zusjes wilden publiceren, omdat er na dat bericht in de *Mirror* altijd allerlei kranten en tijdschriften van over de hele wereld beginnen te bellen dat ze ons verhaal willen vertellen. We weten heus wel dat er mensen zijn die ons willen exploiteren. We hebben dit jaar zelfs zonder krantenberichten een paar telefoontjes gehad, omdat zo veel mensen van alles over ons op internet kunnen vinden. Dat is de belangrijkste reden waarom ik een hekel aan computers heb. Er is te veel informatie op te vinden. En er zijn niet genoeg slimme mensen.

Toen Rose en ik de personeelsruimte van de bibliotheek binnenkwamen, schreeuwde iedereen: Verrassing! Het was om je een ongeluk te lachen, zoals Rose keek — en neem maar van mij aan dat ze geen actrice is — dus toen wist ik helemaal zeker dat ze niets in de gaten had gehad. Al dat gedoe is dubbel en dwars de moeite waard geweest.

De taperecorder en de cd-speler van de draagbare stereo die Whiffer had meegenomen, deden het niet, dus we moesten het met de radio doen. Rose vond dat prima, want Lutie zocht een zender uit Detroit op die Motown draaide. Ik kreeg het verwijt dat ik zat te pruilen, maar ik houd nou eenmaal van muziek van de laatste tien jaar, al moet ik toegeven dat dat Motown-werk de mensen wel aan het dansen zette. Zo gaat dat altijd. Als er in een film maar even een stukje Motown-muziek zit, slaan de personages allemaal aan het dansen en zijn we allemaal o zo blij.

Rosie dronk een glas champagne en wilde er nog een, maar Nick zei dat ze rustig aan moest doen. Ze werd nogal spraakzaam van de champagne en Rose kan behoorlijk grappig zijn, al heeft ze naar mijn idee eerder een mannelijk gevoel voor humor en kunnen Whiffer en Nick haar beter volgen dan de rest.

Lutie heeft de hele avond op video vastgelegd, en daar heb ik al vier keer naar gekeken, want het was een van de leukste avonden van mijn leven. Echt waar. En helemaal omdat ik hem samen met mijn beste vriendin heb doorgebracht. En omdat ik van alle mensen houd die er waren. (Behalve Nick dan.)

Rose had een prachtige pastelblauwe blouse van ruwe zijde voor me besteld op haar computer. Hij werd vorige week bezorgd en ik werd knettergek van nieuwsgierigheid naar wat er nou in die doos zou zitten. Hij is prachtig, en de kleur past heel goed bij mijn huid. Ik wil hem voor een speciale gelegenheid bewaren. Of eigenlijk had ik bedacht dat ik hem zou bewaren voor als ik lig opgebaard. Ik weet dat dat ontzettend griezelig klinkt, maar als we besluiten om een kist te laten maken en zo, al denk ik niet dat we dat doen, maar stel nou, dan moet ik iets hebben om aan te trekken. Ook in de dood maken kleren de man (of vrouw).

Mijn zus geeft niet om kleren. Ik koop meestal een boek voor haar verjaardag. Dan gaan we naar de boekwinkel in Ridgetown, waar de verkoopster al zo aan ons gewend is dat ze niet naar ons staart. Rose kiest vijf boeken uit, en daar koop ik er één van. De verrassing is dan dat ze nooit weet welke van de vijf ze krijgt. Maar we kunnen eigenlijk niet meer met de bus, omdat

Rose duizelig wordt. Ik had geen zin om Nick te vragen ons naar Ridgetown te brengen. De mensen moeten geen verkeerde ideeën over Nick en ons krijgen.

Dat glas champagne zorgde ervoor dat we wel een halfuur op het toilet vastzaten om Rosie van de hik af te helpen. En ik maar denken dat met elke hik het aneurysma kon scheuren, terwijl we nog niet eens de taart hadden aangesneden.

Mijn zus was niet zomaar verbaasd vanwege het verjaarspartijtje, ze was door het dolle heen. Mensen zeggen wel vaker dat ze ergens geen zin in hebben, maar als het dan zover is, komen ze erachter dat het juist precies is wat ze wilden. Natuurlijk zat het er dik in dat ze zou zeggen dat ze geen feestje wilde, en al helemaal geen verrassingsfeestje, maar ze heeft het ontzettend naar haar zin gehad. Heel erg.

Whiffer had voor Rose een schattig bedelarmbandje gekocht. Ik kreeg een cadeaubon voor de videowinkel, wat best leuk is, hoor, maar iets persoonlijkers zou pas echt aardig zijn geweest.

Ik heb nog even gedacht dat het partijtje zonder ons zou worden gevierd. Rose voelde zich niet lekker – ze had hoofdpijn en was slapjes – en vroeg of ik het niet erg zou vinden als we niet met de taxi naar Chatham gingen om uiteten te gaan. Ze zei dat ze gewoon naar bed wilde en de rest van de dag wilde overslaan. Ik denk dat ze gedeprimeerd was. Het liet haar koud dat we de langstlevende craniopagus-tweeling uit de geschiedenis zijn geworden, nu we dertig zijn. Ik vind het geweldig, maar niet zo geweldig als ik had verwacht, want uiteindelijk is er altijd nog die afloop, die veel te snel komt.

(Ik heb mijn zus uiteindelijk de deur uit gekregen door het zo erg op een janken te zetten dat ze overal liever wilde zijn dan in haar eentje met mij in de bungalow.)

Het eten was heerlijk. Nonna had aubergines met parmezaanse kaas en gehaktballetjes gemaakt. Roz kwam met worstenbroodjes en zalmsmeersel op crackers en spinaziedip in uitgehold brood. Lutie kwam met een frambozendrilpudding met plakjes banaan die zijn moeder had gemaakt, en twaalf verse kaasbolletjes waar de Oakwood-bakkerij beroemd om is. Ik heb de laatste tijd weer behoorlijk last van mijn colitis, dus ik kon me niet echt te buiten gaan aan onze verjaardagshapjes. Ik heb wat van een kaasbolletje gegeten, maar dan zonder boter, en ik moest de stukjes kaas eruit halen, maar ik rook het eten en zag dat iedereen (behalve Rose, die steeds minder trek krijgt) echt zat te smullen.

Nonna zou de taarten maken, maar ze raakte onder het bakken in de war en Nick moest ze afmaken. Voor Rose wilde ik een ronde chocoladelaagjestaart die eruit moest zien als een basketbal, met oranje glazuur en zwarte strepen van drop. En voor mezelf wilde ik een filmklapper (voor het geval je niet weet wat een filmklapper is: dat is een ding dat ze gebruiken zodat de regisseur weet hoe vaak een acteur zijn tekst kwijt is). Zo'n filmklapper is zwart en wit, met bovenaan schuine strepen, en Nick had niet genoeg zwarte kleurstof in het glazuur gedaan, waardoor het grijs werd en je eigenlijk geen idee had wat het moest voorstellen, al had hij er wel heel bijdehand 'Het verrassingsfeest met in de hoofdrollen Rose en Ruby Darlen' op geschreven. Nick had dertig kaarsjes gebruikt – vijftien op elke taart – wat in feite niet klopt. En hij had de taarten ook nog eens verkeerd om neergezet zodat we ze moesten omdraaien en de woorden niet naar ons toe stonden toen we de kaarsjes uitbliezen – en iedereen weet dat dat ongeluk brengt.

Er werd een hoop gepraat en gelachen en de muziek stond behoorlijk hard. Ik denk dat Rupert zich een beetje overweldigd voelde want hij begon te jammeren en Roz moest hem mee naar huis nemen. En Whiffer en Lutie hadden nog iets met meisjes afgesproken of zoiets. En Nonna was doodmoe. Maar ze hield zich goed, of ze deed overtuigend alsof. Soms is ze zo in de war dat ze denkt dat ik het dochtertje van Rose ben, en dan vraagt ze Rose:

Hoe gaat het vandaag met de kleine meid? Heel gênant. Ik speel het spelletje ook nooit mee, al zegt Rose dat ik dat wel moet doen. Maar goed, tegen halftien was iedereen vertrokken, maar toen kwam Nick terug om te zien of we hulp konden gebruiken. Ik zei dat we heel goed in staat waren om een taxi naar huis te nemen.

Rose zei dat we stom zouden zijn om voor een taxi te betalen als onze buurman onze kant op moest. Wat kon ik daar nou tegen inbrengen?

Op weg naar huis vertelde Nick dat Nonna nog steeds aanvallen van verwarring heeft. Het verbaast me dat Nick niet vaker geïrriteerd raakt. Ik ben soms al geïrriteerd en ik woon niet eens met haar samen. Wedden dat hij achter gesloten deuren een stuk minder geduld heeft? Op de avond van het feestje leek ze weer helemaal in orde, maar toen Whiffer de lepel pakte om een gehaktballetje te nemen, gaf ze hem een klap op zijn hand en zei: Wachten tot we allemaal gaan eten. Vervolgens noemde ze Whiffer de hele tijd Fjodor, en dat was niet de naam van Nonna's man, de vader van Nick, die al voor Nicks geboorte is gestorven. Whiffer en ik moesten erom lachen, maar Rose kneep me omdat Nick niet moest lachen. Vanaf dat moment ging het bergafwaarts met Nonna.

Nick bracht ons na het feestje naar huis, en dat is prima, al heb ik het rare gevoel dat hij ons helpt omdat hij daar iets voor terug verwacht. We hebben hem niets over het aneurysma of over de prognose verteld, maar we gaan natuurlijk wel veel vaker naar dr. Singh in Toronto en Nick kan vast aan ons zien dat het niet goed met ons gaat, helemaal omdat Rose zo mager wordt. Ik hoop maar dat Nick niet aardig voor ons is omdat hij iets terug verwacht. Hij komt niet in ons testament. Niet dat ik denk dat Rose hem in ons testament wil opnemen. Niet dat ik ook maar een flauw idee heb van wat Rose wil.

Rose zag er echt mooi uit op onze verjaardag, en ik was heel blij dat ze een beetje haar best had gedaan, want meestal moet je haar smeken om haar haar te kammen en een schone blouse aan te trekken. Ze had haar nieuwe crèmekleurige blouse aan die ze bij een stalletje had gekocht, en ze had zelfs wat van de roze lippenstift opgedaan die ik haar cadeau heb gegeven. Ik heb de verkeerde kleur gekozen. Hij stond haar niet goed maar ze kreeg zo veel complimenten dat ze hem nu vast elke dag op wil.

Die avond in bed drukte Rose me tegen zich aan en zei: We hebben het gehaald. Ik voelde dat ze rilde en ze dacht waarschijnlijk precies wat door mij heen ging: goed, en wat nu, God? Alleen laat Rose God natuurlijk weg. Toen raakten we elkaars oorlelletje aan om te zeggen dat we van elkaar hielden.

Tante Lovey en oom Stash zeiden altijd Je tegen elkaar. Elke morgen voordat oom Stash naar zijn werk ging, kuste hij Rose en mij en zei: Braaf zijn, meisjes. Daarna legde hij zijn hand op zijn hart, keek tante Lovey diep in de ogen en zei Je. Alleen Je. Soms knikte ze alleen glimlachend, en soms deed ze hetzelfde. Ze legde haar hand op haar hart en zei Je.

Ik weet nog dat ik toen we jong waren eens aan mijn zus heb gevraagd waarom tante Lovey en oom Stash nooit 'Ik hou van je' tegen elkaar zeiden. Alleen: Je. Rose pakte het woordenboek erbij en liet me het woord 'redundant' opzoeken.

Gisteravond zei ze dat ze heel trots op me was omdat ik zoveel op mijn blocnotes schrijf. Ik heb er al twee volgeschreven en begin nu aan mijn derde. Dat gaf me een goed gevoel en tegelijkertijd was ik geïrriteerd, want ik heb haar goedkeuring echt niet nodig. Maar eigenlijk dus wel. Begrijp je?

Ze zei dat ze halverwege haar boek was en vroeg hoeveel ik nog moest voor ik klaar was. Ik merk dat ze heel nieuwsgierig is naar wat ik heb geschreven, maar ze vraagt er niet naar.

Ik ben nog lang niet klaar. Of misschien ben ik nu net klaar. Hoe moet je dat nou weten?

Rose wil nog steeds op zoek naar Taylor. Ze heeft onze nichtjes in Hamtramck een e-mail gestuurd om te horen of die wat over die privéadoptie weten, maar ze zeiden dat ze van niets wisten. Oom Yanno heeft het allemaal geregeld, maar daar heeft niemand in jaren iets van gehoord en je kunt er de nichtjes niet naar vragen want dan zul je ervan lusten. Yanno is er met een andere vrouw vandoor gegaan toen tante Poppy kaal werd van de chemotherapie. Je wilt niet weten hoe oom Stash toen heeft lopen vloeken. Voorzover we weten heeft oom Stash oom Yanno een keer tegen de grond geslagen.

Het enige wat we weten is dat iemand van de Fordfabriek Taylor geadopteerd heeft, en we weten niet eens of dat echt zo is. Dus dat plan van Rose om te proberen een persoonlijke smeekbede in het krantje van Ford te krijgen, is niet ijzersterk. Rose zei: Waarom huren we geen privédetective in om naar haar te zoeken, zoals tante Lovey en oom Stash hebben gedaan om onze echte moeder, Mary-Ann, te zoeken?

En ik dacht: onze echte moeder. Mijn god. Onze echte moeder?

Ik keek via de spiegel naar Rose en ik kon zien dat ze het echt meende en ineens besefte ik dat het nooit bij haar opgekomen was dat er geen privédetective was geweest. En dat het graf dat we hadden bezocht niet van onze moeder was. Ik ben er altijd van uitgegaan dat dat zoiets was wat we wel dachten maar nooit bespraken. Ik zei dat ik denk dat tante Lovey en oom Stash ons hebben voorgelogen, omdat we zo graag onze echte moeder wilden vinden en zij dachten dat ze er goed aan deden. Ik wilde verder niks zeggen, maar ze drong aan, dus toen vertelde ik dat ik me kan herinneren dat tante Lovey tegen oom Stash zei dat we behoefte hadden aan bewijzen. En aan een afronding. En niet lang daarna kwam oom Stash met het idee aanzetten om een privédetective in de arm te nemen.

Niet te geloven dat Rose nooit heeft bedacht dat we niet eens het geld hadden om de eerste verdieping te verwarmen, en dat oom Stash nooit van zijn leven geld aan een privédetective zou spenderen als dat niet gegarandeerd iets zou opleveren. Bovendien kwam die geheimzinnige vent nooit naar de boerderij, en we hebben hem nooit aan de telefoon gehad. En hij zou dus zogenaamd een spoor hebben gevonden dat rechtstreeks van Leaford naar onze moeder in Toronto leidde. Volgens de informatie van de privédetective was onze moeder dus een engelachtig wezen dat bij een boekwinkel werkte en naar de kerk ging en een hoop met Rose en mij gemeen had (zoals lezen en schrijven en belangstelling voor de Neutral-indianen, ja ja) en ze was heel handig vlak na onze geboorte gestorven. Ze heette niet Elizabeth maar Mary-Ann, en dat zal wel zijn omdat dat de enige grafsteen was die oom Stash kon vinden met een vrouwelijke Taylor die kort na onze geboorte was gestorven.

Daarna was Rose even heel stil. Ik zei dat ze niet kwaad op tante Lovey en oom Stash moest zijn, en dat was ze niet, zei ze. Maar haar spiegelbeeld was zo triest dat ik wou dat ik mijn mond had gehouden.

Dus daar heeft Rose even flink over gepiekerd. Ze is gek op lekker piekeren. Echt waar. Ik ben liever blij. Tante Lovey maakte weleens het grapje dat Rose dat gepieker van de Slowaakse kant heeft. (De grap is dat we geadopteerd zijn, dus dat we geen Slowaaks bloed hebben – voorzover we weten.)

Toen we later in bed lagen, zei Rose dat ze er al die tijd nooit aan heeft gedacht dat onze moeder misschien nog in leven zou zijn, en dat ze daar nog wat tijd voor nodig had. In die periode schreef ze een heleboel gedichten. Een paar weken later begon ze weer over die privédetective en dat we Taylor en onze moeder moesten opsporen en dan moesten regelen dat die elkaar ontmoeten als wij er niet meer zijn. (En dan ben ik de dromer, volgens haar!)

Ik weet niet of Rose door dat aneurysma niet helder meer kan denken of dat ik getikt ben. Maar volgens mij is het een slecht idee. Als onze moeder nog leeft (en dat zal wel, want ze is nog maar eind veertig), dan weet ze wie we zijn en had ze allang contact met ons kunnen opnemen als ze dat wilde. Ze zal echt niet vergeten zijn dat ze een craniopagus-tweeling ter wereld heeft gebracht. En als je erachter wil komen waar we wonen, heb je genoeg aan één tik op een computertoets. Iedereen weet dat je ons overal op internet kunt vinden.

Die nacht droomde ik dat onze moeder en Taylor bij mevrouw Merkel in de keuken bramenjam zaten te eten.

Ik werd midden in de nacht wakker omdat Rosie lag te huilen. Ze zei dat haar hoofd vreselijk pijn deed. Ik zei dat ik dat heel naar vond. Toen zei ze heel zachtjes, zodat ik snapte dat ze het echt meende, dat we twee van die tatranaxdingen moesten nemen en dan wegzeilen. Samen. Op dat moment. Ze zei: Laten we het nu doen, Ruby. We kunnen elkaar vasthouden. Het is vast niet eng.

Ik begon te beven. Ik kon er niet mee ophouden. Ik moest niet huilen of zo. Ik kon alleen niet ophouden met beven. Een hele tijd. En zij bleef maar zeggen: Rustig maar, rustig maar, Ruby. Ze zei dat ze maar een grapje had gemaakt, maar dat was niet waar.

Dat was niet waar.

PIVO

Tante Lovey dronk alleen bij speciale gelegenheden, en dan alleen een beetje witte wijn, maar oom Stash dronk graag elke avond een paar biertjes – drie als er een wedstrijd op tv was, vier als zijn ploeg verloor. Oom Stash gebruikte nooit het Engelse woord voor bier. 'Haal eens een *pivo* voor me, Rose,' riep hij dan. Volgens hem was het alcoholpercentage in bier in vergelijking met slivovitsj of Becherovka zo laag dat het eigenlijk geen drinken meer was. De pivo kocht hij bij de bierhandel, maar de Becherovka maakte oom Stash zelf, van kruidnagels en iets wat naar terpentijn rook (dus eigenlijk was het namaak-Becherovka). Hij zei dat Becherovka een toverdrank was en gaf me een theelepeltje tegen verstopping als ik beloofde dat ik het niet aan tante Lovey zou vertellen (die de voorkeur gaf aan glycerinezetpillen en gezeefde pruimen). Maar Ruby moest er van hem vanaf blijven. Ze zou er ook een geblakerde keel aan hebben overgehouden. Ik denk dat de Becherovka me een kick gaf. In elk geval kwamen mijn ingewanden ervan in beweging. De avond voordat moeder Darlensky naar Leaford zou komen, dronk oom Stash een halve fles van het spul, al denk ik niet dat hij er zijn eigen aandoening mee had kunnen genezen.

In de weken voorafgaand aan het bezoek van moeder Darlensky was het oude boerenhuis bijkans weggekwijnd van het geschrob, de spanningen, het gefluister en de bezorgdheid. Tante Lovey schuurde de vloeren rauw. Ruby en ik namen de muren in de gang vochtig af en sproeiden Jean Naté op het bruinoranje tapijt in de hobbykamer, waar het ellendige oude mens zou slapen. Oom Stash stofzuigde de auto en harkte zesenveertig zakken bladeren bij elkaar.

Het was 31 oktober, Halloween, en Ruby en ik zaten in het laatste jaar van de middelbare school. (Ik vind Halloween vreselijk; mijn zus en ik hebben van meet af aan geweigerd eraan mee te doen.) In oktober was onze slaapkamer in de oude oranje boerderij altijd ijzig koud, en het rook er naar maisvliezen en gedroogde tabak. Maar op die Halloweenochtend, op de dag dat moeder Darlensky zou arriveren, werden we wakker in een klamme, muf ruikende kamer, alsof het eind juli was. We liepen naar het raam en zagen buiten Sherman Merkel in hemdsmouwen met zijn stalbezem naar de kraaien uithalen, met achter zich een veld vol donkeroranje pompoenen die klaarlagen voor de mesjes, de hartige taartbodems en de vandalen. De vliegen op de vensterbank wisten net zomin als wij of het nu hartje zomer of laat in de herfst was.

We trokken onze pas gestreken blouse en rok aan en gingen naar de keuken waar we tante Lovey en oom Stash aan weerszijden van de lange vurenhouten tafel aantroffen, met een donkere wolk tussen hen in. Tante Lovey had haar koraalrode lippenstift op en oom Stash had iets glibberigs in zijn haar gedaan om het glad achterover te houden. Hij zag er tamelijk lachwekkend uit, en ik vroeg me af of tante Lovey daarom zo'n frons in haar voorhoofd had, tot ze zei: 'Ik houd voet bij stuk, Stash. Ze gaat maar achter bij de meisjes zitten.'

'Ze is oud. Het is te moeilijk achter instappen,' antwoordde oom Stash.

'Misschien was het je nog niet opgevallen,' kwam tante Lovey in het geweer, 'maar je twee dochters stappen bijna elke dag achterin.'

'Het is één dag, Lovey.'

'Precies. Het is echt niet te veel gevraagd.'

'Het is ook niet te veel aan jou gevraagd.'

Het was me een raadsel waarom tante Lovey de kont zo tegen de krib gooide over die plaats voorin. En waarom oom Stash het niet gewoon opgaf, was helemaal een compleet raadsel. Bovendien hielp die reusachtige kloof die door de enorme tafel werd veroorzaakt ook niet bepaald. Toen we bij het busstation arriveerden, praatten ze nog steeds niet met elkaar. Ruby en ik zagen de bus aankomen. Ik voelde het hart van mijn zus bonzen toen de deuren van binnenuit werden opengetrokken. Maar er stapte niemand uit. Oom Stash slikte. Tante Lovey keek een beetje opgelucht, in de hoop dat de bejaarde vrouw van gedachten was veranderd. Toen er na een lang moment nog niemand was verschenen, ging oom Stash maar eens informeren. Later vertelde hij dat zijn moeder bleek en doodsbang in haar stoel aan het gangpad had gezeten terwijl de chauffeur haar tot vertrekken probeerde aan te zetten. Maar toen ze opkeek en oom Stash zag staan, lachte ze als een klein kind.

Ruby en ik keken toe hoe oom Stash zijn moeder bij haar handen vasthield en haar de bus uit hielp als een peuter die nog niet helemaal met trappen uit de voeten kan. Ze was nietig en mager en had nauwelijks een haar op haar hoofd. Haar mond was rimpelig en haar grote ogen stonden verbijsterd.

Oom Stash hoefde Ruby en mij niet aan zijn zieke moeder aan te wijzen. We stonden bij de buurtwinkel annex tankstation annex busstation al in het middelpunt van de belangstelling. De oude vrouw wierp vanaf de treden van de bus een blik naar ons. Maar ze leek ons niet goed te kunnen onderscheiden. En er kon geen lachje af.

Tante Lovey stond te wachten tot ze zou worden herkend, maar moeder Darlensky lette alleen op haar voeten terwijl ze stukje bij beetje op haar piepkleine witte gympen dichterbij kwam. Op de blouse van de oude vrouw zaten vlekken. En rond haar kruis zaten er kreukels in haar polyester broek. Tante Lovey nam moeder Darlensky bij haar elleboog en zei: 'U ziet er goed uit, moeder Darlensky.'

Ik barstte bijna in lachen uit.

De oude vrouw knikte maar zei niets en keek tante Lovey niet aan. Ruby en ik waren opgelucht toen tante Lovey het voorste portier opendeed en de breekbare vrouw hielp instappen, voordat ze aan Ruby's kant achter instapte. 'Volgens mij herkent ze me niet,' zei tante Lovey zachtjes, en het simpele feit dat ze niet door haar schoonmoeder werd herkend, bevrijdde tante Lovey van de weerzin die ze zo lang had gekoesterd.

'Ik laat je Leaford even zien, moeder,' zei oom Stash.

'Ik wil naar huis,' zei moeder Darlensky in het Slowaaks.

'Ik rijd langs Vanderhagen, om je te laten zien waar ik werk.'

'Naar huis,' herhaalde de oude vrouw.

Oom Stash draaide het contactsleuteltje om. Toen zette hij de auto in de versnelling en onder het wegrijden zei hij: 'We nemen de lange route naar huis. Dat is een mooie rit. Let maar eens op.' En in plaats van naar huis te rijden, reed hij naar het centrum van Chatham.

Na een tijdje deed oom Stash zijn mond open, maar ik hield hem tegen. 'Ssst,' zei ik. 'Ze slaapt.'

Eén blik op zijn slapende moeder en oom Stash richtte zijn aandacht weer op de weg. Hij trapte op de gaspedaal.

Toen de auto naar voren schoot, viel moeder Darlensky's hoofd naar achteren. Haar mond zakte open. Haar hals knikte naar links.

Tante Lovey boog naar voren. 'Moeder Darlensky?'

Oom Stash zag wel dat er iets niet klopte. Even maakte hij een beweging om de auto aan de kant te zetten, maar uiteindelijk deed hij het niet.

De vingers van tante Lovey zochten naar een kloppende ader in de hals van de oude vrouw.

'Stash?' zei tante Lovey, toen hij niet de weg naar het ziekenhuis van Chatham insloeg maar de landweg nam.

'Stash, schat?'

Een gracieuze kalkoengier trok de aandacht van oom Stash en hij ging langzamer rijden om hem te kunnen volgen bij zijn vlucht omlaag om aan iets doods op een boerenakker te plukken. Oom Stash schoof een cassettebandje in de cassetterecorder en ik hield mijn adem in toen de muziek de auto vulde en we over de weg langs de meanderende rivier reden die in zichzelf lijkt terug te keren, zoals ik in mijn zus terugkeer, en het leven in de dood.

Tante Lovey zou oom Stash anders altijd vragen om de muziek zachter te zetten, maar nu zei ze: 'Zet hem wat harder, schat. Nog een beetje harder.'

We reden verder langs de rivier met Ray Price op de stereo, Ruby slaperig van haar pilletje, ik meezingend (terwijl ik volgens mijn zus de zangstem van een mannetjeskikker heb) met de liedjes die ik kende, en tante Lovey die in een zakdoek zat te snotteren. En oom Stash staarde zwijgend en met droge ogen recht voor zich uit. Liet hij zijn dode moeder ons schitterende Baldoon zien? Kon hij nog geen afscheid nemen? Verdomde hij het om zijn moeder alweer het laatste woord te laten hebben?

Bij de baai bleven we staan om naar de vogels en de boten te kijken, en naar de vakantievierders en stelletjes die voor een lekkere vismaaltijd op weg naar het restaurant in de vuurtoren waren. En niet een die een lijk in de auto had. Dat weet ik wel zeker.

Tegen de tijd dat het laatste nummer op het bandje aan bod kwam, reden we over Rural Route 1 richting huis. Oom Stash liet tante Lovey, Ruby en mij bij het pad naar het huis uitstappen en zette de auto aan de kant om een pijpje te roken (de eerste en de laatste die hij ooit in de auto zou roken) voordat hij het lichaam van zijn moeder naar het ziekenhuis in Leaford bracht waar ze door dr. Richard Ruttle dood werd verklaard.

Wat nog het eigenaardigste van eigenaardige gebeurtenissen is, is dat ze alleen eigenaardig zijn als ze je verteld worden of als je je die dingen voorstelt of er achteraf over nadenkt, maar nooit op het moment dat je ze beleeft. (Volgens mij heb ik in dezen wel enig recht van spreken.) En zo was het ook met moeder Darlensky. Het voelde helemaal niet eigenaardig aan om door Baldoon County te rijden met de muziek keihard aan en het lijk van de oude vrouw onderuitgezakt op de passagiersplaats. Dat kwam pas toen Ruby en ik die avond in bed naar de maan lagen te kijken en net deden of het geen Halloween was.

Oom Stash had zich kennelijk ook verkild gevoeld, want toen we de volgende ochtend wakker werden, troffen we maar liefst acht lege flesjes pivo aan in de kartonnen doos naast de koelkast. Oom Stash zag er oud uit toen hij de keuken binnenkwam. Hij kondigde aan dat hij de as van zijn moeder naar zijn geboorteplaats Grozovo in Slowakije ging brengen om haar daar op de begraafplaats op de heuvel te begraven waar ook zijn twee oudere broers lagen.

'En waarom niet in Windsor, naast uw vader?' vroeg Ruby onschuldig.

'Ze wil naar huis, Ruby. Dat weet ik gewoon.'

'Dat weet je niet, Stash. De mensen in Ohio hebben gezegd dat er geen testament is,' zei tante Lovey terug. 'En bovendien hadden je vader en moeder een gezamenlijk graf. Dat heb ik zelf gezien. Dat lijkt me een duidelijk teken van wat je moeder wilde. Haar deel van de grafsteen was al gegraveerd.'

'Ze wil naar huis, Lovey. Dat was het laatste wat ze zei.'

'En hoe weet u dan dat ze niet ons huis bedoelde,' vroeg Ruby.

'Of dat ze Windsor bedoelde?' voegde tante Lovey eraan toe. 'Ze is veertig jaar met je vader getrouwd geweest, Stash. Ze hebben samen drie kinderen grootgebracht. Ze zijn de halve wereld overgestoken om in een nieuw land een nieuw leven te beginnen. Dan wil ze vast en zeker voor eeuwig naast hem in hun graf liggen.'

'Ze wil naar huis. Ze wil naar Slowakije. Naar mijn broers. Dat is haar huis. Dat wéét ik. Ik weet het zeker.'

Het was heel opmerkelijk dat oom Stash zoiets beweerde van een moeder met wie hij weinig contact had en die hij nogal verachtte. En het was kwetsend voor tante Lovey, wier diepste wensen hij het beste had moeten kennen, vond ik.

'Ik vind dat een vrouw naast haar man moet worden begraven,' zei tante Lovey.

'Hmm,' was zijn enige reactie.

Tante Lovey bleef met oom Stash ruziën over de laatste wens van zijn moeder. Maar in werkelijkheid deed het er niet toe wat moeder Darlensky wilde. Oom Stash wilde naar huis, en dat wisten we allemaal, zelfs hij.

DEADLINES EN SCHRIJVEN

Ik struikelde. We vielen. Ik zei tegen Nick dat hij het niet moest doorvertellen. En toen begon ik te huilen en bekende ik dat we dood zouden gaan.

Ik heb drie volle dagen gemist en dit is weer mijn eerste dag achter de computer. Ik voel me gefrustreerd. Het komt door dat duivelse aneurysma, natuurlijk weer. (Het kleine kreng wil mijn leven eerst verpesten en dan pas wegnemen. En dat van mijn zus onvermijdelijk ook.) Dr. Singh denkt dat die vreselijke hoofdpijn beslist minder zal worden, of erger, of helemaal verdwijnt. En het kan betekenen dat het aneurysma elk moment kan barsten, of het kan nog dagen, weken of maanden duren, maar beslíst geen vier maanden – met Kerstmis zijn we er beslíst niet meer. Ik vind het afgrijselijk zoals Singh 'beslist' zegt, alsof hij er nooit naast zit.

Mijn zus heeft zich in deze dagen vol pijn echt kranig gedragen. Ze is stil en klaagt niet. Als ze al hoofdpijn heeft, zegt ze het in elk geval niet. Ik ken deze Ruby die een buigzaam rietje tegen mijn lippen duwde toen ze zag dat ik uitgedroogd was helemaal niet. Die Ruby die dreigend zei dat ze me zou vermoorden als ik in bed plaste. Die Ruby die ten slotte zei: 'Kan me niet schelen of je me haat, maar ik ga hulp regelen.'

De televisie mocht niet van me aan. Er mocht niets anders gegeten worden dan droge crackers en cheerio's. We zijn het bed nauwelijks uit geweest. Toen Ruby vroeg of ze in haar blocnote mocht schrijven, zei ik NEE. Ik zou door de grond zijn gegaan van het gekras van haar pen, maar ik zou vooral kapot zijn gegaan van schuldgevoel en wroeging omdat ik zelf dagen schrijven miste, en van angst voor wat die gemiste dagen en bladzijden voor mijn deadline zouden betekenen. Het waren natuurlijk maar drie dagen, maar het gaat me meer om de woordenstroom. Mijn woordenstroom is ingedamd. Mijn zinnen zijn uit hun hoofdstukken weggelekt en uit zichzelf in iets onherkenbaars en onbevaarbaars veranderd. Ik zit in de stront.

Ik klemde me al die tijd in bed bijna voortdurend aan Ruby vast, terwijl ik met mijn ogen naar de hemel lag te jammeren en Ruby zachtjes zong. (Ruby's stem zoemt in me rond omdat ik hem niet alleen hoor, ik voel hem ook door onze verbonden schedels.) Ik luisterde naar haar en keek door het raam bij ons bed naar buiten, waar bijen bleke rozen lastigvallen en de zon rood ten onder gaat. De paar keer dat we opstonden (omdat Ruby me dwong naar de wc te gaan en me af en toe uit te rekken om bloedpropjes te voorkomen), vergaten we allebei de gordijnen dicht te trekken. We stonden op bij zonsopgang met een hele dag die zich voor ons uitstrekte waarin we niets te doen en te zien hadden behalve pijn en verwarring, en behalve op mijn somberste momenten – als ik me de dood als een jonge, gevleugelde fee voorstelde op wier rug we door de wolken konden rondvliegen – waren zelfs die dagen te verkiezen boven het alternatief.

Ruby beefde toen ik het over de tatranax had. Het begon als een trilling die ik in haar kaak en kin kon voelen. Ik probeerde haar in de spiegel te zien, maar ze verzette zich. Het beven werd schokken en ze kon geen woord meer uitbrengen. Schokte zij omdat zij ook tatranax wilde nemen maar het niet kon toegeven? Is het mogelijk dat ze zelf nooit aan zo'n keurig, gezamenlijk afscheid heeft gedacht?

We hadden alleen uitzicht op de lucht, maar er vliegen nog steeds zo veel kraaien voorbij dat ik me zo kon voorstellen dat ik op de boerderij was en Sherman Merkel van bij de schuur hoorde roepen, met Ruby zacht en warm naast me en een heel leven dat zich voor ons uitstrekte in plaats van achter onze rug te verschrompelen.

Ik heb eens gelezen dat een wijze schrijver adviseerde dat een auteur zijn manuscript van alle bloed en tranen moet ontdoen, vervolgens de zin moet opzoeken die hem het diepst roerde toen hij hem neerschreef – de dichterlijkste zin, het slimste inzicht, het krachtigste beeld, een heel diep doordachte conclusie – om die woorden dan onmiddellijk weg te strepen. Als ik aan mijn hoofdstukken terugdenk, weet ik zeker dat mijn werk vrij is van dat soort dingen. Ik heb een hoogtepunt bereikt, een belangrijke ontdekking gedaan en geaccepteerd dat mijn boek is wat het is: zeldzaam en onvolmaakt.

Ik stel me voor dat Ruby het meer als een dagboek aanpakt, dat ze over alledaagse dingen schrijft alsof haar hoofdstukken in een verslag over onze laatste dagen moeten worden ondergebracht. Wat zal het een uitdaging zijn om een goede plaats te vinden voor Ruby's hoofdstukken, die ze in één ruk opschrijft, nooit herleest en nooit herschrijft. Ik stel me voor dat ze over de bezoeken aan dr. Singh in Toronto schrijft. Over mijn verslechterende gezondheid (al heb ik haar nog zo gesmeekt om dat niet te doen). Ik wed dat ze tot in de kleinste details over het verrassingsfeestje heeft geschreven. 'Lutie had een drilpuddingsalade meegenomen.' Dat werk.

Toen ik de laatste dag van onze bedlegerigheid heel ziek was, zei Ruby dat ze hulp ging regelen, of ik dat nou leuk vond of niet. Ik nam aan dat ze een van de dokters Ruttle ging bellen. Maar ze had bedacht dat ze Nick Todino zou optrommelen. Zodra hij ons zag, stond hij erop ons naar dr. Singh in Toronto te brengen. Hij zei: 'Laat Ruttle nou maar zitten. We moeten naar de specialist.' Ik vond het prettig zoals hij de touwtjes in handen nam. En volgens mij was Ruby ook opgelucht. Mijn hoofd bonsde en ik zag aan de rand van mijn blikveld voortdurend groene vlekken flitsen. Ik kon geen goede reden bedenken om niet met hem mee te gaan.

Op weg naar de auto struikelde ik, en ik viel tegen de balustrade van de veranda. Ruby en ik mankeerden niet echt iets, maar ineens stond ik daar dat aneurysma op te biechten (omdat ik niet wilde dat hij dacht dat ik gewoon onhandig was). Alle details kwamen uit mijn mond opgeborreld als iets met prik wat flink geschud is. Nick leek helemaal niet verbaasd over het aneurysma. Ik weet niet hoe het kan, maar volgens mij wist hij het al.

Nick heeft een oude Ford Thunderbird die hij piekfijn in orde houdt en bij sneeuw in de garage zet. Voorin zit een doorlopende bank, en toen ik vroeg of Ruby en ik naast hem mochten komen zitten, zei hij: Natuurlijk, maar dan wel op de terugweg.

Het werd een lange dag in het ziekenhuis, urenlang tests en bloed afnemen, en prikken en proefjes en wachten, wachten en nog eens wachten. Ik was opgelucht toen ik weer buiten kwam, al was het dan op een stoffige parkeerplaats in het centrum. (In Toronto zie je geen sterren. Dat is al meteen een goede reden om er niet te gaan wonen. Je kijkt omhoog. Niets glinstert. Niets fonkelt. Niets glittert. Het wenst niet zo lekker op een overdenderende Boeing. En helikopters zijn ook al helemaal niet poëtisch.) Ik was al weer vergeten dat ik gevraagd had of we voorin mochten zitten totdat Nick om de auto heen liep om het portier voor mij en mijn slaperige zus open te doen. Met hulp van Nick gespten Ruby en ik ons voorin vast en we zaten te giechelen als een stel kinderen in een draaimolen. Nick zei dat Ruby en ik voorin konden zitten wanneer we dat maar wilden, als het maar donker was en het risico kleiner was dat iemand ons zou zien en een tragisch ongeluk zou veroorzaken.

De lol van dat voorin zitten was er al heel snel af, en natuurlijk viel Ruby in slaap. Zoals gewoonlijk voelde ik mijn maag samentrekken van het schuldbewuste plezier om even zonder haar te zijn.

Ik wist zeker dat ik niet over Ryan Todino was begonnen, maar misschien was dat wel zo. Ik sta zelf versteld van mijn openhartigheid de laatste tijd. Misschien komt het door de druk die het aneurysma uitoefent, waardoor ik onevenwichtig word en mijn persoonlijkheid verandert. Of misschien begint mijn persoonlijkheid als verteller in mijn persoonlijkheid als persoon over te lopen. Ik ben altijd nogal een eenling geweest. Dat klinkt misschien vreemd omdat ik nooit alleen ben, maar terwijl Ruby onder onze uitsluiting van de normale wereld heeft geleden, heb ik het nooit erg gevonden. Ik denk dat Nick in dat opzicht op me lijkt.

Toen Nick keihard over de duistere weg reed, flitste er een beeld van Ruby door me heen van toen we klein waren en zij moest huilen omdat tante Lovey haar een ritje over de snelweg had beloofd. 'Dit is geen snelweg,' had Ruby gesnikt. 'Dit is de langzame weg.' Toen tante Lovey en oom Stash begrepen wat ze bedoelde, moesten ze lachen en daar moest ze nog harder van huilen. Daarna zag ik een flits van Ruby toen we vijf jaar waren en op de Jaycee-kermis in Chatham een ritje in een kinderdraaimolen maakten (volgens mij eentje met raceautootjes). Vreemd genoeg was niet Ruby maar ik misselijk geworden. Een hele menigte stond naar ons te kijken. Ik herinner me vooral vriendelijke gezichten, een beetje medelijdende, vriendelijke gezichten, dat wil zeggen, tot het moment dat we van de draaimolen stapten en Ruby brulde: 'Daar ging mijn vagina van tintelen, zeg.'

Nick had het over Ryan en ik zat aan Ruby en haar tintelende vagina te denken, en zoals dat in dagdromen kan gaan, veranderde het beeld van mijn zus in dat van mijn dochter, Taylor, en ineens herinnerde ik me ogenblikken met Ruby alsof ik ze met mijn dochter had beleefd. Het schoot me te binnen dat Ruby me had verteld dat ze vermoedde dat de verhalen over onze moeder niet waar waren, en dat die vast nog in leven is. (Goeie hemel, direct woont ze nog in Leaford. Of in Chatham. Of Dresden.) Ik weet niet of het door het aneurysma kwam, of door de spanning, of door allebei, maar ik was ineens heel erg in de war en bang, en ik raakte in paniek omdat ik niet wist wat er nou wel en niet waar was. Ruby lag te slapen, dus ik begon te snotteren en te snuiven en mijn neus te snuiten en ik vertelde Nick over mijn moeder, en vrijen met Frankie Foyle en dat ik Taylor had gekregen en dat ik bang was om dood te gaan.

Een hele tijd reden we alleen maar door het donker. Toen zei Nick: 'Ik heb in de gevangenis gezeten.'

'Weet ik.'

'Weet je waarvoor?'

Ik had geen idee waarom Nick had vastgezeten. 'Ja,' loog ik.

'Dus je weet dat ik een klootzak ben.'

'Ja.'

'Je moet het mensen vertellen, Rose.'

'Dat je een klootzak bent?'

Hij lachte en zei: 'Dat je doodgaat.'

VOORGEVOELENS EN VOORBODEN

Tante Lovey was tegen de reis naar Slowakije. Ze zei dat ze slechte voorgevoelens had, maar oom Stash wees er terecht op dat ze er weleens vaker naast had gezeten. (Ze had het nare voorgevoel gehad dat hij op weg naar Ohio de Duster nog eens in de prak zou rijden en dat gebeurde niet, en ze had een afschuwelijke nachtmerrie gehad waarin hij bij Vanderhagen zijn linkerhand afhakte, maar dat is ook nooit gebeurd. En de dingen die wel gebeurden, zoals zijn hartaanval en het ongeluk, die dingen had ze nooit zien aankomen.) Uiteindelijk was ze gewoon in de minderheid.

We kozen een vertrekdatum eind november, omdat het minder erg was om een paar weken van ons eindexamenjaar te missen dan om in de drukke kerstvakantie te reizen. Terwijl we de borden van de lange vurenhouten tafel afruimden, gedroeg tante Lovey zich wel heel erg kinderachtig.

'Het lijkt wel of we naar Parijs gaan, zoals jullie je gedragen,' zei ze. 'Jullie beseffen toch wel dat ze in Grozovo geen tv hebben, hè, en geen Motown-muziek op de radio. En dat we in het vliegtuig aan een katheter moeten.'

(Even terzijde: de vlucht beloofde inderdaad een hele opgave te worden, omdat we vreselijk krap zouden zitten en het grootste stuk van de reis aan een katheter moesten, aangezien onze anatomie niet bepaald met de piepkleine vliegtuigwc'tjes strookte. We hadden weleens vaker ongemakkelijk gezeten. En we wisten precies wat we van onze medepassagiers konden verwachten. Het gestaar. En de vragen. En het gestaar. Maar het was en bleef onze grote reis en als we het vliegen eenmaal achter de rug hadden, was het nog maar een kwestie van een busritje de bergen in naar Grozovo, waar we door de Slowaakse familie van oom Stash met open armen zouden worden ontvangen.)

'Goeie god, ik hoop maar dat ze stromend water hebben,' ging tante Lovey verder.

Ze liep naar de gang en riep de hobbykamer in: 'Hebben ze daar stromend water? Ik weet best dat je me wel hoort, Stash.'

Oom Stash reageerde niet.

Tante Lovey bleef mopperen. 'Wat moet dat voor die mensen zijn als wij ineens uit de lucht komen vallen?' En weer riep ze de hobbykamer in. 'Hebben we daar geen ambassade? Kun je die niet bellen om contact met Velika of Marek op te nemen?'

Oom Stash kwam langzaam de kamer binnen, ongeduldig en met rimpels in zijn voorhoofd. 'Je maakt te veel van. Het is gewoon bezoek aan familie.'

'Bezoek van familie die ze nog nooit hebben gezien.'

'Toch familie.'

'En Rose en Ruby dan?'

'Dat zit wel goed.'

'Grozovo is behoorlijk achterlijk, Stash. Dat heb je zelf gezegd.'

'Ze hebben wel dingen gezien.'

'Maar zullen ze niet schrikken als ze ons zien?' vroeg Ruby.

'In Slowakije is altijd iets om te schrikken. En ze weten dat mijn meisjes Siamees zijn. Elk jaar we sturen schoolfoto's.'

(Dat was waar. Elk jaar stuurden we rond Kerstmis met het gerookte vlees, de kazen met waslaag, de pluchen speelgoedbeesten en de goede tweedehands kleren een hele reeks schoolfoto's mee, allemaal verpakt in een grote, stevig dichtgeplakte kartonnen doos.)

'Ik heb nu eenmaal dat gevoel, Stash. Dat nare gevoel.'

'Vliegtuig gaat niet neerstorten.'

'Dat is het niet.'

'Ik krijg geen hartaanval.'

'Als je dat maar uit je hoofd laat, ja.'

'Mijn moeder wil in Grozovo begraven worden. Het is mijn plicht. Punt uit.' Hij draaide zich om en verliet de kamer.

Tante Lovey zuchtte, want oom Stash zei bijna nooit 'punt uit', maar als hij het zei, dan was het ook zo. Ze zette de borden in de gootsteen en herinnerde ons eraan dat we de volgende dag de as van moeder Darlensky bij het crematorium moesten ophalen.

(Even terzijde: er waren in de weken voor ons vertrek zo veel voortekenen, dat ik, als dit geen waargebeurd verhaal was en als ik redacteur was, 'te veel voorboden' in de kantlijn zou krabbelen – dat heeft een redacteur van een tijdschrift eens gedaan bij een kort verhaal van mij over een jongetje dat spoorloos verdwijnt tijdens een tornado. Maar voor mijn gevoel moet ik die voorboden wel opnemen, omdat ze in een waargebeurd verhaal niet overdreven zijn maar gewoon de kloterige dingen waren die gebeurden voordat het allerkloterigste gebeurde.)

Ik wist niet eens dat er in Baldoon County een crematorium was. Ik had altijd gedacht dat dat iets was waarvoor je naar London of Toronto moest, net als voor een warenhuis als de Hudson's Bay Company of voor de neuroloog. Ik zou je nu niet meer kunnen zeggen waar het crematorium van Baldoon County was, terwijl ik normaal toch een behoorlijk goed richtinggevoel heb. Er staat me een laag gebouw voor de geest, van rode baksteen met metselwerk dat hier en daar was verkruimeld en met iets teerachtigs was gerepareerd. Op weg erheen liep mijn hoofd om van de reisplannen en op de terugweg kon ik mijn ogen maar niet afhouden van de doos die tante Lovey op de handschoenenplank had neergezet.

De doos was rechthoekig, een piepklein schoenendoosje, en van dik bruin ribbelkarton. (Voor mijn gevoel was iets ronds van glas gepaster geweest.) Het was zo'n doos waarin je vijgen verstuurde. Of iets waarin je mooie uitnodigingen zou verzenden. Of een handige doos om gebruiksaanwijzingen en garantiebewijzen in te bewaren. Kortom, het zag er niet uit als iets om menselijke resten in te doen. Tante Lovey had haar handen uitgestoken om de doos van de anonieme man bij de achterdeur aan te nemen, en ze keek woedend toen ze zag dat hij vieze vingerafdrukken op de deksel had gemaakt.

Thuis in de boerderij zagen Ruby en ik dat tante Lovey met de kartonnen doos in haar handen in de enorme keuken rondkeek, op zoek naar een plek om hem neer te zetten. Ze zette hem midden op de lange vurenhouten tafel neer, alsof het een bloemstuk was, maar toen fluisterde ze tegen zichzelf (of misschien tegen moeder Darlensky): 'Nee, nee, schat, niet daar.' Ze pakte de doos weer op en hield hem vast alsof er leven in zat. Alsof het iets was dat kon ontvluchten. Ten slotte sleurde tante Lovey het trapje naar de hoge servieskast aan het eind van de lange tafel en rekte zich uit, schoof de verdroogde varen opzij om ruimte te maken en zette de kartonnen doos op de kast.

Even later kwam oom Stash door de achterdeur binnen.

'Ik heb haar daar neergezet.' Tante Lovey wees, maar oom Stash keek niet omhoog naar de doos naast de verdroogde varen. Het leek hem niet te interesseren. Hij worstelde met de fietspomp en het luchtbed met de gerepareerde gaatjes dat we mee op reis wilden nemen. Hij wilde het bed op lekken testen maar stond te vloeken omdat het luchtbed zo stijf en onhandelbaar was.

'Hè, Stash,' begon tante Lovey toen ze de pomp zag. 'Niet hier. Dadelijk breek je...'

Te laat.

Oom Stash probeerde het vastgeplakte plastic van het luchtbed los te trekken en stootte daarbij tegen de hoek van de servieskast, waardoor die op zijn dunne victoriaanse pootjes begon te wankelen. De doos van ribbelkarton viel van de kast op het hoofd van oom Stash, en daar stond hij met zijn knikker onder moeder Darlensky's as.

Ik wist niet of Ruby op het punt van giechelen of gillen stond, maar ik was blij dat het in haar keel bleef steken. (Oom Stash was in die tijd al volkomen kaal en nogal eens het doelwit van schijtende kraaien. Zo zag hij er nu ook uit.) Ruby en ik waren als verlamd. Tante Lovey pakte de stoffer en verzamelde zoveel mogelijk van de as in het blik. Ze borstelde nog een beetje as van zijn schouders en een bergje van zijn hoofd en deed dat ook in het blik. En wat de rest betreft zei ze: 'Je bent te vettig, schat. De rest moet je maar onder de douche afspoelen.'

Nog geen eenderde van de as overleefde de val van de servieskast. Gelukkig was tante Lovey een praktisch ingesteld mens en heel creatief als het op inpakken aankwam, dus ze nam de as uit het blik en schudde die in een kleine witte envelop, die ze niet dicht likte maar met een met speeksel bevochtigde vinger dichtplakte. Daarna vouwde ze de envelop op en stopte hem tussen een van oom Stash' nieuwe witte t-shirts.

'Moeten we haar nou echt inklaren?' vroeg tante Lovey zich af, toen oom Stash onder de douche was geweest en we met zijn allen in de hobbykamer zaten.

Oom Stash begreep het niet.

'Je moeder.'

Hij begreep het nog steeds niet.

'Moeten we wel zeggen dat we haar as bij ons hebben?'

'Er is niet regel om as in te klaren, Lovey.'

'Vast wel, Stash. En wie weet moet je er ook wel voor betalen.'

Dan hoefde oom Stash er niet verder over na te denken. 'Niet inklaren. Met de meisjes is al genoeg probleem.' Hij grijnsde erbij, om ons ervan te verzekeren dat we die eventuele problemen dubbel en dwars waard waren.

'Maar stel dat ze de envelop vinden?'

'Het is maar een envelop, Lovey.' Oom Stash plofte op zijn makkelijke stoel neer.

'Maar wel een waar de as van je moeder in zit, schat. Hoe moet dat dan?'

'Gewoon niet zeggen dat het as van moeder is.'

'Maar wat dan wel? Wat voor as moeten we dan zeggen dat het is?'

'Sigarettenas.'

'In een envelop? Plus dat het er niet uitziet als…'

'Zeg dat het as van dier is. Van huisdier.'

'Van een hond?'

'Hondenas? Mij best.'

'Waarom zouden we de as van onze hond mee op reis nemen? Wat gaan we er dan mee doen? Hoe zullen we zeggen dat hij aan zijn eind is gekomen?'

'Zeg dat hij te veel vragen stelde en ik hem heb vermoord.'

Tante Lovey giechelde toen oom Stash haar op zijn schoot trok. Breed grijnzend hield hij haar daar vast terwijl hij met een lege blik naar de muur zat te staren. Zij hing tegen hem aan en staarde zonder het te beseffen naar dezelfde plek. Toen ik jong was, was ik altijd bang voor die intieme momenten tussen tante Lovey en oom Stash, ik vond het afschuwelijk zoals ze zich dan aan elkaar vastklemden als drenkelingen aan drijfhout, en Ruby en mij gewoon vergaten.

'Ik kan mijn nichtjes Zuza en Velika nog goed herinneren, zo jong en mooi. Beetje ouder dan ik,' zuchtte oom Stash. (Geweldig, zoals oom Stash dingen kon zeggen alsof hij ze nog nooit had gezegd.) 'Zuza is mooiste meisje in Grozovo. Velika kan beste dansen. Neef Marek was nog maar zeven. Heel grappige jongen. Kon hard rennen. Mijn vader zei dat Marek komt naar Canada, hij kan meedoen aan Olympische Spelen.'

'Zou hij daar weleens aan denken?' zei ik. 'Hoe anders zijn leven had kunnen lopen?'

'Af en toe wel,' antwoordde Ruby voor hem. En haarzelf.

'Anders,' zei oom Stash schouderophalend. 'Maar beter? Wie zal zeggen?'

'Je wilt toch niet beweren dat Mareks leven in Slowakije met dat werk in de mijnen beter was dan het leven dat hij in Canada had kunnen hebben?' Tante Loveys stem klonk vreemd hoog.

'Wie weet nou wat van iemands leven? Misschien Marek komt naar Canada en wordt door truck aangereden. Of hij trouwt met vrouw die hem met hamer vermoordt. Wie zal zeggen?'

'Weet je wel zeker dat je dit wilt doen, Stash? We kunnen nog steeds afzeggen,' zei tante Lovey.

Oom Stash zuchtte weer. 'Er is een appelboom. Op hoek van laantje waar ik eenden breng toen ik klein ben. Daar is een appelboom. Ik klim in deze boom. Eerste kus onder die boom. Met nichtje Zuza, maar toch eerste kus. Ik eet elke jaar appels van deze boom. Alle kinderen kennen deze boom, maar we zeggen nooit tegen onze moeder. We willen niet plukken voor appeltaarten. We willen geheimhouden. Tovenarij van appelboom maken. Ik weet het, is stom. Ik kan niet uitleggen.'

'Dus we gaan helemaal naar Slowakije om naar een appelboom te zoeken?' vroeg Ruby in de stilte die volgde.

Onze wijze tante Lovey legde haar wang tegen de wang van oom Stash. 'Je,' fluisterde ze, en daarna zei ze nooit meer iets vervelends over de reis.

En niet alleen dat, tante Lovey stortte zich vervolgens met smaak op het avontuur. Ze ging met Ruby naar Sears in Chatham (en ik ging voor de gezelligheid mee, hahaha) en kocht voor ons allemaal een nieuwe reisgarderobe. Ik moest toegeven dat de reisgarderobe heel praktisch was, maar de niet-helemaalmaar-wel-bijna-dezelfde joggingpakken en bijbehorende spullen waren behoorlijk gênant. 'Wij zijn het Darlen-team,' had tante Lovey uitgeroepen terwijl ze de hele boel op de lange vurenhouten tafel uitspreidde. 'Joepie,' zei ik onder het zwaaien met een denkbeeldige banier.

Oom Stash maakte de ochtend voor we naar het vliegveld vertrokken een kiekje van de Darlens. Het was de laatste foto op een rolletje. Je kunt op de foto in de verte de sneeuwwolken zien en zes kraaien die op de takken van de ahorn zitten waaronder wij stonden. Oom Stash fronst zijn wenkbrauwen omdat de zelfontspanner langer dan normaal op zich laat wachten, en er zit een diepe rimpel tussen de ogen van tante Lovey, maar ze doet haar best om te lachen. Per ongeluk lieten we de dure camera van oom Stash op de picknicktafel staan, waar we pas achter kwamen toen we van de oprit afreden. (Zie je wel? Te veel voorboden.)

Voordat we de tunnel tussen Detroit en Windsor hadden bereikt, was het gaan sneeuwen, en toen we uit de tunnel te voorschijn kwamen, moest oom Stash de ruitenwissers aanzetten. 'Dat wordt een sneeuwstorm,' zei oom Stash somber. Tante Lovey probeerde optimistisch te blijven en zei lachend: 'Ik maak ergere sneeuwstormen als ik de kleden klop.'

'Het blijft in elk geval niet plakken,' zei Ruby, met een blik op de grote, natte vlokken die op de koude grond kletsten. (De eerste Franse kolonisten hadden daar een uitdrukking voor, die ze tijdens hun eerste winter in het land hadden bedacht: *bordée de neige*. Ze bedachten ook het woord *poudrière* voor sneeuwstorm.

Tante Lovey keek in de achteruitkijkspiegel. 'Ik kan het niet uitstaan als ze zo vlak op je bumper zitten,' zei ze.

'De weg is glibberig vandaag,' zei oom Stash. En ik kreeg de rillingen.

Toen begon oom Stash te hoesten. Een kort, blaffend hoestje alsof hij iets in zijn keel had. (Hij had geen koorts, want dat had tante Lovey vast gemerkt. Die herkende een koorts al van een kilometer afstand. Ze had wel duizend koortsaanvallen gezien en ze kon zonder iemand aan te raken de hoogte tot op de halve graad nauwkeurig raden. Volgens haar las ze koorts uit de ogen af. Als oom Stash op dat moment, in de auto, koorts had gekregen, of voor we van huis waren vertrokken, of wanneer dan ook voordat we aan boord gingen, had tante Lovey het gezien en had ze geweten dat het ernstig was, en dan zou ze de reis hebben afgezegd.) Tante Lovey haalde een dropje uit haar tas en pakte het uit voor oom Stash, die het liever door zijn vrouw in zijn mond liet stoppen dan een hand van het stuur te halen. Maar net toen tante Lovey het dropje losliet, kwam er een hoestaanval in zijn keel omhooggegierd waardoor zijn tong terugschoot en het dropje zijn luchtpijp in vloog. Al hoestend en stikkend verloor hij de macht over het stuur en we gleden de berm in. De auto achter ons maakte contact met onze bumper. Er klonk een afschuwelijk knerpend geluid. Oom Stash zwenkte en vloekte. (Ik herinner me dit allemaal met een gevoel van paniek, maar het had veel erger kunnen en moeten zijn.)

De bumperklever tolde een paar keer rond en bleef midden op de snelweg staan, zodat hij het verkeer blokkeerde en de weg vrijmaakte voor onze voortdenderende auto die oom Stash van de ene berm naar de andere onder controle probeerde te krijgen, vervolgens naar de middenstreep manoeuvreerde, om hem ten slotte weer op de juiste baan te krijgen. Het was binnen een minuut achter de rug. Seconden. (En natuurlijk hadden Ruby en ik weer niks gezien, dus we moesten helemaal op de versies van oom Stash en tante Lovey afgaan.)

Tante Lovey fluisterde: 'Meisjes?'

'Niks aan de hand,' zei Ruby. 'Maar godallemachtig.'

Een paar kilometer lang zei niemand iets, toen draaide tante Lovey zich naar oom Stash. Maar voordat ze wat kon zeggen, zei hij: 'Ik ga niet terug.'

Tante Lovey knikte. Oom Stash knikte. En nog eens.

In het vliegtuig zaten Ruby en ik vlak achter tante Lovey en oom Stash. Zoals ons was verzekerd, konden de armleuningen omhoog worden geklapt, zodat we makkelijk konden zitten (als je het vergelijkt met zo'n reismand voor poezen). De vlucht naar de hoofdstad van Slowakije, Bratislava, zou zo'n acht uur duren. Ruby had zich qua misselijkheid in de auto aardig haaks gehouden (zelfs met dat bijna-ongeluk), dankzij een stevige slok kinder-dramamine voor we deur uit waren gegaan (we waren indertijd negentien, maar Ruby kon gewoon geen volwassen dosis verdragen). Een uur na vertrek was ze weer aan een slok toe. Tante Lovey doorzocht haar reusachtige handtas.

'Nou ja, de fles kan moeilijk pootjes hebben gekregen. Goeie god, zou iemand hem hebben gepikt? Zou iemand mijn dramamine gestolen hebben?' vroeg ze zich af.

'Ja,' zei ik. 'In de *Detroit Free Press* stond laatst iets over een bende dieven die het vooral op kindermedicijnen gemunt hebben. Het schijnen zigeuners te zijn.'

Tante Lovey vond me niet grappig, en oom Stash zei geen woord, wat ons had moeten verontrusten. Hij was al knabbelend op een pretzel in slaap gevallen, terwijl hij weken had volgehouden dat hij tijdens de vlucht geen oog zou dichtdoen. Als tante Lovey zich niet zo'n zorgen had gemaakt over ons welzijn, had ze zich misschien afgevraagd waarom haar man zo snel en zo diep in slaap was gevallen, terwijl hij anders altijd de grootste moeite had om de slaap te vatten en sowieso dan altijd maar heel licht sliep.

Omdat we aan de linkerkant zaten, kwam ik aan het raam

te zitten, en Ruby zat zich te beklagen als een klein kind. Tante Lovey beloofde dat ze op onze volgende vlucht plaatsen aan de andere kant van het vliegtuig zou proberen te krijgen. Die vlucht was van Bratislava naar Košice, waar we de nacht zouden doorbrengen voordat we de bergen introkken op weg naar Grozovo.

Oom Stash en Tante Lovey en Ruby sliepen bijna de hele, turbulente vlucht, maar ik kon of liever gezegd wilde dat niet. Ik dacht dat er aan boord misschien iets zou gebeuren waarvan ik later getuigenis moest afleggen, iets waarover ik ooit zou schrijven, maar daarvoor zat ik niet op de goede plek. Ik had beter aan het gangpad kunnen zitten.

Ik kan mijn hals niet draaien. Het valt me niet mee om mijn hoofd te bewegen. Wat ik met mijn zus aan de rand van mijn gezichtsveld zag, zie, is heel beperkt. Vanaf onze plaats achter in het vliegtuig zag ik alleen het kale hoofd van oom Stash tegen het raam rusten, met rimpels die over zijn dikke nek omlaag liepen als de rimpels van de Shar-Pei-puppy die mevrouw Merkel ooit eens wilde hebben. (Ik had haar enigszins verbitterd tegen tante Lovey horen zeggen dat een Shar-Pei volgens haar man geen goede boerderijhond was.)

Ik bekeek de moedervlekken van oom Stash. Ik bestudeerde zijn schedel. Ik deed mijn ogen dicht en probeerde zijn gedachten te lezen. Na een tijdje richtte ik mijn aandacht op de donkere lucht, ik haalde mijn blocnote te voorschijn en noteerde een paar regels voor een gedicht waaraan ik nu nog steeds bezig ben, over de nachtvlucht naar Oost-Europa. (Ik wilde mezelf met dat gedicht op de proef stellen, door niet naar de sterren en de maan te verwijzen.)

Toen ik oom Stash met zijn camera om zijn hals door het gangpad naar de wc zag strompelen, was het me wel duidelijk dat zijn ziekte wel iets meer was dan een koutje. We moesten nog een vlucht doorstaan, maar als we in Košice aankwamen, konden we in elk geval een nacht lekker slapen.

Het vliegveld in Bratislava staat me nog nauwelijks bij. Tante Lovey nam ons mee naar de wc, in de gehandicapten-wc verwijderde ze snel de katheters en hielp ons onszelf te verfrissen. Toen we terugliepen naar de plek waar we oom Stash met de bagage hadden achtergelaten, zwaaide hij opgewekt zodat we weer moed kregen, maar meteen daarna begon hij weer te hoesten. Niet lang daarna werd onze vlucht naar Košice omgeroepen. Ik was opgelucht en stelde me voor dat oom Stash weer helemaal de oude zou worden van de lucht in zijn geboortestreek, en heel egoïstisch bedacht ik dat een duur hotel (volgens tante Lovey had het vijf sterren, en tot dan toe hadden we alleen in eenvoudige hotels gelogeerd) Ruby en mij goed zou doen.

De reis was zwaarder dan ik indertijd had willen toegeven. Ruby was bang en zat kerstliedjes te zingen om zichzelf af te leiden. Ik kneep haar om haar het zwijgen op te leggen en dreigde haar te wurgen als ze nog één keer 'Holly Jolly Christmas' zong.

Toen we in de rij stonden om aan boord te gaan, zag ik aan de andere kant van de glazen wand een bejaard echtpaar. De vrouw had wit haar, liep krom en was behoorlijk gezet. De man schuifelde voort alsof hij eigenlijk een stok nodig had. Zijn hoed zat vreemd op zijn hoofd. Ik weet niet waarom ze mijn aandacht trokken. Het echtpaar schoof verder door in de rij en ineens drong tot me door dat ik niet naar een glazen wand stond te kijken maar naar een rookgrijze spiegel, en dat het echtpaar waarnaar ik stond te kijken tante Lovey en oom Stash waren, die hier in hun bij elkaar passende joggingpakken volslagen uit hun verband waren gerukt. Het Darlenteam. Voor het eerst van mijn leven besefte ik dat onze ouders niet het eeuwige leven hadden. Zwaar leunend op tante Lovey wist oom Stash de uitgang te bereiken. Toen de mensen van de douane vroegen waarom hij naar Košice ging, deed oom Stash zijn mond open, maar er kwam geen geluid uit. Ik dacht dat zijn keel was dichtgeknepen van emotie. Maar hij had totaal geen stem meer.

Tante legde uit dat we op weg waren naar het Tatragebergte om het graf van de broers van oom Stash te bezoeken. Daarop wierp ze Ruby en mij een scherpe blik toe, voor het geval een van ons van plan was iets over de as van moeder Darlensky te zeggen.

De beambten keken van hun bureau op en zagen Ruby en mij. 'Een tweeling?' vroeg een van hen, terwijl een ander de vrouw naast hem porde om ook even te kijken. 'Siamees tweeling?' Hij haakte zijn vingers in elkaar en stond op om ons eens nader te bekijken. 'Twee meisje. Eén hoofd,' zei hij met een klopje op mijn hoofd, en toen op dat van Ruby. Toen barstte hij in een schor gelach uit. Er kwam maar een heel zwak licht uit zijn pupillen. In zijn mondhoeken zat wit schuim. Ik voelde dat Ruby beleefd glimlachte. Ik kon het niet opbrengen, dus ik vermeed elk oogcontact. 'Ja,' zei ik bits. Toen schoot me onze hechtenis aan de grens naar Detroit te binnen, dus voegde ik er op eerbiedige toon aan toe: 'Meneer.'

In het volgende vliegtuig, dat een heel stuk kleiner was dan dat waarmee we over de Atlantische Oceaan waren gevlogen, kwamen we er tot onze geamuseerde verbazing achter dat onze plaatsen volgens de tickets aan twee uiteinden van het vliegtuig waren. Toen we onze situatie uitlegden haalde de oogverblindend mooie stewardess haar schouders op. 'Vraag maar aan iemand of hij ergens anders gaat zitten,' snauwde ze, om zich vervolgens tot de volgende klager te richten.

Ruby was hevig verontwaardigd over de onverschilligheid van de stewardess, maar ik bewonderde de vrouw, om haar opgestoken blonde haar, haar zacht glanzende roze mond, en de minachting waarmee ze iedereen zonder aanzien des persoons behandelde. (Ik vraag me af of andere vrouwen ook weleens fantaseren hoe het zou zijn om vreselijk mooi te zijn en gewoon het allervreselijkste kreng uit te hangen.)

Afgezien van tante Lovey, Ruby en mij was iedereen aan boord Slowaaks. Ze staarden niet, en dat vonden we heel verwarrend, maar ze zaten wel onderling te fluisteren en stiekeme blikken te werpen. Ik had willen zeggen: staar nou maar, je verandert heus niet in steen. Maar dat wist ik nog niet zo net.

(Tante Lovey vertelde graag het verhaal over de bejaarde Slowaak op haar bruiloft. Onder de Fransen op het platteland van Baldoon County was het gewoonte dat de dames die de bruid terzijde stonden de nagerechten verzorgden. Zo ook in dit geval. Deze vier dames hadden alles op alles gezet om elkaar de loef af te steken met de heerlijkste bessentaarten, pecannoten- cakejes, rijstpudding met chocoladesaus, biscuitgebak, boter- koekjes, kersenrondjes, kokosmakronen en citroenmeringues, en ze hadden die overvloed aan zoetigheid op elegante roze schotels van Depressie-glas en de drie verdiepingen hoge ge- baksschalen van hun oma gearrangeerd. Meneer Lipsky, de oude man die een flat voor de familie Darlensky had geregeld toen ze net in Windsor waren, was naast de bruid komen staan om de heerlijkheden op de lange desserttafel te bewonderen. Na verloop van tijd zuchtte hij luidruchtig en met tante Loveys vingers in zijn hand geklemd zwaaide hij zijn vrije arm over de volgeladen tafel. 'Als één soort lekkers is, weet ik wat ik moet kiezen,' zei meneer Lipsky. 'Wanneer zo veel is…' Hij haalde dramatisch zijn schouders op. Tante Lovey knikte en keek de oude Slowaak na toen die verdrietig en zonder nagerecht naar zijn tafel terugkeerde. Oom Stash moest altijd lachen als ze dat verhaal vertelde, en dan zei hij: 'Niet alle Slowaken lijken op Lipsky, Lovey.' En dan zei tante Lovey lachend: 'Nee, schat, alleen de Slowaken die ik heb ontmoet.' En dan zeiden ze vre- selijk schattig in koor: 'De aanwezigen even uitgezonderd.')

De vlucht naar Košice was kort maar onrustig. Ruby had niets in haar maag om over te geven. Ik troostte haar, omdat dat in mijn eigen belang was, maar intussen vond ik haar maar zeurderig en zwak toen ze zei dat ze zich zo ellendig voelde dat ze liever dood was. De piloot deed boven het gebrom van de zoemende luidsprekers uit een mededeling in het Slowaaks. Er viel een stilte en de passagiers keken elkaar aan. 'Wat zei hij, oom Stash?' fluisterde Ruby naar de overkant van het gangpad, maar oom Stash schudde alleen zijn hoofd. Tante Lovey hield een kotszak vast. Ik had haar nog nooit ziek meegemaakt, en dat simpele feit joeg me meer angst aan dan het vooruitzicht dat we zouden neerstorten, want dat zou snel genoeg gaan. (Tante Poppy was kort voor ons vertrek aan eierstokkanker overleden, en ik maakte me zorgen dat tante Lovey hetzelfde zou overkomen.)

Plotseling helde de linkervleugel van het vliegtuig, toen de rechter, toen de linker, en daarna was het geen hellen meer maar een regelrechte duikvlucht. Dat ging een tijdje zo door. Mijn oren begonnen te knappen. De druk was onverdraaglijk. (Had ik tien jaar geleden dat aneurysma al? Kreeg ik het door de druk in de cabine?) Ruby begon te zingen, waardoor de druk op haar oren misschien minder werd, maar niet op de mijne. Ik schreeuwde dat ze moest ophouden. 'Niet zingen!'

Ik schrok me dood toen de wielen (die ik niet uit de buik van het vliegtuig had voelen loskomen) de startbaan raakten. Ik had weinig ervaring als luchtreiziger, maar ik wist wel dat de afdaling in Bratislava niet zo wiebelig en gevaarlijk had geleken als deze in Košice. Verder kan ik me niet veel van de vlucht herinneren, behalve dat ze onzettend lekkere yoghurt rondbrachten.

Hier is Ruby weer.

Ik heb al een tijdje niet meer geschreven. Dat komt doordat ik een paar hoofdpijnaanvallen heb gehad, niet zo erg als Rose ze wel heeft, maar erg genoeg om een week of wat depressief te zijn en nergens zin in te hebben. Dat is behoorlijk frustrerend omdat er zoveel te doen is. Maar vanaf vandaag is mijn depressie voorbij.

Rose is ook depressief geweest. Ze zegt van niet. Ze beweert dat ze sereen is. Wie zegt dat nou van zichzelf? Helemaal als je eigenlijk depressief bent? Maar goed, ik weet gewoon dat ze depressief is omdat de Olympische Spelen in Athene zijn geweest en ik die beter heb gevolgd dan zij. Ze kijkt niet eens het sportkatern in. Ze houdt haar Tigers niet eens bij. Als dat geen depressieve Rose is, weet ik het niet meer.

Maar vanaf vandaag is haar depressie ook voorbij. Of in elk geval lijkt dat zo.

Toen ik vanochtend wakker werd, had ik het rare gevoel dat er vandaag iets ging gebeuren. Toen de telefoon om een uur of negen ging, lagen we nog te slapen. Rose nam op. Ze was nog vreselijk slaperig en gromde alleen maar, wat ik nogal onbeleefd vond. De persoon aan de andere kant zei iets en Rose gromde, en ik had geen idee wie het was of wat er aan de hand was. Ze legde de telefoon op de haak en zei dat er een verrassing aankwam en dat we ons moesten aankleden. Ze zei dat ze niet wist wat voor verrassing het was, maar ik geloofde er niets van.

Ik moest wachten tot zij haar haren had geborsteld. Rose die haar haren borstelt? En vervolgens joeg ze me de stuipen op het lijf door er een haarspeld in te doen. En natuurlijk denk ik dus, dat moet me een verrassing van jewelste zijn, als mijn zus een speld in haar haren doet.

Er klonk een geluid op de stoep, maar de bel ging niet en er werden sleutels in de voordeur gestoken. Het was Nick. Die gebruikt zijn sleutel zodat we niet op hoeven staan. Ik was diep teleurgesteld dat het gewoon Nick was, en toen zag ik dat hij iets groots achter zijn rug verstopt hield. De verrassing. Toen stapte hij opzij zodat we het konden zien en het was – eigenlijk is het nogal moeilijk om te beschrijven wat het precies was – een zwarte leren barkruk uit Nonna's televisiekamer waar Nick een paar andere onderdelen aan vast had gelast waardoor het een op maat gemaakte rolstoel was geworden. Niet dat het nou precies een rolstoel is, want om te beginnen is het een kruk, maar hij heeft wel wielen. Hij heeft de poten verlengd zodat ik makkelijk kan zitten, of staan als ik dat wil. Hij heeft er voor de veiligheid en bij wijze van armleuning voor Rose zelfs een paar stangen aan vast gelast. Dus Nick nam dat rol-kruk-ding mee de kamer in en ik kon geen woord uitbrengen, zo verbaasd was ik. En Rose was ook verbaasd. En teleurgesteld.

Rose kan zo egoïstisch zijn. Soms vergeet ze gewoon wie we zijn. Dat we zijn wie we zijn. Nou ja, ze vergeet het niet echt, voor het gemak ziet ze even over het hoofd dat we aan elkaar vastzitten en doet ze waar ze zin in heeft. Ze liep niet op dat rolding af en ik moest haar er zo ongeveer heen trappen. Ik weet zeker dat Nick zich afvroeg wat dat allemaal moest voorstellen. En toen zei ze ook nog heel gênant dat ik haar niet moest trappen alsof ze een wild paard was. Dat zegt ze altijd als ik ergens heen wil en zij niet.

Maar uiteindelijk liep ze eropaf en konden we het ding eens goed bekijken. En het ding klopte. Het klopte met de manier waarop we bewegen en hoe we aan elkaar vastzitten en de manier waarop ons gewicht verdeeld is. Nick heeft ons nooit opgemeten. Voorzover ik weet. Dus volgens mij moet hij een soort geleerde zijn. Dankzij die kruk zou Rose niet mijn volle gewicht hoeven dragen. Als dat ding goed werkt, wordt het leven een stuk makkelijker voor ons, juist nu we er behoefte aan hebben om een zo makkelijk mogelijk bestaan te hebben.

Ik keek in de spiegel naar het gezicht van Rose, en ze zag er vreemd uit. Alsof ze er eigenlijk niet bij was. Ik zei: Dank je, dank je, dank je, en Rose zei niets. Nick werd kennelijk pissig, want hij zei: Ik heb hem wel voor jou gemaakt, Rose. En toen fluisterde hij iets waarvan hij dacht dat ik het niet kon horen, maar ik hoorde het wel. Hij fluisterde dit: Ik heb hem vooral voor jou gemaakt, Rose.

En Rose zei alleen: Ja. Daarna zei ze dat ze hoofdpijn had en dat we moesten gaan liggen. Nick stelde voor dat hij bij ons zou komen zitten, maar dat wilde ze niet. Toen zei hij dat hij later langs zou komen als we hem ging uitproberen. Maar toen hij weg was, had Rose geen zin om te gaan liggen of om de kruk uit te proberen.

Dus gingen we op de bank zitten. Ze wilde niet praten. En als ik de televisie aanzette, zou ze vuur spuwen, zei ze. Na een tijdje begon ik me te vervelen, dus ging ik maar naar haar in de spiegel zitten kijken.

Ik heb gezegd dat ik Rose' gedachten niet kan lezen, maar vandaag kon ik dat volgens mij wel. Ik denk dat ze terugdacht aan die keer lang geleden, toen de arts tante Lovey en oom Stash vertelde dat we een speciale dubbele rolstoel nodig hadden om ons in voort te bewegen. Hij zei niet dat we niet konden lopen, maar dat het beter was van niet. Zijn advies was dat we beter niet ambulant konden zijn. Maar tante Lovey vond dat we dat al waren. Oom Stash vloekte in het Slowaaks en verliet de kamer, terwijl tante Lovey de dokter uitlegde dat er niets mis was met de benen van Rose en dat ze die zou blijven gebruiken om mee te lopen. De dokter zei dat Rose gewoon niet sterk genoeg was om mij te ondersteunen en dat er niet van haar verwacht kon worden dat ze me haar hele leven zou dragen. Tante Lovey hield vol dat Rose dat haar hele leven wel degelijk kon en zou blijven doen, en dat zij nooit van haar leven zou toestaan dat deze meisjes in een rolstoel zouden eindigen. We gingen terug naar de boerderij en tante Lovey maakte Rose aan het huilen door te zeggen: Nog één keertje, probeer nou nog een keertje Ruby naar de beek en terug te dragen, tot Rose sterk genoeg was om het geen inspanning meer te vinden. Zo zaten we in elkaar en zo is het gegaan.

En nu stond die kruk, die Rose een 'behemot' noemt – en Joost mag weten wat dat is – ons aan te gapen. Rose had het gevoel dat ze tante Lovey teleurstelde, maar dat was helemaal niet waar.

Rose zat een hele tijd maar te zitten. Toen zei ze ineens: Shit! Alsof ze iets had laten vallen of ineens in de gaten had dat ze haar sleutels of zoiets kwijt was. Heel raar.

Ik vroeg of ze de stoel niet wilde uitproberen, maar dat weigerde ze, hoe ik ook bad en smeekte. Ze haalde haar computer te voorschijn, installeerde zich zonder er erg op te letten of ik wel makkelijk zat, en begon te schrijven. Dat is het enige waar ze tegenwoordig nog zin in heeft. Ik vroeg waarover ze schreef en ze zei de reis naar Slowakije, wat haar depressie van de laatste tijd wel begrijpelijk maakt.

Als Rose zit te schrijven, praat ik meestal niet, omdat ze dan bits wordt of zelfs helemaal geen antwoord geeft, maar nu zei ik voordat ik er erg in had ineens: En als we nu eens alles aan de bibliotheek nalaten? De hele boel. Het geld van het huis, de boerderij, het land, alles. Rose hield op met tikken – Joost mag weten aan welk deel van het Slowakije-verhaal ze bezig was – ik zou even niet weten waar ik graag aan terugdenk.

Rose vond het een goed idee om een deel van onze bezittingen aan de bibliotheek na te laten. Toen zei ze: En als we nu eens de boerderij aan het geschiedkundig genootschap nalaten? Dan kan daar misschien het museum van Leaford in worden ondergebracht. Wat zeg je van zo'n fantastisch idee?

(Ik heb Nick eens tegen Rose horen zeggen: Jullie moeten niets aan Nonna nalaten wat uiteindelijk bij mij terechtkomt. Hij zei dat hij het toch maar zou belenen of in een bar zou opzuipen. Het enige wat hem nuchter hield was het feit dat hij geen cent te makken had, zei hij.)

Toen we het erover eens waren dat we de bibliotheek in ons testament zouden opnemen en de boerderij aan het museum zouden geven, hielden we een tijdje onze mond. En toen kon ik het niet nalaten om te zeggen dat ik wou dat ze niet over Slowakije schreef, omdat ik het gevoel had dat dat oom Stash zou kwetsen. De Slowaken komen er hier en daar niet zo best vanaf. Maar zij zei dat ze moeilijk ons levensverhaal kon schrijven zonder iets over de gebeurtenissen in Slowakije te vertellen, en daar heeft ze wel gelijk in. Ik vroeg of ze een paar gênante details over mij wilde weglaten.

Zij vond dat we het niet over onze hoofdstukken moesten hebben, maar toen zei ze ineens: Ik hoop dat je niet over medische toestanden schrijft. Over dat aneurysma. Over mijn aftakeling. Wat een woord. En bovendien is het ónze aftakeling. En toen vroeg ze: Waar schrijf je eigenlijk over? Daar moest ik om lachen, want dat kon ik haar niet vertellen.

Mijn zus geloofde niet dat ik niet meer weet wat ik heb geschreven. En ik ga het toch echt niet nog eens nalezen.

Rose zei dat ze hoopte dat ik er niet een beetje op los rebbel, want niemand heeft er behoefte aan om gerebbel te lezen. Ze vond het heel belangrijk dat ik nog eens nalees wat ik geschreven heb, omdat ik anders misschien in herhalingen val. Daar moest ik nog harder om lachen. Natuurlijk val ik in herhalingen. Dat doet iedereen.

Ze zei dat ik voordat ik begon te schrijven een plan in mijn hoofd moest hebben. Zeg maar een thema of een onderwerp. Zoals zij over Slowakije schrijft. Ze zei dat ik dingen moet opschrijven die ik over de Neutrals weet en waarom ik zo'n belangstelling voor het verleden heb. Goeie hemel – moet ik soms een opstel schrijven? Zij beweert dat ze dat soort dingen boeiend vindt en dat anderen daar ook zo over zullen denken. En als dat niet zo is, schrapt de redacteur het wel, zei ze.

Rose praat alsof ze ervaring heeft met uitgevers en redacteuren, en dat heeft ze niet. Maar misschien schrijf ik wel wat over de Neutrals. Misschien schrijf ik dat verhaal van tante Lovey wel op, over de wedstrijd tussen twee indiaanse broers, die een kilometer van onze boerderij vandaan plaatsvond.

Ik heb dat verhaal ooit eens als opstel opgeschreven toen ik nog op de middelbare school zat. Het was de enige keer dat ik een negen voor Engels kreeg. Rose vond het vals spelen, maar tante Lovey zei dat er niets mis mee was, want ze had het me niet woord voor woord gedicteerd. Ik had het me op eigen kracht herinnerd, wat betekende dat ik er mijn eigen interpretatie aan had gegeven. En dan is het kunst.

Dit is het verhaal. Ik heb het van mijn opstel overgenomen (dat ik nog steeds behoorlijk goed vind.)

Er was eens, toen er in Baldoon County nog geen elektriciteit, geen waterleiding en zelfs geen wegen waren, een indiaans volk dat de Neutrals heette. Het waren handelaren en ze hadden langs de machtige rivier de Thames tijdelijke visserskampen opgezet. Een van die kampen was even ten oosten van Leaford, aan de Thames. De Neutrals spraken een dialect dat erg op Iroquois leek en ze waren met niemand in oorlog.

Bij dit volk van reizigers en handelaren was een meisje dat Abey heette (wat 'plant' of 'blad' betekent). Abey was mooi en slim en alle jongemannen van het volk waren verliefd op haar. Maar niemand was zo verliefd als een stel tweelingbroers, die ook haar beste vrienden waren. De tweeling was al van jongs af aan verliefd op Abey, en zij had tegen hen gezegd dat ze onmogelijk een van hen kon kiezen. Ze moesten maar onderling bepalen welke broer haar tot zijn bruid zou maken. Op een bepaald moment was de tijd gekomen om te trouwen, en de broers hadden nog steeds niet uitgemaakt wie van hen met Abey zou trouwen. Een van de broers stelde voor om een wedstrijd te houden wie het meeste uithoudingsvermogen had en dat die de bruidegom zou zijn. Een zwemwedstrijd. De twee broers gingen naar het breedste stuk van de Thames, in de buurt van de bocht waar nu de kerk staat.

Toen de tweeling het modderige bruine water in dook, ging er een hoop gejuich op, want iedereen was naar de wedstrijd komen kijken. Een paar van de eerste kolonisten van de boerderijen in de buurt kwamen naar de rivier toen ze het tumult hoorden, en bleven staan kijken hoe de broers hun uithoudingsvermogen op de proef stelden.

De tweelingbroers waren krachtige zwemmers en van de ene oever naar de andere hielden ze elkaar bij. Maar na vijftig baantjes over de rivier begonnen de broers moe te worden.

Abey had geboeid naar de wedstrijd staan kijken, al wist ze niet voor welke broer ze moest duimen, omdat ze van beiden evenveel hield. Maar nu begon ze zich ongerust te maken. Ze probeerde hen uit het water te roepen, maar dat lukte niet. En het begon donker te worden.

De menigte begon weer te juichen, in de hoop dat de wedstrijd zou eindigen als het nog licht genoeg was om te zien wie er had gewonnen. De jongens zwommen weliswaar met elke slag langzamer, maar ze bleven volhouden. De menigte juichte hun vastberadenheid toe, terwijl Abey moest blozen om hun geweldige inzet.

De schemering dreef weg maar de jongens bleven zwemmen, al werden ze steeds vermoeider, kwamen hun armen nauwelijks meer boven het water uit en konden hun voeten haast niet meer trappen. Ze haalden de ene oever nog. En gingen op weg naar de andere. Algauw waren ze alleen een vage plek duistere beweging waarnaar de mensen moesten turen.

Toen de broers niet meer te onderscheiden waren maar alleen hun beweging in het zwarte water nog te horen was, riep Abey opnieuw naar de jongens dat ze eruit moesten komen. Ze zei dat ze zelf zou beslissen met wie ze trouwde. Ze riep dat ze de broers niet tegen elkaar had moeten opzetten. Ze schreeuwde dat ze hun toewijding niet waardig was. Daarop spitsten haar leeftijdgenoten hun oren, maar de tweeling zwom nog steeds gelijk op door, wat je aan het gespetter kon horen. De mensen maakten vuurtjes, omdat ze wisten dat de zwemmers zich moesten warmen als het allemaal voorbij was. Sommige boeren gingen thuis olielampen en dekens halen.

Eenzaam in de duisternis stond Abey te luisteren naar het geluid van haar vrijers die door het modderige water kliefden. Opnieuw riep ze dat ze de liefde van de broers niet waard was. Ze schreeuwde dat ze het water uit moesten komen. Toen riep ze dat ze ontrouw was geweest, ook al was dat niet zo. Omdat ze het idee had dat dit de goede aanpak was, begon Abey allerlei vreselijke dingen over zichzelf te schreeuwen, die allemaal niet waar waren, in de hoop dat ze op die manier de jongens zover zou krijgen dat ze de wedstrijd staakten en uit het water zouden komen.

Maar de jongens hielden niet op met zwemmen. Ze hoorden haar vreselijke leugens over zichzelf niet, maar de rest van het volk wel, en ze klonk zo overtuigend dat ze haar geloofden en tot de conclusie kwamen dat ze een afschuwelijk mens was en een vloek over de tweeling had afgeroepen. Abey hoorde hoe de mensen van haar volk in het duister wegliepen en haar en de zwemmende jongens in de steek lieten.

De volgende ochtend zat Abey rillend op de oever. Haar volk had 's nachts zijn kamp verplaatst. Ze hoefde niet achterom te kijken om te weten dat ze alleen was. En naar de rivier hoefde ze ook niet te kijken, want toen alleen zij en de maan toekeken, had ze een van de broers onder water horen wegzinken, en even later de ander.

Toen ze het gewicht van de warme deken op haar schouders voelde, dacht Abey dat ze droomde. Maar toen ze omkeek, stond daar een knappe blanke man met vriendelijke ogen, die haar een mooie roze perzik aanbood. Abey pakte de perzik aan en was niet bang. Ze had deze man eerder gezien, hij had de zomer daarvoor vanaf de oever staan zwaaien toen ze voorbijkwamen. Het kwam niet in haar hoofd op dat ze naar haar toekomstige echtgenoot keek.

Tante Lovey hield hier altijd even haar mond en dan zei ze, alsof dat nog nodig was: en zo heeft mijn bet-bet-bet-overgrootvader Rosaire mijn bet-bet-bet-overgrootmoeder Abey leren kennen.

Zo-even, voordat ik het verhaal over de indiaanse voorouder van tante Lovey opschreef, had ik het erover dat Nick die kruk bracht. En later, toen we het erover hadden gehad wat ik al of niet op mijn blocnote aan het schrijven was, bedacht Rose dat ze zin had in een van de cannolo's die Roz voor ons had afgehaald bij de Oakwood-bakkerij. Maar de cannolo's stonden in de keuken, en ze had geen zin om in beweging te komen. Laten we de kruk proberen, zei ik. Als hij ons niet bevalt, zeggen we gewoon bedankt Nick, maar hij zit niet lekker. Ik was ontzettend blij toen ze zei dat ze hem wel wilde proberen. Rose vindt het moeilijk om toe te geven dat ze niet zo sterk meer is als vroeger.

Het was wel even een toer om me op de stoel te krijgen, maar dat wordt vast makkelijker. Het was prettig om door de gang te rijden. Wat zeg ik, meer dan prettig. Fantastisch. Het voelde alsof ik benen had. Niet alsof ik de benen van mijn zus even had geleend, maar alsof ik zelf benen had. Via de stalen poten van de kruk voelde ik de trilling van de wielen over de vloer langs mijn ruggengraat omhoogschieten.

We hadden heen en terug naar de keuken de helft van de tijd nodig die we tegenwoordig anders nodig hebben, omdat Rose zo vaak stilstaat en in de buurt van een muur wil zijn (voor als ze valt, neem ik aan). Met de doos met cannolo's op mijn schoot liepen we terug naar de bank en we gingen zitten eten. Een klein hapje maar, want we hebben geen van beiden erg veel trek, maar we voelden ons een stuk beter. Dat heb je, met cannolo's. Toen zocht Rose de draadloze telefoon op en belde Nick dat hij moest komen kijken hoe we de rolstoel aan het uitproberen waren.

Als er meer craniopagus-tweelingen op de wereld waren, zou Nick nog rijk worden. Hij zou uitvinder moeten zijn, zo goed is die kruk. Onze gang is tamelijk breed, dus Rose en ik gingen maar op en neer en op en neer door de gang, en we werden alsmaar sneller. Zelfs Rose was blij met de kruk. Niet dat ze vaak klaagt, maar ik weet dat ze tegenwoordig nog meer last van haar rug heeft. Nick stond een beetje lachend toe te kijken, maar niet naar ons. Hij klapte zelfs een paar keer in zijn handen. En Rose bloosde.

Buiten op de stoep kunnen we hem niet gebruiken, want hobbels zijn een probleem. Daar zijn we door schade en schande achter gekomen. Maar op ons werk, waar we ons tegenwoordig nog het meest verplaatsen, kunnen we hem wel gebruiken. En de kinderen vinden het vast prachtig.

Ik begin een beetje aan Nick te wennen, al is hij nog steeds eerder een vriend van Rose dan van mij. Volgens mij is hij behoorlijk trots op zichzelf vanwege die kruk. Hij ging de keuken in en maakte een kan limonade van limonadepoeder uit de kast. Als hij limonade uit een cocktailglas drinkt, heeft hij het gevoel dat het een G7 is (Gilbeys gin met Seven Up), wat zijn lievelingsdrankje was. Hij bracht de limonade naar binnen en toen werd er op de deur geklopt, en wij nog denken: wie kan dat zijn? Want we hebben niet vaak bezoek.

Het bleek Nonna te zijn. Ze had geen idee wie Rose en ik waren en vroeg naar tante Lovey, en ze wilde maar niet aannemen dat tante Lovey niet thuis was. Toen begon ze te huilen, en dat is zo hartverscheurend. Het is zo triest om een oude dame die altijd voor je heeft gezorgd te zien huilen. Ik zei niet tegen Nonna dat tante Lovey dood was, want dan was ze tegen de vlakte gegaan. Maar Nick moest Nonna wel mee naar huis nemen. Rose en ik voelden ons ellendig dat we haar in die toestand moesten zien. We hebben de kan met limonade gewoon in de gootsteen leeggegoten.

Het is 19 september. Toch al laat in het jaar voor limonade.

Na het avondeten gingen we een poosje op de veranda zitten. Nick ging de stad uit. Hij hield zich op de vlakte over waar naartoe, maar hij zei dat hij de volgende ochtend terug zou komen en dat we Ruttle of de eerste hulp van het ziekenhuis moesten bellen als er iets was. Waarom zou je nou zo geheimzinnig doen over waar je heen gaat? Vreselijk irritant. Plus, waarom zou hij Nonna alleen laten, ook al heeft ze een slaappil geslikt?

Dit is de eerste keer dat Rose en ik samen schrijven. Zij is nu op haar laptop bezig. Het is een vreemd gevoel maar ook wel leuk, om tegelijkertijd aan het schrijven te zijn. Al schrijven we niet over dezelfde dingen.

Rose doet alles steeds langzamer. Lopen. Bewegen. Gaan verzitten. Alles. Zelfs schrijven. Toen ze vijf maanden geleden met dit boek begon, vlogen haar vingers met een rotvaart over de toetsen en schreef ze per keer wel honderd bladzijden. Nu is ze traag. Traag maar gestaag. Ze pauzeert niet vaak en stopt nooit lang achter elkaar. Ik heb het gevoel dat ze, als ze 's avonds laat haar computer sluit, gewoon niet meer kan schrijven. En dat het niet is omdat ze niets meer te schrijven heeft.

Een hele tijd terug zei mijn zus dat zij klaar is als het boek klaar is, dus volgens mij probeert ze tijd voor ons te winnen door langer over het boek te doen. Rose denkt dat zij de touwtjes in handen heeft. Dat haar clubs winnen als ze die afgrijselijke bruine trui aan heeft. Vreselijk arrogant, dus.

Inmiddels weet iedereen van het aneurysma af, en dat maakt alles een stuk makkelijker. We vinden het allebei afschuwelijk als mensen medelijden hebben vanwege onze situatie, maar het is een stuk minder erg als ze het naar voor je vinden dat je dood-gaat. En het is ook eigenlijk niet echt medelijden maar eerder meegevoel. Niet iedereen kan zich indenken hoe het is om met je hoofd aan elkaar vast te zitten, maar iedereen kan zich voor-stellen hoe het is om dood te gaan.

Mensen zetten zich echt voor ons in. Echt waar. Roz heeft een paar stoofschotels gebracht voor in de vrieskist. Whiffer en Lu-tie kwamen wat boodschappen afgeven (Rose en ik moesten erg lachen omdat ze ons spiegelhuis zo griezelig vonden). Mensen doen hun best om aardig en optimistisch te zijn, en dat is mooi, want dodelijk mag dodelijk zijn, maar daarom hoeft het toch niet de hele tijd bergafwaarts te gaan.

Het is voor het eerst dat ik doorschrijf als Rose al in slaap is gevallen. Ze klaagt ons hele leven al over mijn gesnurk, maar ze beseft niet dat ze zelf ook snurkt. Volgens haar klink ik als een knorrend varken. Bij haar zit er aan het eind een fluitje. Ik heb er geen last van. Eigenlijk heb ik bij Rose nergens last van. In elk geval niet van iets lichamelijks.

Rose en ik hebben het vanavond over dingen gehad waar we het liever niet over hebben, en Rose zei dat we onze bevriende notaris moeten bellen om ons testament te regelen en dat we maar beter nu naar het archeologiemuseum kunnen gaan. En dat we dan de kruk moeten meenemen.

De kruk kan niet worden ingeklapt, dat is een beetje een min-punt aan het ontwerp. Maar Nick heeft een forse kofferbak en hij brengt ons weg, dus dat komt wel goed.

Ik kijk ontzettend uit naar het indiaanse museum. We zijn er sinds het overlijden van tante Lovey en oom Stash nooit meer geweest. Er werkt daar een oude man die Errol Osler heet. Het is nogal een apart type. Altijd blij om Rose en mij te zien. We leerden Errol Osler kennen toen we eens op de terugweg van een afspraak met een specialist voor mijn ingewanden bij het museum aangingen.

Sindsdien zagen we hem zo'n beetje een keer per jaar, tot een paar jaar terug. En het was vreselijk triest om er zonder tante Lovey en oom Stash heen te gaan. Plus dat we dan met de bus hadden gemoeten, en dat is een probleem met mijn wagenziekte, die erger wordt naarmate ik ouder word.

Ik weet nog dat we eerst het buitengedeelte van het museum in London in liepen. Ik had even een heel sterk déjà vu, maar anders dan een gevoel dat ik daar eerder was geweest. Eerder een gevoel van ik ben hier eerder geweest en ik ben nooit meer weggegaan. Soms moet ik aan mijn vorige levens denken, en dan vraag ik me af of ik ooit indiaanse ben geweest, of misschien zelfs wel Abey.

Ik geloof in reïncarnatie. Soms heb ik dromen en van die kleine visioentjes die ineens in me opkomen waarin ik mezelf ben maar ook iemand anders. Ik droom weleens dat ik een Engelse dame ben in een ouderwetse jurk en dat ik door een wei loop en met een man die mijn echtgenoot is aan het ruziën ben, alleen is die man Rose. Rose – maar dan een man. Ik heb mezelf als grommer op een schip gezien, met de zwarte oceaan zo ver het oog reikte. Ik sta naast mijn oom te werken, die mijn beste vriend is. Maar tegelijkertijd is hij Rose. Rose komt eigenlijk in al mijn visioenen en dromen over vorige levens voor. Soms is ze mijn vrouw, mijn neef of mijn broer, of zelfs mijn moeder. Ik weet dat dat geschift klinkt.

Ik was niet erg goed op school, maar ik kan me herinneren dat een leraar natuurkunde eens zei dat je geen energie kunt scheppen of vernietigen. Daar kreeg ik kippenvel van. En dat krijg ik nog steeds als ik aan energie denk, omdat ik denk dat dat reïncarnatie is. Volgens mij is onze ziel energie en wordt die niet vernietigd als we sterven. Je ziel herinnert zich vorige levens, maar die herinneringen zitten in een afgesloten kastje en heel af en toe wordt dat kastje geopend en vallen er per ongeluk een paar dingen uit – de visioenen en de déjà vu's. Als ik het met Rose over reïncarnatie wil hebben, zegt ze altijd dat het volslagen gelul is, maar tante Lovey begreep altijd waar ik het over had. Tante Lovey vertelde dat ze vroeger als klein meisje haar moeder altijd over haar andere leven en haar andere familie en haar twee oudere broers wilde vertellen. Maar haar moeder, Verbeena, dacht dan dat ze weer eens in de perzikenboom was geklommen en op haar hoofd terecht was gekomen. Tante Lovey had vaak déjà vu's en volgens haar kon dat aan een lage bloeddruk liggen.

Toen Rose en ik nog maar net bij de bibliotheek werkten, kwam er eens een moeder binnen met een tweeling van vier. De jongens waren heel lief en grappig, en Rosie en ik waren meteen helemaal weg van ze. Hun moeder was heel vriendelijk tegen ons, al schrok ze wel toen ze de jeugdafdeling op liep en Rose om hulp vroeg, terwijl ze door de manier waarop Rose stond niet meteen in de gaten had dat ik er ook was. Ik begreep meteen hoe de moeder de twee jongens uit elkaar kon houden, omdat een van de twee een grote, ronde donkerrode moedervlek onder zijn linkeroog had. Het broertje van de jongen zag me naar die moedervlek kijken en gooide eruit dat hij zijn broer met zijn pijl en boog had neergeschoten. De moeder begon te lachen en zei dat het kind vanaf het moment dat hij kon praten iedereen vertelde dat hij zijn broer met pijl en boog had neergeschoten, maar dat hij nog nooit van zijn leven een pijl en boog had gezien. Toen ik dat hoorde, kreeg ik ook weer kippenvel. Stel je voor dat die jongen zich iets herinnerde dat in een vorig leven was gebeurd. En dat hij al zijn levens samen met zijn broer had geleefd? Zoals ik de mijne met Rose heb doorgebracht. Ik geloof in het bovennatuurlijke en ik denk dat sommige mensen buitenzintuiglijke waarnemingen kunnen doen. En ik zweer je met de hand op mijn hart dat ik een heel vreemd gevoel kreeg toen ik die allereerste keer het Museum voor Indiaanse Archeologie binnen wandelde, toen ik nog maar tien was. Een vreemde rilling en een knoop in mijn maag (maar een goed soort knoop), en het gevoel dat ik zin had om te huilen (maar dan op een lekkere manier).

Errol Osler kwam op ons af en deed helemaal niet overspannen over het feit dat Rose en ik een Siamese tweeling waren. Hij kwam gewoon naar ons toe en keek me aan alsof hij er geen moment aan twijfelde dat ik een zelfstandig wezen was, en hij zei dat heel veel mensen het benauwd krijgen in een kerk of een museum. Hij zei dat mensen op allerlei geheimzinnige manieren geraakt kunnen worden. De manier waarop hij praatte en precies begreep hoe ik me voelde, vond ik heel prettig.

Rose en ik hebben het altijd al heerlijk gevonden om musea te bezoeken. Vooral de streekmusea in onze county. De geschiedenis van dit deel van Zuidwest-Ontario is erg boeiend, omdat we heel dicht bij Amerika zitten maar toch geen Amerikanen zijn. En er zijn zo veel dingen tussen die twee landen gebeurd. Zuidwest-Ontario was een van de laatste haltes aan de Ondergrondse Spoorweg, waar zwarte Amerikaanse slaven hun vrijheid vonden en hele stadjes en gemeenschappen opbouwden. En dan had je nog de Slag aan de Thames tussen de Amerikanen en de Britten, waarbij de indianen aan de kant van de Engelsen stonden. De grote indiaanse profeet, opperhoofd Tecumseh, is vlak bij de Thames in Chatham gesneuveld. En het zendelingenplaatsje Fairfield werd door de Amerikaanse troepen platgebrand. In de jaren twintig was de helft van de bevolking hier bij de dranksmokkel betrokken. Op de lagere school kregen we geen les in de plaatselijke geschiedenis, maar tante Lovey wist alles van de geschiedenis van Leaford en Chatham en de hele county omdat de Tremblays tot de eerste kolonisten hadden behoord en hun familieverhalen, die uiteindelijk ook geschiedenis werden, van vader op zoon hadden doorgegeven.

Toen ik bezig was alle schetsen die ik had gemaakt van de artefacten die ik in de loop van de tijd had gevonden te verzamelen en mijn plattegrond van de boerderij bij te werken, schreef tante Lovey een gedicht voor me over – iets over dat mensen niet echt doodgaan – iets over de resten van een gestorven man. Rose kent het nog wel. Ik zal haar vragen om het in een van haar hoofdstukken op te nemen.

Maar goed, Rose en ik houden dus allebei van musea en van geschiedenis. En aangezien we deel uitmaken van de geschiedenis van Baldoon County, omdat we een craniopagus-tweeling zijn en tijdens een zonderlinge tornado zijn geboren, maakte ik tegen Rose het geintje dat ze, als ze haar autobiografie niet uitgegeven krijgt, hem maar aan het museum van Leaford moet nalaten. Dan kunnen mensen er stukjes in lezen als ze dat willen, als het museum weer open is. Ze was helemaal verontwaardigd en zei dat je geen boek schrijft om mensen er stukjes in te laten lezen.

Naar mijn idee is stukjes altijd nog beter dan helemaal niets. Zo zie je maar weer dat ik geen verstand van schrijven heb.

Maar goed, we zijn te oud voor Disney World, en Parijs zit er niet in, maar het indiaanse museum is een plek waar ik graag kom, en graag nog eens kom, en ik wil ook afscheid nemen van Errol Osler, al zeg ik er niet per se bij dat het voor het laatst is. Rose wil ook naar het museum. Niet dat ze even geïnteresseerd is in onze indiaanse geschiedenis als ik, maar ze mag Errol graag. Hij is volgens haar een boeiende karakterstudie. Mooie manier om over iemand te praten!

Voordat ze vanavond haar ogen dichtdeed, zei Rose dat ze het jammer vond dat ze nooit iets heldhaftigs heeft gedaan. Maar het lijkt me nogal duidelijk dat ze moeilijk in een boom kan klimmen om een kat te redden, of medicijnen kan gaan studeren en dan een belangrijk onderzoek naar kanker opzetten.

Maar Rose is mijn zus geweest.

Dat vind ik heldhaftig.

Een paar avonden geleden vergat Rose haar computer uit te zetten toen ze ophield met werken. De volgende ochtend had ze niet meteen in de gaten dat hij nog aanstond, en ik las een regel die ongeveer zo ging: Ik had niet meer bemind kunnen worden, maar ik had meer kunnen beminnen. Ik hoop dat ze niet de hele tijd zo stomvervelend schrijft.

Eigenlijk wilde ik mijn nieuwe blauwe blouse bewaren voor als we opgebaard liggen, maar ik denk nu dat ik hem maar naar het museum aantrek.

Ik heb plattegronden getekend en alle plekken aangegeven waar ik iets heb gevonden. En van alle artefacten heb ik schetsen gemaakt. De spullen heb ik aan het museum van Leaford overgedragen, maar de kaart en de schetsen heb ik gehouden en die heb ik nog steeds. Ik wil ze aan Errol Osler geven.

Het mooiste wat ik ooit heb gevonden was een complete pijp waarvan de steel op een vogellijf leek en de kop op een vogelkop. Een kraanvogel, denk ik. Of een reiger. Die pijp in de vorm van een vogel heb ik niet in de lente op de akkers gevonden, zoals de meeste andere artefacten, maar in de herfst, toen we eens op het bruggetje naar de Merkels op reigers zaten te wachten. Ik zag de vogelkop uit de gedroogde modder boven aan de oever van de beek steken. We klauterden omlaag om hem te bekijken, en volgens mij was Rose ook helemaal uitgelaten omdat we de pijp hadden gevonden. Je kon ook zo zien dat het iets ouds en zeldzaams was. Rose schopte haar schoen uit en krabde met haar tenen de modder weg zonder het ding te beschadigen, en toen kromde ze haar tenen eromheen en gaf hem me zo aan. (Het is voor ons heel moeilijk om voorover te buigen, maar Rose is ontzettend handig met haar voeten en tenen, en ze heeft een geweldig evenwichtsgevoel, helemaal als je bedenkt dat ze zo'n gewicht meetorst. Ze is echt heel atletisch, maar dat hebben alleen de mensen in de gaten die ons erg na staan.)

We haalden de modder van de pijp en gingen weer op de brug

zitten. Rosie en ik speelden dat we indiaanse zussen waren van eeuwen geleden. We gaven de pijp aan elkaar door en deden net of we trekjes namen, al wisten we niet of dit een pijp voor persoonlijk gebruik was of een vredespijp die alleen bij rituelen werd gebruikt.

Nog een goede vondst was een set – nou ja, zo noem ik het. Er was een vuursteen, en een half afgewerkte pijlpunt, een rond stuk zandsteen en een grote steen met groeven die op een handvat paste. En een stenen vijzel en stamper. Volgens Errol Osler moet het allemaal in een zakje of zoiets hebben gezeten. Ik heb die spullen vlak bij elkaar gevonden, daar leid ik uit af dat ze bij elkaar hoorden, en daarom noem ik het een set, maar zo'n leren zak is natuurlijk allang vergaan. Rose en ik probeerden te bedenken wat er gebeurd kon zijn en hoe het kwam dat iemand dat setje spullen had achtergelaten of was kwijtgeraakt. Rose schreef een kort verhaal over het leren zakje, waarin ze zich voorstelde dat het van een indiaans tienermeisje was geweest dat van huis was weggelopen om met een jongen van de Delaware-stam in Fairfield te trouwen. Ze schreef het verhaal als het dagboek van een weggelopen meisje en alsof zij dat indiaanse meisje was, wat ik een fantastisch idee vond. Het was een heel goed verhaal en Rose was er erg trots op. Tante Lovey zei dat het het beste verhaal was dat Rose ooit had geschreven. Maar onze lerares Engels gaf haar een zes en had er met rode pen naast geschreven dat Rose goed kon schrijven maar dat ze zich voortaan beter aan dingen die ze kent kon houden. En daaronder stond: Het is geen goed idee om bij het schrijven raciale grenzen over te steken. En al helemaal niet als je in de eerste persoon schrijft. Je zou een hoop mensen kunnen beledigen die meer recht hebben om een bepaald verhaal te vertellen dan jij.

Rose is er niet eentje die in stilte lijdt. Het grootste deel van de middag kookte ze van woede en ze zat de hele natuurkundeles tegen me te fluisteren over haar verhaal, zodat we bijna de klas uit werden gestuurd. Aan het eind van de dag gingen we naar het bureau van de lerares Engels waar Rose tegen haar zes protesteerde. Rose was zo kwaad dat ze stond te trillen. De lerares vond Rose maar brutaal dat ze tegen haar cijfer in opstand kwam. Ze zei dingen als dat Rose vanwege haar misvorming dan wel tot een minderheidscultuur behoorde, maar dat haar dat nog niet het recht gaf om andere mensen in haar verhalen uit te buiten, en dat ze haar eigen verhalen moest vertellen, en niet die van een ander. Rose bracht ertegenin dat het niet eens iemand anders zijn verhaal kon zijn, want het verhaal bestond niet zonder haar. Maar de lerares gaf haar geen hoger cijfer.

Rose ligt nog steeds te snurken, en toch heb ik er geen last van. Daarom houd ik juist alleen maar meer van haar. Ik houd van dat gezegde: Mijn beker vloeit over. Dat gevoel heb ik op dit moment bij Rose. Dat ik mijn gevoelens voor haar nauwelijks kan bevatten. Gek hoe dat soms gaat, dat je zo hevig van iemand kunt houden vanwege de manier waarop zo iemand snurkt. Of de manier waarop die je naam zegt. Daar komt bij dat mijn zus kwetsbaar is als ze slaapt, en dat staat ze zichzelf niet toe als ze wakker is. Als ze slaapt, heb ik eerder het gevoel dat ze mijn kind dan mijn zus is, al weet ik dat dat heel maf klinkt.

Mensen zeggen weleens dat we zo goed met onze situatie omgaan en dat we zo optimistisch en sterk lijken. Ze zeggen het tegen ons, maar ze bedoelen mij, en dat weet zelfs Rose. Rose is zichzelf niet, de laatste tijd. Hoe kan het ook?

Ik denk dat ik in onze huidige situatie veel steun heb aan mijn overtuigingen. Ik weet gewoon dat het einde niet het einde is. Een deel van mij is energie, iets wat niet geschapen is en niet vernietigd kan worden. Dat is een feit. En Rose heeft ook iets onverwoestbaars in zich. Dus ik weet dat ik terugkom. En op de een of andere manier zullen Rose en ik dan nog steeds verbonden zijn, zoals nu en zoals het altijd is geweest.

Kon Rose maar in iets geloven.

SCHRIJVEN

De woorden lekken uit mijn hersenen. Sijpelen uit mijn oor. Borrelen uit mijn scheve mond. Spatten op mijn blouse. Druppelen mijn toetsenbord in. Vormen plassen op mijn kromgetrokken parketvloer. Maar in elk geval gutsen ze niet uit mijn hart. Of mijn achterste, god verhoede. Ik vang de vallende woorden op. Mijn handen ruiken ernaar. Het is hier een bende. Vanwege al die weggelopen woorden.

Het is half september en mijn zus en ik zijn al drie achtereenvolgende dagen 's ochtends met elfenmist begroet. De door de zomer verwarmde grond ontmoet de kilte van een nieuwe herfstnacht, en de mist die uit hun versmelting voortkomt, is heel dicht en grijs. Oom Stash zei altijd dat het elfenmist was, iets wat sprookjesachtig is en niet iets wat Moeder Natuur heeft uitgevonden. Daar wonen de elfen. Niet die mooie, gevleugelde exemplaren die helden van advies dienen en prinsessen te hulp snellen, maar de duivelse, gehoefde variant, die kommer en kwel brengt. Zo vertelde oom Stash het tenminste. (Al heb ik altijd het gevoel gehad dat de elfen van Leaford lang niet zo sluw en gemeen waren als de elfen uit zijn Slowaakse jeugd.) Volgens oom Stash kon je, als je heel goed keek, de elfen in de mist onderscheiden. En ze kunnen je geluk brengen als je een van hún blikken vangt voordat ze er een van jou vangen.

Ik weet nog dat oom Stash Ruby en mij voor het eerst over de elfenmist vertelde toen hij op een late septemberdag met ons naar ons fallische zilveren bushokje opliep om daar op de gele bus te wachten die ons naar school zou brengen. Toen hij nog een kleine jongen in Grozovo was, vertelde hij, had hij op een vroege ochtend in de mist de blik van een elf gevangen toen hij met de eenden op weg naar de vijver was. Diezelfde middag had hij op de weg een koruna gevonden die hij aan zijn moeder had gegeven. 's Avonds had hij aanzienlijk meer vlees in zijn soep aangetroffen dan zijn oudere broers. 'Het was een goede dag,' zei oom Stash. 'Mijn moeder was blij. "*Dobre chlapec*," zei ze tegen me. Brave jongen.'

Ruby en ik hielden onze adem in toen hij heel stil de tuin in stond te staren naar waar de mist het dikst leek te zijn. 'Daar! Daar!' zei hij. 'Ik heb kleine etter te pakken. Hij keek me recht aan.'

Ruby begon te snikken, doodsbang als ze was dat die duivelse elf uit de mist zou komen stormen om ons weg te kapen. Maar oom Stash streelde mijn zus over haar domme hoofdje en zei dat ze niet hoefde te huilen omdat de elfen kinderen geen kwaad mochten doen, maar ik kon duidelijk zien dat hij daar zelf niet in geloofde. Hij zei dat ze hem haar hand moest geven en hij drukte iets in haar handpalm wat ik niet kon zien.

'Wauw,' hijgde Ruby. 'Mag ik hem houden?'

Ik smeekte Ruby om me te vertellen wat oom Stash haar had gegeven, maar dat weigerde ze, en tot de dag van vandaag heb ik geen idee wat het was. Die middag kreeg Ruby een 7+ voor haar spellingsproefwerk in plaats van de gebruikelijke 6-. En op weg naar huis deed Frankie Foyle de achterste deur van de bus open toen ze zei dat ze moest overgeven.

Die middag na school vertelden we tante Lovey dat oom Stash toen hij klein was een elf in de mist had gezien, en over de koruna, en het vlees en dat zijn moeder zo blij was. Ik kon aan haar gezicht zien dat ze dat verhaal voor het eerst hoorde.

We wilden vertellen dat oom Stash die morgen in de mist een elf naar hem had zien omkijken en dat hij zijn geluk aan Ruby had overgedragen, maar tante Lovey luisterde al niet meer. Ze staarde door de lange gang naar de hobbykamer waar oom Stash op de bank lag te rusten.

Tante Lovey kneep even in mijn schouder en in Ruby's arm, wandelde door de gang en boog zich over oom Stash' bewegingloze gezicht. Ruby en ik keken toe hoe tante Lovey hem een lange kus gaf. Ik zag haar geluidloos het woord 'Je' zeggen. En hij zei het terug. Toen trapte tante Lovey de deur dicht en we zagen ze pas weer bij het avondeten terug. Een afwezigheid waar Ruby en ik ons liever niet in verdiepten.

Ruby heeft natuurlijk al over de kruk geschreven die Nick Todino voor ons heeft gemaakt. We hebben hem de bijnaam Kruk-tot-de-tweede gegeven. Of Kruk^2. Dat weet ik niet zeker – Ruby heeft het bedacht. Ik wist niet eens hoe ik Nick moest bedanken voor wat hij had gedaan. Voor wat hij allemaal heeft gedaan. Volgens hem is het een soort therapie om dingen voor Ruby en mij te doen, en dat vind ik ergens niet zo vleiend. Toen Nick bij Nonna introk, kort na het overlijden van tante Lovey en oom Stash, hadden Ruby en ik een ontzettende hekel aan hem. Hij deed nooit iets aan het huis (en hij doet nog steeds niet veel aan onderhoud), en hij zoop. Maar toen Ruby en ik eens op bezoek gingen, waren we stomverbaasd toen we vrolijke muziek door de ramen hoorden klinken en nog verbaasder omdat Nonna aan het lachen was. We gluurden door het raam en zagen dat Nick met Nonna door de huiskamer aan het ronddansen was, met keiharde Italiaanse volksmuziek op de stereoinstallatie. Ze waren allebei aan het zweten toen ze opendeden. Nonna zag er tien jaar jonger uit en Nick rook naar gist. In die tijd was Nonna net in de war aan het raken. Ze schrok ontzettend toen ze ons op de stoep zag staan. Haar gelach stokte, en de muziek ook – alsof er een teken was gegeven.

Nick vroeg ons binnen te komen en legde met zijn door-rookte stem uit: 'Het zijn Rose en Ruby, mama. Niets aan de hand. Je weet wel, je kent ze al van toen ze nog heel klein waren.'

'Is het geen monster?' fluisterde Nonna in het Italiaans. Het Italiaanse woord *orco* klinkt heel anders dan 'monster', maar ik wist wat ze zei.

Nick schudde zijn hoofd. 'Je weet wel, soms zit er een dubbele dooier in een ei. Dat heb je toch weleens gezien, mama? En soms groeien kersen aan elkaar – niet met twee steeltjes, maar het vruchtvlees.' Hij haakte zijn vingers in elkaar om het duidelijk te maken. 'Zoiets. Iets bijzonders.'

Ik vond dat Nick onze situatie op een aardige manier uitlegde, maar Ruby vertrouwde hem nog steeds niet. Al denk ik dat Kruk^2 daar verandering in heeft gebracht. Ze begon zo'n beetje te zwijmelen van dankbaarheid. Het is kennelijk niet in haar opgekomen dat die kruk ook voor mij bedoeld is.

Nick. Nick. Nick. Wat zouden we zonder Nick moeten? Nick, die de K aan het eind van zijn naam zo hard uitspreekt dat het bijna een extra lettergreep wordt. Ni-ka. Nick is heel behulpzaam, hij brengt ons overal heen, en neemt dingen voor ons mee. Hij is nu al negenentwintig dagen nuchter. Misschien woont zijn AA-sponsor in Windsor. Hij gaat daar de laatste tijd wel erg vaak heen. Het is zijn sponsor, of het is een vrouw. Of een vrouwelijke sponsor. Vrijwel elke zaterdag kleedt hij zich netjes aan (bij hem is dat cowboylaarzen en een tweedachtig sportjasje) en gaat hij weg met de Thunderbird. Hij gaat ook naar andere bijeenkomsten, in de kelder van de Kerk van het Heilige Kruis om de hoek van Chippewa Drive, maar dan heeft hij zijn cowboylaarzen niet aan. Ruby en ik vinden het heel gek dat Nick zo geheimzinnig over zijn zaterdagavond-avonturen doet.

Toen Nick vorige week Kruk^2 kwam brengen, voelde ik me de hele dag al niet erg lekker. Ik had Ruby wel kunnen vermoorden omdat ze maar bleef aandringen dat ik het ding moest uitproberen. Ik was bang dat ik zou overgeven als ik opstond. En ik had geen zin om over te geven waar Nick bij was. Dat is misschien doodnormaal voor Ruby, maar ik ga echt niet overgeven waar iemand bij is. Toen Nick weg was, had ik even een aanval dat ik een stukje tijd miste. Ik denk tenminste dat het zoiets was. Ruby had het niet over rectaal onderzoek of groene mannetjes, dus ik neem aan dat het een soort toeval was. Even overwoog ik dr. Singh te bellen, maar die zegt beslist dat we beslist op consult moeten komen, al is er beslist niets wat hij voor ons kan doen. Het is me al eerder overkomen dat ik een stukje tijd kwijtraakte, maar niet zo lang. (Het is me gelukt om mezelf ervan te overtuigen dat ik dan aan het dagdromen ben en gewoon even de draad kwijtraak.) Maar nu voelde ik dat de lucht om me heen was veranderd, en de zon was helemaal van het ene raam naar het andere verschoven.

Ik schreeuwde: 'Shit!' omdat ik bang en in de war was. Ruby zat in de spiegel naar me te kijken en begreep het verkeerd. Ze dreinde maar door over dat tante Lovey zou hebben gewild dat ik de kruk zou uitproberen en dat dat helemaal niet betekende dat ik het had opgegeven. Ik wilde niet zeggen dat het niets met de kruk te maken had. Dat het alleen maar was omdat ik misselijk was. Ik ben altijd degene geweest die gezond was en ik houd er niet van om me zo verdomde kwetsbaar te voelen.

En dus sjouwde ik mijn laptop van de koffietafel mee en begon te schrijven. Want al word ik doodmoe van schrijven, het is ook een manier om me te concentreren en het werkt louterend. Ik was aan onze reis naar Slowakije begonnen, maar dat verhaal is op verschillende, vervlochten verhalen uitgedraaid. En ik wil het volgende stuk in één adem uitschrijven.

We gaan binnenkort naar het indiaanse museum in London. Nick brengt ons natuurlijk weg. En we kunnen zo lang blijven als Ruby maar wil, want we nemen onze hippe nieuwe kruk mee.

Zalige overgave.

Dit is geen boek meer. Het is iets levends. Het roept me als ik slaap. Het zegt verwijtend dat ik de waarheid moet zeggen.

Hier is die dan.

Ik geloof dat ik verliefd aan het worden ben op Nick To-dino.

H ier is Ruby weer.
Het is de eerste week van de herfst, maar het lijkt wel zomer. We kunnen meteen 's ochtends al zonder jasje, en we hebben korte mouwen aan.

Sherman Merkel was vandaag in de bibliotheek. Ik sloot net de voorleeskring af en de kinderen waren aan het rondstampen. Rose en ik hadden allebei hoofdpijn. Komt Sherman Merkel binnen met schone kleren aan, wat al meteen heel raar was omdat we hem anders altijd in zijn werkbroek zien. Hij liep recht op het prikbord af. De meeste mensen zonder kinderen komen vanwege dat prikbord op de kinderboekenafdeling, omdat het bord naast de wc's hangt, achter de planken met de griezelboeken voor kinderen.

Meneer Merkel prikte een briefje op het bord en op de terugweg bleef hij even staan om gedag te zeggen. Nou ja, niet echt gedag. Hij gaf even een knikje met zijn kin en zei: Zusjes. Meer zegt hij eigenlijk nooit. Zusjes. Zusjes. Zusjes. Zusjes.

Ik heb meneer Merkel altijd graag gemogen, al is hij meestal te verlegen om iets te zeggen. En ik kan er nog steeds niets aan doen dat ik van mevrouw Merkel houd. Al houdt die overduidelijk niet van ons.

Rosie en ik hebben een ontzettend vreemde relatie met mevrouw Merkel. Eigenlijk begrijpen we precies wat ze voelt en vatten we het allemaal niet persoonlijk op. Ze beseft niet eens dat ze de enige moederfiguur is die we nog hebben, nu tante Lovey overleden is en Nonna Nonna niet meer is.

Maar goed, nadat meneer Merkel Zusjes had gezegd, bleef hij nog een tijd staan, en we zagen dat hij tranen in zijn ogen had. We hadden meneer Merkel nog nooit met tranen in zijn ogen gezien, en ik wist bijna zeker dat hij ons ging vertellen dat zijn vrouw hem in de steek gelaten had, want dat verwachtte ik altijd wel zo'n beetje.

In plaats daarvan zei hij: Als ik en de vrouw iets voor jullie kunnen doen, moeten jullie dat laten weten. Het drong wel tot me door dat hij kennelijk had gehoord van het aneurysma. Maar ik had niet in de gaten dat zijn treurige gezicht iets met ons te maken had.

Ik vind het afschuwelijk als Rose begint te praten zoals ze schrijft. Ze kan zo pretentieus klinken. En zo ging dat vandaag met meneer Merkel ook. Ze zei zoiets van: We hebben mevrouw Merkel en u altijd zeer hooggeacht en het is een verrijkende ervaring geweest om u beiden als buren te hebben. Ik zweer je dat ik wagenziek werd.

Toen barstte de arme kerel in tranen uit. Niet te stuiten. Hij stond daar midden op de kinderboekenafdeling te snikken en al die kinderen die aan het rondstampen waren geweest, bleven staan en sommigen begonnen ook te huilen. Toen kreeg meneer Merkel de hik, maar het klonk meer als kokhalzen. En ik had het gevoel dat ik in de hel was beland.

Twee dingen. Waarom zou je een volwassen man op de kinderboekenafdeling van de bibliotheek van Leaford aan het huilen willen maken en volslagen voor gek willen zetten? En waarom kan je niet gewóón doen, en iets zeggen van: Bedankt, hoor. En we laten wel weten of we iets nodig hebben, meneer Merkel. Snap je wel?

We gaven meneer Merkel een papieren zakdoekje maar hij had de grootste moeite om zijn emoties te bedwingen. Rose en ik denken dat hij ook moest huilen omdat hij Larry was verloren. Al is dat dan een hele tijd geleden.

Het briefje dat meneer Merkel op het prikbord had gehangen ging over dat hij voor de winter een boerenknecht zocht. Rosie en ik zeiden nog tegen elkaar, laten we hopen dat het dan iemand is die prettig gezelschap is voor mevrouw Merkel.

Ze is vast ontzettend eenzaam, helemaal omdat ze tegenwoordig geen honden meer heeft.

Rose heeft Whiffer verklapt dat ze al aardig wat bladzijden voor het boek heeft geschreven, en ik ook. Whiffer zei dat hij zijn neef gaat bellen om tegen die vriend van zijn vriend die bij die uitgeverij werkt te zeggen dat Rose haar verhaal aan het schrijven is. Maar Rose wilde niet dat hij dat doet, omdat ze niet wil dat iemand ervanaf weet voordat ze klaar is. Ze zegt dat ze dan geen letter meer op papier krijgt. Mij lacht ze uit, maar zelf is ze zo bijgelovig als wat.

Rose zei tegen Whiffer dat ze niet wist of haar verhaal wel goed was. Ze had gedacht dat schrijven makkelijker zou zijn, zei ze, en als ze het nog eens leest, klinkt het nogal simpel. Ik wist dat ze hoopte dat hij zou vragen of hij het mocht lezen, maar hij zei alleen: Maak je maar geen zorgen of het slecht geschreven is. Het is dat Siamese-tweelinggedoe dat zal verkopen, of niet.

Rose moest bijna kotsen toen Whiffer dat Siamese-tweelinggedoe zei. Ik voelde haar slikken en nog eens slikken. Misschien heeft Whiffer gelijk. Maar daarom hoeft hij het nog niet te zeggen.

Nick weet dat ze dit aan het schrijven is, maar hij is verder de enige. Als ze het eerder aan Nick laat lezen dan aan mij, neem ik die tatranax.

Maar goed, toen meneer Merkel daar zo met bloeddoorlopen ogen en met de tranen over zijn wangen biggelend in de bibliotheek stond, moest ik denken aan die keer dat hij in een zomer toen wij nog klein waren ammonia in zijn longen kreeg. Hij had een enorme tank met ammonia waarmee hij de akkers op ging, met zo'n lange buis waarmee je de ammonia in de grond spuit, omdat dat goed is voor de mais, maar af en toe trekt een boer die buis te vroeg omhoog en dan krijgt hij de volle laag. Je kunt je voorstellen dat zoiets je longen blakert. En je ogen. Dat overkwam meneer Merkel twee keer in één zomer, omdat de tank die hij had gehuurd niet goed werkte. Toen meneer Merkel in de bibliotheek stond te huilen, zag hij er precies zo uit als toen hij die stoot ammonia in zijn gezicht had gekregen. Volgens tante Lovey zou meneer Merkel als hij oud was kartonnen longen hebben vanwege die ongelukjes met de ammonia.

Maar uiteindelijk kreeg hij zichzelf onder controle, en waarom ik nou zoiets stoms moest zeggen, en al helemaal tegen meneer Merkel, ontgaat me volkomen. Maar dit is wat ik zei. Ik zei: Ze hebben in het zuiden van de Verenigde Staten dit jaar veel last van orkanen.

Ik wilde gewoon maar iets zeggen om te maken dat Sherman Merkel niet weer in tranen zou uitbarsten. Ik dacht aan het nieuws. Ik wilde nog iets over het slechte weer in het zuiden zeggen, en ik dacht er verder niet bij na, totdat Rose me kneep. En hard ook.

Meneer Merkel haalde diep adem, en ik dacht: o jee, daar gaat hij weer. Ik keek waar de zakdoekjes lagen zodat ik ze hem meteen kon toestoppen. Maar toen meneer Merkel uitademde, begon hij niet te huilen.

Hij zei alleen dat we de prijs van de tomaten die winter in de gaten moesten houden.

PROSIM

We landden in de schemer in Košice, en de zachtroze hemel stemde me hoopvol. Oom Stash leek wat makkelijker te kunnen ademhalen, maar hij was wel nog suffig van de reis en had zijn stem nog niet helemaal terug. Er heerste een soort kalmte, zo niet vredigheid op het vliegveld, door de rust in de grijze vierkante ruimten en de regelmaat van het gebouw. Afgezien van Ruby en mij en tante Lovey waren er geen mensen die er niet Slowaaks uitzagen. Ik kneep Ruby, maar die had het te druk met haar eigen besognes, omdat haar iets was opgevallen wat ik nog niet had gemerkt. Niemand staarde. Er werd niet gestaard. Niemand die omkeek. Niemand die gluurde. Niets. We liepen door een lange gang, langs stille, pafferige mensen die niet opkeken en niet staarden, maar met gefronst voorhoofd naar de grond keken alsof Ruby en ik niet bestonden. Het was niet zomaar vreemd of naar, het was angstaanjagend. Wie staart er nou niet, wat voor soort mensen kijkt zelfs niet even naar een Siamese tweeling?

Op het vliegveld van Košice was geen bagageband. De bagageman gooide de koffers op een oude houten wagen en trok die achter ons aan met zich mee. Oom Stash werd bijna van achteren aangereden door de wagen toen hij plotseling bleef stilstaan voor een hoestbui. Iemand van de bewakingsdienst zag oom Stash, tante Lovey, Ruby en mij in onze min of meer bij elkaar passende joggingpakken en gebaarde dat het Darlen-team hem door een zijdeur moest volgen. De man lachte oprecht vriendelijk naar Ruby en mij en riep via zijn radio een taxi op. 'Het is beste taxi die ik voor jullie kan krijgen,' zei hij in het Engels, toen hij de glazen deur naar de koude, Slowaakse nacht opende.

'*Prosim*,' zei de jonge bewakingsbeambte. 'Prosim.' (Later kwamen we erachter dat Slowaken zo ongeveer duizend keer per dag prosim zeggen, wat zoveel betekent als 'alstublieft'. Ze zeggen het om de merkwaardigste redenen en op de vreemdste manieren.)

De Slowaakse hemel zag er vlekkerig uit, donker in het midden en aan de rand licht. Ik kan me geen sterren herinneren, maar die moeten er wel zijn geweest. Het peertje dat boven de deur zoemde, was heel fel en we zagen er helemaal groen door. Of we waren groen van misselijkheid en uitputting.

We wachtten. En we wachtten, en lang nadat de andere passagiers van onze vlucht bij de officiële taxistandplaats voor het gebouw in taxi's waren gestapt, stonden we nog steeds te wachten. De knappe bewaker babbelde in zijn ingestudeerde Engels met tante Lovey. Af en toe lachte hij met zijn ijsblauwe ogen onze kant op. Hij knipoogde zelfs naar Ruby. Met zijn brede schouders, smalle taille en sterke onderarmen deed hij me aan een tennisser denken (maar dan zonder de gebruinde huid). Ik stond naar hem te kijken en in mijn hoofd aantekeningen te maken voor een uitgebreide romantische fantasie, toen hij ineens Ruby's schouder een por gaf en vroeg: 'Het kan praten? Ja?'

Voordat tante Lovey de blauwogige bewaker een lesje kon leren, verscheen er een lange zwarte taxi waar een oude, geuniformeerde chauffeur uit stapte. De chauffeur knikte naar de bewaker, boog zich voorover en pakte de koffers op. Maar bij de aanblik van Ruby en mij bleef hij staan. Hij stond stokstijf stil met de zware koffers die zijn lange, dunne armen nog verder uitrekten.

Hij staarde. Het was maar even. Maar hij staarde. En ineens voelde ik me een stuk beter.

313

De taxi was oud, een model van eind jaren zeventig, zo te zien. Hij had wel wat van een oude Cadillac. Dat soort wielbasis. Die fantastische stroomlijning. Ruby en ik schoven achterin en onze ouders voorin naast de chauffeur. De taxi was schoon en dankzij de roze luchtverfrisser die aan de achteruitkijkspiegel hing rook hij naar stoffige rozen. Toen de oude man van het vliegveld wegreed, zette hij de radio aan, en Madonna barstte in 'Material Girl' uit. *Hovno.*

We reden over een bochtige weg met aan weerszijden kale velden. Ik probeerde het Tatragebergte tegen de donker wordende lucht te onderscheiden, maar dat lukte niet. Oom Stash begon hevig te hoesten. Toen het eindelijk over was en hij zijn handen van zijn gezicht haalde, kon ik gewoon niet geloven dat zijn gezicht niet onder het bloed zat. Tante Lovey controleerde met haar handpalm zijn temperatuur. Ze telde de slagen van zijn hart. En om ons allemaal te bemoedigen zei ze: 'Ik weet zeker dat het niet je rikketik is, schat. Het zal wel zo'n vervelend virus zijn. Na een nacht slapen voel je je vast een stuk beter.'

Tante Lovey vroeg de chauffeur of hij wat langzamer wilde rijden. 'Alstublieft,' zei ze. 'Die hobbels in de weg zijn anders zo naar voor de meisjes.'

De bejaarde chauffeur stopte onder de luifel bij de ingang van Hotel Košice. Tante Lovey en oom Stash schoven van de voorbank en hielpen Ruby en mij uitstappen. In de bamboe plantenbakken langs het pad naar het hotel groeiden plukken takjes en sigarettenpeuken. De lucht was koud en rook naar spek. Het was alsof Leaford niet alleen een halve wereld hiervandaan was, maar ook jaren, om niet te zeggen hele levens ver weg. Ik dacht aan Sherman Merkel die met de pompoenen bezig was. Cathy Merkel zou ze in de tijd dat wij weg waren inmaken. (Ik eet ze het liefst met boter en peper, maar Ruby krijgt last van haar gal van pompoen.) Ik had ineens zo'n heimwee.

Door de grote glazen deuren konden we zien dat de lobby vrijwel verlaten was. Uitgeput stonden Ruby en ik samen met oom Stash bij de lift te wachten terwijl tante Lovey ging inchecken. Was ik maar niet zo moe. Was oom Stash maar niet zo ziek. Ik had me hem in die eerste ogenblikken terug in zijn vaderland voorgesteld met natte wangen van de stroom herinneringen, en vol verhalen over deze vreemde wereld en de jongen die hij was geweest toen hij hier woonde. Maar oom Stash had geen stem om verhalen te vertellen.

Even later keerde tante Lovey terug met een rinkelende bos sleutels, een voor de deur van de hotelkamer, een voor de enige kast in die kamer, en een voor de bovenste la van het dressoir waar ze volgens de receptionist onze paspoorten en geld in moest bewaren. 'Hier logeren diplomaten en ijshockeyteams die hier een uitwedstrijd komen spelen,' zei ze enthousiast toen we de lift in stapten.

In de gang van de vierde verdieping lag nieuw tapijt dat heel sterk naar formaldehyde rook. Ruby werd er misselijk van en moest haar hand voor haar mond houden. Tante Lovey hield haar adem in en probeerde alle drie de sleutels uit voor ze de sleutel vond die op de deur paste. Ze duwde de deur open. Er waren twee tweepersoonsbedden met gescheurde paisley spreien die absoluut niet bij de te korte, gebloemde gordijnen pasten. In de hoek bij het raam stond een vurenhouten bureau, waar een groepje brandplekken van sigaretten zich onder een grote kristallen asbak probeerde te verstoppen en daardoor juist veel groter werd. Het olijfgroene tapijt was tot op de draad versleten. Tante Lovey ademde weer uit. Ze was aan een potje janken toe en daar had ze het volste recht toe. Maar ze was alles wat we hadden. En ze moest de boel bijeenhouden. 'Laten we het maar op schattig houden,' zei ze. 'En bovendien is het maar voor één nacht.'

Oom Stash liep naar de koffers, zocht de envelop met de as

van zijn moeder op en zette die tegen de lamp naast de kristallen asbak. Hij stond er als een rekening die hoognodig moest worden betaald – een geheugensteuntje voor ons allemaal: 'Vergeet me niet te begraven!' Hij ging op het bed zitten en sloot zijn ogen. Tante Lovey kwam naast hem zitten en trok hem zachtjes omlaag op het bed, waarna ze haar lichaam tegen zijn warme, sterke rug aan vlijde. 'We zijn allemaal aan slapen toe,' zei ze.

Ruby en ik zochten ons eigen bed op, en na wat schuiven, hals, schouders en armen rekken en wat gedraai met ons bovenlichaam, lagen we prettig genoeg om de slaap te vatten. Ik haalde adem. En luisterde naar de ademhaling van mijn dierbaren om me heen. Ik dacht aan de volgende dag en de tocht de bergen in om de familie van oom Stash te ontmoeten. Ik vroeg me af of we de vijver zouden zien waar oom Stash de eenden altijd mee naartoe nam.

'Tante Lovey,' onderbrak Ruby fluisterend mijn gedachten.

'Ja?'

'Het bed ruikt vies.'

'Weet ik. Doe je ogen nu maar dicht.'

'Het stinkt echt.'

'Stel je niet aan.'

'Dat doe ik niet.'

'Ga slapen, Ruby.'

'Dat kan ik niet.'

Tante Lovey ademde hoorbaar in en zei dat het tijd werd dat Ruby en ik volwassen werden. We zouden op deze reis wel meer tegenslag ondervinden. En ooit moesten we zelfstandig gaan wonen. Tante Lovey zei dat het tijd werd dat we lieten zien dat we flink konden zijn.

Ruby was even stil. 'Maar het ruikt naar iemands achterste.'

Ik deed die nacht geen oog dicht. (En tante Lovey ook niet. Ik hoorde haar tot zonsopgang achter haar hand snuiven.

Toen stond ze op om het bad te laten vollopen. Oom Stash werd wakker en tot mijn opluchting riep hij: 'Lovey.' Hij had zijn stem weer, al was die dan nog zo schor.)

Het was druk en vol in de ontbijtzaal. De gastvrouw vond achterin een tafeltje voor ons; Ruby en ik wisten zeker dat ze ons had gezien. Ik keek haar recht in de ogen. En Ruby vervolgens ook. Maar er was geen sprake van nog eens kijken, of een stokkende adem van schrik, of zenuwachtig gelach. Ze ging ons voor naar de tafel achterin. We liepen langs rijen zakenlui. Niemand staarde. (Net zoals het op het vliegveld was gegaan. Verwarrend en onwerkelijk.) Een korte hoestbui van oom Stash trok wel even de aandacht, maar mensen vermeden het om naar Ruby en mij te kijken.

Er waren geen ijshockeyers in de ontbijtzaal van Hotel Košice. Dat had ik van tevoren geweten. Er waren tientallen mannen in donkere pakken, met ronde gezichten en appelwangen en diepliggende blauwe ogen en harpvormige oren. Misschien waren er diplomaten bij. Maar absoluut geen ijshockeyers. Ruby en ik waren de enige tweeling in de zaal, zowel los als vast.

We gingen het ontbijtbuffet bekijken. En we voelden de ogen in onze rug. Ik draaide me met een ruk om, voorzover ik dat kan, en betrapte een dikke man die zat te staren. Recht in mijn gezicht. Met open mond. De man vond het afschuwelijk dat hij was betrapt. Toen besefte ik wat Ruby en ik voor deze Slowaken waren. Wij waren de elfen uit de dikke grijze mist. Ze waren bang voor ons.

(Oom Stash geloofde niet zo erg in elfen en heksen, maar hij voerde ter verdediging van zijn bijgelovige landgenoten aan: 'Natuurlijk geloven Slowaken in duivels en demonen. Eerst de Turken. Dan de Hongaren. Dan de nazi's. En de communisten. Slowaken moeten altijd vechten om Slowaken te zijn. Moeten heksen zijn. Moeten demonen zijn. Wie gaat God schuld geven?'

317

Na het ontbijt gingen we op pad naar het busstation, dat op loopafstand van Hotel Košice lag. Het schoot oom Stash bijna meteen te binnen dat hij zijn cameratas in de ontbijtzaal over de rugleuning van zijn stoel had laten hangen. Tante Lovey rende naar het restaurant maar kwam zonder het fototoestel terug, precies zoals we allemaal hadden verwacht. We liepen verder naar het busstation. Tante Lovey probeerde alles van de zonnige kant te bekijken door troostend te zeggen: 'Het is eigenlijk maar beter ook, schat. Soms ben je er zo mee bezig om een moment vast te leggen dat je dat moment vergeet te beleven.'

'Dat is waar,' zei hij.

'En misschien kunnen we bij de buurtwinkel in Grozovo wel een wegwerpcamera vinden.'

'In Grozovo is geen buurt, Lovey. Is geen buurtwinkel.'

'Hoe weet je dat nou? Je bent er een halve eeuw niet geweest. Dacht je niet dat ze daar niet net zo goed hun supermarkten hebben?' Ze lachte omdat ze hem maar naïef vond.

'Is gisteren pas IJzeren Gordijn weggehaald. Het is Grozovo. In de bergen.'

'We zullen zien, Stash. Maar volgens mij kom je er nog wel achter dat Grozovo anders is dan toen je er wegging.'

'Misschien.' Je kon horen dat oom Stash daarover nadacht. Heel diep.

We stapten in en merkten dat de zitplaatsen krap en ongemakkelijk waren. Ik ging verzitten om Ruby het netje met knoflook te kunnen aanwijzen dat aan de achteruitkijkspiegel hing. 'Het land van de weerwolven,' zei Ruby met een afgrijselijk Transsylvaans accent.

Geheel in overeenstemming met het plaatselijke gebruik staarde de chauffeur ons niet rechtstreeks aan. Hij knikte alleen naar oom Stash, die hij als een landgenoot herkende, voordat hij zijn mond opendeed en 'Dobre rano' zei. De enige andere mensen in de reusachtige bus, twee bejaarde vrouwen, leken in eerste instantie absoluut niet in ons geïnteresseerd, maar we voelden hun blikken in ons achterhoofd branden toen we de stad uit stoven richting snelweg.

De busrit naar Grozovo was tamelijk angstaanjagend. De bus reed op diesel. Er sijpelden kwalijke dampen van de tank de bus in. Of misschien kwam de stank van de rottende knoflook die aan de achteruitkijkspiegel hing, of van de chauffeur, die in de scherpe bochten van de grindweg voortdurend een sigaret probeerde op te steken. Ik kon tante Lovey niet zien, maar ik voelde gewoon haar strakke glimlach en ik wist dat ze zielsgraag thuis zou zijn om in haar provisiekamer ruimte te maken voor de ingemaakte pompoen van mevrouw Merkel.

Toen we een uur onderweg waren, parkeerde de chauffeur de bus naast een kleine hut van spaanplaat. De hut was modderbruin geschilderd. Boven de deur was in ruwe letters een Slowaaks woord geschilderd. Alleen oom Stash wist wat het betekende. Naast de hut stond een kapotte picknicktafel waaronder allemaal afval lag. Ruby werd versuft en geïrriteerd wakker. 'Zijn we er al? Waarom stoppen we?'

'We stoppen voor een nieuwe passagier. Ssstt. Ga maar weer slapen,' zei tante Lovey.

Ik keek uit het raam maar er kwam niemand de hut uit. Nadat hij in de achteruitkijkspiegel zijn gezicht had gecontroleerd, stond de chauffeur op en riep iets naar oom Stash. Uit de manier waarop de man grijnsde, leidde ik af dat het een uitnodiging was. Maar oom Stash glimlachte niet terug. Hij reageerde kennelijk op zo'n manier dat de chauffeur diep beledigd was.

Tante Lovey zuchtte. 'Waar ging dat over, Stash?'

Oom Stash schudde zijn hoofd en keek de buschauffeur na die in de hut verdween.

'Gaat hij de andere passagiers halen?'

'Zijn geen andere passagiers.'

'Is het soms een wc? Zeg dat dan, want de meisjes en ik moeten plassen.'

Met zijn blik op het sparrenbos schudde Oom Stash zijn hoofd.

'Waarom zijn we gestopt?' Tante Lovey draaide zich om, om te zien of andere passagiers zich ongerust maakten over het oponthoud. Maar ze was vergeten dat de twee bejaarde dames al bij de eerste halte waren uitgestapt (of gevlucht). 'Stash?'

'Hij stopt hier omdat hij hier stopt.'

Tante Lovey werd nijdig maar hield verder haar mond. We waren allemaal moe en misselijk van de dieseldampen, en niemand had echt zin in ruzie. We zaten een tijd te wachten, met ieder onze eigen gedachten. Ten slotte kwam de chauffeur te voorschijn uit de bruine hut, en met een sarcastisch handgebaar (of was het een broederlijk gebaar? of een verzoenend gebaar?) naar oom Stash nam de man achter het stuur plaats en daar gingen we weer.

Ik weet niet wat ik had verwacht. Misschien iets van een hoofdstraat of een groepje gebouwen of een busstation of gewoon iets waaraan je het dorp kon herkennen dat oom Stash tijdens onze Slowaakse avonden in zijn verhalen had beschreven. De chauffeur stopte in een stuk niemandsland, aan de rand van een steile rots en riep: 'Grozovo.'

Oom Stash kwam niet in beweging. De chauffeur en hij blaften over en weer naar elkaar totdat de chauffeur zijn armen over elkaar sloeg en oom Stash zijn handen ten hemel hief. 'Kom mee,' commandeerde hij en hij spoot opeens door het gangpad. Wij liepen achter onze eerbiedwaardige leider aan en de bus denderde verder.

Bergen en uitzicht op nog meer bergen, meer was er niet. De lucht was wit, maar niet betrokken en niet helder. Zelfs hier rook het naar spek, maar ook naar natte rots en dennen en sparren.

En het was ijskoud. Oom Stash wees naar de heuvel aan onze linkerhand en haalde verontschuldigend zijn schouders op. 'Als hij lange route naar dorp neemt, kost een uur meer.'

'Nou en?'

'Hij is al laat.'

'Wat houdt dat in?' Tante Lovey was verbijsterd.

'We klimmen heuvel op.'

'Een buschauffeur kan mensen niet zomaar afzetten en zeggen dat ze de heuvel maar op moeten.' Ze keek naar de steile klim en begon bijna hysterisch te lachen.

Oom Stash sloeg zijn ogen neer. 'Heeft hij gedaan.'

'Dat meen je niet, Stash. Heeft hij ons serieus hier achtergelaten?'

'Is pad door bomen. Daar. Is niet zo steil als lijkt,' zei oom Stash.

'Ik ben eenenzeventig,' riep tante Lovey uit. 'Jij hebt een hartaanval gehad. Heeft hij de meisjes dan niet gezien? En dan laat hij ons gewoon die heuvel op lopen.'

Oom Stash zei nog eens: 'Is niet zo steil als lijkt. Heb ik duizend keer beklommen toen ik jongen was.'

Tante Lovey knipte met haar vingers. 'Dat is zeker omdat je niet met hem die bruine hut in wilde.'

Oom Stash zuchtte maar zei niets.

'Nou, lekker hoor. En nu moeten wij die heuvel op.' Tante Lovey stoomde door. 'Vooruit, meisjes.'

Ik vond het prachtig zoals tante Lovey er gewoon van uitging dat ik het wel aankon. Ze stelde me onzettend op de proef. 'Het is ijskoud, tante Lovey,' zei ik.

'Gewoon harder lopen,' antwoordde ze.

Ruby en ik liepen met tante Lovey vooruit en we vonden het pad tussen de bomen door. Het was een opluchting toen we zagen dat er hier en daar treden en een reling waren gemaakt, waar de heuvel echt zo steil was als hij eruitzag. 'Goed,' merkte tante Lovey op, om er een positieve draai aan te geven. 'We hebben net twee dagen achtereen op onze kont gezeten. Dus dit is precies wat we nodig hebben, meisjes.'

Ruby en ik hadden zo onze twijfels. We liepen langzaam het pad op.

'Hovno.' De eerste keer dat oom Stash het zei, was het nog gefluister. Het had iets van: 'Het is toch niet te geloven.' De tweede keer was het een vloek. 'Hovno.' En nog eens: 'Hovno.'

We hielden halt en draaiden ons om. Oom Stash stond op de gevallen bladeren te stampen. 'Hovno srakka!' schreeuwde oom Stash.

We renden terug om te zien wat er aan de hand was.

'Wat is er, Stash? Wat is er dan, schat?' riep tante Lovey.

'Ik ben mijn moeder vergeten.' Hij zei het zo droog dat ik bijna begon te lachen.

'O nee.'

'In hotel.'

'O, Stash.'

Alle vier hadden we een visioen van de envelop die op het bureau met brandplekken tegen de lamp geleund stond: 'Vergeet me niet te begraven.'

'Wat moet ik tegen ze zeggen?' bracht oom Stash met moeite fluisterend uit. Ik zag een dik bloedvatkoord over zijn slaap slingeren. Ik had hem nog nooit zo meegemaakt en vond het vreselijk om onder ogen te zien dat hij op het punt stond de controle te verliezen.

'Niemand weet toch dat je haar as bij je had, schat?' zei tante Lovey praktisch. 'Zeg gewoon tegen ze dat we haar op de boerderij hebben begraven. Dat begrijpen ze vast.'

Oom Stash kneep in tante Loveys hand. Ze begonnen de heuvel op te lopen, ditmaal met zijn tweeën. De heuvel was steil maar haalbaar, zelfs voor Ruby en mij en onze bejaarde ouders. Na een halfuur klimmen was oom Stash rood aange-

lopen en zweterig aan het hijgen en puffen. Elke vier, vijf minuten hielden we halt om water te drinken uit de veldflessen
die tante Lovey had meegenomen. En om uit te rusten. Er viel
niets anders te bekijken dan het dichte, duistere woud om ons
heen. Ik probeerde niet aan de gebroeders Grimm te denken
en aan al die sprookjesfiguren die diep in duistere wouden aan
hun einde kwamen. Ruby hield zich stil, waardoor ik me beter kon concentreren. Ik was diep onder de indruk van haar
zelfbeheersing. Na iets meer dan een uur langzaam en gestaag
klimmen bereikten we de top van de heuvel. Wat had ik graag
een vlag geplant.

'De kerk,' zei oom Stash.

De Notre Dame, de Sint-Pieter, de San Marco en alle schitterende kathedralen van de wereld zag je in de ogen van oom
Stash weerspiegeld, maar het was een kerkje van houten planken die wit geschilderd maar grijs verweerd waren, en een door
de duiven ondergepoept dak. In de verte hing een onweers-
wolk die de spoken op het kerkhof naast de kerk hun vorm
verleende. Ruby kneep me en maakte zachtjes een spookachtig
geluid: 'Oeoeoe.' Ik moest lachen maar huiverde ook, omdat
me ineens dat voorgevoel van tante Lovey te binnen schoot.
Haar nare gevoel. En ik dacht: we hebben een vreselijke vergissing begaan.

We stonden even naar de kerk te kijken toen tot onze verrassing een soepele bariton begon te zingen. Er brandde geen
licht in het gebouw en ik had verondersteld dat het leeg was.
Er klonk geen orgel om het lied van het koor aan te kondigen,
alleen de krachtige stem van die man die opsteeg en de bomen
deed schudden. Terwijl de hymne voortging en het koor inviel, liep oom Stash langzaam op de kerk af. We begrepen de
woorden niet, maar er zat iets bekends in de manier waarop
verdriet en vreugde elkaar in de ruimte tussen de noten ontmoetten.

De muziek zoog oom Stash naar de kerk, en wij liepen achter hem aan. Ik dacht dat hij van plan was om door de kerkramen naar binnen te gluren op zoek naar een bekend gezicht. Of misschien zelfs om naar binnen te gaan en achterin te gaan staan luisteren, maar hij keerde zich abrupt om en liep het kerkhof op. Tante Lovey weerhield Ruby en mij ervan om hem te volgen naar de zij aan zij liggende graven met de twee glimmende grafstenen.

'Zijn broers,' fluisterde Ruby.

'Weet ik.'

Ik was teleurgesteld toen oom Stash alweer tamelijk gauw bij de graven wegliep en met droge ogen bij ons terugkeerde. 'Neef Marek zet zeker bloemen neer. Of Velika. Of Zuza,' zei hij. Hij was duidelijk tevreden over de landschappelijke verzorging en niet overmand door verdriet zoals ik had verwacht.

'Dat is fijn, schat.' Tante Lovey deed erg haar best om bemoedigend te klinken.

Oom Stash stond glimlachend naar de hymne in de kerk te luisteren. Plotseling veranderde zijn gezicht. 'Wat voor dag is vandaag?' vroeg hij.

'Het is vijfentwintig november,' zei tante Lovey.

'Sint-Katarina,' zei hij.

'Wat?'

'O god, het is Sint-Katarina.'

'De eerste dag van de Heksendagen,' schoot me te binnen. 'Daarom had de chauffeur knoflook in de bus. Om de heksen af te schrikken.' Ruby maakte nog eens zo'n spookachtig geluid, maar ditmaal lachte niemand.

(Toen we klein waren, had oom Stash ons van alles verteld over de Heksendagen en alle gebruiken die bij de periode van de heiligendagen tot Kerstmis horen. Het volksgeloof wilde dat van 25 november tot na de winterzonnewende, in de periode dat er aanzienlijk minder dag dan nacht is, het kwaad in het duister op de loer ligt. En overal zijn heksen. Op een van die heiligendagen mogen de vrouwen pas na twaalf uur 's middags het huis in, omdat heksen altijd 's ochtends het huis proberen binnen te komen en er weleens eentje vermomd als echtgenote zou kunnen binnendringen. Niemand van ons had eraan gedacht dat we op Sint-Katarina in Grozovo zouden aankomen, en als we er al aan gedacht hadden, hadden we nooit kunnen vermoeden dat de mensen nog steeds in heksen geloofden, zoals ze dat in oom Stash' jonge jaren hadden gedaan.)

Ruby zei nog bij wijze van grapje dat ze best een heks in Grozovo wilde tegenkomen. Maar terwijl zij stond te lachen, begon ik me al zorgen te maken over het feit dat wij hier nu juist bij deze gelegenheid verschenen. Wat zouden die Slowaakse plattelandsmensen wel denken als ze Ruby en mij in levenden lijve zagen?

'Zullen we wachten tot kerk uitgaat en familie hier zien?' vroeg oom Stash zich af.

'Daar was ik nog niet opgekomen.' Tante Lovey wierp een blik in onze richting. 'Zou dat niet een beetje overdonderend zijn? Het hele dorp zal hier wel zitten.' Ze had het niet over de Heksendagen of dat ze zich zorgen maakte wat zo'n bijgelovig dorp er wel van zou denken dat we precies op het feest van Sint-Katarina kwamen opdagen.

Oom Stash knikte maar gaf geen antwoord. Ik vond het vreselijk als ze zo bezig waren. Ik wilde dat een van hen de touwtjes in handen nam. (Zoiets overkwam Ruby en mij nooit. Wij moesten knopen kunnen doorhakken.)

'Ik ga kijken waar dorp ligt,' zei oom Stash, terwijl hij de trappen van de kerk op klom. Hiervandaan kon hij het piepkleine dorpje in het ondiepe dal zien liggen. 'Kom kijken,' fluisterde hij. 'Lovey, meisjes, kom kijken.'

We liepen achter tante Lovey aan de kerktrap op en keken

neer op een schattig dorpje met huizen van stro en steen, met in het midden een pleintje met een overdekte put, en daarachter een eendenvijver vol riet. Precies zoals oom Stash het beschreven had. 'Wat mooi,' zei tante Lovey. 'Zullen we naar beneden gaan, en bij een van je neven of nichten in de tuin gaan wachten?'

Oom Stash knikte, maar hij had geen woord verstaan. Hij stond daar maar over het dorp uit te kijken. Ik zag de stortvloed van herinneringen. Maar oom Stash had een verkeerd moment uitgekozen. Vroeg of laat zou de kerk uitgaan, en zoals tante Lovey al gezegd had, zou het misschien wel een beetje te veel van het goede zijn om ineens met het hele dorp tegelijk kennis te maken. (Bedoelde ze dat dat te veel voor ons zou zijn, of dat wij te veel voor Grozovo zouden zijn?)

Oom Stash liep van de trap vandaan. Misschien schaamde hij zich voor zijn emoties. Misschien wilde hij gewoon alleen zijn. Hij liep om naar het bos naast de kerk. Tante Lovey moest even nadenken wie van ons ze het veiligst alleen kon laten, en besloot dat haar echtgenoot haar nu nodig had, al weet ik niet zo zeker of dat wel zo was. 'Jullie blijven hier,' zei ze. 'Rose, Ruby.'

Ik voelde me in de steek gelaten maar durfde op mijn leeftijd niet te vragen of ze ons niet alleen wilde laten. Het was tijd om te laten zien dat Ruby en ik flink konden zijn.

Het koor was binnen prachtig aan het zingen. Ruby en ik schrokken toen de deuren van de kerk ineens werden opengegooid. Even aanzwellende muziek, toen gingen de deuren weer dicht. De vrouw die naar buiten was gekomen leek opgelucht, alsof ze niet gewoon was weggegaan maar ontsnapt. Het was een meisje van onze leeftijd, even rond als ze lang was, in een schone, rafelige jurk en een slecht zittende jas, en zo hevig zwanger dat het leek of ze elk moment weeën kon krijgen, om niet te zeggen dat ze die eigenlijk al twee weken eerder had moeten krijgen. Haar gezicht was opgezet en vlekkerig. Haar lippen en oorlelletjes waren eerder paars dan rood. De jonge vrouw zag eerst Ruby en toen mij staan, alleen op de kerktrap in de bergen van Oost-Slowakije. Ze zag er niet eens zo bang of zelfs maar verbaasd uit – eerder nieuwsgierig. Met toegeknepen ogen kwam ze op ons af, alsof ze zeker wist dat ze wel zou begrijpen hoe het zat als ze maar dichtbij genoeg kwam. Ze kwam dichter- en dichterbij, zodat ik de gesprongen haarvaatjes in haar oogwit kon tellen en de kriebelige wol van haar bruine jas voelde. De zwangere vrouw knipperde met haar ogen, tilde haar hand op en schokte Ruby en mij diep door haar warme handpalm op de plek te leggen waar we met ons hoofd aan elkaar vastzitten.

'Goeie god,' fluisterde de vrouw in het Slowaaks. Vervolgens viel ze bewusteloos op de grond.

'Sonya,' schreeuwde een lange man met een zwarte puntbaard en woeste ogen (die in mijn herinnering rood knipperden, al weet ik dat dat niet waar is) die net op het moment dat het hoofd van de vrouw de grond raakte, naar buiten kwam gestormd.

In het korte moment dat die man zich naar voren stortte en naast zijn gevallen vrouw op zijn knieën zakte, vonden zijn donkere ogen de mijne. Zijn blik was niet zozeer van haat als wel van moordlust vervuld. En ik kon die razernij heel goed begrijpen.

'Sonya! Sonya!' jammerde hij.

Ruby en ik deinsden achteruit terwijl we toekeken hoe de bebaarde man een kanten zakdoekje uit de jaszak van zijn vrouw haalde en het bloed opdepte dat uit haar schedel druppelde.

In de kerk zong het koor het laatste processiegezang, en voorafgegaan door de priester kwam de rest van de menigte de kerk uitgestroomd. Ze schrokken toen ze de bebaarde man naast zijn zwangere vrouw geknield zagen zitten en hadden Ruby en mij even niet in de gaten. Op een gegeven moment waren tante Lovey en oom Stash kennelijk weer om de hoek van de kerk verschenen. In elk geval ontwaarde ik hun vertrouwde schim in mijn ooghoek. Tante Lovey wilde naar de gevallen vrouw toe lopen, maar oom Stash hield haar tegen.

'Ik ben verpleegster,' zei ze.

'Je bent een vreemdeling,' zei hij terug.

De man keek op en zag Ruby en mij vanaf de trappen toekijken. Met een bevende hand naar ons wijzend zei hij iets in het Slowaaks wat wij niet begrepen. Het was een klein beetje geruststellend dat mijn zus, die al even bang was als ik, naast me stond. We hielden onze adem in toen de menigte zich omdraaide om naar ons te kijken. Niemand hapte naar adem van afgrijzen. Niemand gilde van angst. Hun gezamenlijke zwijgzaamheid bracht me op het idee dat ze ons hadden verwacht. Als een profetie. Of het noodlot.

De stilte duurde voort. Afgezien van de wind in de dennen. Daarna het geschuifel van voeten toen de plattelanders op de kerktrappen om ons heen dromden, zoals feestvierders om een bruidspaar of rouwenden om een doodskist heen komen staan.

De kwade echtgenoot bleef maar met zijn vinger in de lucht prikken en de menigte toespreken, waarvan de helft hem met zijn vrouw hielp en de rest alleen maar medelijden met hem kon hebben. We keken toe hoe de zwangere vrouw met azijn en koud water werd bijgebracht en tegen haar bebaarde echtgenoot aan geleund rechtop ging zitten. Ik was opgelucht toen ze even diep ademhaalde. Haar hand vond de bloederige plek op haar schedel. Ze keek naar het bloed aan haar vingers en leek zich weer te herinneren waarom ze gevallen was. Ze wilde zich omdraaien om naar Ruby en mij te kijken maar met een ruk aan haar schouders hield haar man haar tegen, en hij sprak haar scherp toe. De vrouw begon te huilen.

'O god,' fluisterde Ruby.

'Ik weet het.'

'Ga nou maar, Rose.'

'Ik kan het niet.'

'Tante Lovey,' riep Ruby. 'Oom Stash.'

Toen klonk de stem van een vrouw verbijsterd door de chaos. 'Stanislaus?'

Het geluid, het woord, werkte als een sleutel die mijn knieën van het slot haalde. Ik draaide me langzaam om en zag oom Stash en tante Lovey nog geen stap achter ons staan. (Wat heel vreemd was, omdat ik me al die tijd vreselijk hulpeloos en eenzaam had gevoeld.)

'Daar heb je Stanislaus. Stanislaus Darlensky!' riep de pafferige vrouw. (Het was nicht Zuza, al wist ik dat toen nog niet.)

Op dat moment kwam een groep van een man of twintig (die Ruby en ik 'de Slowaakse familie' noemen) naar voren, alsof ze uit de rest van de menigte waren gezeefd, om oom Stash te begroeten, niet als een vreemdeling of als een verloren zoon, maar met iets van ongeloof. Een ogenblik lang was iedereen Ruby en mij vergeten. We waren maar een vreemd natuurverschijnsel. Stanislaus Darlensky was een spookverschijning.

Mijn aandacht werd van de Slowaakse familie afgeleid toen ik zag dat de zwangere vrouw weer bij kennis en op de been was, leunend op haar donkerogige echtgenoot en aan de andere kant ondersteund door een volslagen kale man. Samen met de rest van Grozovo liepen de drie de heuvel af, met af en toe een steelse blik over de schouders en gefluister onder elkaar. Wat Ruby en ik ook waren – heksen, demonen of engelen – we waren eindelijk gekomen, en Stanislaus Darlensky was degene die ons had meegebracht, leken ze tegen elkaar te zeggen.

Oom Stash stak zijn hand naar ons uit. 'Dit zijn mijn dochters,' zei hij trots, alsof ons bestaan een hele prestatie was.

'*Dobre den*,' begroette ik de familie.

'*Dobre rano*,' verbeterde Ruby me.

De Slowaakse familie nam ons op. Mijn zus en ik zijn gewend aan de pingpongachtige manier van kijken als mensen ons voor het eerst ontmoeten. Sommige mensen kunnen hun ogen niet van de plek afhouden waar we aan elkaar vastzitten, maar de meeste kijken heen en weer tussen Ruby's gezicht en het mijne. Heel ontwikkelde mensen die ons voor het eerst ontmoeten – we hebben van ons leven maar heel weinig ontwikkelde mensen ontmoet, en alleen in Toronto – doen net alsof het niet schokkend of zelfs maar verbazingwekkend is dat we aan elkaar vastzitten. Alsof ze wel tien craniopagus-tweelingen kennen en vorige week net hun craniopagus-mondhygiënistes te eten hebben gehad. Die kijken ons meteen in de ogen en stellen nooit persoonlijke vragen. (Ontwikkelde mensen zijn het ergst.) De Slowaakse familie stond niet pingpongend te staren. Ze keken niet naar de plek waar we aan elkaar vastzitten. En ze keken ons ook niet aan. Deze Slowaken omhelsden mijn zus en mij één voor één, totdat ze alle eenentwintig aan de beurt waren geweest en we net als zij naar verse kaas roken. En naar ham. Oom Stash lachte naar Ruby en mij en omhelsde ons ook.

En toen aanvaardden de Darlensky's uit Leaford en Grozovo gezamenlijk de afdaling van de zacht glooiende heuvel om bij nicht Zuza en nicht Velika het middagmaal te gebruiken. (De een was net weduwe geworden, de ander was nooit getrouwd. De nichtjes woonden nu samen als een stel oude vrijsters.) Ik had nog niet kunnen uitmaken wie van deze mensen nicht Velika of nicht Zuza of neef Marek was. Ik voelde dat ze achter onze rug naar Ruby en mij keken en ons geweldig vonden. En vreselijk.

Er werd niet over de zwangere vrouw gepraat. Althans niet voorzover wij het begrepen. Niemand sprak hier Engels. Nog geen zin. Nog geen woord. Wij hadden tenminste nog oom Stash bij ons om voor ons te vertalen, maar hoe angstaanjagend moest het niet zijn om alleen in een vreemd land te zijn en verkeerd te worden begrepen. Wat eenzaam. (Geen wonder dat immigranten op een kluitje gaan zitten. Oom Stash schudde altijd zijn hoofd over zijn moeder die naar Canada was gekomen en nooit meer dan een paar woorden Engels had geleerd. Ze had Slowaakse vrienden. Ze deed boodschappen bij Slowaakse winkels. Ze ging naar een Slowaakse kerk. Oom Stash vond dat hij een totaal geïntegreerde Noord-Amerikaan was, maar dat was nou ook weer niet helemaal waar.)

Het was een opluchting toen ik merkte dat onze nichten dichter bij de heuvel dan bij het dal woonden. We werden de grote, lage keuken van een oud stenen huis binnengeloodst, waar we het ons gemakkelijk moesten maken aan de gammele houten tafel. Ruby en ik zetten twee even hoge stoelen naast elkaar neer. Tante Lovey en oom Stash gingen naast ons zitten, en de rest, nog zo'n twaalf mensen (we waren er onderweg een paar kwijtgeraakt – hoofdzakelijk vrouwen die zich naar huis hadden gerept om het eten voor hun man op tafel te zetten) stonden of hingen in de buurt of leunden tegen de tafel.

Zoals altijd in dat soort situaties (niet dat we ooit in precies zo'n situatie zijn geweest) vonden Ruby en ik instinctief ons natuurlijke ritme voor het verkennen van onze omgeving. Zij gaat voor bij het rondkijken. Dan ik. Dan zij. Dan ik. Ademhalen, twee, drie, en verschuiven, twee, drie. De muren waren van grote brokken steen gemaakt, met cement en stro ertussen om de wind tegen te houden, maar dat nam niet weg dat ik een koude tocht in mijn nek voelde. In de hoek stonden vier veldbedden tegen elkaar aangeschoven, en op zo'n manier dat ik veronderstelde dat deze indeling voor overdag een tijdelijke aangelegenheid was. In een andere hoek steeg rook op van een houtfornuis waaraan de vrouw met het ronde gezicht die als eerste oom Stash had herkend, in een enorme zwarte pan stond te roeren. Tante Lovey had me toegefluisterd dat dat niet Zuza was. Ik kon me niet voorstellen dat ze ooit mooi was geweest, en jong.

Er was geen wc, geen deur naar een wc, geen enkele deur, behalve die waardoor we binnen waren gekomen. Ik zag een gootsteen met een pompkraan. Er waren olielampen en kaarsen. Het viel me meteen op dat er in het huis van de bejaarde vrouwen geen spiegels waren, waardoor ik me afgesneden voelde van mijn zus.

Ik hoorde kool in spekvet liggen spetteren. Nicht Zuza was haloesjki aan het maken. Slowaakse stevige kost. Hongerig zat ik naar de oude heks te kijken die met haar bezemsteel in een ketel stond te roeren (nou ja, eigenlijk waren het gewoon een pan en een lepel, maar je snapt dat ik me heel makkelijk liet meeslepen) terwijl de Slowaakse mannen rond oom Stash samendromden om hun amberkleurige pivo achterover te slaan en hun stralende jeugd in herinnering te roepen. (Ik vroeg me af wanneer oom Stash zijn familie zou vertellen dat zijn moeder overleden was, of dat hij dat al had gedaan.)

Behalve Ruby en ik waren er maar drie andere vrouwen in de kamer, en ze waren allemaal in de keuken bezig. Tante Lovey was ingeschakeld om dikke sneden zwart brood te snijden en dat deed ze met de neerslachtige, wraakzuchtige gezichtsuitdrukking van een keukenhulpje. Onder het doorzagen van het brood probeerde tante Lovey oom Stash' blik op te vangen, maar die had het te erg naar zijn zin om het te merken. Ruby en mij vergat hij veel vaker. Dat hij tante Lovey vergat, had ik nog nooit meegemaakt. Maar oom Stash was ook uit zijn doen.

Uiteindelijk kregen de mannen een dampende kom haloesjki voorgezet van nicht Zuza en een iets jongere vrouw met een vriendelijk gezicht, een witte blouse en een chocoladebruine rok die nicht Velika bleek te zijn. Tante Lovey deed boter op het brood dat zij met zo veel moeite had gesneden en deelde het aan de mannen uit die haar niet bedankten.

Ruby en ik kregen als laatste en toen alle mannen hun lepels hadden opgepakt, knikte oom Stash naar ons dat wij ook konden beginnen. Toen zagen we pas dat we wel allebei een lepel hadden gekregen maar dat er maar een enkele kom was en dat we geacht werden die te delen. Ik fluisterde Ruby toe dat ze die vernedering maar moest slikken en gewoon de haloesjki moest opeten, die minder vet was dan die van tante Lovey, en hartiger en smeuïger, omdat hij van verse kwark was gemaakt en niet van cottage cheese.

Er heerste stilte in het stenen huis, afgezien van het gekletter van de vorken en het geknauw van oom Stash en de andere mannen die hun knoedels vermaalden en op de dikke plakken perenstrudel aanvielen die de vrouwen voor hen neerzetten. Ik keek toevallig net op toen oom Stash zijn vork neerlegde. Ik verstijfde van schrik toen ik zijn hand langzaam naar zijn borst zag gaan. Zijn hart, dacht ik, en kreeg even geen lucht. Maar hij bonkte op zijn borst en boerde, pakte zijn vork op en ging weer verder met zijn nagerecht.

Buiten klonken voetstappen op de stenen. Alle blikken wendden zich naar de openzwaaiende deur waar twee mannen door de wind naar binnen werden geblazen, met elk drie zware zakken. Eentje was heel oud en krom, met een mond vol gebroken, zwart geworden tanden – voorzover hij ze nog had. De andere man was jong, van onze leeftijd, donkerharig en knap, met lange wimpers en een verzorgde stoppelbaard. De mannen schrokken van al die familie die in het huisje bijeen zat, maar ze waren te moe om zich af te vragen waarom we daar zaten. Misschien waren ze vergeten dat het Sint-Katarina was of dachten ze dat het alweer Kerstmis was.

De oude man had waarschijnlijk niet meer zulke goede ogen, want hij zag Ruby en mij niet meteen. Maar de jongeman wel. En die staarde – ongegeneerd.

Zodra oom Stash de oude man met de zwarte tanden zag, trok hij wit weg. Hij schoof zijn stoel schrapend achteruit en liep naar de deur.

'Wie ben jij?' vroeg de kromme oude man in het Slowaaks.

Eerst zei oom Stash niets en ik vroeg me af of hij zijn stem weer kwijt was. Toen zag ik dat hij door emotie was overmand. 'Ik ben Stanislaus,' zei hij, maar de oude man was hardhorend.

In de keuken sloeg nicht Velika een kruis en Zuza huilde in haar schort.

'Ken je mij?' vroeg de oude man met twijfel in zijn stem.

'Jawel, Marek, ik ken je.' Oom Stash legde zijn hand op de afhangende schouder van de oude man. 'Ik ben het,' zei oom Stash, 'Stanislaus.'

Ik kon me wel afvragen wat voor effect het slagerswerk op oom Stash had gehad, maar ik zag zo wat de mijnen met Marek hadden gedaan. Hoofdschuddend keek neef Marek de kamer rond, op zoek naar de grappenmaker die verantwoordelijk was voor deze ingewikkelde, flauwe grap.

'Ik ben het,' hield oom Stash aan. 'Stanislaus Darlensky.'

'Stanislaus?' vroeg Marek, en ongelovig schudde hij zijn hoofd. 'Stash,' fluisterde hij, en meer kon hij niet uitbrengen.

En toen was de beurt aan oom Stash om Ruby en mij voor te stellen.

Anders staan Ruby en ik graag op om mensen recht aan te kunnen kijken, maar nu was ik zo volslagen uitgeput van de klimpartij dat mijn benen niet wilden meewerken. We bleven zitten terwijl neef Marek van Ruby naar mij keek en toen door de kamer naar de tafel liep waar we zaten. Hij kuste mij boven op mijn hoofd, en toen Ruby, wat zowel schattig als vernederend was.

'Hij zegt: "God zegene jullie, meisjes",' vertaalde oom Stash. '"En welkom in Grozovo."'

Marek duwde zijn kleinzoon naar voren. 'Jerzy,' zei hij.

Jerzy was van onze leeftijd maar hij leek eerder een volwassen man. Ruby beefde en ik moest slikken toen die bloedmooie, sexy neef Jerzy op ons afliep. We waren allebei bang dat hij net als neef Marek ons hoofd zou aanraken, waar we van door de grond zouden zijn gegaan. (En wat mij betreft letterlijk.) Maar dat deed hij niet. Lachen deed hij ook niet, en daarom vertrouwde ik hem wel.

'Hallo,' zei Jerzy.

'Hai.'

'Hoe gaat het?' vroeg hij.

'Goed,' zei ik. 'En met jou?'

'Prima. En met jou?'

'Goed. En met jou?'

'Goed. En met jou?'

Ineens drong het tot me door dat we Engels spraken, en ik werd duizelig bij het vooruitzicht dat we met iemand van buiten mijn naaste familie zouden kunnen praten.

'Jullie komen uit Amerika?' vroeg hij, en hij likte onbedoeld opwindend zijn onderlip.

'Canada,' viel Ruby ineens in. 'Iedereen hier maakt die fout.'

'Iedereen?'

'Ja, hoezo?'

'Iedereen? Je kent alle Slowaken?'

Ruby giechelde.

'Wat is verschil? Canada. Amerika,' zei hij schouderophalend. Hij had een zwaar accent en een fluwelen stem. 'Wat is verschil, vertel me.'

Ruby begon weer te giechelen. Het soort giechel dat betekent: Je moet mij niets vragen, ik zit hier maar voor de show. 'Nou ja – wat is het verschil tussen dag en nacht?' kwinkeleerde ze.

'Dag is licht. Nacht is donker,' zei Jerzy vol zelfvertrouwen.

'Wat is het verschil tussen jullie en de Tsjechen?' informeerde ik.

Jerzy lachte. Daar moest hij even over nadenken. 'Het is verschil, Slowaken en Tsjechen,' zei hij langzaam. 'Het is verschil.'

'Zo zit het ook met de Amerikanen en de Canadezen.'

'Dit komt uit Amerika,' zei Jerzy, en hij rukte de mouw van zijn sweater omhoog om de met diamanten bezette Rolex om zijn pols te laten zien.

'Wauw,' zei ik.

'Is die echt?' vroeg Ruby.

Jerzy lachte en drukte op een piepklein knopje om de wijzerplaat te verlichten. 'Natuurlijk. Hoe moet ik tijd weten?'

'Dat bedoelde ze niet,' zei ik.

Jerzy keek van Ruby naar mij. 'Jij denkt wat zij denkt?' (Ik dacht dat hij het aan mij vroeg.)

'Nee,' zeiden Ruby en ik tegelijkertijd, en toen voegden we er, als een regelrechte circusact, tegen elkaar aan toe: 'Hij had het tegen míj.'

Jerzy lachte. 'Jullie zijn grappige tweeling. Jullie zijn in vliegtuig gekomen?' vroeg hij. En toen in één adem door: 'Jullie willen slivovitsj? Mijn grootvader vindt niet erg als ik neem.'

'Hoe oud ben jij?' vroeg Ruby.

'Zeventien. Hoe oud ben jij?' vroeg Jerzy.

'Negentien,' antwoordde ik.

'En jij?' vroeg hij Ruby.

'Net zo oud,' giechelde ze. 'We zijn een tweeling.'

'Weet ik,' zei Jerzy laconiek. 'Is grap.'

We wisten best dat het heel raar is om verliefd te zijn op je neef, ook al is het een driedubbele achterneef en niet eens echt

336

familie, maar we deden zelfs niet ons best om neef Jerzy te weerstaan.

Jerzy ging een glas slivovitsj voor zichzelf inschenken en maakte er een hele vertoning van, omdat hij wist dat we naar hem zaten te kijken. Ruby vroeg de hele tijd: 'Komt hij al terug? Komt hij al terug?' Ik vond het ontzettend irritant dat ze zo gretig was, al wilde ik precies hetzelfde. Jerzy schonk in en kwam inderdaad weer onze kant op, toen hij plotseling werd vastgegrepen door de haarloze man die we bij de kerk hadden gezien. De haarloze man nam Jerzy terzijde en na een kort gesprekje stormden ze zonder afscheid en zonder een blik naar Ruby en mij het huis uit. De rest van de avond bleef ik maar op de deur letten in de hoop dat neef Jerzy zou terugkeren.

(Het spijt me achteraf heel erg dat ik daardoor niet oom Stash en zijn hereniging met neef Marek heb kunnen observeren. Neef Marek moet zijn leven aan zich voorbij hebben zien flitsen toen hij oom Stash zag staan. Het leven dat hij bijna had gehad.) Er kwamen veel bezoekers langs, en telkens als de deur openging, hoopten Ruby en ik dat het Jerzy was, maar het was steeds een of andere buur die even naar de 'verbinde meisjes' kwam kijken.

Heel laat op de avond gingen oom Stash en neef Marek met zijn tweeën in een hoekje bij het vuur zitten voor een hooglopende politieke discussie. Tante Lovey zei althans dat het over politiek ging. 'Mensen winden zich hier vreselijk op over politiek,' zei ze. (Doen ze dat dan niet overal?) Neef Marek gaf een harde klap op de tafel. Oom Stash overschreeuwde de klap. Nicht Zuza borg de fles slivovitsj weg. En algauw was het bedtijd.

Met een olielamp om ons bij te lichten begeleidde nicht Velika ons naar een slaapvertrek, een ongebruikte schuur achter het huis. Ik kon de geiten ruiken die vijftig meter verderop in een kleine stal waren ondergebracht. In het schuurtje van ste-

337

nen en cement, dat net zo tochtig was als het huis, vonden we vier bedden waarvan er twee tegen elkaar geschoven stonden voor Ruby en mij. De matrassen waren dik en met veren gevuld, wat tante Lovey deed denken aan de matrassen vroeger op de boerderij, toen zij nog een kind was, die met gedroogde maisvliezen waren gevuld. 'We hadden maar wat graag veren gehad,' zuchtte ze.

'Welterusten,' zei Velika in zorgvuldig Engels, en ze nam de lamp mee, waardoor de duisternis viel.

'*Dobre notte*,' zei Ruby.

Ruby viel meteen in slaap, maar ik bleef naar het gefluister van tante Lovey en oom Stash liggen luisteren. Ik kon geen woord verstaan, maar ik veronderstelde dat ze het over Marek hadden. Oom Stash klonk spijtig, en tante Lovey meelevend. Oom Stash moest hoesten en ging overeind zitten. Ik hoorde tante Lovey in het donker op zijn rug bonken. Ik deed of ik sliep. Ruby sliep echt.

Toen de hoestbui over was en oom Stash weer horizontaal lag, hoorde ik hem fluisteren. 'Je.'

En ik hoorde tante Lovey 'Je' terug fluisteren.

Ik voelde een stevige bries door een gat in de muur en instinctief reikte ik omlaag om te controleren of Ruby's benen wel bedekt waren. Ik raakte haar oorlelletje aan, wat onze versie van 'Je' was, en wilde dat zij wakker was om mijn oorlel aan te raken.

Ik had geen idee hoe lang ik had geslapen of hoe laat het was toen ik een vinger tegen mijn schouder voelde duwen. Ik deed mijn ogen open en zag het flakkerende licht van de olielamp die voor de deur was achtergelaten. Ik keek naar de bedden naast ons en zag dat tante Lovey en oom Stash, respectievelijk kreunend en snurkend, diep in slaap waren.

Ik hoorde iemand door de schuur bewegen, maar kon niet zien of raden wie het was.

'Nicht Velika?' fluisterde ik. 'Nicht Zuza?'

'Ssst,' was het antwoord.

Toen doemde neef Jerzy in mijn ooghoek op. 'Stil,' zei hij. 'Niet wakker maken.'

Ik vond het aardig van hem dat hij zich zo druk maakte om oom Stash en tante Lovey. 'Wat doe je hier?' vroeg ik zacht.

'Ssst. Maak je zus wakker. Kan dat?'

Ik pakte een stukje huid op Ruby's buik en trok eraan. Ik kneep net hard genoeg om haar bij de les te krijgen. Verdoofd en warrig deed ze haar ogen open en zag onze knappe neef over onze aaneengeschoven bedden gebogen staan.

'Ik ben het, Ruby,' zei Jerzy.

'Hai,' piepte Ruby.

'Ssst,' fluisterde ik. 'Anders maak je tante Lovey en oom Stash wakker.'

'Oké.'

'Jullie willen avontuur?' vroeg neef Jerzy.

'Ja,' zeiden Ruby en ik in koor, en we verkochten elkaar een kneep, zoals we dat altijd doen.

'Kom mee,' fluisterde neef Jerzy en stak allebei zijn armen uit om ons van het bed te helpen.

'Oké,' zei ik veel te gretig.

Neef Jerzy hielp ons van de bedden af alsof hij ons ons hele leven al kende, waarbij hij keurig rekening hield met onze gecombineerde proporties. Hij had onze jassen al in het donker opgespoord en terwijl hij ons de deur uit loodste, hielp hij ons erin.

'Is goed avontuur,' zei Jerzy bemoedigend, terwijl hij ons over het duistere pad leidde.

'Mijn schoenen,' zei ik, omdat ik ineens besefte dat ik de roze wollen sloffen met pompons nog aanhad die Nonna voor Ruby en mij had gemaakt voor op reis.

Jerzy legde me het zwijgen op en joeg ons het pad over. 'Is ons geheim. Oké?'

'Oké,' zei Ruby. Maar ik ken Ruby en ik wist dat ze al haar bedenkingen over dat 'goede avontuur' had. Ze trok aan me en ik bleef staan. 'Misschien moesten we het maar niet doen,' zei ze.

'Wel doen,' zei Jerzy. Hij drukte op het knopje van zijn horloge om te zien hoe laat het was. Vervolgens keek hij omhoog naar de maan alsof hij het bevestigd wilde zien. 'Opschieten,' fluisterde hij. 'Kom mee.'

'Ik dacht het niet,' zei Ruby.

'Jullie vinden avonturen niet leuk?' vroeg Jerzy beschuldigend.

'Wel waar,' antwoordde ik. 'Dat vinden we wél leuk, Ruby.'

'Wat voor soort avontuur?' vroeg Ruby.

'Geheim avontuur.'

'Kunnen we het niet beter eerst aan tante Lovey en oom Stash vragen?' stelde Ruby voor.

'Aha,' zei Jerzy honend. 'Ik begrijp. Jullie zijn grote meisjes, maar eigenlijk kleine meisjes. Ik begrijp.'

'Dat zijn we níet,' protesteerde ik, en ik wilde ineens niets liever dan dat goede, geheime avontuur dat Jerzy ons in het vooruitzicht stelde. We waren bijna twintig, en we waren geen kinderen meer. Absoluut niet.

'Kom mee. Prosim, kom mee,' zei Jerzy in zijn handen klappend.

'Goed dan,' zei Ruby plotseling dapper. 'Kom mee.'

Ik zag een flits van metaal op de weg even verderop, maar ik had pas in de gaten dat het een vrachtwagen was toen we dicht genoeg bij waren om de benzine te ruiken. Jerzy duwde ons naar de vrachtwagen, deed het portier open en hielp ons instappen. Ik installeerde Ruby naast me in de duisternis, en schrok toen ik de warmte van een lichaam achter het stuur voelde. Ik gaf een kreet van schrik omdat ik niemand had zien zitten. Ik keek uit mijn ooghoek maar kon het gezicht in het donker niet onderscheiden.

'Wacht even,' zei Jerzy tegen de onzichtbare chauffeur. En toen iets over schoenen.

Mijn voeten waren ijskoud in de wollen sloffen.

Onze neef verdween. De chauffeur gromde iets in het Slowaaks wat we niet begrepen, draaide het contactsleuteltje om en trapte op de gaspedaal. Ik zette alles op alles om zijn gezicht in de vage groene gloed van het dashboard te onderscheiden. De omtrek van zijn profiel werd duidelijk en tot mijn afgrijzen bleek het de bebaarde man te zijn wiens zwangere vrouw ons hoofd had aangeraakt en op de trappen van de kerk was flauwgevallen.

Ik viel bijna zelf flauw.

'Rosie?' fluisterde Ruby.

'Niks aan de hand,' zei ik.

'Waar is Jerzy?'

'Die is vast mijn schoenen gaan halen.'

'Waarom gaan we dan zonder hem weg?'

'Misschien komt hij in zijn eigen auto achter ons aan,' suggereerde ik.

Het felle licht van de koplampen leek de weg te doorklieven. De man haalde nat en ratelend als een stier door zijn neus adem. Met de bebaarde man achter het stuur vlogen we de heuvel af en het verhaal begon zich voor me uit te kristalliseren als een roman, op het moment dat je beseft dat het maar één kant op kan gaan. Volmaakt helder zag ik de gebeurtenissen die ons op deze plek hadden gebracht en in mijn kristallen bol kon ik ontwaren wat hierna zou gebeuren.

De bebaarde man had zijn arme, jonge vrouw na de kerk mee naar huis genomen, waar ze weeën had gekregen en in het kraambed was gestorven bij de bevalling van hun doodgeboren zoontje. En nu zijn heden was verdwenen en zijn toekomst niet zou plaatsvinden, wilde hij zich op Ruby en mij wreken. Om mijn paniek in bedwang te houden hield ik me onledig met het bedenken van de volgende wending van het mysterie, en ik was blij dat Ruby de chauffeur niet had gezien en dus niet wist dat het de bebaarde man was. Ik wist niet hoe ik mijn zus moest vertellen dat onze dood nabij was.

Mompelend trapte de chauffeur nogmaals op de gaspedaal. Het bos was zo donker dat we net zo goed door de ruimte aan het reizen konden zijn. Mijn voeten waren bevroren. We sloegen met een scherpe bocht een andere weg in. Met wegglippende banden bonkten we over de gaten in de weg, zodat ik me aan het dashboard en Ruby zich aan mij moest vastklampen.

Vanachter het wolkendek kwam de maan te voorschijn en het dichte bos baadde in zijn gloed. Ik vroeg me af of de bebaarde man ons in het bos zou achterlaten om te sterven of dat hij ons meteen zou vermoorden. Ik wist eigenlijk niet waar ik voor moest duimen. Ik voelde dat de vrachtwagen langzamer ging rijden. De chauffeur sloeg een andere weg in, aan het eind waarvan in een laag stenen huis voor een klein raam een enkele olielamp brandde.

De bebaarde man bracht de vrachtwagen voor het huis tot stilstand.

'Van wie zou dit huis zijn, Rose?'

'Sssst,' zei ik, en meer kon ik niet zeggen, want de chauffeur was van zijn plaats naast me verdwenen en dook bij het portier aan de passagierskant weer op. Ruby zag hem vol in het gezicht in het maanlicht. Hij moet er duivels hebben uitgezien. 'Rose?' zei ze met afgeknepen stem.

'Niet bang zijn, goed?'

'Goed.'

'Je bent niet alleen.'

'Goed.'

'Niet bang zijn.'

'Goed.'

Ik voelde hoe Ruby haar hand naar mijn oorlelletje uitstak terwijl de man naar ons graaide zonder te weten wie van ons hij moest vastpakken om ons uit de vrachtwagen te kunnen halen.

We liepen naar het huis. Naast ons maakten de zware laarzen van de bebaarde man absoluut geen geluid, terwijl ik op mijn sloffen en met mijn zus op mijn heup het kiezelpad af kloste en glibberde. Ik voelde me helemaal het monster dat ik in zijn ogen weerspiegeld zag.

De man deed de deur open en loodste ons ruw noch vriendelijk naar binnen. Er hing een vage lucht van ammoniak. Vanbinnen leek het huisje precies op dat van Velika en Zuza, behalve dat hier nog een kamer was, waarvan de deur op een kier stond met binnen nog een brandende lamp, maar er was geen beweging of geluid.

Ik had het gevoel dat ik moest braken en overwoog de deur weer uit te lopen. De bebaarde man liep om ons heen en kwam recht voor ons staan. Zonder wapen. Ik vroeg me af of hij van plan was ons te wurgen of ons met zijn kolenschoppen van handen dood te ranselen. In plaats daarvan keek hij rustig van mijn gezicht naar dat van Ruby, op de pingpongachtige manier die we gewend zijn.

Toen de deur van de tweede kamer open piepte, draaiden we ons allemaal om en zagen het silhouet van de haarloze man uit de kerk afgetekend staan. De haarloze man was de link met neef Jerzy, die ons ter slachtbank had gezonden. Ik had er helemaal niet van moeten opkijken dat hij daar was, maar dat deed ik wel.

De haarloze man keek een hele tijd naar Ruby en mij voordat hij de bebaarde man iets in het Slowaaks toefluisterde.

De bebaarde man knikte langzaam en duwde ons in de richting van de kamer, waar we een bed zagen. En in het bed een lichaam.

'O god,' hoorde ik mezelf zeggen.

'Is ze dood?' jammerde Ruby, die had gezien dat het de zwangere vrouw uit de kerk was.

Ik bleef naast het bed stilstaan en begon bijna van opluchting te huilen toen ik de teen van de vrouw onder de deken zag wiebelen. Het had me een groot plezier gedaan als ze haar ogen ook nog had geopend, maar ze was kennelijk diep in slaap.

'Ze is níet dood,' fluisterde ik, alsof ik haar persoonlijk weer tot leven had gewekt.

Toen zag Ruby wat ik alleen maar hóórde – een gepiep dat zo zacht klonk alsof het van een pasgeboren poesje of een gevallen vogeltje kwam. Ruby porde me om me om te draaien zodat ik het zelf ook kon zien in de vage gloed van de olielamp: twéé stijf ingebakerde baby's, naast elkaar in een oude houten wieg, allebei poezelig en roze en overduidelijk in leven.

De baby's konden nauwelijks meer dan vijf pond per stuk wegen. ('Mijn moeder zette op zondag een groter braadstuk op tafel,' zei tante Lovey altijd over de te vroeg geboren baby's in het St. Jude-ziekenhuis. Ik vond het een nogal merkwaardige vergelijking.)

'Een tweeling,' fluisterde ik.

'O god,' zei Ruby. 'O god, denken ze soms dat ze door ons die tweeling heeft gekregen?'

'Ik denk het,' antwoordde ik langzaam.

'Maar dat is toch mooi?'

We zochten het gezicht van de bebaarde man, maar hij glimlachte niet en evenmin kon ik de blik waarmee hij naar ons keek duiden. Hij maakte een gebaar naar zijn vriend (of broer) de haarloze man en samen tilden ze de baby's uit de wieg.

Ruby en ik stonden met stomheid geslagen terzijde. Ik kon me niet voorstellen (en ik heb me van mijn leven heel wat dingen voorgesteld) wat de twee mannen met de kleine tweeling van plan waren.

Ik keek naar het magere gezichtje van de baby die het dichtst bij me was en dacht: *creatura*. (Dat woord gebruikte Nonna om een pasgeboren baby te beschrijven. *Creatura*. 'Hij niet is menselijk. Is nog niet binnen, de ziel.') De borelingen zagen er buitenaards uit, met zwarte insectenogen en een nauwelijks waarneembare neus. (Nog maar een paar uur daarvoor hadden ze geen lucht maar vloeistof ingeademd.) Ronde, bloedeloze mondjes. Plukjes zwart krulhaar. (Ik probeerde niet aan Taylor te denken, maar ik hoorde net als nu tante Loveys stem die volhield dat ik er later spijt van zou krijgen als ik niet even naar mijn pasgeboren dochter zou kijken, een waarheid die nog steeds moeilijk te verdragen is.) Instinctief stak ik mijn armen uit omdat ik ernaar snakte een van de baby's vast te houden, maar de bebaarde man schudde zijn hoofd.

In plaats daarvan tilde de man de zuigeling langzaam en teder op, op zo'n manier dat het noch voor de baby, noch voor Ruby en mij angstaanjagend was, en raakte met haar kleine, warme voorhoofd de plek aan waar wij aan elkaar vastzitten.

'O,' zei Ruby. 'O.'

De bebaarde man sprak zacht een paar woorden die een zegening of een vloek konden zijn. We wisten niet of hij ons vroeg de kinderen te zegenen of om de vloek die wij over hen hadden uitgesproken op te heffen.

De haarloze man tilde de andere baby op en deed hetzelfde; hij legde het warme voorhoofdje op de plek waar Ruby en ik verbonden zijn en wachtte een lang ogenblik, waarna ze de tweeling weer in de wieg legden. Toen tilde hij zijn mouw op en drukte op een knopje aan zijn horloge, dat net zo'n namaak-Rolex bleek te zijn als dat van neef Jerzy.

Waar was neef Jerzy? En wanneer konden we naar huis terug? Mijn voeten deden pijn op de koude stenen vloer. Nadat de haarloze man op zijn horloge had gekeken, leek hij ineens geschrokken. Hij blafte zijn bebaarde vriend iets toe, die keek ook op zijn horloge (alweer zo'n namaak-Rolex) en kwam ineens op Ruby en mij afgestormd, greep me stevig bij mijn arm en trok ons naar de deur. Er sprak geen dankbaarheid uit zijn blik. En ook geen vrees. En al helemaal geen eerbied. Ik durfde niet meer op mijn instinct af te gaan over wat er gaande was. Ik had geen idee of de man ons goed- of kwaadgezind was. Ik had er bij alles hier in Slowakije naast gezeten. Ik kon deze mensen niet peilen. En het ging verder dan alleen de taal die ik niet sprak.

De man deed de deur open, duwde ons haastig de kou in en gebaarde dat we hem naar zijn vrachtwagen moesten volgen. Hij maakte duidelijk dat we weer voorin moesten stappen en dat deden we. Ik voelde Ruby's kin trillen toen ze vroeg of hij ons nu naar nicht Zuza en Velika ging terugbrengen.

Ik herinnerde me niet welke zwarte grindweg ons naar Zuza en Velika zou terugbrengen, maar één ding wist ik wel: het was niet de weg die de man nu insloeg. Ik voelde dat we de berg af in plaats van op reden en dus niet op weg waren naar onze bejaarde achternichten. We reden juist steeds dieper de donkere bossen in. Ik vroeg me af of de man een bijl bij zich had. Natuurlijk. Ineens kon ik in het maanlicht riet en onkruid onderscheiden en het kwam in me op dat hij ons misschien wel naar de vijver bracht.

Het rare idee kwam in me op dat Ruby en ik een zak jonge katjes waren. 'Volgens mij gaat hij ons verzuipen,' was alles wat ik kon uitbrengen.

'Net een zak jonge katjes,' zei Ruby. Ik kreeg kippenvel.

Terwijl de man Ruby en mij van de passagiersplaats af trok (hielp?), bedacht ik hoe ironisch het was dat we in hetzelfde water zouden worden verzopen waar oom Stash neef Marek uit had gered. En ook dat wij zouden sterven in de geboorteplaats van moeder Darlensky, terwijl zij in de onze was gestorven. (Mijn zus en ik zijn van kleins af aan al bang om te verdrinken. Ik had nooit bedacht dat die angst intuïtief of profetisch zou zijn, ik beschouwde het als een nawee van wat ons bij de beek was overkomen, met Ryan Todino.)

De bebaarde man bescheen met een zaklantaarn die hij in de vrachtwagen had gevonden de grond voor ons, en met mijn pols in zijn hand geklemd leidde hij ons naar een plek in de buurt van een grote, grillige rots. De grond was koud en met kiezels bezaaid. Ik stapte voorzichtig op mijn sloffen voort. Voor de rots bleven we stilstaan. De man draaide ons om zodat we met ons gezicht naar de vijver stonden. De bossen om ons heen waren stil, maar ik wist dat er in deze bergen beren waren. Wolven. Lynxen. Otters. Nertsen. Ik vroeg me af wat voor dier zou toekijken als wij werden vermoord.

De man zei iets in het Slowaaks tegen ons. '*Picovina*,' antwoordde ik. Ik had geen idee wat hij had gezegd, maar 'gelul' leek me een gepast antwoord.

Iets trof mijn blik. De vage lichtbundels van een auto in de verte. En nog een stel koplampen. En nog een. En nog een die op de vijver af kwam tuffen.

Ruby en ik wisten dat het niet tante Lovey of oom Stash of een van de Slowaakse familieleden was. Wie het ook waren, ze kwamen ons echt niet redden. Ruby ging verzitten zodat ik nog een hele reeks lichten uit een andere richting kon zien oprukken. Mijn hart begon te bonzen.

'Niet je adem inhouden,' droeg ik haar op. 'Niet je adem inhouden in het water.'

'Goed.'

Ik was er trots op dat Ruby niet begon te jammeren of te huilen toen de auto's vlakbij werden neergezet. Autoportieren werden geopend en dichtgegooid. Ik vroeg me af of de dorpelingen schoppen hadden meegenomen of dat ze ons in de vijver zouden laten opzwellen.

De bebaarde man die ons hierheen had gebracht was nergens meer te zien, maar we hoorden hem wel in het donker bevelen blaffen. Wat ze ook met ons van plan waren, het zou kennelijk in elk geval op zíjn manier gebeuren. Hij telde tot drie. Een symfonie van klikkende geluiden klonk op toen de dorpelingen de zaklantaarns aanklikten die ze hadden meegenomen om hun pad naar Ruby en mij bij te lichten. Afgezien van de bebaarde man die de mensen in onze richting dirigeerde, ging het allemaal even rustig en georganiseerd, om niet te zeggen beschaafd.

'*Picovina*,' mompelde ik, omdat vloeken me het gevoel gaf dat ik alles onder controle had. Ik voelde dat Ruby haar ogen dichtkneep terwijl de lichtkringen van de zaklantaarns dichterbij kwamen. Ruby huilde of jammerde nog steeds niet. Ik had nooit verwacht dat ze zo flink zou zijn en ik vroeg me af waar die kracht vandaan kwam terwijl ik de mijne juist voelde wegebben.

Ik hield mijn ogen wijd opengesperd. Ik wilde oog in oog staan met de, naar ik schatte, twintig zaklantaarns en al was het maar één glimp van een ziel opvangen. Waar ze ons ook voor wilden executeren – omdat we duivels, heksen of monsters waren – ik zou zo'n wezen worden en iemand van hen vervloeken.

Niemand zei iets. Op een bepaald moment schoven de wolken weer voor de maan vandaan en ik zag dat alle beschaduwde gezichten van vrouwen waren. Ze keken ons stuk voor stuk met hun ronde, wezenloze gezichten recht aan. Een van de vrouwen, een bejaarde dame die ik ook al op de kerktrappen had gezien, bromde iets tegen de menigte. De bebaarde man (aan wiens stem ik hoorde dat hij achter ons stond) riep iets terug. (Het klonk ruzieachtig, maar in mijn oren klinkt alles ruzieachtig in het Slowaaks.)

Verbijsterd omdat de menigte zich zwijgend in een keurige rij voor ons opstelde, gaf ik mijn zus een kneep. De vrouwen begonnen ons niet meteen naar de vijver te sleuren zoals ik me had voorgesteld. Ze hadden zo te zien geen stenen of andere ruwe moordwapens in hun handen. De vrouw vooraan in de rij stapte naar voren, drukte me een foto in de hand en fluisterde iets wat ik niet verstond. Ik zag de foto niet goed en kon me absoluut niet voorstellen waarom deze onbekende me die had gegeven. En zonder waarschuwing, zonder toestemming te vragen stak de vrouw haar hand uit en raakte de plek aan waar wij aan elkaar vastzitten. Ruby en ik deinsden achteruit. Ik trilde van angst en verzet.

Ruby bleef ijzig kalm. 'U kunt ons niet zomaar aanraken,' zei ze tegen de vrouw, die duidelijk geen Engels sprak maar het wel begreep. De vrouw zocht met haar ogen de bebaarde man achter ons op en bleef op een verklaring staan wachten.

De bebaarde man kwam zo dicht bij ons staan dat ik de warmte van zijn lichaam voelde. Zijn stijve canvas jas schuurde langs mijn rug toen hij zijn rechterhand op Ruby's schouder en zijn linkerhand op de mijne legde. Hoe teder het gebaar ook was, we begrepen wel dat hij van plan was ons op onze plaats te houden, zodat de andere vrouwen ook ons hoofd konden aanraken.

'Ze denken jullie heks zijn,' zei een stem naast ons.

We draaiden ons snel om en zagen onze neef Jerzy staan. Hij grijnsde en zei nog eens: 'Ze denken jullie heks zijn.'

'Breng ons naar huis, Jerzy,' zei ik.

'Ik breng jullie naar Zuza en Velika,' zei neef Jerzy doodleuk, 'als dit is gebeurd.'

'Dit? Wat is dit dan?'

Jerzy gooide iets naar mijn voeten. Mijn schoenen.

'Het is kans,' grijnsde Jerzy. 'Kans die zich aandient.' Hij maakte heel flauw een klopgeluid met zijn tong tegen de binnenkant van zijn wang. 'En ik doe open. Hallo.'

'Waarom willen ze ons hoofd aanraken?' vroeg Ruby.

'Waarom geven ze ons dingen?' vroeg ik.

'Ze willen wat iedereen op wereld wil. Geluk. Ze willen geluk hebben.' Jerzy haalde een tandenstoker uit zijn jaszak en stak hem in de brede gleuf tussen zijn voortanden.

'Dus ze denken dat we heksen zijn omdat we aan elkaar vastzitten? Denken ze dat wij hun geluk kunnen brengen?'

'Jullie komen op Sint-Katarina. Jullie komen met twee hoofden. Aan elkaar. Boing.' Hij klapte in zijn handen. 'Jullie brengen Sonya geluk, dat is bewijs. Sonya raakt jullie hoofd daar aan en baby's gaan niet dood. Zelfs dokter in Rajnava zegt dat baby's doodgaan.' Hij haalde zijn schouders op, waarmee hij maar wilde zeggen dat hij er niet per se in geloofde maar dat de zaak solide genoeg was om als bewijsmateriaal te dienen.

'En wat wordt er van ons verwacht?' vroeg ik met een blik langs de wachtende gezichten. (Er stonden zo'n twintig vrouwen, maar het leken er wel duizend.)

'Jullie moeten geluk geven, die vrouwen,' zei neef Jerzy ongeduldig. 'Dan voelen ze beter, dan krijgen ze hoop. Begrijpen jullie?'

'Wat is het Slowaakse woord voor geluk?' vroeg Ruby.

'Geluk?' Jerzy dacht even na. 'Je hebt *sjtestje* en *osoed* en *nahorda* en *oespetsj*.'

Ik had ik weet niet wat willen doen of ik weet niet waar willen zijn. Ik had bijna nog liever gewild dat de vrouwen met schoppen waren komen aanzetten in plaats van hoop. Ik kon geen woord uitbrengen, al voelde ik dat Jerzy stond te wachten tot ik de volgende zet deed. Maar Ruby was degene die onze schouders rechtte. Ze keek uit over de menigte en nam de touwtjes in handen. 'Wij komen op Sint-Katarina,' begon ze, 'om geluk in Grozovo te brengen. *Dobre sjtestje!*' schreeuwde ze.

De vrouwen keken naar ons. Er werd gemompeld, de achterdocht en de ontevredenheid groeide. De keurige rij viel uiteen. Toen begon iemand te schreeuwen. En de vrouwen drongen allerlei spullen aan ons op: nog meer foto's, een horloge, een ring, een kikker van keramiek, een haarlok. Ruby en ik waren op de een of andere manier de andere kant op gedraaid en de opdringerige menigte duwde ons in de richting van de vijver.

'Zingen,' zei ik tegen Ruby. 'Je moet iets zingen.'

'Zingen?'

'Zingen.'

'Wat moet ik dan zingen?'

'Maakt niet uit.'

'Wat dan?'

Geïntrigeerd en volslagen verbijsterd door onze woordenwisseling bleven de vrouwen staan.

'Wat dan ook. Een kerstliedje.'

'Iets vrolijks?'

'Wat dan ook.'

'"Holly Jolly Christmas"?'

'Dat niet.'

De menigte viel stil toen Ruby haar mond opende en 'Stille nacht' begon te zingen, een lied waarvan de tekst je met zijn schoonheid en bondigheid tot zwijgen brengt, al is de melodie dan een tikje sentimenteel. Ruby zong 'alles slaapt, sluimert zacht' zo mooi, 'lieflijk kindje met goud in het haar,' dat ik me schaamde dat ik haar ooit had geknepen. 'Sluimert in hemelse ruuu-huust.' Mijn dappere zus. 'Sluimert in hemelse rust.' Ruby.

Als ons leven een Hollywoodfilm was geweest, waren de Slowaakse vrouwen in tranen uitgebarsten van Ruby's 'Stille nacht' en hadden ze genoegen genomen met hun zegening, al mochten ze dan niet onze plek aanraken. Maar onze situatie was veel te vreemd en te onwerkelijk om iets anders te zijn dan wat ze was, dus de vrouwen kregen algauw genoeg van Ruby's gezang en keerden zich tot Jerzy en de bebaarde man om te zien wat die aan ons gebrek aan medewerking gingen doen.

'Jullie moeten ze laten doen,' zei Jerzy.

'We moeten helemaal niks,' zei ik.

'We doen het gewoon niet,' viel Ruby me bij.

'Jullie moeten. Ze hebben dik betaald.'

'Dik betaald? Hebben ze dík betaald?'

'Jullie krijgen deel. Natuurlijk krijgen jullie deel,' bood Jerzy aan, maar hij vervloekte zichzelf omdat hij zich had versproken.

We hadden geen tijd om Jerzy en zijn kompanen de huid vol te schelden vanwege hun verwerpelijke ondernemingsgeest. Ik voelde dat Ruby langs de gezichten van de vrouwen keek en wist niets beters te doen dan maar af te wachten wat zij bedacht.

'Niet je adem inhouden,' fluisterde Ruby, terwijl de bebaarde man de vrouwen weer netjes in de rij duwde en aangaf dat de volgende vrouw naar voren moest stappen om ons hoofd aan te raken.

'Ik kan het niet,' fluisterde ik.

'Wel waar,' zei Ruby. 'Doe je ogen maar dicht.'

En dat deed ik.

'Stel je elke hand voor als een verhaal of een gedicht dat je ooit zult schrijven. Denk je maar in dat de handen niet iets wegnemen maar juist iets geven.'

'Noem eens wat,' vroeg ik nukkig.

'Ideeën.'

De ongewone wijsheid van mijn zus troostte me en ik klaagde niet langer over die onbekende handen op mijn hoofd, al proef ik nog steeds de weerzin als ik aan die vrouwen denk die waarachtig geloofden dat ze een of andere zegen aan dat stelletje aan elkaar vastzittende heksen ontleenden.

Toen alle vrouwen Ruby en mij hadden aangeraakt, gaf Jerzy ons allebei een klap op de schouder alsof we lid waren van een ploeg die een belangrijke wedstrijd had gewonnen. We hoorden de vrouwen onderling fluisteren terwijl ze door de modder naar hun auto terug sopten. We zagen ze wegrijden en volgden daarna neef Jerzy naar een auto die vlakbij stond. Ik stootte mijn teen ergens tegen en viel bijna. 'Daar was vroeger oude appelboom,' zei Jerzy. 'Ze laten stronk te hoog.'

Op de terugweg naar nicht Zuza en nicht Velika was ik te uitgeput en te overdonderd door wat er allemaal was gebeurd om helder na te denken. Zich verkneukelend over zijn succes volgde Jerzy het kronkelende pad door het bos op weg naar boven.

Onze bloedmooie opschepper van een neef legde uit dat de dorpelingen het over 'het meisje met de twee gezichten' hadden gehad, dat ervoor gezorgd had dat de ziekelijke Sonya Shetlasky niet één maar twee gezonde baby's ter wereld had gebracht. Jerzy en zijn kompaan, de man van de zwangere vrouw, hadden besloten munt te slaan uit een 'familieproduct'. Ze vroegen iedere vrouw tien koruna voor een speciaal maanlichtoptreden van ons, en ze zouden de recette met de haarloze man delen.

Ik was woedend. Als ze die recette deelden, hoe kwamen ze er dan bij om Ruby en mij erbuiten te laten? (Niet dat ik het geld wilde hebben, maar waar haalden die kerels de gore moed vandaan?) Jerzy begreep mijn verontwaardiging en kwam met het genereuze aanbod om een exclusief contract voor ons te regelen voor de duur van de Heksendagen, met nachtelijke optredens bij de vijver. Hij wist zeker dat ze de naburige dorpen zouden kunnen interesseren. En misschien konden ze zelfs wel een paar bustochten vanuit Rajnava en Kalinka organiseren.

Hij telde een stel koruna's uit zijn zak uit en stopte die in mijn hand. Het deed er niet toe of we heksen waren of niet, zei hij, en ook niet of we wel of niet in heksen geloofden. We hadden Grozovo al geluk gebracht. De waarheid deed er verder niet toe. Hij zette de auto voor het huis van Zuza en Velika neer en zei dat we niet meteen antwoord hoefden te geven maar er eerst eens rustig over na moesten denken.

Ik keek naar de koruna's in mijn hand en had het idee dat ik ze dubbel en dwars had verdiend. 'Jij zou naar Amerika moeten verhuizen,' zei ik.

'Maar ik ben Slowaak,' antwoordde hij. En daarmee uit.

We keken naar de opkomende zon die roze linten in de wolken boven de kerk op de heuvel tekende. De hemel beloofde een mooie dag. Jerzy en Ruby hadden het over Amerikaanse films, en al kon ik niet weglopen, ik dwaalde wel af en bedacht dat de poppen aan het dansen zouden zijn als oom Stash en tante Lovey erachter kwamen waar we geweest waren en wat er bij de vijver was gebeurd. (We waren te oud om echt straf te krijgen maar we moesten de rest van de tijd in Slowakije de teleurstelling van tante Lovey en oom Stash verdragen, en dat was al erg genoeg.)

De dag van ons vertrek stopte ik de koruna's die ik van Jerzy had gekregen in de bijbel van Zuza en Velika.

Ik kan me nog maar weinig details herinneren van de vlucht terug naar Detroit. Het ene moment stonden we nog in een korte rij op het vliegveld van Košice zonder dat er naar ons werd gestaard, en het volgende moment nestelden we ons op de achterbank van de bruine Impala en genoten we van het duister in de lange tunnel terug naar Canada. Daarna reden we de invoegstrook van de maanverlichte 401 op, en hoorden tot onze verbijstering op de radio dat er de afgelopen vierentwintig uur een dik pak sneeuw was gevallen. Eind november valt er gewoon geen sneeuw. Ik dacht dat Leaford in onze afwezigheid onbeweeglijk naar onze terugkeer had liggen snakken. Maar het leven was groots en schitterend verdergegaan zonder Ruby en mij.

H ier is Ruby weer.
   Dit wordt een kort hoofdstuk omdat we al laat zijn voor ons werk. Ik mocht tien minuten geen vin verroeren van Rose omdat ze de lippenstift moest opdoen die ik haar voor onze verjaardag heb gegeven. Nu haar huid bleker wordt, past de kleur beter bij haar. Of misschien raak ik eraan gewend. Het doet me plezier dat ze in haar uiterlijk is geïnteresseerd. Het werd tijd. Maar ik vind het vreselijk om te laat op mijn werk te komen.

We krijgen vandaag een brugklas, en we zijn behoorlijk zenuwachtig. Ik geef het toe, Rose niet. Maar waarom kost het haar anders tien minuten om lippenstift op te doen? Om te beginnen komt de groep van een privémeisjesschool in London, en meisjes kunnen behoorlijk angstaanjagend zijn. Vooral als het er zoveel zijn. En als ze op een privémeisjesschool zitten, zijn ze meestal ook nog eens rijk. En tien rijke meisjes van twaalf, dat is knap griezelig. En wat we ook in ons achterhoofd hebben zonder dat we erover praten, is dat deze meisjes van de brugklas net zo oud zijn als Taylor. En voor hetzelfde geld ís een van hen Taylor.

Een paar jaar geleden kwam er eens een groep zesdeklassers uit Oil Springs, en daar zat een meisje bij dat me een beetje aan mezelf deed denken. Iets in haar manier van bewegen en de kromming van haar wenkbrauwen en haar lippen en hoge jukbeenderen. Ik zei er iets over tegen Rose. We slaagden erin om wat dichterbij te komen en haar eens goed te bekijken, maar Rose zei dat het haar dochter niet was omdat ze het anders had geweten. Dan zou ze iets herkenbaars in haar ogen hebben gezien, zei ze. En die avond in bed zei ze dat ik dat niet meer moest doen, meisjes aanwijzen die Taylor konden zijn.

Ik schaamde me dood dat Rose me erop moest wijzen dat het eigenlijk nogal wreed was wat ik had gedaan, dus ik lachte haar uit omdat ze daar zo lichtgeraakt over was, omdat we toch vrijwel zeker wisten dat Taylor door iemand in Michigan was geadopteerd en niet zo een-twee-drie de bibliotheek van Leaford zou binnenwandelen. Had ik dat maar niet gedaan.

Nick brengt ons vandaag naar ons werk. Hij is de laatste tijd erg behulpzaam.

Rose wil dat ik hem vraag waarvoor hij in de gevangenis heeft gezeten. Ik probeer ergens de moed vandaan te halen.

WE ZIJN WEER THUIS

Het was na tweeën 's nachts toen we op de terugreis van Oost-Europa Rural Route 1 in sloegen. Ruby was diep in slaap, maar ik was alles wat er in Grozovo was gebeurd aan het opslaan, zoals schrijvers dat doen. Ik werkte dingen uit, borduurde erop voort, en ik was zelfs al een paar kleine details aan het veranderen. Onderweg in de vertrouwde duisternis van Baldoon County, waar de hemel hoog was en afgeladen met sterren, wierp tante Lovey een blik in de richting van de cottage van de Merkels. 'Er is iets aan de hand,' zei ze. En alsof ze zojuist een noodkreet had gehoord, voegde ze eraan toe: 'Omdraaien, schat. Rij naar de Merkels.'

Oom Stash gooide het stuur om en met de adrenaline door zijn aderen jagend volgde hij de slingerende weg die met een scherpe bocht in een andere weg overging in de richting van de oprit naar de Merkels, en intussen vroeg hij zich af waarom het huis van de buren zo verlicht was als een kerstboom. Zodra Sherman Merkel onze auto hoorde, kwam hij het huis uit gerend. Hij informeerde niet waarom we een week eerder dan afgesproken uit Slowakije terug waren.

'Ze ligt binnen te krimpen van de pijn,' zei hij ademloos. 'De vrachtwagen sloeg niet aan,' voegde hij er bij wijze van verklaring aan toe. 'Ik zit op de ambulance te wachten, maar ze kunnen het huis kennelijk niet vinden.'

Het was overdag ook moeilijk om op het platteland een huis te vinden als je de omgeving niet kende. (Tegenwoordig heeft elk huis aan de weg een bordje met een nummer erop staan zodat het in geval van nood snel kan worden herkend, maar tien jaar terug kon een chauffeur een huis nergens aan herkennen.) En 's nachts was het vrijwel onmogelijk om een huisje als dat van de Merkels, dat een eind van de weg achter een stel bomen lag, te vinden. Vooral omdat de oprit van de Merkels niet dezelfde was als die van ons.

'Hoe lang zitten jullie al te wachten?' vroeg tante Lovey, terwijl ze snel uitstapte en naar het huis rende.

'Een halfuur. Meer. Ik weet niet. Ik heb drie keer gebeld.'

Oom Stash trok het portier dicht en meer hoorde ik niet. Vanuit de auto zagen oom Stash en ik schimmen langs de ramen bewegen. We zeiden geen van beiden iets, maar we moeten hetzelfde hebben gedacht: wat een geluk dat wij net langskwamen.

De deur ging open en bleker, dunner en langer dan ik me haar van de laatste keer herinnerde, kwam mevrouw Merkel naar buiten gestrompeld. Tante Lovey en meneer Merkel hielden haar stevig vast terwijl zij een met bloed doordrenkte handdoek tussen haar kromme benen geklemd hield.

'Ik heb de auto nodig, Stash,' zei tante Lovey bedisselend. 'Sherman brengt ons naar het ziekenhuis. Blijf jij hier maar met de meisjes wachten. Ik zorg dat Cathy goed wordt opgevangen en dan kom ik jullie ophalen.'

Oom Stash knikte en stapte uit om plaats te maken voor meneer Merkel. Daarna kwam hij ons helpen uitstappen.

'Wakker worden, Ruby,' zei ik. 'We zijn bij de Merkels.'

'Ik ben wakker. Gaat mevrouw Merkel dood?'

Oom Stash hield me bij mijn arm vast en loodste Ruby en mij door de diepe sneeuw naar de glibberige veranda. We hadden mevrouw Merkel met de bloederige handdoek gezien, dus echt verbaasd waren we niet toen we de voordeur opendeden en naast de laarzen van meneer Merkel een plasje bloed zagen en een spoor van bloeddruppels dat door de kleine gang naar de keuken achter in het huis leidde. Als een stel dieren volgden we het spoor en op een van de keukenstoelen troffen we een behoorlijke hoeveelheid bloed aan. Als je een bedreven technisch rechercheur was, had je uit de manier waarop het bloed in de barsten van de houten zitting was getrokken kunnen afleiden hoe lang het daar had gelegen. Voor de bebloede stoel stond een kop thee. Thee waar stoom van afsloeg, dus net gezet. Mevrouw Merkel was een praktisch type en ze had op de wreedst denkbare manier geleerd dat in paniek raken absoluut nergens goed voor is. Dus had ze Sherman gevraagd om thee te zetten terwijl zij aan de keukentafel langzaam zat dood te bloeden.

Er bewoog iets achter het gordijn dat voor de weckpotten hing. Er klonk gekrabbel op de grond. Oom Stash stak zijn hand uit naar de bezem die achter de koelkast stond. 'Ellendig stuk *koerva*,' zei hij en hij stapte met grote passen op het fladderende gordijn af. Als hij op dat moment een muis had kunnen doden, was hij misschien een klein beetje verlost van de teleurstelling, het schuldgevoel, de angst of wat er dan ook door hem heen ging.

'Zo gaat haar vitrage kapot,' gilde Ruby toen hij de bezem optilde. En godzijdank zag Ruby kans oom Stash ervan te weerhouden naar de gordijnen uit te halen, want het was geen muis die achter de gordijnen aan het rondhuppelen was, maar een puppy. Een klein straathondje met reusachtige, bruine ogen. Oom Stash pakte het hondje aan zijn nekvel op en vroeg: 'Wat moeten we nu met jou aan?'

'We moeten hem wel mee naar huis nemen,' riep Ruby.

'Mij best,' zei oom Stash.

'Hij is te klein om in de schuur te stoppen.'

'Mij best,' zei oom Stash.

'Hij kan bij ons op de kamer,' jammerde Ruby, die niet echt in de gaten had dat oom Stash helemaal niet protesteerde.

We stonden niet op toen we uren later de auto op de oprit hoorden. 'Een joekel van een vleesboom,' zei tante Lovey toen ze de deur opendeed.

Ik zal niet net doen alsof ik begrijp wat er zich tussen oom Stash, tante Lovey en mevrouw Merkel afspeelde. Maar ik zal nooit vergeten hoe tante Lovey op dat moment vol medelijden haar jas liet vallen en op hem afstapte om hem in haar armen te nemen en de tranen van zijn rode wangen te kussen. 'Ze gaat het redden,' zei ze. 'Je.'

De puppy, die opgerold op mijn schoot had liggen slapen, werd wakker en zodra hij tante Lovey ontwaarde, sprong hij op de grond om achter haar kousenvoeten aan te hobbelen. 'Schattig hoor,' zei ze sarcastisch.

'We nemen hem mee naar huis, tante Lovey,' zei Ruby.

Tante Lovey tuitte haar lippen maar zei niets.

Tegen de tijd dat we thuis aankwamen, was het ochtend, en een helderder dag dan ik ooit had meegemaakt, met een zon die de vlakke sneeuwkorst zo fel bescheen dat de akkers net zilveren meren leken. Ik vond het afschuwelijk dat de kraaien het waagden te landen en zomaar op mijn illusie rondstapten. We werden pas de week daarna terug verwacht en nu mevrouw Merkel uit haar baarmoeder bloedde, was meneer Merkel er nog niet aan toegekomen om een pad naar onze voordeur te ploegen of te scheppen, en de boerderij was zo compleet met sneeuw bedekt dat hij vrijwel onherkenbaar was. Met alles wat er was gebeurd leek het wel of we jaren in plaats van dagen waren weggeweest.

Elke winter bevror onze landweg en dan kwam hij omhoog om de aarde op te tillen tot een lappendeken van voren en ribbels. Oom Stash hobbelde met de auto over de ribbels maar zag geen kans onze oprit op te rijden, omdat de sneeuw daar zo hoog opgewaaid lag. Dus hij zette hem midden op de weg neer en wij stapten uit een auto vol bagage van onze reis en met de sleutels in het contact voor het geval meneer Merkel (of de sneeuwruimers van de county) langskwamen en hem moesten verplaatsen. We begrepen best dat we de rest van het stuk naar huis moesten lopen en piekerden er niet over om vragen te stellen of te klagen. Tante Lovey stopte de puppy (die Ruby en ik Scruffy hadden gedoopt) onder haar jas en hield hem tegen haar borst, als een teerbeminde slapende zuigeling, en zo stapte ze door de maagdelijke sneeuw.

We hadden dagenlang niet goed geslapen, en de afgelopen dag helemaal niet, maar we hadden geen van allen zin om naar bed te gaan. Tante Lovey hield zich met de puppy bezig. Ze hield hem tegen haar hals en maakte intussen een blikje stevige soep met vlees voor hem warm. (Ik kon er niet tegen om tante Lovey van die hond te zien houden. Het sloeg niet alleen nergens op om haar samen met dat dier te zien, maar het was ook nog eens hoogst gênant zoals ze hem als een baby behandelde. En natuurlijk was ik waanzinnig jaloers op de vriendschap die ze zo onmiddellijk hadden gesloten.) Tante Lovey smeekte oom Stash het niet te doen, maar toch zocht hij de sneeuwschop en zijn ijsmuts op om een pad in de sneeuw vrij te maken. Ruby zette de televisie aan en ik mijn computer, om een brief aan Taylor te schrijven, die begon met een beschrijving van onze reis naar Slowakije en eindigde in een vloedgolf van spijt dat ik haar nooit had gekend en zij mij nooit zou kennen.

In de daaropvolgende dagen werd duidelijk dat Scruffy alleen tante Lovey zag staan, die trouwens ook weinig deed om zijn aanhankelijkheid te ontmoedigen – om niet te zeggen dat ze die aanmoedigde door het dier van haar bord op tafel te eten te geven en hem op een handdoek aan haar voeteneinde te laten slapen. Tante Lovey was van een gematigd dierenliefhebber in een heftige Scruffy-aanbidster veranderd. Als ze dacht dat niemand het kon horen zei ze baby tegen de pup.

Volgens mij liet ze hem ook op haar duim zuigen. Toen oom Stash zei dat hij jaloers was omdat het dier al haar affectie opeiste, lachte tante Lovey alleen maar en zei: 'Ach, het is maar voor een paar weken.'

Ruby en ik ergerden ons kapot aan alle aandacht die tante Lovey aan de hond schonk, maar wat ons echt stapelgek maakte was het geblaf. Stil, Scruffy. Stil. We hebben het vast een miljoen keer gezegd. En Scruffy leek echt net een baby, want tante Lovey hoefde de kamer maar uit te gaan of hij zette het op een blaffen. En vanachter het raam in de hobbykamer naar de kraaien. En als hij naar buiten wilde om te plassen, en dan plaste hij nog op de vloer om te laten zien dat hij de baas was. Tegen het eind van de tweede week wilden we de hond dolgraag kwijt, om tante Lovey weer voor onszelf te hebben en weer een beetje rust te krijgen.

Ik hoorde meneer Merkel tegen tante Lovey zeggen dat zijn vrouw gevraagd had om haar vleesboom op sterk water te zetten. Ik vroeg me liever niet af waar ze díe pot ging neerzetten. Ruby vond het walgelijk dat mevrouw Merkel haar gezwel wilde bewaren, maar ik begreep die fascinatie best. Ik vroeg me af of mevrouw Merkel haar vleesboom misschien op haren, tanden of ogen wilde onderzoeken om te zien of het niet alweer een kind was dat haar was ontnomen.

De hysterectomie leverde complicaties op. Op de dag dat mevrouw Merkel het ziekenhuis zou verlaten, kreeg ze weer een bloeding. In de winter was er niet veel te doen op de boerderij, dus meneer Merkel bracht zijn dagen aan het bed van zijn vrouw door met het voorlezen van boeken die hij uit de bibliotheek had gehaald, of anders deed hij er het zwijgen toe. Oom Stash bracht plastic bakken met macaronisalade van de winkel mee en de twee mannen praatten over de Red Wings en bespraken welke spelers de Tigers zouden moeten aantrekken. Tante Lovey ging minder vrijwilligerswerk doen om meer bij de hond te kunnen zijn. Ik was in die tijd een stortvloed aan gedichten aan het schrijven dus wie moest die verdomde hond anders uitlaten dan tante Lovey? Sherman Merkel wist niet hoe hij Ruby en mij moest bedanken omdat we op Scruffy pasten, en we lieten nooit merken dat het eigenlijk tante Lovey was die aan hem gehecht was geraakt.

In de lente kwam mevrouw Merkel uit het ziekenhuis om thuis verder aan te sterken, maar ze was nog te zwak om voor de energieke pup te zorgen en waarschijnlijk besefte ze ook wel dat het háár hond niet was. Tot onze grote ellende vroeg meneer Merkel tante Lovey of ze Scruffy nog een tijdje wilde houden, wat natuurlijk eigenlijk tot in lengte van dagen betekende, dus we zouden nooit van dat helse geblaf afkomen.

Ruby wees me erop dat zij en ik indirect Cathy Merkels leven hadden gered, want als wij die nacht niet met neef Jerzy waren meegegaan, hadden we misschien niet die hele toestand in het dorp veroorzaakt en had oom Stash misschien wel het huis gevonden waarnaar hij op zoek was en zou hij de sneeuwstorm niet als excuus hebben aangegrepen om eerder terug te gaan. Dan waren we in Slowakije gebleven en was Cathy Merkel aan haar keukentafel doodgebloed. We vroegen ons af of mevrouw Merkel enige dankbaarheid zou koesteren als ze het wist, of alleen maar nog meer weerzin. Ik dacht dat de kansen ongeveer gelijk lagen.

Hoe indirect ook, ik denk inderdaad dat Ruby en ik Cathy Merkel het leven hebben gered, maar als we daar verantwoordelijk voor zijn, zijn we dan niet net zo verantwoordelijk voor alles wat er is gebeurd omdat zij in leven was gebleven?

'Alles wat er is gebeurd begon met een plasje. Niet het eerste plasje hondenpies dat tijdens Scruffy's verlengde verblijf op de keukenvloer terechtkwam (tante Lovey had altijd de ammonia bij de hand om de pliesjes, zoals zij ze noemde, weg te halen) en ook zeker niet het laatste. Het was voorjaar. De seringen waren een week te vroeg uitgekomen, en tante Lovey was naar buiten gegaan om een flinke bos van de geurige dieppaarse soort te plukken, omdat oom Stash die het mooist vond. Ze was ze in de melkglazen vaas aan het schikken die ze nog van Verbeena had, en had niet op Scruffy's geblaf gelet en niet gemerkt dat hij op de oude linoleum vloer had geplast. Tante Lovey had ons binnen geroepen voor het avondeten en bij het binnenkomen was oom Stash op de plas uitgegleden. Hij viel voorover in plaats van naar achter en kwam met zijn volle gewicht op zijn rechterknie terecht. Ik rook de weeë paarse seringen, toen Ruby en ik binnenkwamen en oom Stash jankend van de pijn op de grond zagen liggen.

De knieschijf was verbrijzeld, pezen waren gescheurd en banden beschadigd. Oom Stash zou nooit meer van die val herstellen. Zonder stok kon hij geen stap verzetten en als hij over nat gras liep, werd hij duizelig. Hij kon nog geen drie treden nemen, laat staan een hele trap, en het ergste was nog dat hij geen auto meer kon rijden, aangezien het zijn rechterknie was.

'Pak een man zijn auto af. Hak zijn *tsjuj* af. Is hetzelfde,' zei oom Stash tegen tante Lovey, toen hij dacht dat Ruby en ik het niet konden horen. 'Zo'n lekker karretje, die Merc.' (Oom Stash was net klaar met het opkalefateren van een tweedehands Mercury Marquis en hij had er maar een paar keer mee gereden.)

Later zagen we oom Stash aan de lange vurenhouten tafel een brief aan neef Marek zitten schrijven. Ik vroeg of hij ook had geschreven over zijn tegenslag met de pies en de knie en dr. Ruttle die zegt dat hij niet meer kan autorijden. Ruby zei dat de Slowaakse familie óns waarschijnlijk de schuld zou geven van zijn pech. Daar moest oom Stash om lachen, maar vervolgens verborg hij zijn gezicht in zijn handen en wilde hij ons niet meer aankijken. Ik vond zijn zwakte heel verwarrend, en niet alleen zijn lichamelijke zwakte maar ook zijn volslagen gebrek aan ambitie. Hij was zo sterk en zo dapper. Hoe kon hij nou toch zo het bijltje erbij neergooien alleen maar omdat hij geen auto meer kon rijden? Ruby raakte zijn arm aan en zei: 'Tante Lovey heeft voor vanavond verse asperges gestoken.'

Oom Stash keek op. Ik dacht nog even dat hij misschien de ernst van onze handicap zou zien, als hij ons zag en zou beseffen dat zijn eigen handicap best draaglijk was. (Op de televisie zie je dat de hele tijd.) Maar zo ging het niet. Hij verdroeg glimlachend Ruby's medelijden en zei: 'Je hebt geen idee wat betekent om auto te rijden, Ruby. Je hebt echt geen idee.'

Al voordat het werd uitgesproken, wisten Ruby en ik dat we niet nog een seizoen in de boerderij konden blijven, omdat de trappen, het natte gras en het zich van a naar b verplaatsen een te grote opgave voor onze gehandicapte oom Stash werden. Op een dag kort voor onze verjaardag kondigde tante Lovey aan dat het tijd werd om naar de bungalow te verhuizen. Ze zei het heel eenvoudig, maar het klonk zo definitief dat het hele idee me de adem benam. Naar de bungalow verhuizen.

Ik wist dat Ruby en ik ooit in de bungalow zouden wonen. Ik had ons daar al voorgesteld als Zuza en Velika, de vrijgezelle zussen van Chippewa Drive. Ik had nooit verwacht dat oom Stash en tante Lovey daar samen met ons zouden wonen. Nooit gedacht dat ons leven die wending zou nemen.

'In de stad wonen heeft allerlei voordelen. Let maar eens op,' zei tante Lovey.

'O.' Het was helemaal niet mijn bedoeling om nukkig te klinken.

'En ik hoop dat je niet gaat zitten mokken, Rose. Niet alles draait om jou.'

(Even terzijde: als we hadden geweten dat dit ons laatste jaar in de boerderij was, wat hadden we dan allemaal anders gedaan? Tante Lovey had misschien meer tijd aan de vurenhouten tafel doorgebracht. Vaker de geur van de bloemen opgesnoven. Meer versgeplukte tomaten en mais gegeten. Langere wandelingen door de bergamot gemaakt met Scruffy aan haar hielen, als de jonge moeder die ze nooit was geweest. En Ruby? Dat is makkelijk. Die had meer tijd op de akkers willen doorbrengen, op zoek naar pijlpunten en benen zuigpijpen. Oom Stash zou meer foto's hebben gemaakt. Er waren vast wel een paar gezichtspunten die hij gemist had. Een manier om naar de boerderij te kijken die niemand hem nadeed. En wat zou ik anders hebben gedaan? Ik zou beter naar het gezoem van de aarde hebben geluisterd en beter op zijn rotatie hebben gelet. Ik zou nog veel meer mijn best hebben gedaan om de botten van Larry Merkel te vinden.)

Er was geen discussie of we Scruffy wel of niet mee naar de bungalow zouden nemen. Hij zat eeuwig overal achteraan: kraaien, auto's, eekhoorns. Het was een plattelandshond die de beperkingen van Chippewa Drive niet zou hebben overleefd. Dus ging hij terug naar mevrouw Merkel, een ongemakkelijk weerzien dat aan een ontrouwe echtgenoot deed denken die met de staart tussen de benen naar zijn vrouw terugkeert. We lieten ze blaffend en zwaaiend achter op het bruggetje over de beek. Tante Lovey liep terug naar de Mercury met droge ogen over het veld, een zelfbeheersing die ik toeschreef aan haar jarenlange ervaring als verpleegster.

Dat was de laatste keer dat we mevrouw Merkel met hond zagen.

Rose had vannacht koorts. We weten eigenlijk niet waarom. Ze heeft iets ingenomen en vanochtend was de koorts weer verdwenen, dus we denken dat het niets met de hersenen te maken heeft. Het zal wel iets zijn geweest wat ze heeft gegeten. Ze is haar reukvermogen kwijt en heeft de laatste tijd in de raarste dingen trek. Het lijkt wel of ze niet meer kan bepalen of iets bedorven is. De laatste paar weken heeft ze alsmaar zin in karwijbrood. Dat komt vast doordat ze over Slowakije schrijft.

Rose is zichzelf niet meer. Ze is veel spraakzamer dan anders. Ik ben anders altijd de kletser, maar de laatste tijd ben ik juist nogal zwijgzaam, en die verwisselde rollen zinnen me helemaal niet. Het komt doordat Nick hier nogal veel over de vloer komt, en zij hebben veel gemeen. Ik heb niet veel met Nick gemeen. Ik vind hem eigenlijk nogal irritant, al kan ik er niet precies de vinger op leggen wat ik dan zo irritant vind. Natuurlijk ben ik jaloers omdat Rose zo veel aandacht aan Nick besteedt. Al is het geen verliefderige aandacht. Hij is oud en absoluut niet Rose haar type. En bovendien weet ik bijna zeker dat hij een vriendin heeft, in Windsor. Die cowboylaarzen op zaterdag zeggen genoeg.

Rose en Nick hebben het over boeken. Als je Nick zo hoort, zou je denken dat hij elk boek dat ooit is geschreven heeft gelezen. Je wordt kennelijk nogal literair als je een tijdje opgeborgen zit. Hij heeft in de federale gevangenis in Kingston gezeten. Ik neem aan dat tante Lovey en oom Stash wisten waarvoor Nick zat. Nonna wist het natuurlijk, en die heeft het hun vast verteld, maar zij hebben het niet aan Rose en mij doorverteld. Oom

Stash en tante Lovey hebben Nick nooit ontmoet. Hij kwam pas na hun overlijden voor Nonna zorgen. Nicks zoon Ryan heeft ook een tijdje in Kingston gezeten. Nick heeft hem niet eens opgevoed, en toch is hij misdadiger geworden.

Nick en Rose hebben het ook over sport. Dat heb ik liever dan die gesprekken over boeken en schrijvers, want dan klinken ze zo dikdoenerig. En als ze het over sport hebben, klinken ze tenminste bevlogen en geven ze nog weleens een originele gedachte ten beste.

In sommige opzichten heeft Nick kennelijk de plaats van oom Stash ingenomen. Misschien is dat wat me niet aan hem bevalt. Misschien ben ik daarom jaloers. Omdat Nick die plaats wel voor Rose kan innemen maar niet voor mij.

Nick en Rose hebben het ook over Nonna. Aan die gesprekken doe ik soms mee. Nonna staat op de wachtlijst van het verzorgingstehuis in de buurt van Rondeau. Dat staat op een rotspunt vlak bij het water en het lijkt wel een landhuis. Een hoop ramen en uitzicht op het meer.

Gisteravond kwam Nick langs en ze bleven maar dooremmeren over de World Series, alsof ze het daar nog nooit over hebben gehad. Ik ben nooit zo'n fan van honkbal geweest en ik zou het ook nooit tegen Rose zeggen, maar ik vond het dit jaar echt leuk om naar de World Series te kijken. Helemaal de wedstrijd om het kampioenschap van de American League tussen de Yankees en de Bosox. Sinds een fan lang geleden een vloek over de Bosox heeft uitgesproken omdat de eigenaren Babe Ruth hadden verkocht, heeft de ploeg niet één World Series meer gewonnen. Oom Stash zou genoten hebben van deze kampioenschappen. Hij had al pivo's drinkend met Rosie zitten kijken en om de haverklap met zijn vuist op tafel geslagen. Hoofdschuddend had hij de pitcher van de Bosox de hemel in geprezen omdat hij met een gebroken enkel gewoon doorspeelde. Hij was uit zijn stoel gesprongen omdat de Sox iets deden wat nog nooit was vertoond, namelijk terugkomen terwijl ze zwaar achterstonden. Iedereen dacht dat de Sox vervloekt waren. Ik geef niks om honkbal en toch geloofde ik het. Rose ook. En oom Stash zeker.

Toen Nick weg was, verwachtte ik dat Rose zou willen schrijven, maar ze maakte niet eens haar computer open. Ze wilde liever praten. Ze stelde me allemaal vragen over hoe ik mijn leven zie, als een opeenvolging van kleine drama's, verhalen binnen een verhaal, of als iets wat doorloopt, een lang verhaal met een spannende intrige? Ik heb nog nooit op een bepaalde manier over mijn leven nagedacht. Mijn leven is in elk geval zeker niet een stel losse verhalen. Of iets spannends, al is het dat eigenlijk wel. Eigenlijk heeft iedereen een spannend leven. Ik leef gewoon. Ik laat mijn gedachten niet over mijn verleden gaan. Ik maak me geen zorgen over mijn toekomst. Ik probeer alleen van moment tot moment in vrede te leven. Zo leid ik mijn leven en zo kijk ik er ook tegenaan. Ik heb de hele nacht wakker gelegen om dat uit te puzzelen.

Ik probeer Rose te steunen, maar ik kan het niet laten om me af te vragen hoe groot de kans is dat iemand dit ooit leest. Misschien dat Roz het wil lezen. En Nick. Maar Nonna niet. Al zou Nonna nog steeds Nonna zijn, dan zou ze nog niet over het leven van Rose willen lezen. Ze heeft ons zien opgroeien. Neem van mij aan dat ze de leuke stukken al kent. Nonna hield van damesromans. Ik vraag me af wie die Fjodor toch is. Ze vraagt de hele tijd naar Fjodor. Fjodor. Volgens Nick is het een jongen uit haar dorp in Italië. Van voordat haar familie verhuisde en ze met de vader van Nick trouwde. (Rose maakt er een hele tragedie van dat Nonna om Fjodor roept. Ze heeft een hele romance voor Nonna bedacht. Waarom zou Fjodor een verloren geliefde moeten zijn? Hij kan net zo goed het jochie zijn die haar geit heeft doodgemaakt. Of de jongen die spaghetti door zijn neus kon opsnuiven, waarover ze heeft verteld.)

Nick vertelde Rose dat hij over monniken had gelezen die met gekleurd zand prachtige mozaïeken maken. Als zo'n mozaïek af is, laten ze het door de wind wegblazen. Toen ik zei dat ik dat tijdverspilling vond, zei Nick dat kunst geen product is maar een ervaring. Dat heeft hij dan zeker ergens gelezen. Nick doet aan metaalbewerking, in Nonna's garage. Hij maakt sculpturen die hij overal ophangt. Dat zal hij wel in de gevangenis hebben geleerd, maar dat ga ik hem niet vragen. Hij probeert ze niet eens te verkopen; niet dat dat hem zou lukken, want die dingen zullen nou niet bij iedereen in de smaak vallen.

Nick is op het moment de grote filosofen aan het lezen, waar ik een beetje van over mijn nek ga. Hij zegt dat alle filosofen hetzelfde aanraden: hard werken, het juiste doen, en je geen zorgen maken over wat de gevolgen zijn. Volgens hem hebben we geen invloed op wat er gebeurt. En daar zit natuurlijk wel wat in. Hij zit vol citaten, als je begrijpt wat ik bedoel. Je snapt wel waarom Nick en Rosie bevriend zijn.

Maar het blijft geweldig dat Nick die kruk voor ons heeft gemaakt, want ons leven is er een stuk makkelijker van geworden. We waren al bang dat we de bibliotheek eraan moesten geven omdat Rose zo vaak hoofdpijn heeft en niet slaapt, maar door de kruk wordt haar rug een beetje minder belast. Het zou zo'n teleurstelling voor de kinderen zijn als we bij het voorleesuurtje zouden ontbreken. Het kunnen ettertjes zijn, maar ik ben dol op kinderen.

Meneer Merkel kwam gisteren kijken hoe het ervoor stond met die advertentie voor een boerenknecht die hij op het prikbord heeft opgehangen. Hij kon gewoon niet geloven dat niemand zo'n flapje met zijn telefoonnummer had afgescheurd. Er zijn in Baldoon County een hoop werklozen, maar het werk op de boerderij is zwaar en er zijn nu eenmaal niet veel mensen die boerenknecht willen zijn, en al helemaal niet in de winter, wanneer er niet veel te doen is en alles wat je moet doen in de kou moet gebeuren.

Rose is nog aan het verhaal bezig over wat er in Slowakije is gebeurd. Ze is er al drie, vier weken aan bezig. Het lijkt wel of ze er gek van wordt. Ze schrijft nu zo langzaam dat ik me afvraag of ze wel een bladzijde per dag haalt.

Die reis naar Slowakije was behoorlijk bizar. Niet dat er niet een paar leuke dingen waren, maar eigenlijk hadden we naar tante Lovey moeten luisteren en niet moeten gaan. Oom Stash zou in zijn eentje veel meer van de reis hebben genoten. Misschien had hij dan gevonden wat hij zocht, in plaats van de hele tijd Rose en mij te moeten verdedigen. Waarom zou je vier weken lang over een hele zooi misverstanden en nare gevoelens schrijven? Er zijn zo veel meer fijne en gelukkige dingen in ons leven.

Rose vindt dat het haar niet goed gelukt is om te beschrijven hoe doodsbang we in Grozovo waren toen die idioot ons meenam naar die vrouw met haar tweeling. En over wat er daarna gebeurde, toen we dachten dat die bejaarde dames ons in de vijver wilden verzuipen. Ze vroeg me of Jerzy echt zo sexy was als zij zich herinnerde. En dat was hij. Sexy en griezelig tegelijk. Net Nick.

Rose is ook bang dat ze tante Lovey en oom Stash niet goed beschreven heeft. Als ze klaar is met de Slowaakse reis, gaat ze weer helemaal terug naar het begin om te kijken of ze een betere manier kan bedenken om onze ouders voor te stellen. Ze vroeg hoe ik tante Lovey zou beschrijven. Niet hoe ze eruitzag maar wie ze was. En meteen schoot me iets te binnen wat vlak na onze verhuizing naar het huisje in Leaford is gebeurd. Op een dag dat Rose en ik van een bezoek aan de bibliotheek thuiskwamen, troffen we tante Lovey in de achtertuin aan, waar ze met een pot blauwe latex en een roller de matras van ons bed aan het verven was. Ze zweette als een otter en stond met een hand tegen haar pijnlijke rug gedrukt die afschuwelijke blauwe verf over de pies-, bloed- en kotsvlekken op onze oude matras te rollen. Rose en ik barstten in lachen uit toen we haar zagen, al moet ik toegeven dat ik me ook bezorgd afvroeg of ze net als Nonna van hiernaast Alzheimer had gekregen. We vroegen wat ze aan het doen was, en zij vertelde dat onze nieuwe matras van Sears net was gearriveerd en dat de oude dus aan de stoeprand moest worden gezet, en dat ze onmogelijk heel Leaford van de pies-, kots- en kwijlvlekken kon laten meegenieten. Volgens mij was dat tante Lovey ten voeten uit.

Ik vind het lastiger om voor oom Stash één enkel ding te bedenken. Bij hem denk ik altijd meteen dat hij zo knap was. Ook toen hij oud werd en zijn haar kwijt was. Oom Stash nam Rosie en mij eens mee naar het park en hij was foto's van boombast of zo aan het maken toen iemand 'Hé, Stan' riep. We wisten dat het iemand van zijn werk moest zijn, omdat alle slagers bij Vanderhagen hem Stan noemden. Vreemd genoeg verstopte oom Stash zijn fototoestel voor hij zich naar de man omdraaide en pas toen die vertrokken was, begon hij weer foto's van de boom te maken. Toen we klein waren, vertelde oom Stash op Slowaakse avonden altijd over toen hij als jongen in Slowakije woonde. Wat er bijvoorbeeld op Sint-Ondrej gebeurde toen oom Stash en zijn nichtje Velika gesmolten lood in ijskoud water goten. Het lood wordt heel snel hard en dan wordt je toekomst bepaald door de vorm die het lood krijgt. Het was een ritueel dat meestal door de dorpsmeisjes werd uitgevoerd, die in de vorm van het afgekoelde lood de vorm van het gezicht te zien kregen van de man met wie ze zouden trouwen. Velika wilde weten of ze met Boris Domenovsky of met Evo Puca zou trouwen. Oom Stash plaagde haar, want hij wist dat ze hoopte dat het lood op Evo zou lijken. Ze liet het vloeibare lood langzaam van de lepel lopen en was bijna klaar toen oom Stash per ongeluk tegen haar arm stootte. Er vielen twee klodders lood in het water in plaats van een, en ze wisten allebei dat het een heel slecht voorteken was. Nicht Velika en oom Stash ruzieden over de betekenis van de twee klodders, en zelfs of het over haar of over zijn toekomst ging. De volgende dag kwamen de twee oudere broers van oom Stash om toen een mijnschacht instortte. Oom Stash vond bijgeloof anders altijd maar belachelijk. Rose en hij sloegen altijd nadrukkelijk hun ogen ten hemel als tante Lovey en ik het over buitenzintuiglijke waarneming, geesten of vroegere levens hadden, maar als hij zijn verhaal over de twee klodders gesmolten lood vertelde, kon je zien dat hij doodernstig was. Daar geloofde hij heilig in. Net zo goed als in de vloek die op de Bosox rustte.

SCHRIJVERS EN HONKBAL

Nick heeft makkelijk praten als hij zegt dat het er niet toe doet of mijn verhaal wel of niet ooit zal worden gelezen. Hij zegt: 'Dat je het geschreven hebt, dat moet genoeg zijn, Rosie.' Maar ik wil meer. Veel meer. Ik wil dat deze verzameling woorden zich transformeert tot beelden van Ruby en mij. Ik wil dat we als oude bekenden in je herinnering voortleven.

Onsterfelijkheid?

Oui.

Tover me maar te voorschijn.

Ruby geeft niets om honkbal, al is er zo-even dan nog zoiets onvergetelijks gebeurd. Ze hadden in Hollywood geen beter einde voor dit honkbalseizoen kunnen schrijven, maar dat is haar nauwelijks opgevallen. Dat neemt niet weg dat ze niet heeft geklaagd over al die avonden honkbal met Nick. Mijn zus en ik zijn de laatste tijd geweldig inschikkelijk tegenover elkaar. Hadden we maar elke dag geleefd alsof het onze laatste was. (Zij protesteert niet tegen honkbal en ik niet tegen gepocheerde eieren. Daar heb je even niet van terug, hè?)

Het was niet bepaald het beste seizoen van de Tigers, maar het is een jonge ploeg en ze zijn ontzettend veelbelovend. Ik was dit jaar bijna mijn belangstelling voor honkbal kwijtgeraakt, totdat de kampioenschappen van de American League begonnen. Ik was zeker te veel met iets anders bezig. Maar deze World Series heeft mijn hartstocht weer doen oplaaien. Ik besef dat ik echt in die vloek geloofde die op de Boston Red

Sox zou rusten. (Je hoeft tegen sportliefhebbers alleen maar 'Bill Buckner' te zeggen, en je ziet zo aan hun gezicht dat ze geloofden in die vloek.) Dus wat heeft er dan verandering in dat noodlot gebracht? Waarom is de vloek verbroken? Hoe? We zullen het nooit weten.

Door dat samen met Nick naar honkbal kijken mis ik oom Stash weer zo. Hij had het geweldig gevonden om met Ruby, Nick en mij te zitten kijken hoe de Red Sox die ongelofelijke overwinning binnenhaalden. (Alleen zou Nick hier dan niet zijn geweest. Oom Stash had vast niets van Nick moeten hebben. Volgens mij had hij hem hier nooit binnengelaten. Hij had hem niet bij Ruby en mij in de buurt willen hebben.)

Euforisch. Toen de Sox wonnen, was ik euforisch. Euforisch zijn is sowieso al niet verkeerd, maar het is nog heel iets anders om dat met een ander te delen. Ik denk niet dat er veel mensen zijn die het gevoel kennen. De spelers wel. En helemaal als ze winnen. En de fans ook. Daarom kopen we ook al die spullen. Euforie. Toen de Sox wonnen, had ik even het gevoel dat ik in de hemel was. En die hemel bevond zich in de hobbykamer van de oude boerderij, met het bruinoranje tapijt en de grote tv, en daar had je oom Stash in zijn onderhemd, met een pivo in zijn hand en de rook die uit zijn pijp opsteeg. En maar juichen voor Johnny Damon en Big Papi. Pure euforie.

Na de wedstrijd, toen Nick inmiddels vertrokken was, gebeurde er iets vreemds en opmerkelijks. We lagen in bed en ik was al bijna in slaap, toen Ruby 'Ernie Harwell' zei. (Ernie Harwell is tweeënveertig jaar radiosportverslaggever bij de Detroit Tigers geweest, en hij is een paar jaar geleden met pensioen gegaan. Wat er zo vreemd aan was dat Ruby die naam zei, was dat ik de hele avond niet op zijn naam had kunnen komen. Ik kon het Nick niet vragen omdat ik niet wilde dat hij me een idioot vond omdat ik me die naam niet kon herinneren – of nog erger, dat hij zich zorgen zou maken uit angst dat die vergeetachtigheid van mijn aneurysma kwam – dus hield ik mijn mond, maar het zat me wel de hele avond dwars. Ik hoorde die uit duizenden herkenbare stem van hem, ik zag zijn gezicht – ook al was hij alleen een stem op de radio, hij bleef herkenbaar, maar ik kon me zijn naam niet herinneren.) Ruby had de vraag in mijn brein gehoord en de naam ergens uit een hoekje in mijn hersenen opgediept, of ze had zich de naam zelf herinnerd, wat nog opmerkelijker was.

Ernie Harwell opende elk seizoen van de Tigers met het citeren van 'Het lied van de schildpad'. Oom Stash fluisterde altijd mee, maar in plaats van 'de tijd van het zingen van de vogels' zei hij altijd 'de tijd van het zinken van vogels'. Oom Stash en ik luisterden net zo vaak op de radio naar een wedstrijdverslag van de Tigers door Ernie Harwell als dat we naar de tv keken. Als ik aan Ernie Harwell denk, ben ik weer met oom Stash in de garage. Olie. Staal. Slowaaks gevloek op Noord-Amerikaanse auto's. Ruby die klaagt omdat ze een bloedhekel aan auto's en honkbal heeft. Toen Ernie Harwell met pensioen ging, rouwde ik weer helemaal opnieuw om oom Stash.

Ik weet nog dat we eens in de winter naar het White Oaks-winkelcentrum in London reden, omdat Pierre Berton daar zat te signeren. Op weg erheen begon het te sneeuwen. Ik vind het afschuwelijk om in de sneeuw te rijden. Ruby zat onder de dramamine en was diep in slaap. Oom Stash begon te vloeken toen een vrachtwagen vlak op onze bumper ging zitten. 'Wat kruip je nou mijn reet in, *koerva* klootzak.' (Koerva betekent 'hoer', maar oom Stash gebruikte het woord voor chauffeurs van elk geslacht en elke gezindte. Je had de koerva's die hem sneden, de koerva's die hem bij het stoplicht te vlug af wilden zijn, en de koerva's die in zijn reet kropen.) 'We moeten terug,' zei hij.

Oom Stash draaide bij de volgende kruising om en reed door de sneeuw naar Thamesville, waar we de sneeuwbui zouden uitzitten voordat we teruggingen naar Leaford. Hij vatte mijn zwijgzaamheid op als een teken dat ik verdrietig was, omdat ik nu geen handtekening in mijn exemplaar van het nieuwste boek van Pierre Berton had.

'Rosie, mijn meisje,' zei hij met een blik via de achteruit-kijkspiegel. En dat klonk toch wel zo lief, want hij zei alleen 'Rosie, mijn meisje' als we met zijn tweeën waren (wanneer Ruby sliep of deed alsof). En wanneer hij dat zei, kreeg hij een blik in zijn zachte bruine ogen waaruit ik opmaakte dat ik zijn lieveling was.

'Niet verdrietig zijn om handtekening,' zei hij.

'Dat ben ik ook niet,' antwoordde ik. Ik had wel tegen hem willen krijsen dat hij op de weg moest letten.

'Toen ik jongen in Windsor was,' begon hij, en hoe gek ik ook op die verhalen uit zijn verleden was, ik was echt bang voor die beijzelde weg naar Thamesville en voor een voortij-dige dood.

'Het komt met bakken uit de hemel.'

Oom Stash keek door de sneeuw, die inmiddels in kleine bolletjes was veranderd die tegen de voorruit sloegen. 'Ik heb vorige week sneeuwbanden om gedaan,' zei hij. 'Het komt geen ongeluk, Rosie van me. Niet bang zijn.'

In de ban van de sneeuwvlokken op de voorgrond en de rode achterlichten daarachter luisterde ik naar het verhaal van oom Stash, eentje dat ik nog nooit had gehoord. Af en toe stierf zijn stem weg alsof hij niet besefte dat hij het hardop zat te vertel-len.

'De eerste zomer ik ben in Canada, ik ga met vijf jongens uit flatgebouw van meneer Lipsky naar Detroit. Joseph, Miro, Dusan en Stevie. Vijf. We gaan naar Tiger-stadion om Tigers tegen Yankees zien spelen. We gaan vroeg want het is dag dat ze signeren, en we willen handtekeningen van Tigers. Maakt niet uit van wie. Hoot Evers, Eddie Lake, Joe Ginsberg, Billy

Pierce, Dizzy Trout. We denken niet dat we tien handtekeningen krijgen. Eentje maar. Dus we gaan naar Tiger-stadion en we gaan naar binnen. Is zo groot. Heel spannend. We gaan naar waar mensen op handtekening wachten. Rij is heel lang. We wachten in rij. En we wachten. En we wachten. Voor ons staat jongen, beetje jonger. Die jongen hoort Miro en mij Slowaaks praten. Die jongen is stomme *kokot*. 'Ga naar huis, stelletje moffen,' schreeuwt hij. 'Jullie hebben oorlog verloren, rotmoffen.' Stevie of Dusan zegt dat we Slowaken zijn – geen Duitsers – maar meer mensen horen ons praten. En nog twee jongens noemen ons moffen. We zijn bijna aan de beurt voor handtekening, dus ik zeg tegen onze jongens, geeft niet. We willen handtekening krijgen. We willen naar wedstrijd kijken. We gaan niet vechten. Goed, dus we lopen met onze honkballen naar voren voor handtekening van spelers. Maar de jongen zegt nog eens dat we moffen zijn en Dusan begint tegen ze schelden, maar in Slowaaks, dus ze begrijpen belediging niet precies. Dan zie ik het. Ik kijk naar de spelers en een fluistert wat naar ander en ze lopen door de gang naar de dugout. We weten niet waarom ze weggaan. Geeft niet. We hebben geen handtekening.'

Na zijn verhaal haalde oom Stash zijn schouders op. Het was me een opluchting dat hij niet vroeg wat de moraal van dit verhaal was. (Wees er altijd op voorbereid dat je helden je zullen teleurstellen? Praat bij een wedstrijd nooit Slowaaks waar *kokot* stommelingen bij zijn?)

Hij richtte zijn aandacht weer op de weg. 'Tante Lovey is vast ongerust, we blijven lang weg,' zei hij.

We keken naar de weg. Ik voelde Ruby naast me spinnen.

'Handtekeningen zijn geen *hovno* waard,' zei oom Stash.

In feite was dat niet waar. En bovendien: wat was dat nu voor een moraal? Ik was benieuwd of er meer kwam. En dat was zo.

'Die dag in het stadion willen we nog wel wedstrijd zien, Rose. We zoeken onze plaatsen op. Is nergens in de buurt, die jongen die ons moffen noemde. Is goede wedstrijd. Spannend. En als Miro pivo gaat halen, omdat hij al een baard heeft en het oudste uitziet, werkt daar Slowaak. Hij geeft Miro pivo gratis. Vier keer geeft hij Miro gratis pivo, omdat zijn baas niet kijkt.'

'O,' zei ik.

'Rosie van me,' lachte oom Stash, 'soms krijg je in het leven geen handtekening. Maar wel...'

Hij zweeg afwachtend, dus ik kwam met: 'Gratis bier?'

'Heel goed,' lachte hij. 'Heel goed.' Hij zette zijn cassette-bandje met Ray Price op en zuchtte, vermoeid maar zedelijk verheven.

Ruby heeft me gevraagd om dit stukje uit een gedicht van Robert Graves op te schrijven. Het heeft me een tijd gekost voordat ik het had opgegraven – zal ik maar zeggen. Volgens Ruby gaat het over archeologie. Volgens mij over schrijven. Ik heb er een bloedhekel aan als we allebei gelijk hebben.

De doden tot leven wekken
is geen geweldige tovenarij.
Slechts weinigen zijn werkelijk dood:
blaas op de kooltjes van een dode
en een vlam zal tot leven komen.

MENSELIJKE TEKORTEN

Ons eerste jaar in de bungalow aan Chippewa Drive was moeilijk, maar niet zo'n zware opgave als ons tweede jaar bleek te zijn. Als ik die eerste herfst zat toe te kijken hoe onze buren in hun middelgrote auto's de bladeren verpletterden die in de nacht zachtjes omlaag waren gedwarreld, verlangde ik naar ons pompoenenveldje aan Rural Route 1, het gezoem van de tractor en de smerige lucht van de beek die tussen de Merkels en ons door liep. Oom Stash mopperde op de stad en snakte naar de boerderij. (En dat allemaal alleen maar door zijn knie, dat ene scharniertje in een heel, wonderbaarlijk lichaam. Maar toen die knie niet meer werkte, veranderde hij als een blad aan een boom. Zelfs zijn hartaanval had niet zo'n ommekeer teweeggebracht.) Zijn foto's werden somberder. We hebben stapels foto's uit dat eerste jaar in de stad, toen oom Stash volledig in de ban van de kraaien was geraakt. Zwartwitfoto's van vliegende kraaien. Of een rij op een hoogspanningsdraad. Rondstappend op een berg vuilniszakken in het park verderop in de straat. Een kraai die scheel naar de camera staart alsof hij de fotograaf in de maling neemt. Wanneer oom Stash geen foto's van de kraaien aan het maken was, probeerde hij ze om te leggen. Dan hompelde hij zwaar leunend op zijn stok naar buiten en slingerde met zijn werparm steentjes naar vogels, tot hij van een oude beha van tante Lovey een redelijk goede katapult had gemaakt. Nooit ofte nimmer heeft hij een kraai geraakt. Nooit. Ik heb me weleens afgevraagd of hij het eigenlijk wel echt probeerde. De buren stonden vaak hoofdschuddend naar hem te kijken, maar ze zeiden niets. Zij hadden ook een hekel aan de kraaien, alleen was oom Stash wel heel woest incorrect bezig.

Ruby keek aan de Chippewa Drive veel te veel tv en werd hoe langer hoe verveelder en vervelender. Toen de kabel het eens een dag begaf, was ze ten einde raad. Tante Lovey stelde voor dat ze eens een boek moest lezen, maar Ruby pakte de foto's van oom Stash op de boekenplank en ging die zitten bekijken. Ze zat een stapel van zijn meest recente foto's – zijn 'kraaienkiekjes' zoals mijn zus en ik zijn foto's waren gaan noemen – door te nemen, toen ze er eentje vond van een dikke kraai die achter tante Lovey op een paal zat, waardoor het net leek alsof hij heel komisch boven op haar hoofd stond. We lieten hem aan oom Stash zien, die voor het eerst sinds zijn ongeluk moest lachen, omdat hem nog niet was opgevallen hoe grappig de foto was. Hij bedacht dat het leuk zou zijn om er een kaart van te maken voor de verjaardag van tante Lovey.

'Welke woorden kunnen we in zetten, Rose?' vroeg hij.

'Ik weet het niet.'

'Jij bent de schrijver. Jij schrijft iets, goed?'

'Iets grappigs?'

'Ja, iets grappigs. Want is grappig, die foto.'

Ik zat een uur naar die malle foto te kijken en kwam toen met deze tekst: 'Hartelijk gefeliciteerd, kraaienpoot. Mijn veren rijzen me te berge van je.' Tante Lovey maakte de kaart open en deed net of ze hem grappig vond, maar na een geforceerd lachje vloog ze de kamer uit. Oom Stash gaf mij de schuld, omdat ik had moeten weten dat ze liever iets persoonlijks en romantisch had gehad. Zelf denk ik dat ik wel wist dat ze de kaart niet leuk zou vinden, maar ik was kwaad omdat ik het veilige thuis uit mijn kindertijd kwijt was. Ik voelde me van iets beroofd en had iemand nodig die ik de schuld kon geven.

Tante Lovey was de enige van ons die geen kans kreeg om de boerderij te gaan missen. Ze nam regelmatig de hobbelige weg erheen om de zolder op vleermuizen, de muizenvallen op muizen en de kelder op wasberen te controleren. Maar eigenlijk ging ze naar de boerderij om Scruffy even te zien – en dat wisten we allemaal. Toen oom Stash een keer met haar mee was gegaan, beschreef hij ons bij thuiskomst hoe Scruffy was komen aandraven zodra de Mercury de oprit in sloeg en dat de hond met zijn modderige poten tegen de net schone jas van tante Lovey was opgesprongen, en dat zij hem daar geen standje voor had gegeven en het niet eens erg had gevonden. Mevrouw Merkel liet zich tijdens die bezoekjes van Scruffy nooit zien, maar ze wist vast dat tante Lovey bij hem was en dat ze samen achter de mais aan het dartelen waren.

Als ik nou nog alleen naar de boerderij zelf had verlangd, had ik kunnen vragen of ik met tante Lovey mee mocht op haar afspraakjes met de hond. Ruby zou het autoritje wel hebben doorstaan als ze dacht dat het voor mij belangrijk was. Maar wat ik ook bij mijn vertrek uit de oude oranje boerderij was kwijtgeraakt, ik zou het bij terugkeer toch niet hervinden. Dat had ik in Slowakije bij oom Stash gezien.

Ruby en ik keken dat eerste jaar aan Chippewa Drive vanachter het raam van de huiskamer naar Halloween. Kinderen die hun moeder langs ons keurige huisje sleepten, omdat ze bang waren gemaakt door de verhalen van hun klasgenootjes over 'de Zusjes' die nu groot waren maar nog steeds eng, en die pas geleden naar hun straat waren verhuisd. Tante Lovey bedacht de smoes dat het licht op de veranda niet sterk genoeg was, maar ik besefte dat het nog wel een tijdje zou duren voordat we hier als buren zouden worden geaccepteerd. Oom Stash, die sinds zijn glijpartij in de pies geen snippertje geduld meer had, deed het licht ijskoud helemaal uit, zodat niemand zich meer hoefde af te vragen waarom de kinderen niet naar de deur kwamen. Ruby at zich misselijk aan alle overgebleven Snickers.

Met het schrijven van korte verhalen probeerde ik over mijn teleurstelling heen te komen dat ik niet ging studeren. Ik was aan een boek bezig met samenhangende verhalen die gebaseerd waren op de anekdotes van tante Lovey over haar excentrieke moeder. Ik had het boek eenvoudig *Verbeena* genoemd en was van plan het tante Lovey met haar verjaardag te geven, maar ik worstelde met de structuur en het combineren van feit en fictie, en ik merkte dat ik de stem van tante Lovey nadeed in plaats van bij het schrijven mijn eigen stem te gebruiken. In vlagen van twijfel aan mezelf wiste ik hele bladzijden. En ik probeerde mijn zus niet de schuld te geven van mijn rusteloosheid.

Tante Lovey wist dat ik worstelde, dus ze schreef een citaat van Ralph Waldo Emerson over, deed er een oud lijstje omheen, en hing het in de buurt van waar ik mijn computer heb staan. Ik was te wrokkig om haar te bedanken. Het hangt er nog steeds om me dit voor te houden: 'Volg niet het pad. Ga waar geen pad is en laat een spoor na.'

Nu we in de bungalow aan Chippewa Drive woonden, moest ik natuurlijk vaak aan Frankie Foyle denken. Zijn kamer in de kelder was weliswaar verdwenen en tante Lovey had de huurders in het hele huis weggeboend, maar ik bleef naar artefacten zoeken, zoals Ruby de akkers afzocht. Een ballpoint met een platgekauwde achterkant die door het rooster van de verwarmingsketel was gevallen. Een stinkende knijper van een soort dat tante Lovey niet gebruikte. Een stukje zeep dat achter de toilettafel in de badkamer klem zat. Ik wilde iets van Frankie Foyle vasthouden en de vibratie voelen, zoals Ruby dat noemt. Ik wilde iets tastbaars vasthouden, zodat ik mezelf kon bewijzen dat mijn dochter echt bestond.

Toen ik vannacht niet kon slapen, lag ik te bedenken hoe ik

moest beschrijven wat voor gevoelens ik heb over mijn beslissing om Taylor af te staan. Ik weet tot op de dag van vandaag dat ik het juiste heb gedaan, maar als ik naar links kijk, is daar een gat en het verdriet om wat ik ben kwijtgeraakt. Ik vraag me af of onze biologische moeder dat ook had en of ze net als ik weleens door zelfmedelijden en twijfel wordt overspoeld. Ik heb tegen Ruby gezegd dat ik Taylor wil zien, en een deel van me wil dat ook echt, maar het andere deel (het wijzere, het onzelfzuchtige of het moederlijke deel?) ziet onder ogen dat ik op die manier wel mijn eigen gaping zou dichten, maar dat er dan vast en zeker een in het leven van mijn dochter zou ontstaan, als dat nu al niet het geval is. (Het zou heel wreed zijn om haar twee keer in haar leven in de steek te laten.)

In die eerste paar jaar na Taylors geboorte stelde ik me nooit voor dat ik contact met haar zou hebben. Ik wilde alleen naar haar kijken. Als ik haar door een raam had kunnen zien of een glimp van haar profiel op een foto had kunnen opvangen, zou ik al tevreden zijn geweest. In het eerste jaar dat we in de bungalow woonden, moest ik vaak aan Taylor denken. Als ik de hoeken van de smalle gangen omsloeg, werd ik door herinneringen aan haar overvallen. Toen ik als een echte schrijver elke dag begon te schrijven, ontleende ik een beetje troost aan mijn pogingen om poëzie te scheppen uit mijn hoogst menselijke tekort.

Ik kon hele dagen vullen met lezen en schrijven en voelde me moe en voldaan als de nacht viel. Maar Ruby voelde zich nietig in het kleine huis. Toen Kerstmis naderde, nam tante Lovey aan dat het een winterdepressie was, en we moesten van haar bij het raam gaan zitten, als een stel tomaten die ze rijp probeerde te krijgen. Volgens Ruby maakte de winter haar niet depressief, maar dan lag het zeker aan het tafelkerstboompje van de kruidenier. Dat zwiepte ze op een dag heel kinderachtig tegen de grond omdat ze een partij kerstkoekjes had laten verbranden. Dat jaar zong Ruby niet. Geen 'Stille nacht', geen 'Holly Jolly Christmas'. Volgens mij had ze het nodig om Kerstmis in het nieuwe huis te verafschuwen. Ze had het nodig om tegen de verandering te protesteren. Maar ik was inmiddels aan het schrijven en ik stond mezelf niet toe te verschrompelen.

Naarmate het jaar verstreek, begon het verveeld zijn Ruby te vervelen, dus ondernamen we op haar aandringen diverse excursies in Leaford. We kwamen erachter dat het grootste voordeel van in de stad wonen was dat we er onze onafhankelijkheid mee verworven hadden. Eindelijk werden we volwassen, en dat zonder de gigantische inspanningen die ik me daarbij had voorgesteld. We merkten dat we ons op eigen kracht konden verplaatsen. We konden naar de bibliotheek lopen. De bus naar het winkelcentrum nemen. Als we niet werden begeleid, voelden we ons minder uitzonderlijk. Zonder onze ouders erbij gingen mensen anders met ons om. Ik merkte dat ik vriendelijker werd omdat de caissières en het personeel bij de bibliotheek zich apart tot Ruby of mij richtten en zelfs voorkeur voor de een of de ander leken te hebben, in plaats van meteen naar tante Lovey of oom Stash te kijken alsof die dingen moesten vertalen. Ruby en ik deden klusjes voor Nonna en gingen naar de apotheek om haar medicijnen af te halen. We maakten boodschappenlijstjes voor tante Lovey voor als ze op dinsdagmiddag boodschappen ging doen. We hadden het zelfs over een baan.

We konden er onze ogen niet voor sluiten dat het leven van oom Stash en tante Lovey steeds beperkter werd, terwijl Ruby en ik ons verbonden leven tot aan zijn grenzen oprekten. Tante Lovey stopte met haar vrijwilligerswerk bij het ziekenhuis en begon dagelijks naar de boerderij te gaan, omdat ze er doodmoe van werd om oom Stash op zijn wenken te bedienen. Ze deed al niet eens meer alsof ze erheen ging om de vleermuizen te verjagen of te controleren dat er geen krakers aan de lange vurenhouten tafel zaten. En altijd kwam ze hoofdschuddend naar de bungalow terug. 'Ik vraag me af of dat dier eigenlijk überhaupt wel aandacht krijgt. Die arme Scruffy hunkert naar aandacht.'

'Ik ben degene die naar aandacht hunkert,' zei oom Stash op een dag, en hij klonk alsof hij weer de oude was – zomaar ineens. (In het voorjaar, een heel jaar nadat hij zijn knie had bezeerd, had hij kennelijk een manier gevonden om met zijn handicap om te gaan en hij was zelfs weer foto's gaan maken, van andere dingen dan kraaien.)

Tante Lovey had zitten wachten tot de aardbeien rijp waren en ging zo'n beetje elke dag, zo niet elk uur, kijken. Ze wilde er eerder bij zijn dan Cathy Merkel. En dan kwam ze thuis met verslagen als: 'De bovenste aardbeien beginnen te verkleuren. Ze worden dit jaar klein, rood en zoet.'

Ten slotte kwam tante Lovey op een juniavond laat terug met pootafdrukken op haar lange broek en een beker vol rijpe aardbeien, die ze pas was gaan plukken toen de schemer inviel, om ze de gelegenheid te geven alle zonlicht van die dag tot zich te nemen als een laatste avondmaal. 'De aardbeien zijn klaar,' zei ze.

'Maar morgen gaan we winkelen in Chatham,' hielp ik haar herinneren.

'Morgen gaan we plukken,' corrigeerde ze me.

'Maar we hebben kleren nodig, voor de sollicitatiegesprekken,' viel Ruby me bij.

'We kunnen nog best naar Chatham als we de aardbeien hebben geplukt.'

Zolang ik me kan herinneren hebben we het aardbeienveldje van de Tremblay-boerderij samen geplukt, als gezin, en we hebben maar één keer een aardbeienseizoen gemist, toen we als kind een maand in het ziekenhuis in Toronto lagen en

Cathy Merkel de aardbeien plukte. De rest van dat jaar hadden we voortdurend te horen gekregen dat onze buurvrouw niet genoeg suiker in haar jam had gedaan. Zo'n ramp wilde tante Lovey niet nog eens riskeren.

Ruby kon geen dramamine slikken en dan de hele middag op dat bloedhete land doorbrengen, dus ze doorstond de rit over de slingerende weg langs de rivier naar Rural Route 1 met het raampje wijd open en de muziek keihard bij wijze van afleiding. We waren er maar een jaar niet geweest, en toch kwam ik er vol schaamte achter dat ik Baldoon County in mijn fantasie helemaal niet mooier had gemaakt. Ik had het oogverblindende groen van het gras juist afgezwakt, de majestueuze schuren en silo's kleiner gemaakt, de ahorns, dennen en platanen tot bescheidener proporties gereduceerd, en de arcadische velden had ik onbezongen gelaten.

De natuur was schitterend, en ik vond mezelf heel dom dat ik haar zo had onderschat. Maar het oude oranje boerenhuis had ik niet onderschat. Het zag er nog armoediger uit dan ik me herinnerde. Vervallen. Het is dat ik niet in geesten geloof, maar toen we het grindpad in sloegen, hadden ze me er zo van kunnen overtuigen dat het er spookte. Ik weet nog dat ik wegkeek omdat ik het beeld wilde kwijtraken. Scruffy had de geur van de Mercury kennelijk geroken, want toen we uitstapten, kwam hij al over de akkers aangedraafd om ons te begroeten. Of liever gezegd tante Lovey te begroeten, die hem stukjes kalkoen uit een zak in haar jaszak toestopte. Oom Stash moest lachen en maakte een paar foto's van Scruffy. Dom koppie. Bemodderde snorharen. In tegenstelling tot mij namen oom Stash en tante Lovey de hond niets kwalijk.

Oom Stash begon over zijn knie te klagen en hoefde niet mee te plukken. Hij had zijn fototoestel en zes rolletjes meegenomen en popelde kennelijk om de verloren tijd met zijn lens goed te maken. Hij had naar de schuur vlakbij, naar de net uitkomende gewassen en de cottage van de Merkels in de verte gewezen, en gezegd: 'Moet je zien, Rose, die bomen en de omtrek van die akker daar. Zo geometrisch. Dat is poëzie.'

De hele middag dat we de zongestoofde aardbeien voor de inmaak van tante Lovey aan het plukken waren, bleef Scruffy bij haar in de buurt. (Wij kunnen niet goed lange tijd achtereen gebukt staan of hurken, dus ik ga zitten en Ruby balanceert op haar horrelvoeten. Ik reik, trek los en geef aan, en Ruby stopt ze in de mand die ze vasthoudt en verwijdert de lelijke exemplaren.) Ik weet nog dat ik vond dat er zo veel insecten waren. Was ik die vergeten of waren ze zozeer onderdeel van mijn bestaan dat ik anders nooit zag hoe ze de aarde lieten leven? Ik had twee aardbeienplanten afgewerkt, en was vier bijen, een tor, tien spinnen, een sprinkhaan en duizend miertjes tegengekomen. (Maar geen aardbeiloopkevers of spintmijt – dat zou echt ernstig zijn geweest.)

Oom Stash hobbelde rond en nam foto's van de schoonheid en het verval van de lente. Ik vond het vreselijk om op te kijken en te zien dat hij zijn fototoestel op de oude boerderij richtte. Waarom zou je iets willen schieten wat toch al dood was?

Tante Lovey werkte onvermoeibaar door. Ze stond voorovergebogen, met aan weerszijden van de overdadige aardbeienplanten een been, en plukte met knoestige vingers snel de rijpe aardbeien af, die ze zodra haar beide knuisten vol waren in de mand liet vallen. Scruffy blafte wat naar de insecten of stond kwispelend op een beetje aandacht te wachten. Af en toe werd hij moe van het wachten en deed hij een uitval naar tante Lovey om in een weerzinwekkend vertoon van liefde haar gezicht, neus en lippen te likken. Ik vroeg me af of Cathy Merkel afgunstig zou zijn omdat hij zo aan een andere vrouw verslingerd was. (Of zou ze het zelf ook als een soort compensatie zien?) Dat gelik en geblaf ergerde Ruby en mij vreselijk en we wisten weer even heel goed waarom we het mormel absoluut niet misten. Al plukkend en etend werkten we de aardbeien-aanplant af, en om de haverklap schreeuwden we: 'Stil, Scruffy. Stil.'

We gingen niet het huis in, zelfs niet om te plassen. Ruby en ik wilden geen van beiden naar binnen om het loslatende behang te zien of de wind door de lege kamer te horen gieren of de stank van lang geleden overleden muizen op te snuiven. (Plus, stel dat ik ernaast zat wat die geesten aangaat?) Ik popelde om zo snel mogelijk van de boerderij weg te komen en toen ik de aardbeienplanten had leeggeplukt, vroeg ik tante Lovey of we niet alsjeblieft snel naar Chatham konden gaan.

Op weg naar de Mercury trok iets in de kleur van de lucht oom Stash' aandacht en hij zei dat hij achter wilde blijven om een paar foto's in de schemering te maken. (Het kwam niet in mijn hoofd op dat hij misschien mevrouw Merkel ging opzoeken. Ik wist zeker dat hun band volledig was doorgesneden.) Ruby en ik hadden kantoorkleren nodig voor onze sollicitatiegesprekken – voor onder andere verkoopster bij een drogisterij en assistent-secretaresse. (We waren niet van plan om een baan te delen, maar om ieder voor zich parttime te gaan werken.) We spraken af dat we oom Stash een paar uur later zouden komen ophalen.

Oom Stash zette de kistjes met net geplukte aardbeien op de voorbank in plaats van in de kofferbak, omdat daar een paar dagen eerder wat motorolie in was gelekt. Voordat we instapten, stelde oom Stash voor Nonna uit te nodigen om te komen barbecuen. Biefstuk en krabbetjes, en witte vis voor Ruby. Omdat we toch naar Chatham gingen, besloot tante Lovey even bij de Oakwood-bakkerij langs te gaan voor kaasbolletjes en cannolo's. Scruffy sprong nog een laatste keer bij tante Lovey op schoot om haar gezicht te likken. Ruby en ik maakten kotsgeluiden, waar tante Lovey om onverklaarbare redenen om moest lachen. We hadden het naar ons zin. Het was een moeilijk jaar geweest, maar het voorjaar was losgebarsten, de aardbeienoogst was overdadig, en stuk voor stuk waren we verder gekomen.

Nadat tante Lovey ons achterin met de veiligheidsriemen had geholpen, duwde ze Scruffy zachtjes opzij met de neus van haar schoen en ging ze voorin zitten. Ze zag kans het portier dicht te trekken maar Scruffy liep om en begon al blaffend naar de grille van de auto te springen alsof hij wilde zeggen dat ze niet moest weggaan. Zij moest lachen om zijn vasthoudendheid, maar Ruby en ik wilden ervandoor. Zelfs toen tante Lovey de motor aanzette, bleef de hond blaffen en hij weigerde uit de weg te gaan.

Tante Lovey ergerde zich niet aan de irritante hond, maar gespte glimlachend haar veiligheidsriem los, schoof uit de Mercury en liep op oom Stash af die haar kant op gehobbeld kwam. Ruby en ik verschoven steeds zo dat we om beurten via de achteruitkijkspiegel naar hen konden kijken. Ze waren aan het lachen. Het had over ik weet niet wat kunnen gaan. Met ieder een hand op de schouder van de ander stonden ze hard te lachen, als een stel vrienden van hetzelfde geslacht. Toen begon Scruffy pas echt furieus te blaffen, waar zij nog harder om moesten lachen. Tante Lovey gaf oom Stash een kus op zijn mond en stak hem het zakje met kalkoen uit haar zak toe. Zwak en wispelturig als hij was, besloot Scruffy bij het voedsel in de buurt te blijven. Dus toch gewoon een hond.

Toen tante Lovey weer instapte, was ze nog aan het lachen, en toen ze Rural Route 1 op reed nog steeds. Ze hield de achteruitkijkspiegel in de gaten en beschreef de scène voor Ruby en mij. 'Oom Stash staat te zwaaien. Scruffy sprong net naar de kalkoen. Auw. Dat was zijn kruis. O jee. Nee, niks aan de hand. Of toch wel? Nee, niks aan de hand.' Ze zuchtte, met haar blik nog steeds op het tafereel. 'Wat is het toch een aansteller.'

Haar stem klonk zacht en afwezig. In de achteruitkijkspiegel zag ik de ogen van een jonge vrouw met blond haar en sproeten, oogverblindend in haar witte satijnen jurk met honderd parelknoopjes op de rug, die over het dertig meter lange gangpad van de Kerk van het Heilige Kruis kwam aangezweefd om met haar knappe Slowaak te trouwen. Ik geloof niet dat ik ooit zoveel van mijn tante Lovey heb gehouden als op dat moment. En volgens mij zuig ik dat niet uit mijn duim.

Tante Lovey wendde haar blik van oom Stash naar de weg, waar twee dikke zwarte kraaien aan een kadaver zaten te plukken. Instinctief week tante Lovey uit. Ze raakte een ribbel in de weg en verloor de macht over het stuur. De Mercury vloog de lucht in en kwam met zijn neus omlaag in het diepste deel van de afwateringssloot terecht. Ruby en ik zaten op de achterbank vastgegespt in het tuig dat oom Stash speciaal voor ons had gemaakt en in het frame had vastgeschroefd. We vlogen door de lucht. En toen niet meer. Het ging allemaal heel vlug. In de eerste ogenblikken na de klap zeiden Ruby en ik geen woord tegen elkaar. Noch in de uren en dagen erna. Een hele tijd hebben we helemaal niets gezegd. En tot op de dag van vandaag hebben we het nooit over het ongeluk gehad en over wat er allemaal wel of niet is gebeurd. Ik houd mezelf voor dat Ruby haar ogen dichtgeknepen hield en dat ze niet heeft gezien hoe tante Lovey tegen de voorruit vloog en hoe haar hals knakte, en dat ze daarna tegen het stuur zwiepte als een schellenkoord tegen een bel. Het was een kwestie van seconden, zoals dat bij ongelukken altijd het geval is. Tante Lovey bewoog niet, net zomin als ik, of Ruby.

De aardbeien hadden in kistjes op de stoel naast tante Lovey gestaan, maar ze waren omgekiept en lagen over het dashboard verspreid. Hun geur vermengde zich met de benzinelucht en de schimmelige stank van de greppel. Even was de lucht zo onbeweeglijk en stil dat ik dacht dat ik doof was geworden. Maar de krekels en de cicaden wier dag we zo wreed hadden verstoord, hervatten hun gesprekken. Bijen begonnen te zoemen. En in mijn ooghoek zag ik een muskusrat aan het raampje van de Mercury snuffelen, aangetrokken door de aardbeien, totdat hij Ruby en mij in de gaten kreeg.

Ik was verbijsterd hoe snel oom Stash kans zag op zijn slechte been bij de auto te komen. En diep onder de indruk omdat hij zijn stok niet bij zich had toen hij de deur openmaakte. Oom Stash moet de aardbeien hebben gezien en geroken toen hij voorin de auto in klom, maar hij veegde ze niet weg en zei er niets over. Hij keek achterin naar Ruby en mij, en toen naast zich naar tante Lovey.

Ik weet niet wie van ons beiden sprak, maar Ruby of ik zei: 'We mankeren niets.'

Hij had de grootste moeite om op adem te komen. 'Goed, meisjes, goed.'

'Maar jij,' fluisterde hij, en hij legde zijn hand zachtjes op de rug van tante Lovey, 'jij mankeert wel wat, liefste, hè? Hè?'

Oom Stash streelde tante Loveys rug als een bezorgde vader de rug van een ziek kind. 'Mijn Lovey. Mijn Lovey.' Hij trok haar hoofd van het dashboard vandaan.

Achteraf vraag ik me af of hij zichzelf wilde kwellen, bemoedigen of geruststellen door naar haar verwoeste gezicht te kijken. De klap had zich in een paar seconden voltrokken, en niet eens op volle snelheid, en toch was haar neus afgrijselijk kapot, haar jukbeen versplinterd, en er zat bloed in haar neusgat. Een heldere vloeistof druppelde uit haar oor.

Oom Stash maakte een geluid. Een niet te beschrijven geluid. Geen kreet, kleiner dan dat, bijna onhoorbaar, maar een geluid dat zo vol afgrijzen en verdriet was dat ik mijn oor wilde bedekken voor als het terug zou komen. En het geluid kwam terug. En nog eens. Tot ik besefte dat het van mij kwam.

'Ssst,' zei oom Stash. 'Stil maar, Rose. Meisjes. Ssst.'

Het is dat ik niet in die dingen geloof, maar ik dacht dat ik iets wat warmte uitstraalde of een soort rookwolkje van tante Loveys lichaam zag opstijgen en even boven oom Stash blijven hangen voordat het vervluchtigde. Ik stelde me voor dat het wolkje haar ziel was die even 'Ik houd van je. Vaarwel' wilde zeggen. Volgens mij werd ik op mijn wang gekust.

Ik hield Ruby stevig vast en zij omklemde mij, zonder te beven, zonder treurig of bang te zijn. We voelden geen van de dingen die je zou verwachten. We waren rustig en alert. En sterk. In de verte hoorden we de motor van de truck aanslaan, op de oprit voor de cottage van de Merkels.

'Dat is Sherman,' fluisterde oom Stash tegen het gebroken lichaam van tante Lovey. 'Hij komt eraan. Het is in orde, hij komt eraan.'

Oom Stash draaide zich naar Ruby en mij op de achterbank om. Zijn stem klonk rustig en standvastig. 'Sherman zal voor de boerderij zorgen. Begrijpen jullie dat?'

Ruby en ik hielden even onze mond voordat we antwoord gaven. We dachten erover na wat hij kon bedoelen, omdat we wisten dat hij meer bedoelde dan hij zei.

'Ja,' zeiden Ruby en ik tegelijk.

'Ja,' zei oom Stash. En toen nog eens, tegen tante Lovey: 'Ja.'

Ruby en ik keken toe hoe oom Stash het lichaam van tante Lovey op de met aardbeien bevlekte zitting neerlegde. Hij probeerde een paar keer haar slappe hoofd netjes te leggen, en toen het hem eindelijk gelukt was, drukte hij zijn wang tegen de hare. Er was geen ruimte, geen glimpje licht tussen haar schedel en de zijne. Ik zat over hun verbondenheid na te denken toen Scruffy ineens weer begon te blaffen. We hoorden Sherman Merkels truck over de voren in de weg hobbelen en ten slotte bij de plek waar het ongeluk was gebeurd tot stilstand komen.

Ik kan me nog vaag herinneren dat Ruby en ik in de modder

naast de Mercury stonden, terwijl tante Lovey en oom Stash nog in de auto waren en meneer Merkel oom Stash naar buiten probeerde te praten. De auto zag er niet eens zo vreselijk uit – een verkreukelde voorbumper, een enigszins verbogen chassis. Ik snapte volkomen waarom meneer Merkel zo schrok toen hij naar binnen keek. Hij had nooit verwacht dat hij een dode zou zien.

In de dagen daarna betrapte ik mezelf erop dat ik bijna wilde dat meneer Merkel oom Stash niet uit het autowrak vandaan had gehaald. Hun verbintenis kon nog zo onvolmaakt zijn en hun interesses, taal en cultuur konden nog zo verschillen, maar oom Stash en tante Lovey deelden een cruciaal bloedvat en hadden nooit gescheiden moeten worden. Na de begrafenis zei oom Stash maar heel weinig. En eten deed hij al helemaal niet. Hij staarde naar de duistere muur van de slaapkamer en wachtte. Als oom Stash na het ongeluk in tante Loveys armen was gebleven, had hij het vast voor elkaar gekregen om zelf ook ter plekke te sterven. Nu kostte het hem een week. Sommige mensen zullen begrijpen dat Ruby en ik opgelucht waren toen we hem op een ochtend dood aantroffen. Hoe wreed moet het voor een man zijn om zijn ziel te overleven.

Hier is Ruby weer.

Ik heb het gevoel dat ik elke keer mijn excuses moet aanbieden omdat ik maar zo zelden schrijf. Of niet meer schrijf. Of niet beter schrijf. Hebben echte schrijvers dat nu ook als ze schrijven?

In feite is dit niet eens mijn boek, maar als het werd afgewezen omdat mijn deel zo belazerd is geschreven, zou ik dat wel heel rot vinden.

Het is pas over acht weken Kerstmis, maar bij dr. Singh stond al een kerstboom. Een echte boom die naar dennen rook. Toen moest ik aan Kerstmis op de boerderij denken. Sinds de verhuizing hebben Rose en ik geen boom meer gehad. Er is hier niet genoeg ruimte voor een fatsoenlijke boom, en het kunstboompje op tafelformaat dat we ergens in een kast hebben staan, vind ik vreselijk. Dan maar liever niks, vind ik.

We zijn klaar met onze kerstinkopen. Nick heeft ons vorige maand naar Ridgetown gebracht en daar hebben we voor iedereen op onze lijst een boek gekocht, waar we een persoonlijke opdracht in hebben geschreven. Iets om ze mee te geven voor als wij er niet meer zijn. Ik voelde me een beetje sentimenteel toen ik iets voor Roz en Nonna schreef, maar volgens mij heb ik niets stoms of gênants opgeschreven.

Dr. Singh was diep onder de indruk van dat krukgeval dat Nick speciaal voor ons heeft gemaakt. Ik geloof waarachtig dat Nick Todino bloosde toen Rose dr. Singh vertelde wat voor dingen van metaal Nick allemaal bij Nonna in de garage heeft gemaakt, al

heeft ze dan niks gezien van de dingen die hij de afgelopen weken heeft gemaakt.

Ik ben gek op Toronto. Na onze afspraak gisteren reed Nick met
ons over Yonge Street. Al die lichtjes zijn betoverend. Bij het Royal
York Hotel in Front Street was een filmopname. Er was een dikke
kerstman en een stel jonge figuranten, en twee knappe acteurs
die verliefd waren, en ze dansten met zijn allen op een Motown-
nummer. Toen begon het te sneeuwen, namaaksneeuw uit een
reusachtig apparaat met een kraan en een ventilator, maar het
zag er heel goed uit. Als je het beeld met je vingers inkaderde,
zodat de lichten en de camera en de kale regisseur wegvielen,
zag de scène er bijna echt uit. Ik weet zeker dat het er in de film
heel hartverwarmend zal uitzien.

Nick zette de auto neer, zodat we een poosje naar de filmopname konden kijken, wat heel aardig van hem was, want volgens mij zat hij zich te vervelen. Rose kon natuurlijk niet zien
wat er gebeurde, maar ze klaagde niet. Ik beschreef wat ik zag,
en zij deed haar best om enthousiast te klinken, maar ze is niet
zo goed in acteren als ik. (Ik had het best bij de musical kunnen
proberen.)

Dr. Singh kan de blindheid van Rose niet verhelpen, wat we al
wisten, maar Rose neemt het me niet kwalijk dat ik Nick heb gevraagd om ons naar hem toe te brengen. Ik hoopte waarschijnlijk op een wonder, en zij misschien ook.

Rose deed me aan tante Lovey denken, als die haar best deed
om optimistisch te zijn. Ze kan vormen en licht en donker onderscheiden. En dankzij al die jaren dat ze op haar computer schrijft,
weten haar vingers waar de toetsen zitten. Ze kan haar boek afmaken. En dat is heel belangrijk voor haar.

Rose heeft gauw last van het licht. Vooral bij kunstlicht. Nick
heeft alle lampen vervangen door zachte gloeilampen met een
laag wattage, en nog is het te schel voor Rose. Van de televisie
krijgt ze vreselijke hoofdpijn, dus die hebben we al een poosje

niet aan gehad. (Vanwege de spelersstaking is er dit jaar geen ijshockey, maar ik durf te wedden dat Rose de televisie wel had verdragen als haar Red Wings hadden gespeeld.) 's Avonds steken we geen licht aan, alleen kaarsen. Volgens Rose leven we net zo als onze nichten de oude vrijsters in Slowakije. Als Nick 's avonds komt om ons als een stel baby's in te stoppen, en daar staat hij nu eenmaal op, vraagt hij Rose altijd plagerig of ze die kaarsen aansteekt om hem te verleiden.

Rose schrijft nog steeds elke dag urenlang, maar wel langzamer dan toen ze net begon, omdat ze blind aan het worden is. Ze heeft een hele tijd verzwegen dat haar ogen zo achteruit gaan, in elk geval tegenover mij.

We praten heel veel over vroeger. En we lachen veel. We zijn allebei een beetje giebelig, wat je wel kan hebben als je ontzettend moe bent en alles even grappig lijkt. Zoals vroeger, toen we klein waren en niet in slaap konden komen, en dat tante Lovey dan naar beneden kwam gestampt en heel kwaad was omdat we nog steeds wakker waren, maar zodra ze de kamer weer uit was, barstten we weer in lachen uit. Ik heb de laatste tijd het gevoel dat Rose mijn allerbeste vriendin is. Ik weet niet of dat komt omdat ze blind wordt, of omdat we veranderd zijn nu we doodgaan.

Nick heeft ons afgelopen week naar het archeologiemuseum in London gebracht. Als je er eens heen wilt en je denkt dat je in de buitenwijken verdwaald bent, maak je dan geen zorgen, want je zit goed. Het museum ligt aan de rand van een wijkje uit de jaren tachtig en valt helemaal uit de toon. Maar dit is de plek waar vijfhonderd jaar geleden een groep indianen heeft gewoond. Het is niet zo dat ze een rare plek voor het museum hebben uitgekozen – het is echt de plaats waar lang geleden een dorpje was. Maar het leven gaat door en groeit gewoon rond het verleden op. Onze auto was de enige op de parkeerplaats, dat was geweldig. Het was een enorme opluchting, want nu konden we rustig met Errol Osler kletsen, zonder dat we door hele schoolgroepen werden aangestaard en allemaal vragen moesten beantwoorden. (Ik wil niet krengerig klinken, maar soms staat ons hoofd er gewoon niet naar.)

Het openluchtdeel van het museum, het langhuis (voor mij het leukste deel van het museum), is dit seizoen gesloten, maar normaal is dat geen probleem omdat Errol Osler het voor ons openmaakt. Maar toen we binnenkwamen, bleek Errol op reis te zijn naar China. Nu werkt er een student, maar die wist niet waar de sleutel was. Of in elk geval beweerde hij dat hij niet wist waar de sleutel was. De student had een naamplaatje met het woord Gideon, wat een heel aparte naam is. Nick vroeg de jongen hoe hij aan die naam kwam. Je kon merken dat die knaap zijn best deed om beleefd te blijven. Eerst zei hij dat hij de naam van zijn vader had gekregen, die gestoord was, en toen moest hij om zijn grapje lachen, dat eigenlijk geen grapje was. Hij zei dat zijn moeder hem naar haar grootvader had vernoemd, niks bijzonders dus. Maar ze vragen hem zo vaak naar zijn naam dat hij er knettergek van wordt. Ik snapte heel goed wat hij bedoelde. Maar Nick leek wel beledigd. Gideon is van onze leeftijd en een beetje groter dan Rose en ik. Hij is heel smal gebouwd, net een meisje.

Achteraf noemde Rose Gideon een fluistering van een man, wat volgens mij een goede, maar een beetje een beledigende beschrijving is. Welke man wil er nou een fluistering zijn? Ik had toen nog niet door dat ze hem niet echt kon zien. Hij was maar een vage, donkere vlek voor haar. Ik vroeg wat voor soort man Nick dan was, als ze Gideon de student een fluistering vond. Ze ademde in alsof ze op het punt stond iets te zeggen, en natuurlijk dacht ik dat ze Nick een schreeuw zou noemen, maar uiteindelijk zei ze niets. Ik wachtte af, maar zij boog zich weer over haar computer. Ik denk dat ze toevalletjes heeft. Dr. Singh had al gezegd dat dat kon gebeuren.

Die student wist van Rose en mij af omdat hij in Glencoe is opgegroeid, een stadje waar de trein nog steeds stopt, halverwege London en Chatham. Gideon noemde ons zelfs bij de juiste naam. Je zou denken dat iedereen dat doet, omdat ik er niet als een Rose uitzie en mijn zus niet als een Ruby, maar nou ja. Hij zei iets over de kruk die Nick had gemaakt, en ik geloof dat Nick dat verkeerd opvatte.

En toen streek Gideon Nick helemaal tegen de haren in, door te zeggen dat hij schuin had moeten parkeren. Op de parkeerplaats staat een enorm bord waarop staat dat je schuin moet parkeren, maar er was helemaal niemand anders, dus dat had Nick niet gedaan. Nick zei dat hij het verdomde om terug te gaan om zijn auto schuin te parkeren op een parkeerplaats waar verder verdomme niemand stond. En toen noemde hij Gideon *professor*, wat volgens mij niet goed viel.

Ik probeerde de vrede te bewaren en vroeg Gideon of we naar het langhuis mochten, omdat Errol ons daar buiten het seizoen ook altijd binnenliet. En toen zei hij dus dat hij niet wist waar de sleutel lag. Maar Nick geloofde hem niet en begon witheet te worden, dus Rose knoopte een gesprek met Gideon aan en stelde hem allerlei vragen, en nou blijkt dat Gideon familie is van een historicus uit Baldoon County en dat hij zelf ook schrijver is en een boek over de Neutral-indianen aan de Thames aan het schrijven is.

Is dat verdomd toevallig, ja of nee?

Het is niets voor Rose om er zomaar dingen uit te gooien. Dat is eerder mijn stijl. Zij heeft meestal meer zelfbeheersing. Maar nu gooide ze eruit dat ze haar autobiografie aan het schrijven is en al zo lang eens een schrijver wilde ontmoeten. Dus Rose en die wildvreemde, van wie ze het gezicht dus niet eens kon zien, beginnen over schrijven te praten. Je kunt je voorstellen hoe stomvervelend dat was. Ik wisselde een blik met Nick, wat ontzettend gek is, omdat wij geen blikken wisselen. Maar nu dus wel. En ik kon zien dat hij zich ook verveelde. En dat hij jaloers was. Ik weet zeker dat ik dat goed heb gezien.

Toen Gideon en Rose een tijdje hadden gepraat over wat ze gemeen hadden – zoals dat ze verder geen schrijvers kennen – en tegen elkaar hadden gezegd hoe moeilijk het is om in een vacuüm te werken, hadden ze elkaar niet veel meer te vertellen. Toen begon ik over de boerderij en ik vertelde Gideon over het indiaanse kamp, en over wat ik allemaal op de akkers had gevonden, en de collectie in het museum van Leaford, waar hij wel over had gehoord maar die hij nog nooit had gezien omdat hij in Nova Scotia woonde. Hij heeft alleen vuurstenen en spelden van visgraat en potscherven opgegraven, maar nog nooit een pijp in de vorm van een dier, of een benen zuigpijp. Hij luisterde naar me alsof ik een expert was, en van de weeromstuit wilde ik dat ook ontzettend graag zijn. Misschien ben ik toch niet zo'n luie denker. Misschien mis ik gewoon iemand met dezelfde interesses. En dus liepen we met zijn vieren, Nick en Rose en ik en Gideon, door dat grote, lege museum, Rosie en ik met behulp van de kruk. Nick en Rose liepen over iets te fluisteren wat ik niet kon verstaan, en Gideon en ik praatten als een stelletje gestudeerde types. Ik voelde me gewoon groeien.

Toen we thuis waren en Nick was vertrokken, maakte Rose een grapje over ons dubbele afspraakje met Gideon en Nick, en we moesten ontzettend hard lachen. Van die snurkgeluiden. Maar ik werd natuurlijk weer bang dat het aneurysma misschien zou knappen. En toch lachten we gewoon door. Zo erg hebben we een hele tijd niet meer de slappe lach gehad. Sinds die eekhoorn in de keuken, volgens mij. Het was heerlijk. En ineens, terwijl we nog steeds aan het lachen waren, maakte ik me er geen zorgen meer over of het aneurysma zou knappen en begon ik waarachtig te hopen dat het gebeurde.

Vorige week wist ik nog niet dat Rose de artefacten in het archeologiemuseum niet kon zien. Ze had niet verteld dat ze blind was geworden. Ik vroeg haar recht voor zijn raap of ze het Nick eerder had verteld dan mij. Zij zei van niet, maar ik weet nog niet zo net of ik haar wel geloof. De laatste weken blijft Nick tot nadat ik in slaap gevallen ben. Rose zegt dat ze alleen maar praten.

Rose werd moe van het rondlopen in het museum, en Nick hielp ons naar een kamer waar hij een paar stoelen zo neerzette dat we konden zitten. Gideon ging water halen in de personeelsruimte. Ik kon het niet goed zien, maar ik had kunnen zweren dat Nick de linkerhand van mijn zus vastpakte. Ik voelde het bloed naar haar gezicht stijgen. En haar hart begon sneller te kloppen. Ik heb haar ernaar gevraagd, en ze beweert dat Nick haar hand niet vasthield. En dat er niets gaande is. Maar als ik er goed over nadenk, heb ik haar de afgelopen weken vaker voelen blozen. En ik voel dat haar hart sneller gaat kloppen als Nick in de buurt is. Toen we op het punt stonden om te vertrekken, gaf Gideon Rose en mij allebei een geestessteen die hij in de museumwinkel achterover had gedrukt. De mijne met een walvis voor moed, en die van Rose met een ram voor wijsheid. (Of zeg ik het nou verkeerd?) Toen vroeg Gideon me heel nerveus, alsof hij me mee uit vroeg, of hij misschien de oude boerderij aan Rural Route 1 mocht zien, en of ik hem dan wilde laten zien waar ik dingen had gevonden. Ik zei dat ik zou proberen om de dame van het geschiedkundig genootschap te pakken te krijgen zodat we in het museum konden om mijn collectie te bekijken, maar of dat zou lukken...

Rose zegt dat ik veel te snel ja zei toen hij over een bezoek aan Leaford begon. Hij komt volgende week, met de bus. Nick mopperde wel, maar hij gaat Gideon bij de bushalte in Chatham oppikken en dan rijden we met zijn allen naar de boerderij.

Volgens mij verpesten we Kerstmis voor iedereen als we te vlak voor die tijd doodgaan.

Rose vermoordt me als ze weet dat ik dat heb opgeschreven.

LIEFDESGEDICHTEN

Ik heb heel veel gedichten geschreven. Eén of twee ervan vond ik goed. Ik weet het niet meer. Lang geleden heb ik een gedicht over een kus geschreven. Het was niet een van mijn beste. Niet één regel bleef er over van de eerste kladversie, en ik kan me nauwelijks een woord herinneren. Het staat niet meer op mijn computer. Ik heb het veranderd. Weggegooid. Van begin tot eind herschreven en weggegooid. Toen nog een poging en nog een, en nog een, allemaal op een onachterhaalbare plek gedumpt. Ik dacht dat het gedicht niet meer zou terugkeren, maar dat gebeurde wel, als huiduitslag, in mijn handschrift op een blocnote bij mijn pols. In de loop van de jaren ben ik in mijn hoofd steeds bij het gedicht teruggekeerd, tot het een vijand werd die ik wil onderwerpen. Ik heb bedacht dat ik misschien zo met het gedicht worstel, omdat ik geobsedeerd ben door de daad van het kussen. Ik ben immers nog nooit gekust. Misschien heb ik de kus onder druk gezet, door hem zo te aanbidden. Misschien is een kus gewoon een kus.

Toen Ruby vanavond in slaap was gevallen, heb ik Nick gevraagd om me te kussen.

Als je me een dag tevoren, of zelfs maar de seconde voordat ik het eruit gooide, had verteld dat ik Nick Todino om een kus zou gaan vragen, zou ik gezegd hebben dat je getikt bent. Maar daar was het dan, het vloog uit mijn mond en bleef in de lucht hangen.

'Wil je me kussen, Nick?'

Ik gaf hem geen kans om antwoord te geven, omdat ik eerst

wilde uitleggen dat het verzoek zuiver en alleen artistieke redenen had. Ik wilde een kus ervaren, om de sensatie te ervaren van een mond die op de mijne werd gedrukt, zodat ik me weer over mijn gedicht zou kunnen buigen om het tot overgave te dwingen. Ik legde Nick uit dat hij de kus als een vriendendienst moest beschouwen. Ik zei dat ik geen romantische, gepassioneerde of zelfs maar sensuele kus verwachtte, of wilde. (Al weten jij en ik dat dat niet helemaal waar is.)

Nick gaf geen antwoord. Mijn hart begon te bonzen toen ik besefte dat ik een fout had gemaakt. Nick wilde me niet kussen. Hoe had ik ook kunnen denken dat hij dat zou willen? Nu had ik alles verpest. (Natuurlijk hoorde ik in mijn herinnering Ruby Frankie Foyle vragen of hij haar wilde kussen, en ik vond het afgrijselijk dat ik die parallel trok.)

Ik wilde Nicks hand aanraken, maar hij trok hem terug. Hij ging niet de kamer uit, wat ik nogal vreemd vond. Ik voelde Ruby naast me slapen en was blij dat ze niet wist wat ik had gedaan, hoe erg ik mezelf had vernederd.

'Nick,' probeerde ik nog eens.

Hij zei niets.

'Nick?'

Hij wachtte weer even, waarna hij opstond en naar de deur liep. Ik hoorde de klik waarmee het licht uitging en rilde onwillekeurig. Ik voelde, ik verstijfde in het duister. Weer een pauze, en toen voetstappen die niet door de gang weg klonken zoals ik had verwacht, maar naar het bed terugkwamen. Ik was bang dat Nick tegen me zou beginnen te schreeuwen. Of me zou vermoorden in een vlaag van psychotische woede die ik met mijn onbetamelijke verzoek had losgemaakt. (Ik weet nog steeds niet waarvoor hij heeft gezeten!)

'Nick,' begon ik nog eens, maar hij zei 'ssst' en legde zijn hand teder op de mijne. Ik zei niets meer. Hij stelde zich vast voor dat ik iemand anders was, en die fantasie wilde ik niet verstoren. Hij boog zich naar me toe en ik voelde de lucht-stroom toen hij over mij heen naar Ruby keek. Om zich ervan te vergewissen dat mijn zus niet alleen maar deed of ze sliep. Hij trok zich terug tot boven mijn gezicht en bleef daar even hangen. Ik weet niet of zijn ogen open waren. Ik neem aan van niet.

Het was niet zo'n kus als ik in mijn gedicht had beschre-ven, en absoluut niet zoals ik me een kus had voorgesteld. Niet hemels. Niet lief. Hij smaakte zout en rook naar vlees. Ham. En ik voelde geen warmte maar wel vuur waar zijn lippen de mijne raakten, al die zevenendertig keer, op mijn kin, tegen mijn zachte wang, op dat plekje bij mijn haarlijn, onder mijn oor. Overal waar hij me kuste, liet hij schroeiplekken achter. Opgezette plekken die ik nog steeds met mijn vingertoppen kan voelen. Wie ik ook was in Nicks voorstelling (ik weet dat hij niet míj aan het kussen was), ik moest wel mooi en heel sexy zijn. Ik had vast lang, zijdezacht haar en een zwoegende boezem en volle lippen, want hij verlangde naar me (wie ik dan ook in zijn fantasie was). Dat was onmiskenbaar.

Hij kuste en kuste me, warme lippen tegen warme lippen gedrukt, tongen die elkaar ontmoetten, dan weer alleen de lippen, zacht zuigen op de onderlip, het likken van de on-derlip, maar geen langs elkaar schurende onderlichamen, geen concentrische cirkels, en toch raakte ik na een tijdje in de greep van een overweldigende beving. (Als tiener heb ik eens ergens gelezen dat de Fransen een orgasme 'le petit mort' noemen – de kleine dood. Ik vroeg tante Lovey ernaar, omdat ik veronderstelde dat zij als afstammeling van Fran-sen, verpleegster en boekenverslindster die metafoor wel op alle niveaus zou doorgronden, maar ze zette al haar stekels op. 'Nou, Franse Canadezen noemen het beslist niet zo.') Ik wilde het aan Nick vertellen, omdat ik dacht dat hij het fijn zou vinden, maar tegelijkertijd was ik veel te bang om zijn droom te verstoren en ik wilde dat hij me bleef kussen.

Stuiptrekkingen, samentrekkingen, net of je niest, had ik eens in de bus een meisje van de middelbare school horen zeggen. Nick streelde mijn arm en kuste me nog eens en nog eens. Ruby kreunde in haar slaap en plotseling hield Nick op en trok hij zich terug alsof hij op iets vreselijk slechts was betrapt. Ruby werd niet wakker. Maar Nick kuste me niet opnieuw. Ik kon hem niet aankijken en was blij dat het donker was, zodat hij mijn ogen niet kon zien. Hij stond op en vertrok zonder een woord te zeggen. Ik moest nog steeds op adem komen van mijn *petit mort*.

Melodrama's moeten 's nachts worden geschreven, als de maan en de sterren samenzweren om je fantasie te verleiden heftiger, hoger, langer en sneller te gaan. *Zet 'm op, schat.* Het is echt niet te gek. Het is nooit te gek. Je zou kunnen denken dat de fantasie die ik na Nicks vertrek had, seksueel zou zijn. Maar dat was niet zo. Niet dat het niet even narcistisch was als elke seksuele fantasie, en niet net zo egocentrisch, maar Nick Todino kwam er zelfs niet in voor. Misschien is melodrama een net iets te slap woord om een fantasie te beschrijven waarin Ruby en ik niet doodgaan, maar het aneurysma als bij toverslag verdwijnt en wij bij een Amerikaanse tv-show worden uitgenodigd om reclame te maken voor mijn verrassend goed verkopende autobiografie. En we worden ook nog eens voor het oog van de natie op de televisie met mijn geadopteerde dochter en onze verloren gewaande moeder herenigd. En na ons televisieoptreden besluiten mijn dochter, mijn moeder, Ruby en ik samen een huis in zonnig Californië te kopen, waar we ondanks de overmaat aan oestrogeen in grote harmonie samenleven.

(Ik weet het, ik weet het. Zelfs voor een fantasie is het behoorlijk overdreven allemaal.)

Het komt vast door de maan.

Een hommage aan de smakeloosheid.

Morgenochtend gaan we naar de boerderij, met een vent die Gideon heet. Een fluistering van een man die we bij het archeologiemuseum in London hebben ontmoet, en over wie Ruby vast al alles heeft verteld. Gideon vroeg of zij hem wat citaten kon geven voor zijn boek over de Neutral-indianen in de streek rond Chatham dat hij aan het schrijven is, en of hij een paar van haar plattegronden en schetsen mag gebruiken. Ze deed het er bijna van in haar broek. En dat deed ze niet toen ik haar vroeg of ik haar in mijn boek mocht aanhalen. Ik werd waarachtig jaloers.

Ik had al zo vaak gedacht dat het fijn zou zijn om eens een andere schrijver te ontmoeten, dus ik was ontzettend blij om Gideon te leren kennen. Er zijn een paar artikelen van hem gepubliceerd en hij heeft een tijdje een column gehad in een weekblad in Chatham. (Hij had ons weleens in de bibliotheek van Leaford gezien, zei hij, maar ik kan me hem niet herinneren.) We begonnen te praten over schrijven, en ik kreeg net zo'n gevoel als in Slowakije, toen het tot me doordrong dat neef Jerzy Engels sprak – dit is iemand die me begrijpt. En als landgenoten in den vreemde sloten we daar in de museumwinkel heel snel vriendschap. We hadden een openhartig gesprek over de opdracht die we onszelf hebben opgelegd. Gideon vertelde dat hij zijn lezers enthousiast wil maken voor het verleden. Ik voelde hoe gedreven hij was toen hij het over zijn onderwerp had, en hoe hij inzakte toen hij vertelde dat hij worstelde met het genre. Hij zei dat hij zich onzeker voelde over de structuur en de toon. En dat hij nog steeds op zoek was naar een goede ingang tot de materie. En dat terwijl ik alsmaar op zoek ben naar een uitweg.

Nick brengt ons met de auto naar de boerderij. Ik vind het eng om hem weer te zien, en spannend. Had ik hem maar nooit gekust, of was ik er maar niet mee opgehouden. Wat gaat er in hem om? Wordt hij misselijk bij de gedachte? Misschien komt hij niet eens opdagen. Maar zo ja, dan heeft het zo zijn voordelen om iemands gezichtsuitdrukking niet te kunnen zien.

Ruby en ik kunnen niet met Gideon door de voren lopen om hem de vindplaatsen aan te wijzen, al zou ik er zelf niet één meer weten. (We hebben tegenwoordig de kruk al nodig om naar de wc te gaan. Mijn evenwichtsgevoel is slecht. En Ruby heeft vast al geschreven dat we vorige week vroeger naar huis moesten van ons werk, en dat Roz instortte en Lutie haar naar huis moest brengen.) Maar we zijn in de buurt voor als hij iets te vragen heeft. De dame van het geschiedkundig genootschap heeft eindelijk gebeld. Ze bleek heel ziek te zijn geweest, en ze zei dat we onszelf maar in het museum moesten binnenlaten.

Al die tijd heeft er een sleutel onder de mat voor de voordeur gelegen.

DE KOOLTJES VAN EEN DODE

Ik voel me net een schoolmeisje dat in haar dagboek zit te schrijven. 'We zijn vandaag naar de boerderij geweest, en we hebben voorin gezeten. Nick heeft de hele weg erheen mijn hand vastgehouden. Ik dacht dat Ruby het zag, maar dat was niet zo. En wat dan nog, trouwens? Zou hij me vanavond weer kussen, als zij slaapt? Moet ik het hem vragen? Zou hij me weer kussen als ik het hem niet vraag? Hij komt over een uur. Wat moet ik doen? O, god.'

Het is een warme herfst geweest. De schurkachtige zon sloop september binnen en ontnam de wereld al zijn kleur, zoals hij een vierkant van het bruinoranje tapijt in de hobby-kamer heeft laten verschieten. De bladeren bleven maar liefst drie weken te lang aan de takken. De ahorns werden dit jaar grijs in plaats van vuurrood en de eiken kregen een soort klei-kleur. De wilgen hadden iets betonachtigs, en de berk werd grijs gespikkeld alsof hij van steen was. Ik miste het felle oker, de uitbarsting van saffraan, de explosie van oranje. De blade-ren werden grijs, net als de auto's, de straten, en mijn grijze persoontje, en mijn grijze zus in de vage, grijze spiegel.

Inmiddels zijn al die grijstinten ook verdwenen. Nu kan ik eigenlijk alleen nog nuances van donker onderscheiden. Ik kan al een paar weken niets meer zien, maar ik heb het eerst aan niemand verteld, zelfs niet aan Nick. Ik wil niet de martelaar uithangen. Ik was alleen geheel tegen mijn gewoonte in heel optimistisch en hoopte dat ik nog even uitstel zou krijgen. Net als de bladeren. Maar het lijkt erop dat er enige druk op de gezichtszenuwen staat, iets wat al of niet met het aneurysma te maken heeft.

Vandaag voelde ik voor het eerst een kilte in de lucht. Toen ik de voordeur opendeed, sloeg me een noordoostenwind in het gezicht. Ik voelde hoe Ruby mijn schouder vastgreep uit angst dat ik mijn evenwicht zou verliezen en zou vallen. 'Koud,' zei ik, en dat was alles.

Uit zijn toon kon ik niet afleiden of hij spijt had van wat er gisteravond is gebeurd. 'Jullie moeten handschoenen aantrekken,' was alles wat Nick zei. Hij hielp ons naar de auto, die hij eerst tien minuten had laten warmdraaien voordat hij bij Ruby en mij aanklopte. Het kan zijn dat hij me verafschuwt en het afgrijselijk vindt wat er gisteravond tussen ons is voorgevallen, maar ik vind het heerlijk om bij hem in de buurt te zijn. En het kan me niet schelen hoe zielig dat klinkt.

Ruby vond het heel spannend om Gideon de boerderij te laten zien. Ze dacht dat het heus niet zo vergezocht was om het voor mogelijk te houden dat hij iets op een van de akkers of in de buurt van de beek zou vinden, als hij die kant op liep. Als het gekund had, had ze vast ergens zichtbaar een artefact neergelegd, zoals ze dat vroeger bij mij deed, de schat.

Nick had de achterbank volgestouwd met extra dekens, vouwstoelen, thermosflessen met chocolademelk en thee, en een koeltas met *sang*wiches. Er was nog net plaats voor één persoon. 'De professor kan wel achterin zitten,' had hij gezegd.

Heel vreemd, maar toen we instapten was Ray Price op de stereo aan het kwelen. Ray Price. Waarom Ray Price? Als Nick dit boek had gelezen, of als ik hem had verteld hoe gek oom Stash op Ray Price was, had ik het misschien heel romantisch gevonden. Maar ik heb het Nick niet verteld, en Ruby al helemaal niet. Ik voelde me helemaal warm worden en moest aan de gieter in het bad denken, aan hoe tante Lovey ons haar waste toen Ruby en ik klein waren. Ik voelde ze allebei naast me, zo volmaakt als de liefde. Misschien komen oom Stash en tante Lovey ook wel naar de boerderij, dacht ik. Of misschien was het God.

Op het busstation in Chatham wilde Nick in de auto blijven zitten, maar Ruby stond erop dat we op de halte zouden wachten, als beschaafde mensen. Toen Gideon uit de bus stapte, voelde ik Ruby verstijven.

'Er is iets aan de hand,' fluisterde ze.

'Wat?'

'Hij ziet er kwaad uit of hij heeft pijn,' antwoordde Ruby.

'Dat is dan zeker die stijve hark die hij heeft ingeslikt,' zei Nick.

'Wees alsjeblieft een beetje aardig, Nick,' smeekte ik.

Ruby had gelijk. Gideon had pijn. En hij was kwaad. Terwijl we over de slingerende weg langs de rivier reden, legde hij vanachter de stapel dekens op de achterbank uit dat hij zijn enkel had verstuikt toen hij die ochtend naar de deur was gerend omdat er werd aangeklopt. Hij had een briefje van zijn hospita aangereikt gekregen dat hij moest vertrekken. Hij klaagde dat het een flatje van niks was en dat hij eigenlijk van geluk mocht spreken dat hij ervan af was, maar hij was wanhopig omdat hij niet wist waar hij heen moest, omdat hij zijn boek moest inleveren en het schrijven maar niet wilde lukken. Hij beschreef de zwarte schimmel op de tegels in de badkamer en vroeg zich af of de sporen zijn hersenen hadden aangetast, en dat hij daarom zo wazig werd als hij begon te schrijven. (Dat was een nieuwe voor me – het ligt aan de sporen.)

Ruby vroeg Nick tot mijn verbijstering om de lange weg te nemen, want normaal wil mijn zus geen centimeter verder rijden dan absoluut noodzakelijk is. Toen besefte ik dat ze het vroeg om niet langs de plek te hoeven waar ons ongeluk was gebeurd. Ik was haar dankbaar voor haar vooruitziende blik. De mijne was ik kwijt.

Ik kon het landschap niet voorbij zien schuiven, maar ik kon me er wel een voorstelling van maken en zelfs met de ramen dicht kon ik het ruiken – het sterven van het seizoen in de vette klei, een geur die sterker werd naarmate we dichter bij huis kwamen, maar achter de geur van de dood de zoete lucht van de lente, en de groene geur van de zomer, en dan weer de herfst en de winter, en de versmelting van alle seizoenen die er ooit zijn geweest en er ooit zullen zijn, die de aarde en de lucht om ons heen tot een geheel maken.

Ten slotte leidde ik uit bepaalde patronen in de ribbels van de weg af dat we Rural Route 1 hadden bereikt. Nick legde zijn hand zwaar en warm op de mijne. Ik voelde me net een bruid toen we de oprit van het museum van Leaford in sloegen. Ik stelde me voor dat mijn trouwring van antiek wit goud was.

Het was een opluchting dat ik de oude oranje boerderij niet kon zien, daar aan de overkant van de weg schuin tegenover het museum. Ik merkte dat Ruby ook niet wilde kijken. Ik ril bij de gedachte hoe de boerderij eraan toe zal zijn. Ik bewaar liever geen beeld van hoe hij nu is, of van toen we er de vorige keer waren of zelfs van tien jaar terug, maar liever van lang voordat wij hier woonden, van voor de vurenhouten tafel en de tering. Ik denk het liefst aan de boerderij in zijn eerste incarnatie, met op de achtergrond bomen en daarvoor een vrijgemaakte plek voor de gewassen, en Rosaire en Abey die op de veranda perziken zitten te eten.

'Is meneer Merkel in de buurt?' vroeg ik. Het museum van Leaford ligt op een kleine verhoging. Je kunt daarvandaan de boerderij en de cottage van de Merkels zien.

Ruby hield even haar mond. 'Ik zie niemand. Maar zo te zien staat de truck er wel.'

Gideon besloot dat hij eerst Ruby's collectie in het museum wilde bekijken, voordat hij zich met haar kaart op de winderige akkers zou wagen.

Het was een ontzettend gedoe om Ruby en mij op de kruk uit de kofferbak te manoeuvreren, en we hadden meer hulp dan normaal nodig om over het oneffen pad naar het voorportaal van het museum te komen. Toen we de voordeur hadden bereikt, boog Nick zich voorover om de sleutel onder de mat vandaan te halen en daarna gingen we allemaal naar binnen.

Ik snoof het stof op, ademde het verleden in en voelde Ruby's hart sneller kloppen.

'O,' fluisterde ze. 'O.'

'En dat heb jij allemaal gevonden?' vroeg Gideon ongelovig. 'Zonder hulpmiddelen, en zonder te graven?'

Ik voelde Ruby blozen.

'Heb jij dat allemaal gevonden?'

Even was Ruby stil, en ik voelde dat ze de vitrines langs keek. 'Tja,' zei ze alsof ze er zelf eigenlijk ook nogal van opkeek. 'Dat heb ik allemaal gevonden.'

Sinds de dood van tante Lovey en oom Stash waren we niet meer in het museum geweest. Zoals ik me de pracht van de boerderij minder stralend herinnerde, zo was Ruby volgens mij helemaal vergeten hoe ontzettend indrukwekkend al die artefacten waren die daar van wand tot wand lagen uitgestald, als de bladzijden van een boek waarin een prachtig verhaal werd verteld.

'Dat is me nog eens een verzameling,' merkte Nick op, en ik gloeide van trots bij het besef dat Ruby al die tijd haar eigen berg aan het beklimmen was geweest terwijl ze allang de top had bereikt. 'Wat geweldig om zoiets te kunnen nalaten.'

Ik voelde Ruby blozen. 'Ja,' zei ze, 'dat is geloof ik wel zo.'

Gideon was in de auto behoorlijk spraakzaam geweest, maar nu keek hij stilletjes naar de collectie indiaanse artefacten die in de brede glazen vitrines op paars fluweel lagen uitgestald. Ik kon de opstelling niet zien, maar ik voelde hoe Ruby ons naar de reusachtige verzameling leidde van alle dingen die zij had gevonden, de vijzels en stampers, de gebogen bijlhandvatten, de maalstenen, de schelpkralen. En terwijl Gideon van voorwerp naar voorwerp stapte, hoorde ik zijn brede mond ademhalen. En met elke uitademing leek het wel of hij iets mompelde als 'wauw'.

'Wil je dat ik zeg hoe elk voorwerp eruitziet, Rosie?' vroeg Ruby. Ze probeerde elke zweem van medelijden uit haar stem te houden.

'Nee,' fluisterde ik.

Ik voelde dat Nick bij ons vandaan was gelopen in de richting van de andere wand van het museum, waar de levensgrote uitvergroting van Ruby en mij hangt van toen we drie waren, met eronder het bordje waarop staat: 'Rose en Ruby Darlen. Met hun hoofd aan elkaar vast geboren op de dag van de tornado – 30 juli 1974 – in het St. Jude-ziekenhuis in Leaford. Rose en Ruby vertegenwoordigen een van de zeldzaamste vormen van Siamees-tweelingschap: craniopagus. Ze delen een onmisbaar bloedvat en kunnen niet worden gescheiden. Ondanks hun situatie leiden de zusjes een normaal en productief leven hier in Leaford. De foto is gemaakt door Stash Darlen, oom van de zusjes.'

Net als Ruby en Gideon, die op hun manier aan het dwalen waren, en Nick, die nog steeds de foto aan het bestuderen was, dwaalde ik af naar een plek in mijn geest, zoals je dat wel doet, waar de wetten van de zwaartekracht niet gelden. Ik dwaalde naar de overkant van de weg naar de oude oranje boerderij om mijn leven met mijn zus in herinnering te roepen, zoals ik dat ook op deze bladzijden heb gedaan. Ik stak de brug over die de oevers van de beek verbindt, waar ik Ruby en mij op de rand zag zitten, ik met bengelende benen. Gewoon een stel zusjes dat op een reiger zit te wachten. Ik ging een beetje naar rechts en zag dat mijn dochter er ook was, een geest die met haar rug naar de mijne zat, met haar lange benen over de rand bengelend, en ondanks haar tie-nerpostuur heel elegant. 'Vaarwel,' fluisterde ik. Ze keek over haar schouder en lachte. Ik dwaalde verder over de akkers. Terwijl ik in kringen door de mais ronddwaalde, bewoog er niets aan mijn voeten behalve muizen. Ik moet bekennen dat ik naar mijn moeder zocht. Toen van de akkers terug naar de beek waar we waren gedoopt en bijna verdronken waren. Daar keek ik omlaag en zag Larry's rode brandweerauto uit de modder steken, en ik kreeg de aanvechting om het ding te redden. Ik voelde warm water over mijn hoofd stromen en vroeg me af of ik echt ging flauwvallen. Ik zwaaide met mijn armen op zoek naar Nick.

Maar Nick was er niet.

'Hééé,' riep Gideon uit en hij zwichtte onder ons gezamen-lijke gewicht, omdat hij niet gewend was met onze omvang om te gaan, zoals Nick dat na al die maanden inmiddels wel was.

'Sorry,' zeiden Ruby en ik tegelijkertijd.

Nick stond in een oogwenk naast ons. Hij nam ons gewicht van het spichtige mannetje over. 'Wat krijgen we nou, Rose? Wat krijgen we nou?'

'Alleen een beetje duizelig. Het is alweer over,' loog ik.

'Zullen we maar naar huis gaan?' vroeg Nick.

'Nee,' zeiden Ruby, ik en Gideon in koor. Wat heel grappig was.

Het duizelige gevoel bleef, en daarom geloofde ik mijn ogen niet toen ik haar gezicht achter het raam zag. Ik wist zeker dat ik iets uit mijn verbeelding zag. Het gezicht van Cathy Merkel, vaag, en in kleur.

'Mevrouw Merkel?' zei ik tegen mezelf.

'Wat?' vroeg Ruby.

Nick keerde zich met een ruk om, om te zien waarnaar ik keek. Er was niemand achter het raam.

'Ik geloof dat ik weer kan zien, Nick,' zei ik, maar ik had het nog niet gezegd of een golf grijs trok over mijn gezichtsveld als een wolk voor de zon.

Toen ik haar stem hoorde, dacht ik dat die net zo goed bij de hallucinatie hoorde. Het is vreselijk vermoeiend om in de war te zijn. (Arme Nonna.) En verschrikkelijk om blind te zijn.

Ik weet niet wie haar als eerste zag, Ruby, Nick of Gideon. De mannen hadden niet geweten wie ze was. Ze zouden in elk geval haar naam niet hebben geweten.

'Mevrouw Merkel?'

Geen antwoord.

'Mevrouw Merkel?' vroeg ik, omdat ik haar aanwezigheid voelde, en ik was net zo van mijn zesde zintuig overtuigd als wanneer ik haar had kunnen horen of zien. (Ik ben er nog steeds niet uit hoe het met haar verschijning achter het raam zit. Was het iets wat mijn onder druk staande brein had geconstrueerd? Of had ik echt even mijn gezichtsvermogen teruggekregen en zou dat weer kunnen gebeuren?)

'Ik herkende de auto niet,' begon mevrouw Merkel. Haar stem klonk hol in de grote, stille zaal. 'De dame van het geschiedkundig genootschap had me gevraagd om een oogje in het zeil te houden. Dus ik dacht dat ik maar beter even kon gaan kijken.'

'Het is de auto van Nick,' zei ik.

'Ik ben Nick,' zei Nick. Ik voelde hoe hij zijn hand uitstak en hoorde mevrouw Merkel haar keel schrapen. Ze wist niet hoe ze op zo'n gebaar moest reageren. Mevrouw Merkel begroette mensen, of het nu mannen of vrouwen waren, oom Stash, en zelfs haar eigen man, zonder een glimlach en zonder een woord, maar met een subtiel knikje met haar kin en een korte blik.

'Dit is Gideon, mevrouw Merkel,' zei Ruby. 'Hij is een vriend van ons uit London. Hij is in die indiaanse spullen geïnteresseerd.'

'Dag, mevrouw,' zei Gideon, al heb ik zo'n idee dat hij nauwelijks van de stoffige vitrines met de zeldzame artefacten opkeek. 'Moet je die benen zuigpijp nu toch zien,' hoorde ik hem mompelen.

Ruby en ik hadden onze buurvrouw nooit omhelsd, en we dachten ook niet dat we dat nu zouden doen. We hadden niet verwacht dat ze het over mijn aneurysma zou hebben of over haar verdriet vanwege ons aanstaande verscheiden. En we verwachtten al helemaal niet dat Cathy Merkel in tranen zou uitbarsten, zoals Sherman Merkel dat op de kinderafdeling van de bibliotheek van Leaford had gedaan.

'Daar is ze mee begonnen toen ze een jaar of zeven was,' zei ze, niet zozeer als een trotse moeder, maar eerder als constatering van een feit.

Dat hadden we ook nooit van haar verwacht.

'Mijn man zei dat ze dingen zag die hij niet kon zien,' ging mevrouw Merkel verder. 'Hij zei dat ze dingen zag die niemand kon zien. Alsof ze een soort voelspriet voor die dingen had.'

Ik voelde mijn zus blozen. 'Dat is waar,' zei ik.

'Ik keek alleen maar heel goed,' zei Ruby. Ze beefde. Misschien van trots.

'Sherman gaat een gat graven voor een nieuwe schuur, in de buurt van de plek waar je die kookpotten en zo hebt gevonden,' zei mevrouw Merkel.

'O,' zei Ruby.

'Volgende week.'

'O,' zei Ruby opnieuw.

Ik voelde en hoorde aan de piepende vloerplanken dat Gideon naast ons kwam staan en zijn gewicht van de ene voet naar de andere verplaatste. 'Zou ik misschien kunnen helpen, mevrouw? Kan ik uw man helpen graven?'

Er viel een lange stilte. Mevrouw Merkel was waarschijnlijk het kleine mannetje aan het opnemen. 'Welja. En jij, Ruby?

Heb je zin om te komen kijken als meneer Merkel aan het graven is?'

'Ja hoor,' zei Ruby.

Omdat Gideon besefte dat zijn enthousiasme misschien een beetje afschrikwekkend was, meldde hij achteloos: 'Het is mijn beroep, mevrouw. Ik zou kunnen assisteren voor het geval er iets van historisch belang gevonden wordt…'

'Mevrouw Merkel,' zei ze. 'Zeg maar mevrouw Merkel.'

'Ik zou uw man kunnen assisteren, mevrouw Merkel. Ik kan u mijn telefoonnummer geven, dan kunt u me in London bellen. Of ik geef mijn nummer aan Rose en Ruby en dan belt u hen en bellen zij mij.'

Ik voelde Nick naast me rillen. Hij moest Gideon niet. Het leek wel of hij hem in de peiling had, als een prooidier of zo. Nick kon Gideon toch niet als een bedreiging beschouwen? Of als rivaal. Nick kon eenvoudig niet jaloers op Gideon zijn. Wat ik ook gefantaseerd kon hebben over de manier waarop hij me kuste. Maar toch, toen het Ruby ineens te binnen schoot dat Sherman Merkel een boerenknecht zocht en dat Gideon net zijn flat was kwijtgeraakt, hoorde ik Nick naast me kuchen, alsof hij met moeite een protest binnenhield.

Gideon popelde zo om meneer Merkel te ontmoeten en het baantje als boerenknecht (en de toegang tot akkers vol artefacten) in de wacht te slepen, dat hij voorstelde om meteen met hem te gaan praten. Ruby en ik moesten toch naar huis om te rusten. En mevrouw Merkel zei dat het wat haar betreft prima was. Ik was nog even bang dat Ruby zich afgewezen zou voelen, maar op de terugweg naar de auto merkte ik daar niets van.

Gideon en mevrouw Merkel liepen met ons op en bleven even staan om afscheid te nemen. 'Je komt toch ook, hè?' vroeg Gideon aan Ruby.

'Nou en of,' zei ze opgewekt.

'En jij krijgt toch niet ineens een schrijfaanval zodat ze niet kan komen, hè, Rose?' zei Gideon schertsend tegen mij. 'Beloof je dat?'

'Schrijfaanval?' Mevrouw Merkel klonk eerder nieuwsgierig dan verbaasd.

'Rose is haar autobiografie aan het schrijven,' legde Gideon uit.

'Echt waar?' zei mevrouw Merkel, en ze kwam wat dichterbij staan.

'Hoeveel bladzijden heb je inmiddels geschreven, Rose?' vroeg Gideon ineens.

'Ik weet het niet,' zei ik. 'Ik ben bij vierhonderd opgehouden met tellen.' (Wat een leugen.)

'Dan ben je zeker bijna klaar,' zei hij.

Daarvan ontging me de logica.

Mevrouw Merkel moet hebben gemerkt dat ik niet kon zien, al deed ik nog zo mijn best om mijn ogen op de plek te richten waar ik de hare vermoedde, maar ze gaf geen commentaar op mijn blindheid. 'Ik wil het heel graag lezen, als je klaar bent,' zei ze. Ik kon niet uitmaken of ze het sarcastisch of bemoedigend bedoelde.

'Ik zal u een exemplaar sturen,' zei ik. (En dat was geen leugen.)

Ik verwachtte niet dat mevrouw Merkel naar me zou glimlachen of me zou kussen of me fysiek zou beroeren. En dat deed ze ook niet. Maar ze boog zich wel naar voren en fluisterde: 'Ik zal jullie helpen. Wat jullie ook maar nodig hebben. Ik zal Ruby en jou helpen.' Haar stem klonk zo teder dat ik me afvroeg of ik het wel goed hoorde.

'Bedankt,' zei ik.

'Met wat dan ook,' herhaalde ze.

'Bedankt,' zei ik nog eens.

Mevrouw Merkel liep weg, en even later hoorde ik Gideon

onze vroegere buurvrouw over de boerderij in Glencoe waar hij was opgegroeid vertellen, en over zijn leven als enig kind. En terwijl we stonden te wachten tot Nick de kruk in de kofferbak had ondergebracht voordat hij ons voorin zou helpen, hoorden we uit de verte gelach. Ruby en ik grepen elkaar vast. We hadden het geluid nooit eerder gehoord, maar we wisten allebei dat het Cathy Merkel was die daar lachte. In al die uren die we samen hadden doorgebracht, had Gideon niet een grappige opmerking gemaakt. Dus ik kon me van mijn leven niet voorstellen hoe hij die arme vrouw aan het lachen had gekregen.

Nick startte de auto en toen hij zeker wist dat Ruby het niet kon zien, pakte hij mijn linkerhand. 'Weet je zeker dat je het oude huis niet wilt zien, Rosie?'

'Heel zeker,' zeiden Ruby en ik tegelijkertijd.

We reden in stilte naar huis, en de hele weg kneep Nick in mijn hand.

Ruby viel in slaap.

'Wil je blijven rijden, Nick? Wil je gewoon een poosje rondrijden?' vroeg ik.

Hij vroeg niet waar ik heen wilde. Hij reed over de weg langs de rivier die de indianen Eskinippsi noemen omdat hij slingert en golft en in zichzelf lijkt terug te stromen. Een keer tot aan de brug. En weer terug. En heen. En met een slinger weer terug, als een naald in een groef. We reden net zo lang tot ik voelde dat de zon zich terugtrok en ik me zorgen begon te maken dat Ruby het koud kreeg.

'Het is tijd om terug te gaan,' zei ik.

'Ik weet het,' antwoordde Nick.

Hij sloeg de weg naar Leaford in.

'Kom je vanavond nog langs?' vroeg ik.

Hij gromde bevestigend en we reden in stilte verder, terwijl hij met elk huizenblok dat we dichter bij de bungalow kwamen, mijn hand steviger vastpakte.

H ier is Ruby weer.

Jeetje. Waar zal ik beginnen. Of eindigen.

We zijn vandaag met Gideon en Nick naar de boerderij geweest. We hebben het museum bezocht, want er bleek al die tijd een sleutel onder de mat te liggen. We zijn niet zo lang gebleven als we hadden gedacht, omdat Rose naar huis moest om te rusten. Nick had dekens en eten en zo meegenomen, maar ja, zo gaat dat in het leven. Zo gaat dat echt. Je blijft nu eenmaal niet altijd zo lang op een plek als je had gedacht. Heel goed van Nick om het uitstapje zo goed voor te bereiden, maar ik hoop dat ze dat eten niet weggooien.

Ik voelde me een beetje ongemakkelijk maar ook wel trots toen iedereen zo'n toestand van mijn collectie artefacten maakte. Het was me helemaal ontschoten dat er zo veel specimens zijn, en zo veel zeldzame dingen, en dat ze zo goed bewaard zijn gebleven.

Vorige week keek Gideon me aan alsof ik een expert was. Vandaag keek hij me aan alsof ik een genie was. Terwijl ik de dingen bekeek, waarvan ik helemaal was vergeten dat het geschiedkundig genootschap ze op die mooie paarse stof had gelegd, zag ik mijn leven aan me voorbij flitsen.

Ik moest aan de boerderij denken, dat we in de lente over de akkers liepen, en dat tante Lovey tegen ons zei dat we moesten zorgen dat mevrouw Merkel ons niet zag, omdat ze anders aan Larry moest denken. Ik vertelde Gideon ons plan om van onze oude oranje boerderij het nieuwe museum van Leaford te maken. Hij vond het een geweldig idee.

En toen verscheen mevrouw Merkel in het museum – al denk ik dat het nu ook weer niet zo vreemd of toevallig is, ze woont tenslotte aan de overkant van de weg. Volgens Rose is het heel terecht dat mevrouw Merkel tegen het eind van ons leven weer verschijnt, aangezien ze er helemaal aan het begin ook bij was. Rose zegt dat alles weer terugkomt, al geldt dat voor het ene wat duidelijker dan voor het andere.

Rose zegt ook dat het boek af is.

Dus ik schrijf nu om afscheid te nemen.

Volgens Rose moet een levensverhaal net een leven zijn, altijd te kort, hoe lang iemand ook leeft, en niet keurig afgehecht, maar vastgemaakt, zodat het einde in het begin overgaat. En bovendien kunnen wij de boel niet netjes afhechten zoals je dat kunt doen als het geen waar verhaal is. Rose en ik beseffen dat we waarschijnlijk nooit zullen weten hoe het met onze moeder zit. Leeft ze? Is ze dood? Hoe heet ze? En de dochter van Rose, Taylor, zullen we vast ook nooit vinden, al was het maar op een foto. Dat is gewoon de realiteit. Een deel van ons verhaal, zoals Rose zegt.

Het blijkt dat Rose klaar is, en dat het boek dus ook klaar is, in plaats van andersom. Ze heeft blijkbaar gezegd wat ze wilde zeggen. En de verhalen die ze wilde vertellen, heeft ze verteld. Het is net zoiets als het gevoel dat je genoeg hebt gegeten, zei ze. Dat weet je niet altijd, tot je probeert om de lepel in je mond te stoppen en ineens geen hap meer op kunt.

Ze heeft niet veel geschreven over onze jaren in de bungalow. En ook heeft ze een paar leuke verhalen weggelaten over dingen die op ons werk zijn gebeurd. Dat weet ik omdat ik ernaar heb gevraagd. En over Verbeena. Ze zei dat ze nooit over het einde nadacht, toen ze begon te schrijven, maar dat geloof ik niet. Volgens mij is ze alsmaar het laatste hoofdstuk aan het schrijven geweest. Ze noemt het nu niet meer 'Autobiografie van een Siamese tweelingzus'. Volgens haar is het verhaal meer dan wat de titel zegt, het gaat niet alleen over ons, maar ze heeft nog niets beters bedacht. We moesten lachen toen we eraan dachten dat tante Lovey had gezegd dat Rose het 'Dubbele dienst' moest noemen, als ze ooit een verhaal zou schrijven over haar leven met mij.

We bespraken wat we wilden doen met de tijd die ons nog rest. Gideon vindt dat ik moet helpen inpakken, als mijn collectie artefacten naar een ander museum wordt overgebracht, en dat zou ik heel graag doen. Ik wil die spullen vasthouden, mijn ogen sluiten en me voorstellen dat ik vijfhonderd jaar terug mais aan het malen ben en mijn pijp met de schildpadkop rook. Ik vertrouw op de vibraties die van dingen uitgaan. Rose vertrouwt haar woorden op papier.

Wat Rose niet verteld heeft, omdat ze dat niet wist, is dat ik vandaag in het museum naar mevrouw Merkel keek en ineens een heel raar déjà vu kreeg, en dat ik daarna Ruby en mij en Nick en Gideon en meneer en mevrouw Merkel in de cottage op het nieuwe jaar zag proosten. Bij die gedachte moest ik bijna hardop lachen, maar ik begon te beven. Terwijl er wel vreemdere dingen zijn gebeurd. Neem Rose en mij.

Rose zegt dat ze het boek in een doos gaat leggen nu het af is. Ze wil er niet meer aan denken. Ze beweert dat het haar niet uitmaakt, maar ik durf te wedden dat ze Nick net zo lang aan zijn hoofd zeurt tot hij het leest, en Roz en Whiffer misschien ook. (Ik vraag me af of die nog steeds contact heeft met die vriend van een vriend die in New York iemand bij een uitgeverij kent.) Ik kan me niet voorstellen dat een schrijver er zo veel tijd in steekt om woorden op papier te rangschikken en dat het hem dan koud laat of iemand ernaar kijkt.

Rose zegt dat ze alleen tijd met Nick wil doorbrengen. En misschien een paar oude liefdesgedichten wil bewerken.

Idioot, maar ik schiet helemaal vol nu ik dat opschrijf.

Ik had nooit gedacht dat je zo echt zou lijken, maar die opmerking van Rose dat ik net moest doen of ik aan een vriendin schreef, is echt bij me blijven hangen, begrijp je.

Ik zal je missen.

Ik zal je missen en dat meen ik echt.

SCHRIJVERS EN LEZERS

Mijn zus Ruby heeft het altijd koud, vooral haar handen en voeten (het is een probleem met de bloedsomloop die het syndroom van Raynaud heet), terwijl ik het altijd warm heb en het vreselijk vind om te veel aan te hebben of in de buurt van een kachel te zitten. Toen Ruby en ik klein waren, stopte ze haar gevoelige handen onder mijn blouse, op mijn rug, of soms op mijn buik. Haar horrelvoeten drukte ze tegen mijn dijen. En dan giechelde ze plagerig: 'Ik pak je warm af. Ik pak al je warm af.' Ik vond het niet erg en protesteerde nooit, want zij pakte dan wel mijn warm af, maar ik pikte haar koel in.

Ik wil dat Nick uiteindelijk gelijk krijgt. Dat ik het boek heb geschreven, dat moet genoeg zijn. Vanavond ga ik de hele boel uitdraaien, voor het eerst sinds ik met schrijven begonnen ben. Ik ga het niet herlezen maar stop het in een doos. De goden moeten maar over het lot ervan beslissen. Als deze woorden, zinnen, paragrafen en bladzijden van mijn levensverhaal ooit iemand onder ogen komen, dan is dit hoofdstuk voor jou. Het is het tweede hoofdstuk dat ik vandaag heb geschreven. En het laatste dat ik ooit zal schrijven.

Ik heb de aanvechting om me te verontschuldigen voor mijn bergbeklimmersmetaforen, maar tegelijkertijd moet ik je vragen om er nog eentje voor lief te nemen. Want, vrienden, ik zie de top. Hij ziet er aangevreten uit, een witte schulprand tegen de azuren lucht. Er zijn meer mensen. En niet alleen schrijvers.

Iedereen zegt dat ik niet omlaag moet kijken, maar dat heb ik toch gedaan. Om te zien waar ik vandaan kom, en hoe ver ik ben gekomen, hoe hoog ik geklommen ben. Ik dacht dat ik een enkel spoor door de sneeuw zou hebben achtergelaten, maar ik heb er wel duizend getrokken, bezaaid met stukken van mezelf die ik heb achtergelaten. En gereedschap waarvan ik niet eens wist dat ik het had. Mijn bijl zit vast tussen de rotsen waar ik zelf zo lang heb vastgezeten. Mijn handschoenen liggen in die spleet een eind terug, waar ik in een grot heb overnacht. En die kant op ligt een laars, die bijna is verdwenen onder de sneeuw die afgelopen nacht is gevallen. De huls van een lippenstift glinstert in de zon (die moet van Ruby zijn). Het is heel moeilijk om het verhaal van mij, van Ruby en mij, en van tante Lovey en oom Stash, en de Merkels en de anderen los te laten.

Loslaten is moeilijk.

Het is nacht. Koud. De trek door het rooster van de verwarmingsketel maakt dat het hier tochtig is in plaats van warm. Ik schop nog een deken over Ruby's benen. Nick is geweest en ik bloos nog steeds, of ik heb koorts. Hij heeft me gekust. Hij heeft mij gekust. Met het licht aan. En hij keek me recht in de ogen. We hebben elkaar niet onze liefde verklaard. We hebben elkaar niets meer beloofd dan dit ene moment. We kusten alleen. En geen droge, kuise kus, maar een natte, warme, met open mond. Dat zou ergens in een boom gekerfd moeten staan: 'Nick heeft Rose gekust.' Alleen voel ik me niet bevredigd. Ik wil meer.

Toen Nick weg was, hebben Ruby en ik nog een tijdje gepraat. Ze is op dit moment op haar blocnote aan het schrijven. Over vandaag? Over het museum van Leaford? Over Gideon? Neemt ze afscheid? Meestal kan ik haar gedachten lezen. Maar vanavond niet. Dat is maar goed ook. In feite – ik lijk mijn zus wel – zijn we het eens over de voorwaarden met betrekking tot

426

onze eigen laatste hoofdstukken. En we zijn het eens over de hele rest van ons leven.

Toen oom Stash jaren geleden ons ingewikkelde metalen bushokje aan het bouwen was, vroeg ik hem ongeduldig wanneer hij ermee klaar zou zijn. Hij moest lachen en zei: 'Mensen zijn niet klaar, Rose. Mensen stoppen. Klaar zijn betekent zeggen dat iets goed is en dat je het nooit zult veranderen. Stoppen betekent zeggen dat iets niet volmaakt is, maar dat je nu iets anders te doen hebt.'

Je houdt dit boek, ons verhaal, vast (ik stel me voor dat het een ingebonden exemplaar is met een schitterend omslag), met inmiddels veel meer bladzijden aan de linker- dan aan de rechterkant. Net als jij ben ik talloze malen op die plek geweest. Het weglopende zand in de zandloper, de wegtikkende seconden op de shotklok; schrijver en lezer weten allebei dat het verhaal afgelopen is.

Ik heb het eerste hoofdstuk van dit boek nog eens opgeslagen. Dat heb ik sinds mijn vorige crisis niet meer gelezen. Ik zou het nu zo kunnen veranderen: Ik heb mijn zus nooit in de ogen kunnen kijken, maar wel in haar ziel. Ik heb nooit een hoed gedragen, maar ik ben wel echt gekust. Ik heb nog nooit mijn beide armen tegelijk in de lucht gestoken, maar daarom betovert de maan me nog wel. Slapen is voor sukkels. De bus bevalt me prima. En ik ben dan misschien nog nooit in een boom geklommen, ik heb wel een berg bedwongen. En dat is niet niks.

En er is nog iets wat ik zou willen veranderen, want ik had geen duizend maar wel een miljoen levens willen leiden. Ik ben Rose Darlen uit Baldoon County. Dierbare zus van Ruby. De oudste nog levende craniopagus-tweeling ter wereld. Tante Lovey en oom Stash hadden gelijk. Ruby en ik hebben geluk gehad dat we 'de Zusjes' zijn geweest.

En daar is hij dan, waar hij aldoor al is geweest, de titel waar ik naar heb gezocht.

Het einde dat me bij het begin terugbrengt.

De Zusjes.

DANKWOORD

Ik dank Michael Pietsch, mijn uitgever bij Little, Brown and Company in New York. Mijn speciale dank gaat uit naar redacteur Judy Clain die me deze richting op heeft gestuurd.

Ik bedank mijn redacteur Diane Martin, mijn uitgever Louise Dennys, mijn publiciteitsagent Sharon Klein, en het talentvolle team van Knopf Canada/Random House of Canada Limited voor hun enthousiasme en steun.

Ik wil ook mijn agent Denise Bukowski bedanken, die in een vroeg stadium stukken heeft gelezen en me vertrouwen en goede raad gaf.

En zoals altijd gaat mijn dank uit naar mijn man, mijn kinderen, mijn ouders, mijn broers en hun gezin, het gezin Rowland en de familie van mijn man. Speciale dank voor Dennis en Barb Loyer, en Wilfred en Trudy Loyer voor de verhalen die ze me verteld hebben.

Tijdens het schrijven van deze roman heb ik talloze boeken geraadpleegd en ik wil er een paar noemen waar ik met name veel aan heb gehad: *Conjoined Twins: An Historical, Biological and Ethical Issues Encyclopedia* van Christine Quigley; *The Two-Headed Boy and Other Medical Marvels* van Jan Bondeson; *One of Us: Conjoined Twins and the Future of Normal* van Alice Domurat Dreger; *Entwined Lives; Twins and What They Tell Us About Human Behaviour; Psychological Profiles of Conjoined Twins* van J. David Smith; *Millie-Christine: Fearfully and Wonderfully Made* van Joanne Martell.

En ten slotte mijn dank aan de mensen van Zuidwest-Ontario, de vriendelijke gastvrouwen en -heren die mijn verbeelding blijven voeden.

OVER DE AUTEUR

Lori Lansens heeft diverse filmscenario's geschreven, en de roman *De weg naar huis*. Dit is haar tweede boek. Ze woont in Toronto.